잠긴 방

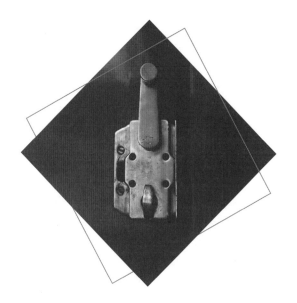

잠긴 방

마이 셰발, 페르 발뢰 지음 | 김명남 옮김

Martin Beck

엘릭시르

차례

서문

서문을 쓰는 일에서 싫은 점은 아무것도 누설할 수 없다는 것이다. 서문에서는 그저 애를 태울 수 있을 뿐이다. 독자에게 '당신은 이제 멋진 여행을 즐길 것입니다, 멋진 인물들과 멋진 이야기를 만나게 될 것입니다' 하고 말할 수는 있지만 정확히 왜 그런지는 말하면 안 된다. 따라서 서문은 '나를 한번 믿어보세요' 하는 명제나 다름없다. 그래서 지금 나는 여러분에게 말한다. "만약 이 이야기를 읽어볼 생각이라면, 당신은 멋진 여행을 경험하게 될 것입니다. 나를 한번 믿어보세요."

내가 이 여행을 처음 경험한 것은 약 삼십 년 전이었다. 영화와 텔레비전의 아이였던 나는 범죄소설의 걸작 대부분을 영상 매체로 접했다. 레이먼드 챈들러, 로스 맥도널드, 조지프 웜보의 작품을 스크린에서 먼저 본 뒤에 책으로 읽었다. 어느 경우든 글로 적힌 이야기가 그로부터 파생된 영상의 이야기보다 더 깊고, 상세하고, 흡인력 있다고 느꼈다. 글은 영화나 텔레비전 드라마가 들어갈 수 없는 장소인 인물의 생각 속으로 독자를 직접 데려가기 때문이다.

마이 셰발과 페르 발뢰의 작품도 마찬가지였다. 영화가 먼저였다. 아버지와 나는 경찰 영화를 좋아해서 함께 극장에 가서 보곤 했다. 어느 날 밤, 플로리다 주 포트로더데일에서, 우리는 월터 매소와 브루스 던이 나오는 영화 〈웃는 경관〉을 보러 갔다. 나는 영화에 원작 소설이 있다는 사실을 엔딩 크레디트를 보고서야 알았다. 매소가 생각 많은 형사 마틴을 연기하고 던이 그보다 더 저돌적인 형사 라슨을 연기하는 영화가 마음에 들었다.

얼마 후에 책을 샀고, 원래 이야기의 배경이 캘리포니아 주 샌프란시스코가 아니라 스웨덴 스톡홀름이고 영화의 제이크 마틴 형사는 책에서 마르틴 베크 형사라는 것을 알았다. 상관없었다. 이미 책을 샀으니까. 나는 책을 읽었고, 그로부터 작가 지망생이 경험할 수 있는 최고의 수업 중 하나가 시작되었다. 이후 몇 년에 걸쳐서 나는 '마르틴 베크' 시리즈를 차례차례 읽어나갔다. 읽어보니 이 시리즈는 역사상 가장 독창적이고, 흡인력 있고, 심오한 경찰소설 시리즈 중 하나였다.

셰발과 발뢰는 십 년 동안 열 권의 책을 씀으로써 스웨덴 사회를 살펴보겠다는 목표를 세우고 소설을 쓰기 시작했다. 탐정소설을 확대경처럼 사용하여 조사를 수행한다는 계획이었다. 그들은 대단한 솜씨로 목표를 달성하는 데 성공했다. 언젠가 범죄소설을 쓰고 싶다는 의향과 희망을 품고 있던 젊은 독자에게, 탐정 이야기가 순수한 오락을 넘어서 우리와 우리가 만든 사회를 비추는 거울이 될 수 있다는 것을 보여주는 데 있어서 셰발과 발뢰보다 더 나은 선생은 없었다. 셰발과 발뢰를 생각하면, 뛰어난 작가인 리처드 프라이스가 언젠가 했던 말이 떠오른다. 누군가 프라이스에게 범죄와 수사의 영역을 거듭 시도하는 이유가 무엇이냐고 질문한 때였다. 프라이스는 이렇게 대답했다. "내가 탐정 이야기를 즐겨 쓰는 것은, 하나의 살인 사건 주변을 오래 맴돌다 보면 그 도시를 알게 되기 때문입니다." 프라이스가 이렇게 말하기 한참 전에 마이 셰발과 페르 발뢰는 그 사실을 알고 실천했다. '마르틴 베크' 시리즈는 우리에게 범죄가 해결되는 과정보다 훨씬 더 많은 것을 보여준다. 아름다운 구성과 짜임새와 연출을 가진 이 책들은 우리에게 어떻게 범죄가 발생하는가, 그리고 종종 어떻게 도시와 국가와 사회가 공모자가 되는가를 보여준다. 우리를 현상의 표면 밑으로 데려간다. 세상을 있는 그대로 말한다. 이제 삼십 년도 더 된 시리즈이지만, 이 책들에는 동시대적 시의성과 시대를 초월한 보편성이 둘 다 있어서 처음 제본소에서 나왔던 날 못지않게 지금도 중요하게 읽힌다.

『잠긴 방』은 시리즈에서 내가 가장 좋아하는 작품 중 하나로 단호하게 꼽을 수 있는 책이다. 나를 감동시키는 것은 저자들이 고전 미스터리의 장치인 밀실 살인을 이토록 독창적으로 근사하게 다뤘다는 점이다. 마르틴 베크가 '생각하는 형사'로서 최고의 모습을 보여주는 이야기라는 점도 감탄스럽다. 저자들은 언뜻 서로 무관해 보이는 두 사건의 수사를 이야기 내내 번갈아 진행시킴으로써 일반적인 구성을 피한다. 하나는 파국으로 이어진 은행 강도 사건이고, 다른 하나는 얼핏 도저히 풀 수 없는 수수께끼로 보이는 사건, 즉 웬 남자가 문과 창이 꽁꽁 잠긴 방 안에서 총에 맞아 죽은 채 발견된 사건을 베크가 수사하는 이야기다. 후자의 사건은 거의 포기 단계까지 갔었지만, 시리즈 이전 편에서 입었던 중상에서 회복하여 복귀한 우리의 형사가 맡는다. 그는 육체와 정신의 회복을 꾀하는 와중에, 마치 아이가 흔들리는 이를 혀로 살살 움직여보듯이 잠긴 방 사건을 풀어나간다.

나름대로 그런 글을 쓰려고 시도한 경험이 있는 작가로서 말하건대 이 작품만큼 좋은 본보기가 되는 책은 또 없다. 셰발과 발뢰는 대단히 설득력 있는 세부 사항, 유머, 그리고 가장 중요한 요소인 추진력을 가지고 이야기를 풀어간다. 이 책은 결코 늘어지지 않는다. 독자를 자리에 묶어두는 데 실패하는 대목이 없다.

그러는 한편, 『잠긴 방』은 베크가 누비는 스톡홀름과 그 취약한 이면인 범죄 세계를 생생하게 묘사한다. 내가 이 책을 읽은 것은 스톡홀름을 처음 방문한 때보다 훨씬 이전의 일이었다. 그런데도 그 도시의 냄새가, 소리가, 숨은 위험과 아름다움이, 한마디로 그 도시의 감각이 살아서 약동하는 듯했다. 스톡홀름은 이야기에 등장하는 어느 인물에게도 뒤지지 않을 만큼 존재감 있는 하나의 주인공이다.

게다가 이 책에는 어두운 아이러니가 담겨 있다. 모든 사람이 어떤 면에서는 죄인이라는 생각, 그리고 만약 우리가 자신이 저지른 범죄로 처벌받지 않는다면 결국 자신이 저지르지 않은 일로 벌받을 것이라는 생각에서 기초한 정의의 개념이다. 이 대담한 명제를 소설로 풀어낸 작품들을 나는 많이 보았다. 하지만 이 이야기만큼 아이러니를 훌륭하게 전개한 이야기는 보지 못했다.

열 권의 책에서 줄곧 그렇듯이, 『잠긴 방』에서 마르틴 베크는 텐트를 떠받치는 장대와 같은 존재다. 그가 출연하는 장이

든 출연하지 않는 장이든, 매 쪽에 그의 존재감이 어른거린다. 내게 베크는 모든 것을 머릿속으로 따져보는 형사의 원조로 보인다. 그는 무의식적으로 모든 것을 받아들인 후, 그것들을 끊임없이 머릿속에서 되새긴다. 사건이 가루가 될 지경으로 철저히 곱씹고, 반드시 그런 후에야 답을 발견한다. 그는 딱 알맞은 정도의 멜랑콜리를 품고서 일한다. 혼자이지만 외롭진 않다. 그는 생각하는 사람들의 형사. 작가 조지프 웜보의 말을 빌리자면, 최고의 범죄 이야기는 경찰이 사건을 작업하는 이야기가 아니라 사건이 경찰에게 작용하는 이야기다. 마르틴 베크는 이 말이 정확하다는 것을 보여주는 가장 알맞은 예다. 그리고 『잠긴 방』은 베크가 작업을 하고 작용을 당하기에 가장 알맞은 사건이다.

마이클 코널리*

---

* '형사 해리 보슈' 시리즈와 '변호사 미키 할러' 시리즈 등으로 에드거상, 앤서니상 등 유수의 추리소설상을 수상하며 세계적인 인기를 누리고 있는 미국의 스릴러 작가.

스톡홀름

N

쇠데르말름

콩스홀멘 섬

노르말름

감라스탄

크루누베리스파르켓 공원

경찰 본부

베리스가탄
57번지

콩스홀름스가탄

스톡홀름 시청

혼스가탄

마리아토리에트 광장

마리아 교회

셀루스섬

세리톤 호텔

스타스고르덴 부두

1.

여자가 볼마르윅스쿨스가탄 거리에서 지하철역을 나왔을
때, 마리아 교회의 종이 2시를 울렸다. 여자는 서둘러 마리아토
리에트 광장 쪽으로 가지 않고 잠시 멈춰서 담뱃불을 붙였다.

교회 종소리가 사방에 울려 퍼지자 어린 시절의 지루했던 일
요일들이 떠올랐다. 여자는 저 교회에서 몇 블록 떨어지지 않은
곳에서 태어나 자랐고 역시 저곳에서 세례와 견진례를 받았다.
견진을 받은 것이 벌써 십이 년이 되어갔다. 견진 공부에서 기
억나는 것은 자신이 목사에게 스트린드베리가 마리아 교회 종
소리를 "애수 어린 데스캔트*"라고 묘사한 것이 무슨 뜻이냐고
물었던 일뿐이었다. 목사의 답은 기억나지 않았다.

햇살이 등에 내리쬐었다. 여자는 상트파울스가탄 거리를 건

넌 뒤 걸음을 늦췄다. 땀을 흘리고 싶지 않았다. 갑자기 자신이 긴장한 게 느껴졌다. 집을 나서기 전에 안정제를 먹지 않은 것이 후회되었다.

광장 중앙의 분수에 다다른 여자는 찬물에 손수건을 적시고 좀더 걸어가서 나무 그늘 밑 벤치에 앉았다. 선글라스를 벗고 젖은 손수건으로 얼굴을 문질렀다. 선글라스를 하늘색 셔츠 끝단으로 닦은 뒤 도로 썼다. 빛을 반사하는 큼직한 렌즈가 여자의 얼굴 위쪽 절반을 가려주었다. 여자는 챙 넓은 청색 데님 모자를 벗고, 긴 금발 머리카락을 쥐어서 어깨에 닿을 만큼 들어올리고 목덜미를 닦았다. 모자를 눈썹까지 내려올 정도로 다시 눌러썼다. 그러고는 둥글게 구긴 손수건을 두 손으로 움켜쥔 채 가만히 앉아 있었다.

한동안 그러고 있던 여자는 손수건을 펼쳐서 벤치 옆자리에 깔고 손바닥을 청바지에 문질렀다. 손목시계를 보았다. 오후 2시 30분이었다. 마음을 가라앉힐 시간이 몇 분 더 있었다.

시계가 2시 45분을 가리키자, 여자는 무릎에 놓아둔 진녹색 캔버스 숄더백의 덮개를 열고 이제 다 마른 손수건을 집어서 접

---

* 스웨덴 작가 아우구스트 스트린드베리가 소설 『붉은 방』에서 쓴 표현. '데스캔트'는 다성악곡에서 가장 높은 성부를 뜻한다.

잠긴 방

지 않은 채로 가방에 넣었다. 일어나서 가죽 가방끈을 오른쪽 어깨에 걸치고 걷기 시작했다.

호른스가탄 거리가 가까워지자 긴장이 높았다. 여자는 속으로 스스로에게 말했다. 다 잘될 거야.

금요일이고 유월 마지막 날이라 오늘부터 여름휴가가 시작된 사람들이 많았다. 호른스가탄을 지나가는 차도 사람도 활기가 넘쳤다. 여자는 광장을 나오자마자 왼쪽으로 꺾어서 건물 그늘로 들어갔다.

여자는 이날을 고른 것이 잘한 선택이기를 바랐다. 이 날짜의 장단점을 따져볼 때 계획을 한 주 늦춰야 할지도 모른다는 생각이 들었었는데, 그 자체는 해로울 게 없었지만 자신이 정신적 스트레스에 더 오래 노출되는 것은 달갑지 않았다.

계획한 시각보다 이르게 도착했기에, 여자는 그늘에 서서 길 건너편 큰 창문을 관찰했다. 창유리가 햇빛을 눈부시게 반사하는데다가 길을 지나는 차들이 시야를 약간 가렸다. 그래도 창에 커튼이 쳐져 있다는 점은 알아볼 수 있었다.

여자는 윈도쇼핑을 하는 척하면서 인도를 천천히 오락가락했다. 근처 시계방 앞에 큰 시계가 걸려 있었지만 여자는 계속 자기 시계를 확인했다. 그러는 내내 길 건너편 문에서 눈을 떼지 않았다.

2시 55분에 여자는 교차로의 건널목을 향해서 걸어갔다. 그로부터 사 분 뒤에는 은행 문 앞에 서 있었다.

여자는 문을 열기 전에 가방 덮개부터 열어두었다. 안에 들어가서는 스웨덴 주요 은행의 지점인 그곳의 내부를 쓱 둘러보았다. 좁고 긴 공간이었다. 정면에는 출입구와 창문 하나뿐이었다. 여자의 오른쪽으로 창문에서 저 안쪽 벽까지 죽 이어진 카운터가 있었고, 왼쪽으로 긴 벽에 책상 네 개가 붙어 있었다. 그 너머에는 낮고 둥근 탁자 하나와 빨간 체크무늬 천이 씌워진 등받이 없는 의자 두 개가 있었다. 그보다 더 안쪽에 제법 가파른 계단이 있었는데, 아마 은행의 대여금고와 대금고가 있는 지하실로 내려가는 계단인 듯했다.

여자보다 먼저 들어온 고객은 남자 한 명뿐이었다. 그는 카운터에 서서 지폐와 문서를 서류 가방에 집어넣고 있었다.

카운터 뒤에 여성 출납원 두 명이 앉아 있었다. 더 안쪽에는 남성 출납원이 선 채로 인덱스카드를 뒤지고 있었다.

여자는 왼쪽의 책상으로 다가가면서 가방 앞주머니에서 펜을 꺼냈다. 그동안 서류 가방을 든 고객이 정면 출입구로 나가는 모습을 시야 가장자리로 지켜보았다. 여자는 비치된 입금전표를 한 장 꺼내어 그 위에 낙서하기 시작했다. 조금 있으니 남성 출납원이 출입구로 가서 바깥쪽 문을 잠그는 모습이 보였다. 그러고는 그는 몸을 숙여서 열려 있던 안쪽 문의 고정쇠를 탁 풀었다. 문은 끽 소리를 내며 닫혔고, 출납원은 카운터 뒤의 자기 자리로 돌아갔다.

여자는 가방에서 손수건을 꺼냈다. 손수건을 왼손에, 입금전표를 오른손에 쥐고 카운터로 다가가면서 손수건으로 코를 푸는 척했다.

그런 뒤, 여자는 전표를 가방에 쑤셔 넣고 빈 나일론 쇼핑백을 꺼내어 카운터에 올려놓았다. 그러고는 역시 가방에서 꺼낸 권총을 움켜쥐고 여성 출납원을 겨누면서 손수건을 입에 대고 말했다.

"이건 실제 상황이다. 총알이 들어 있으니까 수작을 부리면 쏠 거야. 현금을 몽땅 이 가방에 담아."

카운터 뒤의 출납원은 여자를 응시하면서 천천히 나일론 쇼핑백을 가져가서 자기 앞에 놓았다. 다른 여성 출납원은 머리를 빗던 손을 멈췄다. 그 손이 살짝 떨렸고, 그녀가 무슨 말을 하려는 듯이 입을 벌렸지만 목소리는 나오지 않았다. 아직 책상 앞에 서 있던 남성 출납원이 움찔했다.

여자가 곧바로 총구를 남성 출납원에게 옮기고 외쳤다.

"거기 가만히 있어. 두 손을 내가 볼 수 있게 둬."

여자는 겁먹어서 굳어버린 듯한 눈앞의 출납원에게로 총구를 다시 돌리고 또 말했다.

"얼른 돈을 담아. 전부 다!"

출납원은 지폐 뭉치를 쇼핑백에 넣기 시작했다. 다 넣고는 쇼핑백을 카운터에 도로 올렸다.

책상 앞에 서 있는 남성 출납원이 갑자기 입을 열었다.

"도망 못 칠 겁니다. 경찰이 오면……."

"닥쳐!" 여자가 소리쳤다.

여자는 손수건을 가방에 던져 넣고 나일론 쇼핑백을 쥐었다. 쇼핑백은 묵직한 게 느낌이 좋았다. 천천히 문을 향해 뒷걸음질하면서, 여자는 총을 은행 직원 한 명 한 명에게 번갈아 겨눴다.

그때였다. 안쪽 계단에서 난데없이 누가 달려 나왔다. 키 큰 금발 남자였다. 잘 다린 바지, 반짝거리는 단추가 달려 있고 가슴 주머니에 커다란 금색 엠블럼이 꿰매인 청색 블레이저를 입은 남자였다.

탕 소리가 방을 채웠다. 소리는 벽에 반사되어 계속 귀청을 울렸다. 여자는 자신의 팔이 천장으로 홱 들리고 블레이저를 입은 남자가 뒤로 넘어지는 것을 보았다. 남자의 구두는 새것이었다. 흰색에, 홈이 파인 붉은색 고무 밑창이 두껍게 붙은 구두였다. 남자의 머리가 돌바닥에 부딪쳐 쿵 하고 끔찍한 소리를 낸 순간에야 여자는 자신이 그를 쐈다는 것을 깨달았다.

여자는 총을 가방 속에 떨어뜨렸다. 그러고는 공포에 질린 카운터 뒤의 세 사람을 부릅뜬 눈으로 바라보다가 이내 문으로 달려갔다. 잠금장치를 더듬는 동안 이렇게 생각했다. '진정하자. 밖에 나가서는 태연히 걸어야 해.' 하지만 막상 인도로 나가서는 교차로를 향해 뛰다시피 하기 시작했다.

주변 사람들은 눈에 들어오지 않았다. 여자가 의식한 것은 행인 몇 명과 부딪쳤다는 사실, 그리고 여태 귀에 쟁쟁한 총성뿐이었다.

여자는 길모퉁이를 돌았다. 이제 쇼핑백을 한 손에 쥐고, 무거운 숄더백을 엉덩이에 부딪쳐가면서 본격적으로 뛰었다. 어릴 때 살았던 건물에 다다랐다. 여자는 문을 홱 열고 들어가서 익숙한 복도를 따라 안뜰로 갔다. 그제야 마음을 가다듬고 걸음을 늦췄다. 안뜰 회랑을 통과하여 뒤쪽 마당으로 갔다. 그곳에 지하실로 통하는 문이 있었다. 여자는 가파른 계단을 내려가서 맨 아래 단에 앉았다.

여자는 숄더백 안의 권총 위로 나일론 쇼핑백을 욱여넣었다. 하지만 공간이 부족했다. 여자는 대신 모자, 선글라스, 금발 가발을 벗어서 몽땅 숄더백에 넣었다. 여자의 원래 머리카락은 검고 짧았다. 여자는 일어나서 셔츠를 벗고 그것도 가방에 넣었다. 셔츠 속에는 검은색 반팔 면 티셔츠를 입고 있었다. 여자는 숄더백을 왼쪽 어깨에 메고 나일론 쇼핑백은 손에 들고 계단을 올라서 뜰로 나갔다. 그곳으로부터 문과 뜰을 몇 개 더 통과하고 담을 몇 개 더 넘으니 블록의 반대편 거리가 나왔다.

여자는 그 길에 있는 작은 식료품 가게에 들어갔다. 일 리터짜리 우유 두 통을 사서 커다란 종이봉투에 담고 그 위에 검은색 나일론 쇼핑백을 얹었다.

그다음 여자는 슬루센까지 걸어가서 지하철을 타고 집으로 갔다.

2.

군발드 라르손은 자기 차를 몰고 현장에 도착했다. 빨간색 BMW였다. 스웨덴에서 보기 드문 차일뿐더러 많은 사람들의 생각에 형사가 몰기에는 너무 요란한 차였다. 업무중에 타고 다닐 때는 더욱더 그랬다.

화창한 금요일 오후에 그가 퇴근하려고 막 운전석에 앉았을 때, 경찰서 마당으로 달려 나온 에이나르 뢴이 볼모라의 집에서 조용히 저녁을 보내려던 그의 계획을 와장창 깨버렸다. 에이나르 뢴도 군발드 라르손처럼 스톡홀름 경찰 강력반 선임 경사이고 모르면 몰라도 군발드 라르손의 유일한 친구였다. 그러니 미안하지만 군발드 라르손이 자유로운 저녁 시간을 희생해야겠다고 말할 때, 뢴의 미안함은 진심이었다.

뢴은 경찰차로 호른스가탄에 갔다. 도착해보니 남부 경찰서에서 나온 차들과 사람들이 이미 현장에 있었고, 군발드 라르손도 벌써 은행 안에 들어가 있었다.

은행 앞에 사람들이 몇 명 모여 있었다. 뢴이 인도를 지나가는데, 거기 서서 구경꾼들을 지켜보던 제복 순경이 다가와서 물었다.

"총성을 들었다는 목격자가 몇 명 있습니다. 어떻게 할까요?"

"잠시 붙잡아두세요. 나머지 사람들은 가급적 해산시키고."

순경이 끄덕였다. 뢴은 은행으로 들어갔다.

사망자는 카운터와 책상들 사이 대리석 바닥에 누워 있었다. 두 팔을 활짝 벌리고 왼쪽 무릎을 굽힌 자세였다. 한쪽 바짓단이 밀려 올라가서 진청색 닻 무늬가 수놓인 새하얀 아크릴 양말과 희부연 금색 털에 뒤덮인 가무잡잡한 다리가 드러나 있었다. 총알은 그의 얼굴을 정통으로 맞혔다. 머리 뒤로 피와 뇌가 흘러나와 있었다.

은행 직원들은 맨 안쪽 구석에 모여 앉아 있었다. 그 앞에서 군발드 라르손이 한쪽 허벅다리를 책상 모서리에 걸쳐서 반쯤 서고 반쯤 앉은 자세로 있었다. 그는 수첩에 뭔가 적고 있었고 여성 직원 한 명이 날카롭고 분개한 목소리로 말하고 있었다.

뢴을 본 군발드 라르손이 오른손 바닥을 여자에게 척 들어 보였다. 여자는 당장 말을 멈췄다. 군발드 라르손은 일어나서 수첩을 들고 카운터를 돌아 뢴에게 왔다. 그러고는 바닥에 누운 남자를 고갯짓으로 가리키면서 말했다.

"모양새가 나쁘지. 자네가 여기 있겠다면 나는 목격자들을 데리고 딴 데로 갈게. 로센룬스가탄에 있는 옛 서로 가지, 뭐. 그편이 자네가 여기서 조용히 일하기 좋을 거야."

뢴은 끄덕였다.

"범인이 여자라고 하던데. 현금을 갖고 도망쳤다고. 여자가 어디로 가는지 본 사람이 있나?"

"적어도 은행 직원 중에는 없어. 어떤 남자가 밖에 서 있다가 웬 차가 출발하는 걸 본 모양이지만, 번호판을 못 봤고 차종도 잘 모르겠다니 별 단서가 안 돼. 그 사람은 내가 나중에 이야기해보지." 군발드 라르손이 말했다.

"이 사람은 누구야?" 뢴이 죽은 남자를 향해 고개를 까딱하면서 물었다.

"영웅 행세를 하려던 얼간이. 강도를 덮치려고 했는데, 그러니까 당연히 범인이 놀라서 총을 쐈어. 이 남자는 은행 고객이고 직원들도 아는 사람이래. 자기 금고를 확인하고 나서 저 계단으로 올라왔더니 이 사태가 벌어져 있었던 거지."

군발드 라르손이 수첩을 보았다.

"체조 학원 원장이고 이름은 고르돈. 'å'를 쓰는."

"자기가 플래시 고든*인 줄 알았나 보군." 뢴이 말했다.

군발드 라르손이 무슨 소리냐는 얼굴로 뢴을 보았다.

뢴은 얼굴을 붉히며 주제를 바꿨다.

"음, 저기에 범인 모습이 있을 것 같아."

뢴이 가리킨 것은 천장에 매달린 카메라였다.

"초점이 제대로 맞았고 안에 필름이 있었다면야." 군발드 라르손은 회의적이었다. "그리고 직원이 버튼을 밟는 걸 잊지 않았다면야."

요즘 스웨덴의 은행에는 출납원이 바닥에 설치된 버튼을 밟으면 녹화가 시작되는 카메라가 대부분 갖춰져 있었다. 강도가 들이닥쳤을 때 직원이 해야 하는 일은 그 버튼을 밟는 것뿐이었다. 무장 강도가 빈번해짐에 따라 은행들은 직원들에게 강도가 요구하는 돈을 다 내어줄 것, 그리고 직원들의 목숨이 위험할지도 모르니 공연히 강도질이나 도주를 막으려고 들지 말 것을 지시해두었다. 인도적 동기나 고용자들에 대한 배려에서 나온 지시처럼 보이지만 아니었다. 그저 경험의 산물이었다. 누군가 다치거나 살해되면 은행과 보험회사가 배상금을 지불하고

---

* 1934년 등장한 미국 스페이스오페라 만화의 주인공 이름.

잠긴 방

심지어 피해자의 가족을 평생 보조해야 할 가능성이 높았는데 그보다는 강도가 돈을 챙겨서 달아나도록 놓아두는 편이 더 싸게 먹혔다.

검시관이 도착했다. 뢴은 현장 조사 키트를 가지러 차에 다녀왔다. 뢴이 쓰는 도구는 구식이지만 이것으로 그동안 심심찮게 성공을 거둬온 터였다. 군발드 라르손은 은행 직원들과 목격자를 자처한 다른 네 명의 행인과 함께 로센룬스가탄의 경찰서로 떠났다.

로센룬스가탄의 경찰서에서 군발드 라르손은 취조실을 하나 빌렸다. 그는 스웨이드 재킷을 벗어서 의자 등받이에 걸어두고 예비 조사에 착수했다.

먼저 면담한 은행 직원들 셋의 진술은 거의 같았다. 하지만 다른 목격자들 넷의 진술은 천차만별이었다.

첫 번째 목격자는 마흔두 살의 남자로, 총성이 울렸을 때 은행에서 오 미터 떨어진 건물 입구에 서 있었다고 했다. 그는 검은색 모자와 선글라스를 쓴 여자가 황급히 걸어가는 것을 보았다. 역시 그의 진술에 따르자면, 그로부터 삼십 초 후 도로를 보았을 때 십오 미터 떨어진 곳에서 길가에 서 있던 녹색 승용차가 출발했다. 아마도 오펠이었던 것 같은 차는 호른스플란 방향으로 빠르게 사라졌는데, 그는 뒷좌석에서 모자 쓴 여자를 본 것 같다고 말했다. 그리고 차 번호판의 숫자는 보지 못했지만 알파벳은 틀림없이 'AB'였다고 말했다.

다음 목격자는 가게 주인인 여성이었다. 여자는 은행과 벽을 공유하는 자기 가게의 열린 문간에 서 있다가 총성을 들었다. 처음에 그는 소리가 가게 안쪽의 작은 주방에서 난 줄 알고 가스레인지가 폭발했나 싶어서 잽싸게 안으로 들어가보았다. 하지만 그게 아닌 것을 확인하고는 문으로 돌아갔다. 그때 도로를 보았더니 웬 파란색 대형 승용차가 끼이익 소리를 내면서 도로의 차들 속으로 끼어들고 있었다. 그와 동시에 은행에서 웬 여자가 뛰쳐나와서 사람이 총에 맞아 죽었다고 소리 질렀다. 목격자는 차에 누가 타고 있는지는 보지 못했고 번호판도 보지 못했지만 차 생김새가 아무래도 택시 같았다고 말했다.

세 번째 목격자는 서른두 살의 금속 노동자였다. 그의 진술은 상대적으로 정황 위주였다. 그는 총성을 듣지 못했다고 했다. 아니면 들었더라도 의식하지 못했다고 했다. 은행에서 여자가 나왔을 때, 그는 인도를 걷고 있었다. 여자는 허둥지둥 걸어오다가 그를 밀치고 지나갔다. 그는 여자의 얼굴을 보지 못했지만 느낌상 나이가 서른쯤인 것 같았다고 말했다. 여자는 파란색 바지, 셔츠, 모자에 어두운색 가방을 들고 있었다. 그는 여자가 번호판이 'A'로 시작하고 숫자에 3이 두 개 있는 차로 다가가는 것을 보았다. 연한 베이지색 르노16 자동차였다. 운전석에 앉은 것은 나이가 스물에서 스물다섯 사이로 보이는 야윈 남자였다. 남자는 검고 곧은 머리카락을 길게 길렀고, 반팔 면 티셔츠를 입고 있었으며, 안색이 놀랄 만큼 창백했다. 한편 그보다 좀 더 나이 들어 보이는 다른 남자가 인도에 서 있다가 여자를 위해서 뒷문을 열어주었다. 남자는 여자가 차에 타자 문을 닫고 자신은 조수석에 탔다. 이 남자는 체격이 좋고, 키가 180센티미터 정도로 크고, 잿빛 머리카락이 아주 굵은데다가 굽슬굽슬했다. 얼굴은 붉었고, 검은색 나팔바지에 반들거리는 천으로 만들어진 검은색 셔츠를 입었다. 차는 유턴을 해서 슬루센 방향으로 달려갔다.

이 증거 앞에서 군발드 라르손은 약간 혼란스러웠다. 마지막 목격자를 부르기 전에, 그는 자신이 적은 메모를 꼼꼼히 읽어보았다.

마지막 목격자는 쉰 살의 시계공이었다. 그는 은행 바로 앞에 차를 대고 앉아서 길 건너편 구두 가게에 간 아내를 기다리고 있었다. 차창을 열어두었기에 총성을 들었지만, 호른스가탄처럼 붐비는 거리는 늘 시끄러운 법이니 반응하지 않았다고 했다. 은행에서 여자가 나오는 모습을 본 것은 3시 5분이었다. 그가 여자를 주목한 것은 여자가 노부인과 부딪치고도 사과 한마디 없이 서둘러 가서였다. 하여간 스톡홀름 사람들이란 저렇게 급하고 불친절하지, 그는 생각했다. 그는 쇠데르텔리에 출신이었다. 여자는 긴바지를 입었고, 카우보이모자 비슷한 것을 썼고, 손에 검은색 나일론 쇼핑백을 들었다. 여자는 교차로로 달려가서 모퉁이를 돌아 사라졌다. 아니요, 차에는 안 탔습니다. 중간에 서지도 않았습니다. 그냥 모퉁이까지 곧장 달려가서 사라졌어요.

군발드 라르손은 본부에 전화를 걸어서 르노에 탄 두 남자의 인상착의를 전달했다. 그러고는 일어나서 서류를 챙기고 시계를 보았다. 벌써 6시였다.

그가 한 면담은 아마 헛수고일 터였다.

차의 생김새가 제각각이라는 이야기는 현장에 처음 출동한 경찰관들로부터 보고받아서 알고 있었다.

게다가 목격자들 중 누구도 일관되고 전체적인 그림을 제공하지 못했다.

모든 게 엉망이었다. 늘 그렇듯이.

군발드 라르손은 가장 많이 본 목격자를 붙잡아둬야 하나 잠시 고민했지만 이내 마음을 고쳐먹었다. 다들 한시바삐 집에 가고 싶어서 안달인 듯했다.

솔직히 말하자면 그중에서도 가장 안달하는 사람은 군발드 라르손 자신이었다. 하지만 그건 지나친 희망이었다.

그는 목격자들을 모두 돌려보냈다.

자신은 재킷을 입고 은행으로 돌아갔다.

용감한 체조 선생의 시체는 이미 치워진 후였다. 젊은 순경 하나가 차에서 내리더니 군발드 라르손에게 뢴 경사님이 자신의 사무실에서 기다린다는 전갈을 정중하게 전달했다.

군발드 라르손은 한숨을 쉬면서 자기 차로 갔다.

3.

그는 잠에서 깨고서 자신이 살아 있다는 사실에 깜짝 놀랐다.

처음 겪는 일은 아니었다. 지난 십오 개월 동안 매일매일 그는 똑같고 혼란스러운 의문을 느끼면서 눈을 떴다.

어떻게 내가 살아 있지?

곧이어 이런 의문이 들었다.

왜 살아 있지?

깨기 직전에 그는 꿈을 꿨다. 이 사실도 십오 개월 동안 똑같았다.

꿈은 내용이 조금씩 달라지기는 했지만 패턴은 늘 같았다.

그는 말을 타고 있었다. 차가운 바람에 머리카락을 휘날리면서 상체를 앞으로 숙이고 전속력으로 말을 달렸다.

그러다 보면 이내 그는 기차역 플랫폼을 달리고 있었다. 그리고 눈앞에 방금 총을 치켜든 남자가 보였다. 그는 남자를 알았고 이제 벌어질 일도 알았다. 남자는 찰스 J. 기토*였고, 무기는 사격수의 권총이라고 불리는 헤메를리 인터내셔널이었다.

남자가 총을 쏘는 순간, 그는 몸을 앞으로 내던져서 제 몸으로 총알을 막았다. 총탄은 망치처럼 가슴 정중앙을 때렸다. 그가 스스로를 희생한 모양이었다. 하지만 그는 자신의 행동이 헛수고임을 알고 있었다. 대통령은 이미 땅에 풀썩 쓰러져 있었고, 대통령이 쓰고 있던 반들거리는 톱해트는 바닥에서 반원을 그리며 구르고 있었다.

언제나처럼 그는 총알이 몸을 때리는 순간에 잠에서 깼다. 처음에는 눈앞이 캄캄했고, 뜨거운 작열감이 머리를 훑고 지나갔다. 그다음에야 그는 눈을 떴다.

마르틴 베크는 천장을 올려다보면서 가만히 누워 있었다. 방은 밝았다.

꿈을 떠올렸다. 특별히 의미 있는 내용은 아니었다. 최소한 이 버전으로는.

더구나 말이 안 되는 점투성이였다. 총만 해도 그런 것이, 정

---

* 찰스 J. 기토는 미국의 제20대 대통령 제임스 A. 가필드를 1881년 총으로 쏘아 죽인 저격범이다.

033

확히는 리볼버나 데린저식 권총이어야 했다. 그리고 자신이 보란 듯이 가슴으로 총알을 막아낸 마당에, 어떻게 가필드가 치명상을 입고 쓰러질 수 있는가?

그는 저격범이 실제로 어떻게 생겼는지 알지 못했다. 언젠가 사진을 봤더라도 머릿속에서 지워진 지 오래였다. 꿈에서 기토는 보통 푸른 눈, 금발 턱수염, 사선으로 매끈하게 빗어 넘긴 머리카락을 가진 남자로 나왔지만 오늘은 그보다는 어느 유명한 배역을 연기한 어느 배우의 얼굴을 닮았었다.

금세 그게 누구인지 떠올랐다. 〈역마차〉에서 도박사를 연기한 존 캐러딘이었다. 모든 측면이 한심하리만치 낭만적이었다.

하지만 사실 가슴에 맞은 총알이란 대단히 낭만적이지 못한 것일 수 있었다. 이 점만큼은 그가 겪어봐서 잘 알았다. 총알이 오른쪽 폐를 관통하여 척추 근처에 박히면 간헐적인 고통과 대단히 장기적인 영향이 미친다.

한편 꿈의 내용 중에는 현실과 부합하는 점도 많았다. 가령 사격수의 권총이 그랬다. 그 총은 푸른 눈, 금발 턱수염, 사선으로 매끈하게 빗어 넘긴 머리카락을 가진 어느 전직 경찰관이 갖고 있던 모델이었다. 두 사람은 쌀쌀하고 어두운 어느 봄날 하늘 밑에서, 어느 집 지붕 위에서 만났었다. 주고받은 말은 없었다. 날아온 총알만 있었다.

그날 저녁에 그는 흰 방에 놓인 침대에서 깨어났다. 정확히 말하자면 카롤린스카 병원 흉부외과 병실이었다. 의사들은 그에게 이제 생명에 지장은 없다고 말해주었다. 그래도 그는 어떻게 자신이 살아 있는가 하는 의문이 들었다.

나중에 의사들은 그에게 이제 부상이 생명을 위협할 수준은 아니지만 총알이 박힌 위치가 좋지는 않다고 말해주었다. "이제"라는 수식어에 담긴 미묘한 뜻을 그는 이해했지만, 그 사실을 고맙게 여기지는 않았다. 의사들은 몇 주 동안 엑스선 사진을 점검한 후에야 그의 몸에서 이물질을 제거하기로 결정했고, 수술을 마친 뒤에는 이제 부상이 확실히 생명에 위협이 되지 않는다고 말해주었다. 그가 마음을 편히 먹기만 한다면 완전히 회복할 수도 있다고 했다. 그러나 이 무렵에 그는 의사들의 말을 더는 믿지 않았다.

그래도 그는 마음을 편히 먹었다. 달리 선택지가 없었다.

의사들은 그가 완전히 회복했다고 말했다. 이번에도 수식어가 붙었는데, "신체적으로는"이라는 말이었다.

게다가 담배도 끊어야 한다고 했다. 그는 원래 기관지가 좋지 않은 편이었고, 폐에 관통상을 입은 것도 도움이 될 리 없었다. 상처가 다 나은 뒤, 흉터 주변에 희한한 자국이 생겼다.

마르틴 베크는 침대에서 일어났다.

거실을 거쳐 현관으로 나가서 도어매트에 떨어져 있는 신문을 집었다. 부엌으로 가면서 1면의 기사 제목을 훑었다. 일기예보에서는 오늘 쾌청한 날씨가 예상되고 그 날씨가 한동안 지속될 것이라고 했다. 그 점 말고는 세상이 여느 때처럼 점점 더 나빠지고 있는 듯했다.

그는 신문을 식탁에 얹어두고 냉장고에서 요구르트를 꺼냈다. 늘 그렇듯이 맛은 좋지도 않고 딱히 나쁘지도 않았다. 살짝 쿰쿰하고 인위적인 맛이었다. 너무 오래된 모양이었다. 아마 그가 샀을 때부터 오래된 상태였을 것이다. 스톡홀름 사람들이 특별한 노력을 기울이거나 터무니없는 값을 치르지 않고도 신선한 식품을 살 수 있던 시절은 옛날이 된 지 오래였다.

다음으로 그는 욕실로 갔다. 세수를 하고 이를 닦은 뒤, 침실로 돌아가서 침대를 정리하고, 잠옷 바지를 벗고, 옷을 입었다.

그러면서 자신의 집을 무기력한 눈으로 둘러보았다. 감라스탄의 셰프만가탄 거리에 있는 건물 꼭대기 층 집이었다. 대부분의 스톡홀름 사람들이 꿈의 집으로 여길 만한 곳이다. 그는 이곳에서 산 지 삼 년이 넘었고, 지붕에서의 그 봄날까지만 해도 이곳이 더없이 편안하게 느껴졌던 기억이 생생했다.

요즘은 달랐다. 그는 대체로 이곳에 혼자 갇혀 있는 느낌이었다. 누가 놀러 와도 그랬다. 집의 잘못은 아닐 것이다. 요즘 그는 밖에 있을 때도 가끔 폐소공포를 느꼈다.

밑도 끝도 없이 담배가 당겼다. 의사들이 끊어야 한다고 말하기는 했어도, 그는 신경 쓰지 않았다. 그보다 결정적인 요인은 국영 담배 회사가 그가 피우던 브랜드를 단종한 것이었다. 마분지 필터를 댄 담배는 이제 시장에서 사라졌다. 그는 다른 종류를 두어 번 시도해보았지만, 어쩐지 익숙해지지 않았다.

그는 넥타이를 매면서 맥없이 모형 배들을 바라보았다. 완성품 두 척과 절반만 만든 것 한 척, 이렇게 총 세 척이 침대 머리맡 선반에 진열되어 있었다. 어언 팔 년여 전에 시작한 취미였지만, 작년 사월 그날 이후로는 손도 대지 않았다.

그동안 배들에는 먼지가 잔뜩 쌓였다.

딸이 자기가 어떻게든 해보겠다고 여러 차례 제의했지만, 그는 그냥 놔두라고 말했다.

1972년 7월 3일 월요일 아침 8시 30분이었다.

특별한 날이었다.

일터로 복귀하는 날이었다.

그는 경찰관이었다. 정확히 말하자면 국가범죄수사국 살인수사과의 과장을 맡은 경감이었다.

마르틴 베크는 재킷을 입고 신문을 주머니에 쑤셔 넣었다.

지하철에서 읽을 생각이었다. 이 또한 그가 재개할 일상의

한 가지 작은 요소였다.

햇빛을 받으며 솁스브론 다리를 걷는 동안, 그는 오염된 공기를 들이마셨다. 자신이 늙고 빈껍데기가 된 기분이었다.

하지만 겉으로는 그런 기색이 드러나지 않았다. 오히려 그는 건강하고 활기차 보였고, 움직임은 민첩하고 유연했다. 키가 크고, 피부가 햇빛에 그은 남자. 강한 턱, 넓은 이마 밑에 침착한 청회색 눈을 가진 남자.

마르틴 베크는 마흔아홉 살이었다. 곧 쉰 살이 될 것이다. 하지만 대부분의 사람들은 그를 실제보다 더 젊게 보았다.

4.

베스트베리아 대로에 있는 남부 경찰서의 사무실은 살인수
사과 과장 대리 자격으로 오랫동안 그 방을 쓴 사람의 존재감을
내뿜고 있었다.

방은 깨끗하고 단정한데다가 누군가 파란색 수레국화와 마
거리트가 꽂힌 꽃병을 가져다 두는 수고까지 기울였음에도, 잘
보면 모든 것이 은근히 어질러져 있었다. 피상적이지만 분명한
느낌이었다. 그래서 아늑하고 편안한 면도 있었다.

특히 책상 서랍이 그랬다.

누군가 방금 전에 잡동사니를 잔뜩 치운 것이 분명했는데,
그래도 남은 게 많았다. 예를 들면 오래된 택시 영수증과 극장
표, 망가진 볼펜, 빈 설탕 봉지가 있었다. 펜 받침대에는 줄줄이

엮은 종이 클립, 고무줄, 각설탕, 사카린 정제 봉지가 있었다. 물티슈 두 팩, 크리넥스 한 팩, 탄피 세 개, 고장 난 엑삭타 손목 시계도 있었다. 그리고 분명하고 알아보기 쉬운 글씨로 메모가 된 종이쪽지가 엄청 많았다.

자기 방에 들어오기 전에, 마르틴 베크는 경찰서를 돌아다니면서 사람들에게 인사했다. 전부는 아니지만 대부분은 오래 알고 지낸 사람들이었다.

이제 그는 자기 책상에 앉아서 시계를 들여다보고 있었다. 시계는 가망이 없어 보였다. 유리가 뿌옇고, 흔들어보니 나사란 나사는 죄다 헐거워진 듯이 음침하게 달그락달그락 소리가 났다.

렌나르트 콜베리가 노크를 하고 들어왔다.

"안녕. 환영해."

"고마워. 이거 자네 시계야?"

"응." 콜베리가 울적하게 대답했다. "세탁기에 넣어버렸지 뭐야. 주머니를 비우는 걸 깜박했어."

콜베리는 주변을 둘러보더니 미안한 듯 말했다.

"지난주 금요일에 다 치울 생각이었는데, 누가 방해하는 바람에. 어떤지 알잖아……."

마르틴 베크는 끄덕였다. 긴 요양 기간 동안에 가장 자주 만난 사람이 콜베리였기 때문에, 둘 사이에 따로 할 말은 별로 없었다.

"다이어트는 어떻게 되어가?"

"괜찮아. 오늘 아침에 0.5킬로그램 빠졌어. 104킬로그램에서 103.5킬로그램이 됐지."

"그러면 시작한 뒤로 10킬로그램밖에 안 찐 거네."

"8.5킬로그램이야." 콜베리는 자존심이 상한 말투였다.

콜베리가 어깨를 으쓱하고는 계속 투덜거렸다.

"아주 끔찍해. 이 프로젝트 자체가 자연에 어긋나는 거야. 군은 웃기만 하지. 보딜도 그렇고. 그나저나 자네는 어때?"

"좋아."

콜베리는 눈살을 찌푸렸지만 아무 말 하지 않았다. 대신 가방 지퍼를 열고 그 속에서 연한 빨간색 비닐 폴더를 꺼냈다. 그다지 두껍지 않은 보고서가 들어 있는 듯했다. 서른 쪽쯤 되어 보였다.

"뭐야?"

"선물이라고 해두지."

"누가 주는 건데?"

"내가. 사실은 아니야. 군발드 라르손이랑 뢴이 주는 거야. 두 사람은 이게 엄청나게 재밌다고 생각해."

콜베리는 파일을 책상에 놓고서 말했다.

"아쉽지만 나는 가야 해."

"어디로?"

"RPS."

국가경찰위원회를 말하는 것이었다.

"왜?"

"망할 은행 강도들 때문에."

"특별전담수사대가 있잖아."

"특별수사대에 보강 인원이 필요하대. 지난주 금요일에 또 어느 멍청이가 총에 맞았거든."

"알아. 신문에서 봤어."

"그래서 국가경찰청장이 당장 특별수사대를 강화하기로 결정했어."

"자네더러 오라고 했어?"

"아니. 사실은 자네를 부른 것 같아. 하지만 명령이 지난주 금요일에 내려왔으니까, 아직 내가 자네 대리였단 말이야. 그래서 내가 독자적으로 결정을 내렸지."

"무슨 결정?"

"자네를 그 정신병자 소굴로 보내지 않고, 대신 내가 가서 특별수사대를 보강한다는 결정."

"고마워."

마르틴 베크는 진심으로 고마웠다. 특별수사대에서 일한다면 아마 국가경찰청장, 최소 두 명의 국장, 여러 경정들, 그 밖의 어중이떠중이 아마추어들을 매일 대면해야 할 터였다. 콜베리는 그 시련을 몸소 겪기로 자진한 것이었다.

"음, 그 대신 이걸 가져온 거야."

콜베리는 퉁퉁한 집게손가락으로 비닐 파일을 짚었다.

"이게 뭔데?"

"사건. 은행 무장 강도 따위와는 달리 정말로 흥미로운 사건. 다만 유감스러운 점은……."

"뭔데?"

"자네가 탐정소설을 안 읽는다는 거야."

"그게 왜?"

"탐정소설을 읽는다면 이 사건을 더 즐겁게 음미할 수 있을 테니까. 뢴이랑 라르손은 세상 모든 사람이 다 탐정소설을 읽는다고 생각해. 사실은 그 두 사람 사건인데, 지금 맡고 있는 업무가 끔찍하게 많아서 누구든 가벼운 사건을 가져가줄 사람이 있다면 부디 그렇게 해달라고 모집하는 중이거든. 이건 생각해볼 거리가 있는 일이야. 그냥 가만히 앉아서 생각하면 돼."

"알았어. 살펴볼게." 마르틴 베크는 열의 없이 말했다.

"신문에 한 마디도 안 나온 사건이야. 궁금하지 않아?"

"궁금해. 그럼 가봐."

"안녕." 콜베리가 말했다.

콜베리는 문 밖에서 찌푸린 얼굴로 몇 초쯤 서 있다가 심란한 듯 고개를 흔들면서 승강기를 향해 걸어갔다.

5.

마르틴 베크는 콜베리에게 빨간색 파일의 내용이 궁금하다고 말했지만, 진심은 아니었다.

사실 그는 그것에 관심이 전혀 없었다.

그런데 왜 애매하고 오해를 사는 답변을 한 걸까?

콜베리를 기분 좋게 만들기 위해서? 아니었다. 그러면 콜베리를 속이기 위해서? 더 당치 않았다.

우선 마르틴 베크에게는 그럴 이유가 없었다. 그러려고 했더라도 불가능했다. 두 사람은 서로를 아주 오랫동안 아주 잘 알아온 사이였다. 게다가 콜베리는 마르틴 베크가 살면서 만난 사람들 중 가장 속이기 힘든 사람이었다.

그러면 혹시 마르틴 베크 자신을 속이기 위해서? 이 생각도 말이 안 되는 것 같았다.

마르틴 베크는 의문을 곱씹으면서 사무실 점검을 마무리했다.

서랍 정리를 끝낸 뒤에는 가구로 넘어가서 의자들을 옮기고, 책상 각도를 바꾸고, 서류 캐비닛이 문에 가까워지도록 십여 센티미터 정도 옮기고, 책상에 고정된 램프를 풀어서 책상 오른쪽에 오도록 바꾸었다. 그의 대리는 램프가 왼쪽에 있는 편을 선호하거나 어쩌다 보니 그쪽에 두고 쓴 모양이었다. 이런 사소한 문제에서 콜베리는 종종 대충대충이었다. 하지만 중요한 문제에서는 완벽주의자였다. 예를 들어, 콜베리는 완벽한 아내를 원한다는 목표가 뚜렷했기 때문에 마흔두 살이 되어서야 결혼을 했다.

덕분에 콜베리는 어울리는 짝을 만났다.

반면 마르틴 베크는 어울리는 짝아 아니었던 것이 분명한 상대와 성공적이지 못한 결혼 생활을 이십 년 가까이 해온 기억뿐이었다.

아무튼 지금은 이혼한 상태였다. 그가 생각하기에 자신은 너무 늦을 때까지 우유부단하게 굴기만 했었다.

지난 반년 동안, 이러니저러니 해도 이혼이 실수가 아니었을까 하는 생각이 이따금 솟곤 했다. 잔소리하는 따분한 아내라도 있는 편이 아내가 없는 것보다는 활기 있게 살 수 있지 않을까?

뭐, 중요한 문제도 아니었다.

그는 꽃병을 들고 나가서 비서 중 한 명에게 주었다. 비서는 기뻐하는 듯했다.

마르틴 베크는 책상에 앉아서 주변을 둘러보았다. 질서가 회복되었다.

아무것도 달라지지 않았다는 사실을 스스로에게 확인시키고 싶은 걸까?

무의미한 질문이었다. 이런 생각을 털어버리고자 그는 빨간색 파일을 앞으로 당겼다.

투명한 비닐이라서 살인 사건임을 한눈에 알아볼 수 있었다. 살인은 그가 하는 일의 핵심 요소이니 괜찮았다.

하지만 어디서 벌어진 살인이라고?

베리스가탄 57번지. 경찰 본부에서 엎어지면 코 닿을 데였다.

평소라면 그는 이런 사건은 자기 일도 자기 부서의 일도 아니고 스톡홀름 경찰의 일이라고 말했을 터였다. 문득 수화기를 들고 쿵스홀멘의 아무에게나 전화를 걸어서 어떻게 된 일이냐고 물을까 하는 생각이 들었다. 아니면 그냥 파일을 봉투에 넣어서 발송자에게 돌려보낼까 싶었다.

규정을 엄격하게 지키고 싶은 충동이 일었다. 충동이 어찌나 강했던지, 온 의지력을 발휘해야만 겨우 억누를 수 있었다.

생각을 딴 데로 돌리려고 시계를 보았더니 벌써 점심시간이었다. 하지만 배고프지 않았다.

마르틴 베크는 일어나서 화장실로 갔다. 미지근한 물을 한 컵 마셨다.

자리로 돌아오니 사무실 공기가 덥고 퀴퀴한 것이 느껴졌다. 그래도 그는 재킷을 벗지 않았고, 칼라도 풀지 않았다.

그는 책상에 앉아서 문서를 꺼내어 읽기 시작했다.

경찰관으로 스물여덟 해를 산 덕에 익힌 기술 중 하나는 보고서를 읽으면서 반복과 사소한 세부 사항을 재빨리 걸러내는 능력이었다. 그 속에 어떤 패턴이 존재한다면 그것을 알아차리는 능력도.

문서를 꼼꼼히 다 읽는 데는 한 시간이 걸리지 않았다. 전반적으로 못 쓴 보고서였다. 몇몇 대목은 완전히 요령부득이었고, 어떤 부분들은 특히나 못 쓴 것 같았다. 그는 작성자를 금세 알아맞혔다. 에이나르 뢴이었다. 뢴은, 문체로만 따지자면, 악명 높은 교통 규칙에서 "가로등이 켜지면 어둠이 내린다"라고 선언했던 어느 높은 분을 닮은 듯했다.

마르틴 베크는 문서를 다시 훑으면서 몇 가지 구체적인 사실을 확인했다.

그다음 보고서를 내려놓고, 책상에 팔꿈치를 대고 이마를 두 손에 묻었다.

찌푸린 채로 그는 사건의 과정을 처음부터 끝까지 생각해보았다.

보름 전인 6월 18일 일요일, 쿵스홀멘 베리스가탄 57번지의 한 주민이 경찰을 불렀다. 신고가 접수된 것은 오후 2시 19분이었지만, 순경 두 명이 탄 순찰차가 그곳에 도착한 것은 두 시간 뒤였다. 베리스가탄의 그 건물은 스톡홀름 경찰서에서 걸어서 구 분도 안 걸리는 거리였다. 하지만 출동 지연에는 분명한 이유가 있었다. 스톡홀름은 경찰관이 극심하게 부족한 상태였다. 게다가 여름휴가철이고 일요일이었으며, 그 신고는 특별히 급해 보이지 않았다. 두 순경 칼 크리스티안손과 켄네트 크바스트모는 건물로 들어가서 신고자와 이야기를 나누었다. 신고자는 길에 면한 쪽 2층에 사는 여자였는데, 여자는 벌써 며칠째 계단통에서 불쾌한 냄새가 나서 신경 쓰인다면서 뭔가 잘못된 게 있는 것 같다고 우려를 표했다.

두 순경도 대번에 냄새를 맡을 수 있었다. 크바스트모는 그것이 꼭 부취腐臭 같더라고 보고했다. 그의 표현을 그대로 옮기자면, 썩은 고기에서 나는 악취와 똑 닮았더라고 했다. 냄새를 찬찬히 추적한 결과―이 또한 크바스트모의 표현이었다―두 순경이 다다른 곳은 한 층 위의 집 문앞이었다. 입수한 정보에 따르면, 그 집에는 아마도 65세쯤 되는 칼 에드빈 스베르드라는 남자가 얼마 전부터 살고 있었다. 초인종 밑에 붙은 쪽지에 손글씨로 적힌 이름도 그 이름이었다. 냄새가 자살한 사람, 혹은 자연사한 사람, 혹은 죽은 개의 시체에서 나거나―이 또한 크바스트모의 생각이었다―그도 아니면 병자나 뭔가 궁지에 빠진 사람에게서 나는 것 같았기에, 순경들은 들어가보기로 결정했다. 초인종은 고장 난 듯했고, 문은 아무리 두드려도 반응이 없었다.

관리인이나 집주인의 대리인이나 마스터키를 가진 사람과 접촉하려는 시도는 죄다 실패했다.

그래서 순경들은 강제로 문을 열고 들어가도 되느냐고 상부에 물었고, 그러라는 지시를 받았다. 그들은 열쇠공을 불렀다. 그러느라 또 삼십 분이 흘렀다.

도착한 열쇠공은 문에 만능열쇠로는 열 수 없는 종류의 자물쇠가 달렸고 우편물 투입구도 없다는 걸 확인했다. 그래서 특수도구로 문을 뚫어서 자물쇠를 떼어냈지만, 그러고도 문을 열지 못했다.

이 사건에 들인 시간이 이미 평소의 처리 시간을 훨씬 초과한 터라 크리스티안손과 크바스트모는 상부에 새로 지시를 요청했고, 완력으로 밀고 들어가라는 명령을 받았다. 수사과에서 나와서 참관해야 하지 않느냐는 질문에는 사람이 없다는 간결한 답이 돌아왔다.

열쇠공은 자신은 할 만큼 했다고 판단하고 돌아갔다.

오후 7시, 크바스트모와 크리스티안손은 바깥에서 경첩의 나사를 죄다 뜯어내어 문을 여는 데 성공했다. 그러나 또 문제가 생겼다. 문기둥에 금속 막대 두 개를 가로로 엇갈려 끼우는 방식인 폭스록 빗장도 설치되어 있었던 것이다. 순경들은 한 시간을 더 끙끙댄 뒤에야 안으로 들어갈 수 있었다. 그리고 집 안에서 그들을 맞은 것은 숨 막히는 열기와 흘러넘치는 시체 냄새였다.

길에 면한 방에, 남자가 죽어 있었다. 시신은 베리스가탄 거리를 내다보는 창으로부터 약 삼 미터 떨어진 곳에 등을 대고 누워 있었고, 그 옆에 전기 라디에이터가 켜져 있었다. 시체가 보통 인체 부피의 두 배 넘게 부푼 것은 그즈음 계속된 더위와 라디에이터 열기가 합해진 탓이었다. 시신은 심하게 부패된 상태였고, 구더기가 잔뜩 생겨 있었다.

길이 내다보이는 창은 안에서 잠겨 있었다. 블라인드도 내려져 있었다.

또 다른 창은 작은 부엌에 있는 것으로 안뜰이 내다보이는 위치였다. 이 창문은 테이프로 단단히 봉해져 있었고, 오랫동안 열리지 않은 것 같았다.

가구는 몇 없었는데 그 밖의 비품도 부실했다. 천장, 바닥, 벽, 벽지, 페인트는 다 헐어 있었다.

가재도구도 부엌과 거실에 겨우 몇 개가 있을 뿐이었다.

순경들이 찾은 공문서에 따르면, 죽은 사람은 62세의 칼 에드빈 스베르드로 은퇴 연령이 되기 전인 육 년 전에 일찍 연금 생활자가 된 전직 창고지기였다.

구스타브손이라는 수사관이 집을 조사한 뒤, 시신은 정례 절차인 부검을 받기 위해서 국립과학수사연구소로 보내졌다.

예비 조사 결과는 자살이었다. 그게 아니면 아사, 병사, 그밖의 자연사일 수도 있겠다고 했다.

마르틴 베크는 재킷 주머니를 더듬어서 있지도 않은 플로리다 담배를 찾았다.

신문에는 스베르드 사건이 한 줄도 보도되지 않았다. 이것은 너무 진부한 이야기였다. 스톡홀름은 세계 최고의 자살률을 자랑했다. 모두가 이 사실을 이야기하기 꺼렸고, 꼭 얘기해야만 하는 상황에 처했을 때는 다양한 방식으로 조작된 부정한 통계를 끌어와서 숨기려 했다. 가장 널리 쓰이는 설명은 가장 단순한 것으로, 다른 나라들이 통계를 워낙 많이 속여서 그렇다는 해명이었다. 하지만 몇 년 전부터는 정부 관료들조차 감히 이

변명을 입 밖에 내거나 대중 앞에서 하지 못했으니, 국민들이 이제 정치적 설명보다는 스스로 목격한 증거를 더 믿기 시작했다는 사실을 감지해서일 것이었다.

그런 죽음들이 정말 자살이 아니라고 해도, 그러면 사태가 더 당황스러워질 뿐이었다. 그렇다면 명색이 복지국가에 아프고 가난하고 외로운 사람들이 많다는 것, 그들이 누구의 돌봄도 받지 못하고 겨우 개 먹이로 연명하다가 서서히 쇠약해져서 쥐구멍 같은 거처에서 죽어간다는 것을 뜻하게 되기 때문이었다.

아니, 이런 이야기는 대중에게 할 수 없었다. 심지어 경찰관들에게도 할 수 없었다.

그런데 여기서 끝이 아니었다. 조기 은퇴자 칼 에드빈 스베르드의 이야기에는 속편이 딸려 있었다.

6.

마르틴 베크는 이 일을 오래했기 때문에, 만일 보고서에서 이해되지 않는 대목이 있다면 그것은 십중팔구 누군가 부주의했거나, 실수했거나, 오자를 냈거나, 사태의 핵심을 간과했거나, 글로 자기 생각을 전달하는 능력이 없기 때문임을 알았다.

베리스가탄의 자기 집에서 죽은 남자 이야기 중 후반부는 아무리 잘 봐주려고 해도 이상했다.

처음에는 일이 통상적인 순서대로 잘 진행되었다. 일요일 저녁, 시신이 수습되어 시체 안치실로 옮겨졌다. 이튿날에는 집을 소독했는데, 꼭 필요한 조치였다. 크리스티안손과 크바스트모도 그날 보고서를 제출했다.

부검은 화요일에 이뤄졌고, 그 결과는 이튿날 관련 경찰 부서에 전달되었다.

오래된 시체를 부검하는 것은 재미난 일이 못 된다. 문제의 인물이 자살했거나 자연사했다는 사실이 미리 알려진 경우에는 더 그렇다. 게다가 그 인물이 사회적으로 명망 있는 지위를 누리지 못했다면, 예를 들어 조기 은퇴한 전직 창고지기였다면, 그나마 있던 흥미조차도 깡그리 사라지고 만다.

부검 보고서에 서명된 이름은 마르틴 베크가 처음 보는 이름이었다. 짐작건대 임시직인 것 같았다. 내용은 지나치게 과학적이고 난해했다.

어쩌면 이 사건이 다소 엉성하게 다뤄진 까닭이 바로 이 점일 수도 있었다. 마르틴 베크가 아는 한, 이 보고서는 작성일로부터 일주일이 지나서야 에이나르 뢴에게 전달되었다. 그리고 뢴의 손에 들어오고서야 비로소 응당 받았어야 할 관심을 받게 되었다.

마르틴 베크는 오랜만에 다시 업무용 통화를 하려고 전화기를 끌어당겼지만, 수화기를 들고 오른손을 다이얼에 얹고 그 자세로 가만히 있었다. 국립과학수사연구소 전화번호를 잊은 탓이었다. 결국 찾아봐야 했다.

법의학자는 놀란 것 같았다.

"물론이죠. 물론 기억해요. 두 주 전에 보고서를 보냈는데요."

"압니다."

"애매한 데가 있나요?"

"몇 가지 점이 이해되지 않습니다."

"이해가 안 된다고요? 어떻게요?"

살짝 상처 입은 목소리일까?

"당신의 보고서에 따르면, 이 사람은 자살이었습니다."

"맞아요."

"왜죠?"

"보고서에 나와 있잖아요? 내가 그렇게 설명을 못했나요?"

"아뇨, 그건 아닙니다."

"그러면 뭐가 이해가 안 되나요?"

"솔직히 말하면 이해 안 되는 부분이 좀 많습니다. 물론 내가 무지해서죠."

"용어를 말씀하시는 건가요?"

"그런 것도 있고요."

"의학 지식이 없으면 그런 어려움을 겪을 수 있죠." 법의학자는 위로하듯이 말했다.

여자의 목소리는 가볍고 맑았다. 분명 어린 편인 것 같았다.

마르틴 베크는 잠시 말이 없었다.

이 시점에서 그는 이렇게 말해야 했다.

"이봐요. 아가씨. 이 보고서는 법의학자가 아니라 다른 종류의 사람들을 위한 겁니다. 행정경찰이 요청한 부검이니까, 이를테면 보통의 경찰관도 이해할 수 있는 말로 씌어야 합니다."

하지만 그는 말하지 않았다. 왜?

그의 생각을 끊은 것은 법의학자의 목소리였다.

"여보세요, 아직 안 끊었나요?"

"네, 끊지 않았습니다."

"구체적으로 묻고 싶으신 게 있을까요?"

"네, 먼저 자살로 판단한 근거를 알고 싶습니다."

대답하는 법의학자의 목소리가 살짝 달라졌는데, 놀라움이 담겨 있었다.

"이보세요, 경감님. 이 시신은 경찰이 보낸 거였어요. 내가 부검하기 전에 이 사건 책임자인 듯한 경찰관과 통화를 했는데요, 그때 그분이 이건 그냥 정례적인 절차라고 말했어요. 알고 싶은 건 딱 한 가지뿐이라고."

"그게 뭐였습니까?"

"그 사람이 자살했는지 아닌지."

마르틴 베크는 짜증이 나서 주먹 쥔 손으로 가슴팍을 문질렀다. 총에 맞은 자리가 아직도 가끔 아팠다. 의사들은 그것이 심신증적 증상이라고 말하면서 그의 무의식이 과거에 매달리기를 그만두면 저절로 사라질 거라고 조언했다.

그런데 지금 그를 짜증스럽게 만드는 것은, 그것도 대단히 짜증스럽게 만드는 것은 현재였다. 그리고 이 현재는 그의 무의식이 아무런 흥미도 느끼지 못하는 일이었다.

초보적인 실수가 저질러졌다. 당연히 부검은 경찰로부터 아무런 단서도 듣지 못한 상태에서 이뤄져야 했다. 법의학 전문가에게 추정 사망 원인을 알려주는 것은 의무 위반이나 다름없었다. 이번처럼 법의학자가 젊고 미숙할 때는 더 그랬다.

"경찰관 이름을 압니까?"

"알도르 구스타브손 형사예요. 그분이 책임자인 것 같았어요. 경험이 많고 업무를 잘 아는 분인 것 같았어요."

마르틴 베크는 알도르 구스타브손 형사도 그의 자질도 알지 못했다.

"그러니까 경찰이 당신에게 지침을 줬다는 겁니까?"

"그렇다고 말할 수도 있겠죠. 아무튼 경찰이 이건 자살이 의심되는 사건이라고 명확하게 밝힌 건 분명해요."

"그렇군요."

"자살이란, 아시겠지만, 사람이 스스로 죽었다는 뜻이죠."

마르틴 베크는 그 말에 대꾸하는 대신 이렇게 물었다.

"부검이 어려웠습니까?"

"그렇진 않았어요. 장기 손상이 심하긴 했지만. 그러면 우리 작업의 양상이 좀 달라지기 마련이죠."

마르틴 베크는 이 법의학자가 부검을 얼마나 많이 해봤는지 궁금했다. 하지만 그 질문은 자제했다.

"오래 걸렸습니까?"

"전혀요. 자살 아니면 급성질환이었기 때문에 흉부부터 열었죠."

"왜죠?"

"사망자가 나이 든 남자였으니까요. 그 경우 돌연사일 때는 심부전이나 심근경색이 늘 제일 유력한 후보거든요."

"왜 돌연사라고 가정했습니까?"

"그 경찰관이 내게 그렇다는 뜻으로 말했어요."

"어떻게요?"

"단도직입적으로 말했던 것 같아요."

"뭐라고 말했습니까?"

"노인이 스스로 목숨을 끊었거나 아니면 심장 발작을 일으켰다, 그런 식으로요."

또 하나의 기막힌 오판이었다. 스베르드가 죽기 전에 마비되거나 무력한 몸으로 그곳에 며칠이나 누워 있었을지도 모른다는 가능성을 배제할 정황은 없었다.

"그래서 가슴을 열었군요."

"네. 그리고 대답은 금세 나왔어요. 둘 중 어느 쪽인지에 의문이 없었죠."

"자살요?"

"그렇죠."

"뭘로?"

"스스로 심장을 총으로 쐈어요. 총알이 안에 박혀 있었죠."

"총알이 심장에 맞았습니까?"

"아주 근접했어요. 주된 부상은 대동맥에 있었고요."

법의학자는 잠시 말을 멈췄다가 살짝 신랄한 말투로 덧붙였다.

"내가 충분히 이해되게 설명했나요?"

"그렇습니다."

마르틴 베크는 다음 질문을 조심스럽게 던졌다.

"총상을 많이 다뤄봤습니까?"

"충분히 다뤄본 것 같은데요. 좌우간 이 건은 복잡할 게 없었고요."

이 법의학자가 총상 사망자 부검을 평생 몇 건이나 해봤을까? 세 건? 두 건? 어쩌면 이 건 하나?

법의학자는 그의 소리 없는 의구심을 눈치챈 듯 설명을 덧붙였다.

잠긴 방

"나는 이 년 전에 내전중인 요르단에서 일했어요. 총상이라면 부족하지 않았죠."

"자살은 그다지 많지 않았겠지요."

"그건 그래요."

마르틴 베크가 말했다. "사실 자살자가 자기 심장을 겨누는 일은 거의 없습니다. 대부분은 입안을 쏘죠. 일부는 관자놀이를 쏘고."

"그럴지도 모르죠. 하지만 내가 알기로 절대 이 남자가 처음은 아니에요. 심리학 수업에서 배웠는데, 자살자들에게는 심장을 겨누려는 뿌리 깊은 본능이 있대요. 낭만주의자라면 더 그렇고요. 널리 퍼진 경향성인 모양이에요."

"스베르드가 총상을 입은 뒤 얼마나 버텼을 것 같습니까?"

"오래 버티지 못했을 거예요. 일 분, 아니면 이삼 분. 내출혈이 심했어요. 추측해보라면 일 분이라고 할게요. 아무튼 극히 짧았을 거예요. 이 문제가 중요한가요?"

"그럴지도 모릅니다. 그리고 궁금한 게 또 있습니다. 시신을 6월 20일에 살펴봤지요?"

"네, 맞아요."

"그때 그가 죽은 지 얼마나 됐을까요?"

"음……."

"이 점에 대해서는 보고서가 모호하더군요."

"말하기 쉽지 않은 문제예요. 나보다 경험이 많은 법의학자라면 더 정확한 답을 줄 수 있을지도 모르겠네요."

"당신은 어떻게 봅니까?"

"최소 두 달. 하지만……."

"하지만?"

"사망 현장의 상태에 따라 달라져요. 따뜻하거나 습했다면 차이가 크게 나죠. 가령 시신이 열기에 노출되었다면 기간이 짧아질 수 있어요. 손상이 심한 경우에는, 그러니까……."

"총알이 들어간 지점은?"

"조직 손상 때문에 그 질문도 답하기가 어려워요."

"총구가 몸에 닿은 채로 발사되었습니까?"

"내가 볼 땐 아니에요. 하지만 내가 틀렸을 수도 있다는 건 짚어둬야겠죠."

"그러면 당신의 견해는 뭡니까?"

"그가 다른 방법으로 쐈다는 거죠. 전형적인 방법은 두 가지뿐이잖아요?"

"그렇죠. 맞습니다."

"총구를 몸에 대고 쏘거나, 아니면 권총이든 뭐든 무기를 거꾸로 쥐고 팔을 쭉 뻗어서 쏘는 거죠. 그 경우에는 방아쇠를 엄지로 당겨야 하겠죠?"

"맞습니다. 그러면 당신은 그런 경우였다고 생각합니까?"

"네. 하지만 확실하진 않아요. 시신이 이렇게 많이 변형되었을 때는 총이 몸에 접촉했는지 아닌지를 확실히 가려내기가 정말로 어려워요."

"알겠습니다."

"이제 내가 이해가 안 되네요." 여자가 가볍게 말했다. "왜 이런 걸 묻죠? 그가 어떤 방식으로 자살했는가가 그렇게 중요한 문제인가요?"

"그런 것 같습니다. 스베르드는 자기 집에서 사망한 채 발견되었습니다. 집의 창문과 문은 모두 안에서 잠겨 있었죠. 시신은 전기 라디에이터 옆에 누워 있었습니다."

"부패가 많이 진행된 게 설명되네요. 그 경우에는 한 달로도 충분했을 수 있어요."

"정말입니까?"

"네. 그리고 근거리 총상인데 화약 화상을 발견하기 어려운 이유도 설명되죠."

"알겠습니다. 도움 감사합니다." 마르틴 베크가 말했다.

"아, 별것 아닌걸요. 내 설명이 필요한 문제가 있다면 언제든 다시 전화 주세요."

"안녕히 계십시오."

마르틴 베크는 수화기를 내려놓았다.

법의학자는 설명에 노련했다. 덕분에 설명해야 할 문제는 하나밖에 남지 않았다.

하지만 이것이야말로 가장 당혹스러운 문제였다.

스베르드는 자살을 할 수가 없었다.

총 없이 총으로 자살하는 것은 쉽지 않은 일이다.

베리스가탄의 그 집에는 총이 없었다.

7.

마르틴 베크는 통화를 이어갔다.

호출을 받고 베리스가탄으로 갔던 순찰조와 연락해보려고
했지만, 둘 다 비번인 듯했다. 여기저기 전화해본 후에야 한 명
은 휴가중이고 다른 한 명은 지방법원에 증인으로 출석하느라
자리를 비웠다는 걸 알 수 있었다.

군발드 라르손은 회의로 바빴고, 에이나르 뢴은 호출을 받고
나가서 없었다.

한참 후에야 마르틴 베크는 이 사건을 국가범죄수사국 살인
수사과로 넘긴 경찰관과 통화할 수 있었다. 그가 사건을 넘긴
것은 6월 26일 월요일이 되어서였기 때문에, 마르틴 베크는 이
질문을 던지지 않을 수 없었다.

"부검 보고서가 전주 수요일에 나왔던 게 사실입니까?"

대답하는 남자의 목소리가 확연히 동요했다.

"확실히는 모르겠습니다. 내가 그걸 읽은 건 그 주 금요일이 되어서였어요."

마르틴 베크는 아무 말 하지 않고 설명을 기다렸다. 곧 남자가 설명했다.

"우리 서는 인력이 정원의 절반도 안 됩니다. 가장 시급한 사건 외에는 처리할 여력이 없어요. 보고서가 계속 쌓이기만 합니다. 매일 더 심해져요."

"그래서 부검 보고서를 그전에는 아무도 안 봤다는 겁니까?"

"여기 경감이 봤습니다. 그리고 경감이 금요일 오전에 내게 누가 총을 챙겼는지 물어봤죠."

"무슨 총 말입니까?"

"스베르드가 자살할 때 쓴 총이요. 나는 총에 대해서는 아는 바가 없었고, 호출을 받고 출동했던 순경들 중 한 명이 발견했을 거라고 생각했습니다."

"순경들이 쓴 보고서를 내가 지금 갖고 있습니다. 만약 집 안에 총기가 있었다면 이 보고서에 그 사실이 언급되어 있었겠죠."

"순찰조가 실수했을 것 같진 않은데요." 남자가 즉각 방어적으로 말했다.

남자가 자기 부하들을 두둔하는 이유는 짐작하기 어렵지 않았다. 최근 몇 년 동안, 행정경찰에 대한 비판이 갈수록 늘었다. 대민 관계는 어느 때보다 나빴고, 업무 부담은 거의 두 배로 늘었다. 그 결과 많은 경찰관이 그만둬버렸는데, 안타깝게도 그만둔 이들은 보통 제일 뛰어난 이들이었다. 극심한 실업난에도 불구하고 경찰관 신규 충원은 거의 이뤄지지 않았고, 지망자는 갈수록 줄었다. 남은 경찰관들은 서로 뭉쳐야 할 필요를 더 강하게 느꼈다.

"어쩌면 아닐 수도 있지요." 마르틴 베크가 말했다.

"그 친구들은 해야 할 일을 제대로 했습니다. 현장에 들어가서 시체를 발견한 뒤에 윗선에 보고했어요."

"구스타브손이라는 사람 말입니까?"

"맞습니다. 수사관이에요. 시체 발견을 제외하고, 사건에 대해서 결론을 내리고 관찰 내용을 보고하는 건 그 친구 일입니다. 나는 순찰조가 그 친구에게 총을 보여줬고 그래서 그가 그 문제를 알아서 했을 거라고 생각했습니다."

"그래서 보고서에 언급조차 하지 않았다?"

"그런 일도 있기 마련이죠." 경찰관은 건조하게 말했다.

"음, 아무튼 그 방에는 총이 없었던 걸로 보입니다."

"네. 하지만 나는 그 사실을 일주일 전 월요일에 크리스티안 손과 크바스트모와 이야기한 후에야 알아차렸습니다. 그 즉시 서류를 쿵스홀름스가탄으로 보냈죠."

쿵스홀멘 경찰서와 범죄수사국 건물은 같은 블록에 있다. 마르틴 베크는 참지 못하고 말했다.

"그리 먼 거리도 아니잖습니까."

"우리는 실수한 것 없습니다." 남자가 말했다.

"사실 나는 누가 실수했는가보다 스베르드가 어떻게 죽었는가에 더 관심이 있습니다."

"실수가 있었더라도, 우리 쪽 실수는 아닙니다."

은근한 암시가 담긴 대꾸였다. 마르틴 베크는 대화를 끝내는 편이 낫겠다고 생각했다.

"도와줘서 고맙습니다. 그럼."

다음으로 통화한 사람은 구스타브손 형사였다. 그는 엄청 바쁜 듯한 목소리였다.

"아, 그 사건요. 그것참, 이해가 안 되지요. 하지만 세상에는 그런 일도 있는 것 아니겠습니까."

"어떤 일 말입니까?"

"설명할 수 없는 일. 답이 없는 수수께끼. 그래서 그냥 포기하는 게 낫겠다고 생각되는 일 말입니다."

"이리로 와주시죠." 마르틴 베크가 말했다.

"지금? 베스트베리아로?"

"맞습니다."

"아쉽지만 그건 어렵습니다."

"나는 그렇게 생각하지 않습니다."

마르틴 베크는 시계를 보았다.

"3시 반까지로 하죠."

"그건 어렵습니다……."

"3시 반입니다." 마르틴 베크는 이렇게 말하고 전화를 끊었다.

그는 자리에서 일어나서, 뒷짐을 지고 방을 오락가락하기 시작했다.

수사 초반의 이 언쟁은 지난 오 년간 뚜렷해진 경향을 잘 보여주었다. 요즘은 수사를 시작할 때 먼저 경찰이 무슨 생각을 하고 있는지부터 수사해야 하는 경우가 잦았다. 이것이 실제 사건 해결보다 더 어려운 경우도 드물지 않았다.

알도르 구스타브손은 4시 5분에 나타났다.

마르틴 베크에게 그 이름은 아무 의미가 없었지만, 남자를 보니 누군지 알 것 같았다. 그는 서른쯤 되는 나이에 마른 몸, 검은 머리카락, 터프하고 태평한 분위기의 남자였다.

마르틴 베크는 그를 스톡홀름 경찰서 수사과 사무실에서, 그리고 그 밖의 장소에서 때때로 보았던 기억이 났다.

"앉으세요."

구스타브손은 제일 좋은 의자에 앉아서 다리를 꼰 뒤 담배를 꺼냈다. 담뱃불을 붙이고는 말했다.

"웃기는 얘기죠? 뭘 알고 싶습니까?"

마르틴 베크는 한참을 말없이 손가락에 낀 볼펜만 굴리다가 이윽고 말했다.

"베리스가탄에 도착한 게 몇 시였습니까?"

"저녁이었습니다. 10시쯤."

"그때 현장이 어땠나요?"

"진짜 끔찍했죠. 허연 구더기가 득시글거리고. 악취가 진동하고. 순경 하나는 복도에 토했더군요."

"순경들은 어디에 있었지요?"

"한 명은 문 앞에서 지키고 있었습니다. 다른 한 명은 순찰차에 있었고요."

"그들이 내내 집 앞을 지켰습니까?"

"네. 좌우간 그 친구들 말로는 그랬답니다."

"그러면 당신은…… 뭘 했습니까?"

"곧장 들어가서 살펴봤죠. 아까 말했지만 진짜 끔찍하더라고

잠긴 방

요. 범죄수사국에게는 사건 현장으로 보일 수도 있었겠지만 말입니다."

"하지만 당신은 다르게 결론을 내렸지요?"

"네. 어쨌든 불 보듯 뻔한 일이었으니까요. 현관문은 안쪽에서 서너 가지 자물쇠로 잠겨 있었습니다. 순경들이 정말 간신히 열었다니까요. 창문도 잠겨 있었고, 블라인드도 내려져 있었죠."

"당신이 갔을 때도 창문이 닫혀 있었나요?"

"아니요. 순경들이 집에 처음 들어갔을 때 연 것 같더군요. 그러지 않고서는 그 안에서 방독면 없이 버티지 못했을 테니까요."

"당신은 거기에 얼마나 있었습니까?"

"몇 분 되지 않았습니다. 수사과 일이 아니라는 것을 확인할 정도로만 있었죠. 틀림없이 자살 혹은 자연사였으니까 나머지는 순경들이 처리할 문제였죠."

마르틴 베크는 보고서를 훌훌 넘겼다.

"증거품 목록이 없더군요." 마르틴 베크의 말이었다.

"없어요? 음, 누구든 그걸 생각했어야 하는 건 맞는데요. 하지만 의미가 없었습니다. 죽은 양반이 가진 게 없었거든요. 탁자 하나, 의자 하나, 침대 하나뿐이었던 것 같아요. 부엌에 잡동사니가 좀더 있고."

"하지만 둘러는 봤겠죠?"

"당연하죠. 다 살펴본 후에 허가했습니다."

"무슨?"

"네? 무슨 말입니까?"

"뭘 허가했느냐는 겁니다."

"당연히 시신 수습이죠. 시신은 부검을 해야 했습니다. 자살이라도 열어보잖아요. 규정이 그러니까."

"현장에서 본 걸 요약해서 말해주겠습니까?"

"그러죠. 간단합니다. 시신은 창문에서 대략 삼 미터 떨어진 지점에 누워 있었습니다."

"대략?"

"네, 줄자가 없었거든요. 시신은 두 달쯤 되어 보였습니다. 썩어 있었다는 거죠. 방에는 의자 두 개, 탁자 하나, 침대 하나."

"의자 두 개?"

"네."

"아까는 하나라고 했는데요."

"아, 뭐, 아무튼 두 개였던 것 같습니다. 그리고 작은 선반이 하나 있었고, 그 위에 오래된 신문이랑 책이 좀 있었고요. 부엌에 냄비 두어 개랑 커피포트. 그 밖에 평범한 물건들."

"평범한 물건들?"

"네. 캔 따개, 칼, 포크, 쓰레기통, 그런 것들요."

"그렇군요. 바닥에 놓여 있는 건 없었습니까?"

"아무것도. 시체를 빼고는 말입니다. 순경들에게 물어봤더니 그 친구들도 아무것도 못 봤다고 하더군요."

"집 안에 다른 사람은 없었습니까?"

"전혀. 순경들도 다른 사람은 없었다고 말했습니다. 나하고 그 친구들 둘 말고는 아무도 안에 들어가지 않았고요. 그러다 밴을 탄 사람들이 와서 시신을 비닐 백에 넣어 갔지요."

"이제 우리는 스베르드의 사망 원인을 알게 됐습니다."

"맞아요. 총으로 자살했죠. 불가사의하단 말이에요. 그 사람이 총을 어쨌을까요?"

"당신에게는 그럴듯한 설명이 있습니까?"

"없어요. 바보 같은 이야기예요. 답이 없는 사건이라고요. 자주 있는 일은 아니죠, 그렇죠?"

"순경들은 의견이 있었습니까?"

"아니요. 그 친구들이 본 건 남자가 죽어 있고 현장이 완전히 밀폐되어 있었다는 것뿐입니다. 만약 거기에 권총이 있었다면, 그 친구들이든 나든 발견했을 겁니다. 총은 죽은 양반 옆에 떨어져 있었을 수밖에 없으니까요."

"사망자의 신원은 확인했습니까?"

"물론이죠. 이름은 스베르드, 문에도 이름이 적혀 있었는걸요. 한눈에 어떤 부류인지 알 수 있는 사람이었어요."

"어떤 부류?"

"아, 사회적으로 말이죠. 아마 늙은 주정뱅이였을 겁니다. 그런 부류는 자살을 많이 하죠. 술 마시다가 죽거나 그렇지 않으면 심장 발작을 일으키거나."

"그 밖에는 흥미로운 점이 없습니까?"

"네. 아까도 말했듯이 설명이 안 되는 사건이란 말이죠. 완전 미스터리예요. 당신도 이 사건은 해결하지 못할 겁니다. 이보다 더 중요한 사건들도 있을 테고요."

"어쩌면."

"네, 그렇겠죠. 이제 가도 됩니까?"

"아직 아닙니다." 마르틴 베크가 말했다.

"나는 더 할 말이 없는데요." 알도르 구스타브손은 이렇게 말하고 담배를 재떨이에 껐다.

마르틴 베크는 일어나서 창가로 갔다. 방문객을 등지고 서서 말했다.

"나는 할 말이 몇 가지 더 있습니다."

"아? 뭡니까?"

"사실은 좀 많습니다. 먼저, 지난주에 과학수사 요원이 그 집을 조사했습니다. 흔적이 거의 다 훼손되었지만, 그래도 그들은 카펫에서 큰 핏자국 하나와 작은 핏자국 두 개를 쉽게 찾아냈습니다. 당신은 핏자국을 못 봤습니까?"

"네. 핏자국을 찾아봐야겠다고 생각하진 않았으니까요."

"분명 안 찾아봤죠. 그러면 뭘 찾아봤습니까?"

"특별한 건 없었습니다. 사건이 너무 명백해 보였어요."

"핏자국을 보지 못했다면 다른 것도 놓쳤을 가능성이 있겠죠."

"아무튼 총기류는 없었습니다."

"사망자의 복장은 살펴봤습니까?"

"아니요. 자세히 보진 않았습니다. 애초에 시신이 썩어 있었는걸요. 무슨 넝마 같은 거였겠죠. 그런 걸 조사해봐야 소용이 있을 것 같지 않습니다."

"당신이 즉각 알아본 것이 있긴 했죠. 사망자가 가난하고 외로운 사람이라는 점, 사회 저명 인사라고 불릴 만한 사람이 아니라는 점."

"맞습니다. 나처럼 알코올의존자나 복지 수급자를 많이 만나다 보면……."

"그러면?"

"음, 사람 보는 눈이 생긴단 말입니다."

마르틴 베크는 정말로 그런가 생각하면서 말했다.

"사망자가 사회 부적응자가 아니었다면, 그러면 더 꼼꼼하게 봤겠습니까?"

"네. 그런 경우에는 더 세심해야 하지요. 사실 우리는 신경 쓸 일이 우라지게 많습니다."

구스타브손이 주변을 둘러보면서 계속 말했다.

"여기 있으면 잘 모르겠지만, 우리는 혹사당하고 있어요. 부랑자 한 명이 죽을 때마다 셜록 홈스 놀이를 할 순 없단 말입니다. 할 말이 더 있습니까?"

"그래요, 하나 더. 당신의 사건 처리가 형편없었다는 걸 지적하고 싶군요."

"뭐라고요?"

구스타브손이 일어섰다. 마르틴 베크가 자신의 경력을 심각하게 망가뜨릴 수 있는 위치의 사람이라는 사실이 갑자기 머리에 떠오른 모양이었다.

"잠깐만요. 내가 핏자국과 그 자리에 없었던 총을 발견하지 못했다고 해서……."

마르틴 베크가 말했다. "태만이 제일 나쁜 죄는 아닙니다. 물론 그것도 용서할 수 없는 문제이지만. 당신은 부검의에게 전화를 걸어서 그릇된 선입견에 기초한 지시를 내렸습니다. 게다가 두 순경에게 이것이 간단한 사건이라는 착각을 심어주었죠. 당신이 안에 들어가서 쓱 둘러보기만 하면 충분한 것처럼. 당신은 범죄 여부를 조사할 필요가 없다고 선언한 뒤, 사진 한 장 찍어두지 않고 시신을 옮겼습니다."

"하지만, 맙소사. 그 노인은 틀림없이 자살이었단 말입니다."

마르틴 베크는 몸을 돌려서 구스타브손을 보았다.

"이거…… 이게…… 공식 문책입니까?"

"그래요. 중징계할 겁니다. 이제 가보세요."

"잠깐만요, 내가 도울 일이 있다면 뭐든지……."

마르틴 베크는 고개를 저었고, 구스타브손은 걱정스러운 표정으로 떠났다. 하지만 문이 채 닫히기 전에 구스타브손이 뱉은 말이 마르틴 베크의 귀에 들어왔다.

"늙은 개자식이……."

원래대로라면 알도르 구스타브손은 수사관이 될 수 없어야 했다. 어떤 종류의 경찰관도 될 수 없어야 했다. 그는 재능이 없고, 뻔뻔하고, 자만심이 강하고, 자기 일을 터무니없이 잘못 이해하는 사람이었다.

예전에는 늘 제복 경찰관 중에서 최고의 인재가 수사관으로 뽑혔다. 지금도 아마 그럴 것이다. 이미 십 년 전에 구스타브손 같은 인간이 좋은 평점을 받아서 수사관이 될 수 있었다면, 미래에는 대체 어떻게 될까?

첫 근무일은 이것으로 됐다고 마르틴 베크는 생각했다.

내일은 직접 가서 그 잠긴 방을 살펴볼 생각이었다.

오늘 밤은 뭘 할까? 아무거라도 좋으니 뭘 먹고, 읽어야 할 책들을 넘겨 볼 것이다. 침대에 혼자 누워서 잠이 오기를 기다릴 것이다. 갇혔다고 느낄 것이다.

그의 잠긴 방에서.

8.

에이나르 뢴은 활동적인 타입이었다. 경찰을 직업으로 고른 것도 움직일 일이 많고 실외에서 시간을 보낼 기회가 많기 때문이었다. 그런데 세월이 흐르고 승진이 거듭되자, 근무중에 책상에 붙어 있어야 하는 시간이 늘어났다. 신선한 공기를 쐴 기회도, 스톡홀름의 공기를 신선하다고 말할 수 있다면 말이지만, 점점 적어졌다. 고향의 자연에서 보내는 휴가는 이제 그가 사는 데 없어서는 안 될 시간이 되었다. 그는 사실 스톡홀름을 싫어했다. 겨우 마흔다섯 살인데도 벌써 은퇴를 꿈꾸기 시작했다. 은퇴하면 고향 아리에플로그로 영영 돌아갈 생각이었다.

그런 그의 연례 휴가가 다가오고 있었고, 그는 벌써 걱정이 되기 시작했다. 최소한 이번 은행 강도 사건이라도 해결되어야

지, 그렇지 않으면 언제라도 휴가를 반납해야 할지 모르는 상황이었다.

수사를 어떻게든 마무리 짓는 데 적극 협조하고자, 월요일 저녁에 그는 벨링뷔에서 기다리는 아내에게 돌아가지 않고 대신 솔렌투나로 차를 몰고 가서 목격자와 이야기해보겠다고 자진하여 나섰다.

그가 통상적인 방식대로 살인수사과 사무실로 불러도 될 목격자를 직접 방문하겠다고 자원한 것으로도 모자라 그 일에 열성마저 보였기 때문에, 군발드 라르손은 뢴에게 아내 운다와 다투었느냐고 물었다.

"음, 우리는 안 싸워." 뢴은 여느 때처럼 약간의 동문서답으로 대답했다.

뢴이 찾아간 사람은 32세의 금속 노동자로, 그가 호른스가탄의 은행 앞에서 목격한 내용에 대해서는 군발드 라르손이 한차례 진술을 청취한 뒤였다.

스텐 셰그렌이라는 이름의 남자는 송아르베겐 거리의 연립주택에서 혼자 살고 있었다. 집 앞 작은 정원에서 장미에 물을 주고 있던 남자는 뢴이 차에서 내리자 물뿌리개를 내려놓고 와서 문을 열어주었다. 남자는 손바닥을 엉덩이에 문질러 닦고 뢴과 악수한 뒤, 현관 계단을 올라가서 대문을 열고 뢴이 들어가도록 문을 잡고 있었다.

집은 자그마했다. 1층에는 부엌과 현관 외에 작은 방이 하나 있을 뿐이었다. 방문이 열려 있기에 보니 안이 휑했다. 남자가 뢴의 시선을 알아차렸다.

"얼마 전에 이혼했습니다. 아내가 집을 나가면서 가구를 좀 가져간 탓에 지금은 집이 아늑하지 못하네요. 대신 위층으로 올라가면 됩니다."

계단을 올라가니 제법 넓은 방이 있었다. 벽난로가 있었고, 그 앞에 낮은 흰색 탁자를 둘러싸고 짝이 맞지 않는 안락의자들이 놓여 있었다. 뢴은 그중 하나에 앉았지만, 남자는 앉지 않았다.

"마실 걸 좀 드릴까요? 커피를 데울 수 있습니다. 아니면 냉장고에 맥주도 있을 거예요." 남자가 말했다.

"고맙습니다. 드시는 걸로 똑같이 마시겠습니다."

"그럼 맥주로 하죠."

남자는 계단을 달려 내려갔다. 부엌에서 우당탕대는 소리가 들렸다.

뢴은 방을 둘러보았다. 가구는 거의 없었지만 전축이 있었고, 책이 꽤 있었다. 벽난로 앞 바구니에 신문들이 담겨 있었다. 《다겐스 뉘헤테르》, 《비》, 《뉘 다그》, 《메탈라르베타렌》*이었다.

스텐 세그렌은 유리잔 두 개와 맥주 두 캔을 가지고 돌아와서 흰 탁자에 차렸다. 그는 마르고 탄탄한 체격이었고, 뢴이 생각하기에 보통 길이인 불그스름한 머리카락은 헝클어져 있었다. 주근깨투성이 얼굴은 유쾌하고 솔직한 미소를 띠고 있었다. 남자는 캔을 따서 잔에 맥주를 따르고 뢴의 맞은편에 앉은 뒤 잔을 들어 건배하는 시늉을 하고는 마셨다.

뢴도 맥주를 맛본 뒤에 말했다.

"지난주 금요일에 호른스가탄에서 보신 장면에 대해서 듣고 싶어서 왔습니다. 기억이 희미해질 시간을 주지 않는 게 좋아서 말입니다."

그럴싸하게 들리는걸, 뢴은 스스로 흡족했다.

남자는 고개를 끄덕이며 잔을 내려놓았다.

"네. 만약에 그게 강도에다가 살인 사건이라는 걸 알았다면 내가 그 여자도 차에 있던 놈들도 더 자세히 봤을 텐데요."

"당신이 목격자 중에서 제일 자세히 본 분입니다." 뢴이 격려하듯이 말했다. "그래서, 호른스가탄을 걷고 계셨다고요. 어느 방향으로 가고 있었습니까?"

---

* 《다겐스 뉘헤테르》는 일간지, 《비》는 월간지, 《뉘 다그》는 공산당 신문, 《메탈라르베타렌》은 금속 노조 기관지이다.

"슬루센에서 와서 링베겐 쪽으로 가고 있었습니다. 여자는 뒤에서 달려와서 나를 꽤 세게 들이받은 뒤에 지나갔어요."

"여자의 생김새를 묘사할 수 있겠습니까?"

"안타깝지만 자세하진 않아요. 뒤에서 봤고, 여자가 차에 탈 때 옆모습을 아주 잠깐 본 것뿐이라서. 키는 나보다 십 센티미터쯤 작았던 것 같습니다. 내가 178센티미터예요. 나이는 말하기 어려운데, 그래도 스물다섯 살 미만이나 서른다섯 살 이상은 아니었던 것 같아요. 서른 살쯤일까요. 옷은 평범한 파란색 청바지를 입었고, 하늘색 블라우스인지 셔츠인지를 바지 밖으로 내서 입었습니다. 신발은 뭐였는지 모르겠지만 모자를 쓴 건 봤습니다. 챙이 꽤 넓은 데님 모자였어요. 머리카락은 금발인데 곧았고, 요즘 아가씨들처럼 길지는 않았습니다. 중간 길이라고 해야 할까요. 그리고 녹색 숄더백을 멨어요. 미군 가방 같은 거."

남자가 카키색 셔츠의 가슴 주머니에서 담뱃갑을 꺼내어 뢴에게 내밀었다. 뢴은 고개를 젓고 말했다.

"여자가 손에 뭘 들고 있는지는 못 봤습니까?"

남자는 일어나서 벽난로 위 선반에 놓인 성냥갑을 내려 담뱃불을 붙였다.

"그건 확실하지가 않네요. 들고 있었을 수도 있습니다."

"체격은? 말랐나요, 뚱뚱했나요, 아니면……."

"중간이었던 것 같네요. 아무튼 눈에 띄게 마르거나 뚱뚱하거나 하진 않았습니다. 보통이라고 봐야죠."

"얼굴은 전혀 못 봤습니까?"

"여자가 차에 탈 때 살짝 보긴 했습니다. 하지만 여자가 모자를 쓴데다가 커다란 선글라스까지 끼고 있어서요."

"여자를 다시 보면 알아볼 수 있겠습니까?"

"얼굴은 못 알아보죠. 옷이 달라도 모를 것 같고요. 원피스나 그런 걸 입고 있으면."

뢴은 곰곰이 생각하다 맥주를 홀짝인 뒤에 말했다.

"여자였던 건 분명합니까?"

남자가 놀라서 뢴을 쳐다보고는 이마를 찌푸리면서 주저하듯이 말했다.

"네, 나는 당연히 여자라고 생각했습니다. 하지만 그렇게 말씀하시니까 자신이 없네요. 그냥 전반적인 인상이 그랬거든요. 보통 남자다 여자다 딱 감이 오지 않습니까. 요즘은 구별하기 힘들 때도 많지만요. 사실 확실히 여자였다고 장담하진 못하겠군요. 가슴이 어떻게 생겼는지 볼 시간은 없었으니까요."

남자가 말을 멈추고 담배 연기 사이로 뢴을 응시했다.

"네, 경사님 말씀이 맞습니다." 남자가 천천히 말했다. "꼭 여자라는 법은 없죠. 남자였을 수도 있어요. 게다가 그편이 더

잠긴 방

그럴듯하잖습니까. 여자가 은행을 털고 사람을 쏘는 경우는 별로 없으니까."

"남자였을 수도 있다는 겁니까?" 뢴이 물었다.

"네. 지적을 듣고 보니 그렇습니다. 아니, 남자였겠네요."

"그러면 다른 두 명은? 그 사람들 생김새도 기억합니까? 차도?"

셰그렌은 담배를 마지막으로 한 모금 빨고 꽁초를 벽난로에 던졌다. 벽난로 안에는 담배꽁초와 사용한 성냥개비가 이미 수북이 들어 있었다.

"차는 르노16이었습니다." 남자가 말했다. "그건 확실합니다. 색깔은 연회색 아니면 베이지색. 그 색을 뭐라고 부르는지 모르겠군요. 아무튼 희끄무레했습니다. 번호는 다 기억나진 않지만 'A'로 시작했고요. 숫자에 3이 두 개 있었던 것 같습니다. 세 개였을 수도 있는데, 최소한 두 개는 있었어요. 숫자열 가운데쯤에 두 개가 나란히 있었던 것 같습니다."

"'A'였던 건 확실합니까? 'AA'나 'AB'가 아니고?"

"네. 그냥 'A'. 그건 똑똑히 기억합니다. 내가 시각 기억이 엄청 좋은 편이에요."

"그러네요. 모든 목격자가 그쪽처럼 잘 기억한다면 우리 일이 훨씬 쉬워질 겁니다."

"아, 그렇죠. 『나는 카메라다』라는 책, 읽어봤습니까? 이셔우드가 쓴 거."

"아니요." 뢴의 대답이었다.

사실 뢴은 영화를 봤지만 굳이 그렇다고 말하지는 않았다. 그 영화를 본 것은 줄리 해리스를 좋아해서였다. 하지만 이셔우드는 누군지 몰랐고, 영화에 소설 원작이 있다는 것도 몰랐다.

"하지만 영화는 봤겠죠?" 셰그렌이 물었다. "요즘 좋은 책들은 다 그래요. 사람들은 영화만 보고, 번거롭게 책을 찾아 읽을 생각은 하지 않죠. 그런데 이 영화는 제목이 한심하긴 해도 엄청 좋았습니다. 〈베를린이여 안녕〉, 어떻습니까?"

"아." 뢴은 자신이 본 영화 제목이 〈나는 카메라다〉였음을 확신했지만 이렇게 말했다. "그러게 좀 한심한 제목이로군요."*

날이 어두워졌다. 스텐 셰그렌이 일어나서 뢴의 의자 뒤에 있는 플로어 스탠드를 켰다. 남자가 다시 앉자, 뢴이 말했다.

"계속할까요. 차에 있던 남자들 생김새를 말씀하시던 중이었습니다."

"네. 내가 봤을 때는 한 명만 차에 앉아 있었지만요."

---

* 실제로는 크리스토퍼 이셔우드의 1945년 원작 소설 제목이 『베를린이여 안녕』이고, 그것을 각색한 1955년 영화 제목이 〈나는 카메라다〉다.

잠긴 방

"그래요?"

"다른 한 명은 차 뒷문을 살짝 열어두고 인도에 서서 기다리고 있었습니다. 그 남자는 덩치가 컸어요. 키가 나보다 크고 체격도 좋고요. 뚱뚱한 게 아니라 듬직하고 탄탄해 보이는 거 있잖습니까. 나이는 나랑 비슷한 것 같았으니까 대충 서른 살에서 서른다섯 살 사이. 머리카락이 고불고불한 게 꼭 하포 마크스* 같았는데요, 색깔은 더 짙었습니다. 쥐색. 딱 붙는 검은색 나팔바지에 반들거리는 검은색 셔츠를 입었더군요. 셔츠 단추가 밑에까지 풀려 있었는데, 그 안에 은목걸이 같은 걸 걸고 있었던 것 같아요. 얼굴은 가무잡잡하게 탔고요. 정확히는 불그스름하게. 여자가 달려오니까, 그게 여자라면 말입니다. 이 남자가 뒷문을 열어서 여자를 태우고는 문을 쾅 닫고 자기는 앞좌석에 탔습니다. 그다음에 차가 쌩 출발했지요."

"어느 방향으로?" 뢴이 물었다.

"도로를 가로질러 마리아토리에트 광장 쪽으로 갔습니다."

"아, 그러면 다른 남자는?"

"그 사람은 운전석에 앉아 있어서 내가 자세히는 못 봤습니다. 하지만 젊어 보였어요. 스무 살을 겨우 넘긴 것 같았습니

---

* 20세기 중반 인기를 끌었던 미국 코미디 배우. 풍성한 곱슬머리가 트레이드 마크였다.

다. 배싹 마르고 피부가 흰 건 봤습니다. 흰 티셔츠를 입었는데 팔뚝이 앙상하더라고요. 머리카락은 검은색이고 꽤 길고 지저분했어요. 번들번들 늘어져서는. 선글라스를 끼고 있었고, 아, 이제 기억나는데 왼팔에 폭이 넓은 검은색 손목시계를 차고 있었습니다."

셰그렌은 맥주잔을 손에 든 채 의자에서 몸을 앞으로 숙였다.

"음, 이 정도면 기억나는 걸 다 말한 것 같군요. 내가 빼먹은 게 있을까요?"

"모르겠습니다. 혹시 또 다른 게 기억나면 제게 전화해주십시오. 앞으로 며칠 동안 계속 댁에 계실 겁니까?"

"네, 안타깝게도. 사실 휴가중이지만 어디 갈 돈이 없어서요. 그냥 집에 있어야 할 것 같습니다."

뢴은 잔을 비우고 일어섰다.

"알겠습니다. 나중에 저희가 다시 한번 도움을 요청할 가능성이 높습니다."

셰그렌도 일어나서 뢴을 따라 계단을 내려왔다.

"이 이야기를 다 다시 해야 한다는 겁니까? 한 번에 녹음해두는 게 낫지 않나요?"

뢴은 남자가 열어준 현관문을 나섰다.

"말씀하신 사람들을 우리가 붙잡으면 확인을 요청할 수 있다는 말이었습니다. 우리 사무실로 오셔서 사진을 봐달라고 요청할 수도 있겠고요."

두 사람은 악수를 나눴다. 뢴은 이렇게 덧붙였다.

"뭐, 두고 봐야죠. 더 폐를 끼치지 않을 수도 있습니다. 맥주 잘 마셨습니다."

"아, 별말씀을. 내가 도움이 된다면 기꺼이 협조하겠습니다."

뢴이 차를 몰고 떠날 때, 스텐 셰그렌은 현관 계단에 서서 다정하게 손을 흔들었다.

9.

경찰견을 제외한다면, 전업 수사관들도 결국에는 인간일 뿐이다. 아주 중요하고 심각한 수사를 진행하는 와중에도 그들은 하는 수 없이 인간적인 반응을 드러내곤 한다. 가령 뭔가 특별하고 결정적인 증거를 조사할 일이 생기면, 그들도 종종 못 견디게 긴장한다.

은행 강도 특별수사대도 이 점에서 예외가 아니었다. 부르지도 않았는데 제 발로 나타난 높은 분들처럼, 수사대원들도 모두 숨죽이고 있었다. 어두침침한 방 안의 모든 눈들이 이제 곧 호른스가탄 은행 강도 사건을 찍은 감시 카메라 영상이 상영될 직사각형 화면에 꽂혀 있었다. 그들은 무장 은행 강도 및 살인 장면뿐 아니라 기민하고 창의적인 석간신문들이 벌써 "육체파 살인범"이니 "선글라스를 낀 금발의 총잡이"이니 하고 별의별 이름을 다 갖다 붙인 범인을 두 눈으로 똑똑히 보게 될 터였다. 그런 별명들은 독창적인 상상력이라고는 없는 기자들이 영감을 다른 데서 얻는다는 사실을 보여줄 뿐이었다. 무장 강도와 살인이라는 사건의 실제 내용은 그들에게 너무 진부했던 것이다.

가장 최근에 은행을 털다가 붙잡혀서 "섹시한 강도"로 불린 여성은 사실 평발에 여드름투성이에 나이가 45세쯤 된 여자였다. 믿을 만한 소식통에 따르면, 여자는 몸무게가 87킬로그램이고 군턱은 주름이 두둑하다고 했다. 하지만 여자가 법원 앞에서 잃어버린 의치조차도 언론의 눈에는 그의 외모에 대한 시적인 묘사를 반박하는 증거가 되지 않는 모양이었다. 그래서 무비판적인 많은 독자들은 그가 미스 유니버스 대회에 나갔어야 할 만큼 매력적이고 몽환적인 여성이라고 죽을 때까지 믿어 의심치 않을 터였다.

늘 그런 식이었다. 여자가 극악한 범죄를 저질러서 주목을 끌면, 신문들은 늘 그를 잉에르 말름로스의 모델 학교 출신인 양 묘사했다.

은행 강도 영상이 이제야 입수된 것은, 항상 그렇듯이 녹화 카세트에 이상이 있어서였다. 현상실은 노출된 네거티브가 손상되지 않도록 극도의 주의를 기울인 끝에 무사히 필름을 풀어냈고, 가장자리마저 온전히 보전하여 현상해냈다.

이번만큼은 노출이 딱 알맞은 정도로 이뤄진 듯했다. 결과는 기술적으로 완벽할 것으로 예측되었다.

"도널드 덕이 나올까?" 군발드 라르손이 말했다.

"핑크 팬더가 더 재밌어." 콜베리가 말했다.

"물론 어떤 작자들은 뉘른베르크 전당대회가 나오길 바라겠지." 군발드 라르손의 말이었다.

두 사람은 맨 앞줄에 앉아서 큰 소리로 떠들었다. 하지만 그들 뒤로는 괴괴한 침묵만 흘렀다. 국가경찰청장과 말름 국장을 비롯한 높은 분들은 입을 다물고 있었다. 콜베리는 그들이 무슨 생각을 하는지 궁금했다.

보나 마나 불량한 부하들을 혼쭐낼까 말까 재고 있겠지. 어쩌면 그 옛날, 세상에 질서가 있었던 시절, 하이드리히가 박수갈채를 받으며 국제경찰위원회 회장으로 선출되던 시절*을 그리워하고 있을지도 모른다. 아니면 불과 일 년 전만 해도 상황이 이보다는 훨씬 나았다고 생각하고 있을지도 모른다. 모든 경찰 훈련을 예전처럼 다시 군사적 반동주의자들에게 맡기자는 제안

---

* 국제형사경찰기구(인터폴)의 전신인 국제형사경찰위원회는 1923년 빈에서 설립되었다가 이후 나치의 지배를 받았고, 1940년에는 아예 나치의 비밀국가경찰국 국장 라인하르트 하이드리히가 회장을 맡으면서 본부도 베를린으로 옮겼다. 전후에 본부는 다시 프랑스로 옮겨졌다.

의 현명함에 웬 자식이 감히 의문을 제기하기 전까지만 해도.

그 방에서 낄낄거리는 사람은 불도저 올손뿐이었다.

콜베리와 군발드 라르손은 원래 서로 볼일이 없는 사이였다. 하지만 최근 몇 년 동안 이런저런 일을 함께 겪으면서 상황이 조금 바뀌었다. 친구라고 부르거나 경찰서 밖에서도 만나자는 생각이 들 정도는 결코 아니었지만, 서로 비슷한 생각을 하고 있다는 것을 느끼는 경우가 점점 더 잦아졌다. 더구나 여기 특별수사대에서는 두 사람이 당연히 뭉쳐야 했다.

기술적 준비가 끝났다.

방은 억제된 흥분감으로 술렁였다.

"자, 이제 보겠군요." 불도저 올손이 들떠서 말했다. "만약 기술자들 말마따나 사진이 좋다면 오늘 밤 텔레비전에 내보낼 수 있을 겁니다. 그러면 일당을 몽땅 잡아들일 수 있겠지요."

"구피도 괜찮아." 군발드 라르손이 말했다.

"전라의 스웨덴 미녀도." 콜베리가 말했다. "희한하지. 나는 포르노를 한 번도 본 적이 없어. 〈열일곱 루이즈의 나신〉 뭐 그런 거 있잖아."

"거기 조용!" 청장이 꾸짖었다.

영상이 시작되었다. 초점이 완벽했다. 모인 사람들은 이렇게 훌륭한 결과물을 지금까지 본 적이 없었다. 보통은 범인이 흐릿

한 방울이나 수란처럼 보이는 정도였지만, 이번에는 화면이 완벽했다.

카메라는 출납원의 책상을 뒤쪽에서 굽어보는 위치에 마침하게 설치되어 있었고, 신형 초고감도 필름 덕분에 카운터 너머에 선 사람의 모습이 더없이 또렷하게 보였다.

처음에는 그곳에 아무도 없었다. 하지만 삼십 초 뒤에 누군가가 카메라 시야로 들어오더니 그 자리에 멈춰 서서 주변을 둘러보았다. 먼저 오른쪽으로, 다음에 왼쪽으로. 그다음에 그는 자기 얼굴을 똑바로 보여주기라도 하려는 듯이 렌즈를 정면으로 응시했다.

그가 입은 옷까지도 또렷하게 보였다. 스웨이드 재킷, 그리고 길고 뾰족한 칼라에 잘 재단된 셔츠였다.

얼굴은 강인하고 엄숙했다. 금발 머리카락은 뒤로 빗어 넘겨져 있었고, 숱진 금발 눈썹은 터부룩했다. 눈동자에 불만스러운 기색이 어려 있었다. 이내 그가 털이 수북한 큰 손을 들어서 한쪽 콧구멍에서 코털을 확 뽑더니 그것을 한참 들여다보았다.

사람들은 대번에 그를 알아보았다.

군발드 라르손이었다.

불이 켜졌다.

특별수사대는 말문이 막힌 채 가만히 앉아 있었다.

처음 입을 연 것은 청장이었다.

"이 일이 한마디도 새어 나가서는 안 돼."

당연했다.

원래 아무것도 새어 나가서는 안 된다는 게 그의 신조였다.

말름 국장이 날카로운 목소리로 말했다.

"절대 한마디도 새어 나가서는 안 되네."

콜베리는 깔깔 웃음보가 터졌다.

"어떻게 이런 일이?" 불도저 올손이 물었다. 그조차도 약간 속이 상한 듯했다.

"그게……" 영상 기술자가 대답했다. "기술적 설명은 가능합니다. 녹화 개시 단추가 끼는 바람에 카메라가 원래 시작되었어야 할 시점보다 좀더 나중에 돌아가기 시작했을 겁니다. 아시겠지만 민감한 장치라서요."

"신문에 한마디라도 난 걸 봤다가는, 그랬다가는……." 청장이 호통쳤다.

"그랬다가는 부처에서 새 청장을 위한 새 카펫을 주문해야겠지요. 어쩌면 라즈베리 색깔이 있을지도 모릅니다." 군발드 라르손이 말했다.

"그 여자, 분장이 환상적이었어." 콜베리가 코웃음을 터뜨리며 말했다.

청장이 방을 쌩 나갔다. 말름 국장이 총총 뒤를 따랐다.

콜베리가 숨을 골랐다.

"이 사태를 뭐라고 말하면 좋지요?" 불도저 올손이 말했다.

"내 입으로 말하기는 그렇지만, 상당히 훌륭한 영상이었다고 생각합니다." 군발드 라르손이 겸손하게 말했다.

10.

콜베리는 마음을 가다듬고, 자신이 당분간 상사로 여겨야 하
는 사람을 미심쩍이 바라보았다.

불도저 올손은 특별수사대의 동력이었다. 그는 은행 강도에
푹 빠진 사내였고, 지난해에 그런 사건이 눈사태처럼 발생한 후
로 그야말로 전성기를 맞고 있었다. 특별수사대의 에너지와 아
이디어는 모두 그에게서 나왔다. 그는 하루에 열여덟 시간씩 몇
주 연속으로 일하고도 불평하거나 우울해하는 법이 없었고, 심
지어 눈에 띄게 피곤해하지도 않았다. 기진맥진해진 동료들은
세간에서 종종 입에 올리는 사악한 조직, 이른바 스웨덴 범죄
주식회사의 사장이 알고 보면 그가 아닐까 하는 생각을 가끔 하
곤 했다.

불도저 올손에게, 경찰 업무는 세상에서 가장 즐겁고 흥미진진한 일이었다.

이것은 물론 그가 경찰관이 아니기 때문이었다.

그는 좀처럼 풀어낼 수 없는 덩어리가 되어버린 무장 은행 강도 사건들의 예비 수사를 책임진 지방 검사였다. 그 사건들 중 한 건은 이미 반쯤 해결되었고, 몇 건은 피의자로 보이는 사람들을 구류해둔 상태였고, 몇 건은 고발까지 이뤄진 상태였다. 하지만 이제 일주일에 몇 건씩 새로 강도 사건이 터지는 판국이었다. 그 많은 사건들이 어떤 방식으로든 어느 정도 서로 연관되어 있다는 것을 모두가 알았지만, 어떻게 연관되어 있는지는 아무도 몰랐다.

게다가 은행만 표적이 되는 것이 아니었다.

시민 개개인에 대한 공격도 어마어마하게 늘었다. 스톡홀름의 거리와 광장에서, 가게에서, 지하철에서, 집에서, 정말이지 어느 한 곳도 빼놓지 않고 모든 곳에서 사람들이 밤낮 가릴 것 없이 강도 폭행을 당했다. 그렇지만 역시 가장 심각하게 여겨지는 사건은 은행 강도였다. 은행을 턴다는 것은 사회의 근간을 뒤흔드는 극악한 범죄로 여겨졌다.

기존의 사회체제가 더는 제구실을 못 한다는 건 누가 봐도 뻔했다. 최대한 우호적으로 평가해야만 그나마 굴러가고는 있다고 말할 수 있었다. 경찰에게는 그런 평가조차 불가능했다. 지난 이 년간 스톡홀름에서만 22만 건의 범죄 조사가 보류되었다. 전체에서 작은 비중을 차지하는 중범죄 중에서도 해결된 건은 4분의 1에 불과했다.

사태가 이 지경이니, 최종 책임자들은 고개를 저으면서 수심에 잠긴 표정을 짓는 것밖에 달리 할 일이 없었다. 한동안은 모두가 모두를 비난하기에 바빴으나, 이제 더 비난할 사람이 없었다. 최근에 나온 단 하나 건설적인 제안은 시민들의 맥주 섭취를 막자는 것이었다. 스웨덴은 안 그래도 맥주 소비가 낮은 편이기 때문에, 이 제안은 나라의 최고 권력자들의 대리인이라는 사람들이 얼마나 현실과 동떨어진 사고에 갇혀 있는지를 잘 보여주었다.

하지만 한 가지 분명한 사실이 있었다. 경찰이 비난할 대상은 자신밖에 없다는 점이었다. 경찰은 1965년의 국영화 이래전 조직이 한 사람의 지휘하에 놓이게 되었는데, 그 한 사람이잘못된 사람이라는 점은 처음부터 명백했다.

벌써 오래전부터 많은 분석가들과 연구자들은 경찰의 중앙지휘가 어떤 철학에 근거하여 이뤄지고 있는지를 물어왔다. 물론 그들은 대답을 듣지 못했다. 아무것도 새어 나가서는 안 된다는 자신의 소신에 부합하게, 국가경찰청장은 원칙적으로 어떤 질문에도 답을 주지 않았다. 한편 그는 연설을 너무 좋아했다. 그의 연설은 순수한 수사학의 예시로만 보더라도 전혀 흥미롭지 않은 것들이었다.

몇 년 전, 경찰의 누군가가 범죄 통계를 조작하는 방법을 생각해냈다. 간단한 기법이지만 대번에 눈에 띄는 것은 아니었다. 대놓고 허위는 아니지만 그럼에도 완전히 그릇된 결론을 끌어내는 수법이었다. 그런 짓까지 하게 된 동기는 좀더 군사적이고 동질적인 경찰을, 전반적으로 좀더 많은 기술적 자원을, 특히 좀더 많은 총기를 확보하려는 것이었다. 그것을 얻어내기 위해서는 경찰이 겪는 위험을 과장해서 내보여야 했다. 말은 이미 정치적으로 효과가 없다는 것이 증명되었기 때문에 다른 방법을 써야 했다. 그것이 바로 통계 조작이었다.

이 시점에서 1960년대 후반의 정치 시위는 경찰에게 훌륭한 가능성으로 다가왔다. 경찰은 평화를 촉구하는 시위대를 폭력으로 진압했다. 오직 플래카드와 신념으로만 무장한 시민들에게 최루가스, 물대포, 경찰봉을 휘둘렀다. 비폭력 시위가 하나같이 소동과 혼란으로 끝났다. 자기방어를 시도한 시민들은 난폭한 경찰에게 체포되어 '경찰관 공격'이나 '체포 불응'의 죄목으로 고발되었다. 이런 정보가 모두 통계에 잡혔다. 이 기법은 완벽하게 먹혀들었다. 경찰관 수백 명이 시위 '통제'에 배치될 때마다, 이른바 경찰을 대상으로 한 폭력 건수가 치솟았다.

제복 경찰관들에게는 '사정을 봐주지 말라'는 독려가 떨어졌고, 많은 순경들은 기회가 닿을 때마다 기꺼이 명령을 따랐다. 술 취한 사람을 경찰봉으로 살짝 건드리면, 그가 되받아칠 가능성이 높은 법이다. 누구나 배울 수 있는 단순한 교훈이었다.

이런 전략들은 잘 먹혔다. 이제 경찰은 완전무장을 갖추었다. 전에는 연필 한 자루와 약간의 상식을 갖춘 경찰관 한 명이면 해결되었던 일에 갑자기 자동화기와 방탄조끼를 갖춘 경찰관 한 부대가 필요하게 되었다.

하지만 장기적 결과는 아무도 정확히 내다보지 못했다. 폭력은 반감과 증오뿐 아니라 불안감과 두려움을 낳는다.

결국에는 시민들이 서로서로 무서워하는 지경에 이르게 되었다. 스톡홀름은 수만 명의 겁에 질린 사람들이 모인 도시가 되었다. 겁에 질린 사람은 위험하다.

갑자기 증발한 육백 명의 경찰관 중 다수는 겁을 먹고 그만둔 이들이었다. 완전무장을 한 채 문을 꼭꼭 걸어 잠근 차 안에 앉아 있는 시간이 대부분이어도 무서웠던 것이다.

물론 다른 이유로 스톡홀름을 떠난 이도 많았다. 이 도시가 전반적으로 싫어져서, 아니면 자신이 시민들에게 취해야 하는 태도가 스스로도 역겨워서였다.

이런 관리 체제는 역효과를 낳았다. 가장 근원적인 동기가 무엇인가 하는 점은 여전히 어둠에 싸여 있었지만, 그 어둠이 어떤 사람들에게는 갈색을 띤 것처럼 보였다*.

비슷한 조작 사례가 넘쳤고, 그중 몇 가지는 노골적인 냉소를 불렀다. 한 해 전, 부도수표를 남발하는 사람들에 대한 대대적 단속이 시행되었다. 사람들이 계좌 한도를 초과하여 수표를 발행함으로써 부정 이득을 취하는 경우가 많았다. 사소한 사기라도 미해결 건수가 많아지는 것은 불명예스러운 일이기에, 강력한 조치가 필요했다. 그래서 국가경찰청장은 수표를 법정통화로 인정하는 것을 반대하고 나섰다. 그 결과가 어떨지는 모두가 알았다. 사람들이 현금을 잔뜩 지니고 다닐 테고, 그것은 도시의 거리와 광장에 진을 친 강도들에게 강도 허가를 내주는 격일 터였다. 정확히 그렇게 되었다. 사기 수표는 물론 사라졌고, 경찰은 미심쩍은 성공을 자랑했다. 수많은 시민들이 매일 폭행 강도를 당한다는 사실은 그다지 중요하지 않았다.

그 또한 점증하는 폭력의 일부이니, 유일한 대응은 더 많은 경찰관을 더 많이 무장시키는 것이었다.

하지만 어디서 그 경찰관들을 구한단 말인가.

---

* 나치 돌격대의 갈색 제복을 뜻한다.

잠긴 방

올 상반기의 공식 범죄 수치는 대성공이었다. 범죄 발생 건수가 2퍼센트포인트 줄었다고 했는데, 모두가 알듯이 실제로는 어마어마하게 늘었다. 존재하지 않는 경찰관들이 범죄를 캐낼 순 없는 법이다. 그리고 초과 인출된 계좌 하나하나가 범죄 한 건씩으로 계산되었다.

정치경찰이 시민들의 전화를 도청하던 관행이 금지되자, 국가경찰위원회의 책략가들은 속히 도움을 구하고 나섰다. 그들은 공포를 조장하는 프로파간다와 엄청난 과장으로, 마약 수사에서는 도청을 계속할 수 있도록 허용하는 법을 의회가 통과시키도록 종용했다. 그래서 반공주의자들은 태연히 엿듣던 것을 계속 엿들었고, 마약 유통은 전에 없이 호황을 누렸다.

경찰관으로 사는 것은 전혀 재미있지 않아. 렌나르트 콜베리는 생각했다.

자신이 속한 조직이 차츰 썩어가는 것을 지켜보는 사람이 무엇을 할 수 있을까? 파시즘의 쥐들이 굽도리널 뒤에서 종종거리고 다니는 소리를 듣는 사람이 무엇을 할 수 있을까? 콜베리는 성인이 된 후 쭉 이 조직에 충성해왔다.

어떡하지?

솔직한 생각을 말하고 잘린다?

별로였다.

뭔가 좀더 건설적인 행동이 있을 것이다.

그리고 물론 작금의 사태를 자신과 같은 시각으로 보는 동료들이 더 있었다. 하지만 누가 그럴까. 그리고 그런 사람이 얼마나 많을까?

불도저 올손은 이런 문제에 구애받지 않았다.

그에게 인생은 하나의 거대하고 즐거운 게임이었고, 그에게는 대부분의 일들이 투명하고 명료했다.

"이해되지 않는 게 하나 있군요." 불도저가 말했다.

"정말요? 뭡니까?" 군발드 라르손이 말했다.

"차는 어떻게 됐을까요? 바리케이드가 제대로 작동했잖습니까, 그렇죠?"

"그런 것 같습니다."

"그러면 오 분 안에 모든 다리에 사람이 배치되었을 텐데요."

스톡홀름 남부는 진입 지점이 여섯 개뿐인 섬이다. 특별수사대는 오래전부터 스톡홀름 중앙의 각 구역을 신속히 봉쇄할 수 있는 바리케이드 전략을 자세히 짜두었다.

"맞습니다. 행정경찰에게 확인해봤는데 이번에는 모든 일이 제대로 이행되었다고 하더군요." 군발드 라르손이 말했다.

"차 종류가 뭐였지?" 콜베리가 물었다. 그는 아직 세부 사항을 다 따라잡을 시간이 없었다.

"르노16. 연회색 혹은 베이지색. 'A'로 시작하고 3이 두 개 있는 번호판."

"당연히 가짜 번호판을 썼겠죠." 군발드 라르손이 끼어들었다.

"물론입니다. 하지만 나는 마리아토리에트 광장과 슬루센 사이에서 도색을 새로 할 수 있다는 이야기는 한 번도 들어보지 못했거든요. 그리고 만약 놈들이 차를 바꿔치기했다면……."

"그러면?"

"원래 차는 어디 있죠?"

불도저 올손은 손바닥으로 자기 이마를 탁탁 치면서 방을 오락가락했다. 그는 사십 대에, 통통하고, 평균 키에 한참 못 미치고, 안색이 불그레한 남자였다. 움직임은 그의 지성만큼이나 민첩했다. 이제 그는 혼잣말을 하고 있었다.

"놈들이 지하철이나 버스 정류장 근처의 차고에 차를 댄다. 한 놈은 훔친 돈을 챙겨서 내뺀다. 다른 놈은 차 번호판을 바꿔 단 뒤에 역시 내뺀다. 토요일에 차 담당이 가서 도색을 새로 한다. 그러면 어제 아침에는 차를 몰고 나올 수 있다. 하지만……."

"하지만?" 콜베리가 물었다.

"오늘 새벽 1시까지 시 남부를 벗어나는 르노는 한 대도 빼놓지 않고 확인하라고 시켰단 말입니다."

"그러면 용케 빠져나갔거나 아직 여기 있거나 둘 중 하나로 군요." 콜베리가 말했다.

군발드 라르손은 아무 말이 없었다. 그는 불도저 올손의 복장에 격렬한 반감을 느끼고 있었다. 구깃구깃한 하늘색 양복, 연분홍색 셔츠, 폭이 넓은 꽃무늬 넥타이. 검은색 양말에 끝이 뾰족하고 스티치가 돋보이고 닦지 않은 게 분명한 갈색 구두.

"차 담당이란 건 뭡니까?" 콜베리가 물었다.

"놈들은 차를 직접 손보지 않아요. 늘 따로 전문가를 부릅니다. 미리 정한 장소에 차를 놔두고 갔다가 나중에 찾아오는 겁니다. 차 담당은 말뫼나 예테보리 같은 딴 동네에서 오는 경우도 있어요. 놈들은 도주 차량 문제를 아주 신중하게 다룹니다."

"놈들? 놈들은 또 누굽니까?" 콜베리가 한층 더 수심에 잠긴 얼굴로 물었다.

"당연히 말름스트룀과 모렌이죠."

"말름스트룀과 모렌은 또 누굽니까?"

불도저 올손이 말문이 막힌 얼굴로 콜베리를 보았다. 그러나 이내 눈빛이 또렷해졌다.

"아, 그렇죠. 그쪽은 수사대에 이제 막 합류했지요? 말름스트룀과 모렌은 우리가 추적하는 은행 강도들 중에서 제일 교활한 놈들입니다. 놈들이 밖에 나온 지 사 개월이 됐어요. 이번이 놈들의 네 번째 작업이고요. 놈들은 이월 말에 쿰라에서 도주했습니다."

"쿰라 교도소는 탈출 불가라고 하지 않습니까." 콜베리가 말했다.

"말름스트룀과 모렌은 탈옥한 게 아닙니다. 그냥 주말 외출을 허가받아서 나갔다가 복귀하지 않았어요. 우리가 아는 한, 놈들은 사월 말까지는 작업에 나서지 않았습니다. 카나리아제도나 감비아 같은 데서 휴가를 보냈겠죠. 왕복 14일 여행 같은 걸로."

"그다음에는?"

"그다음에는 장비를 갖췄겠죠. 총이랑 기타 등등. 놈들은 보통 스페인이나 이탈리아에서 준비합니다."

"하지만 지난주 금요일에 은행을 턴 건 여자였잖습니까?" 콜베리가 물었다.

"변장이죠." 불도저 올손이 가르치듯이 대답했다. "금발 가발과 가슴 패드로 변장한 거죠. 그게 말름스트룀과 모렌이었다는 건 내가 보장합니다. 달리 누가 그런 배짱이 있겠습니까? 또 누가 그렇게 갑작스럽게 치고 빠질 만큼 영리하겠습니까? 이건 보통 강도 사건이 아니란 말입니다. 끝내주게 흥미롭지요, 무시무시하게 재밌고. 이건 마치……."

"……체스 챔피언과 우편 체스 게임을 하는 것 같다고요." 군발드 라르손이 말했다. "하지만 챔피언이고 자시고, 말름스트룀과 모렌은 둘 다 덩치가 황소만 합니다. 이 점은 당신도 얼버무릴 수 없어요. 둘 다 95킬로그램쯤 나가고, 신발 사이즈는 295밀리미터이고, 손이 솥뚜껑만 합니다. 모렌은 가슴둘레가 118센티미터예요. 전성기 시절 아니타 에크베리보다 십오 센티미터 더 풍만하단 말입니다. 그런 놈이 치마를 입고 가슴 패드를 찬다는 건 상상하기 어려워요."

"여자가 바지를 입었다고 하지 않았어? 그리고 덩치가 작은 편이라고 하지 않나?" 콜베리가 말했다.

"당연히 딴 사람을 보냈죠." 불도저 올손은 태연했다. "자주 쓰던 트릭입니다."

그는 책상으로 달려가서 종이를 한 장 집었다.

"놈들이 얼마나 훔쳤지? 보로스에서 오만, 구벵엔에서 사만, 메르스타에서 이만 육천, 이번에 구만. 다 합하면 이십만이 넘잖아. 그러니까 이제 준비가 다 됐겠지."

"준비?" 콜베리였다.

"한탕 말입니다. 큰 한탕. 지금까지 한 일들은 자금을 모으기 위한 거였어요. 이제는 언제라도 크게 한탕에 나설 겁니다."

불도저 올손은 흥분한 나머지 방을 날아다니는 듯했다.

"어디일까요, 여러분? 어디일까요? 봅시다, 봅시다. 생각을 해야 해요. 만약 내가 베르네르 로스라면, 이제 어떤 수를 둘까요? 어떻게 킹을 둘까요? 여러분이라면 어떻게 하겠습니까? 그리고 언제?"

"망할 베르네르 로스는 또 누굽니까?" 다시 콜베리였다.

"비행기 사무장이야." 군발드 라르손이 말했다.

"그전에 범죄자죠!" 불도저가 소리쳤다. "베르네르 로스는 나름대로 천재이긴 합니다. 바로 그 친구가 계획을 세부까지 일일이 다 짜죠. 그가 없으면, 말름스트룀과 모렌은 아무것도 아닙니다. 생각을 그가 다 하니까요. 그가 없으면 실직할 사람이 그 밖에도 수두룩합니다. 그리고 그놈은 제일 교활한 놈이에요! 일종의 교수처럼……."

"고함 좀 지르지 마세요. 여기는 법정이 아닙니다." 군발드 라르손이 말했다.

"녀석을 데려옵시다." 불도저 올손이 막 기막힌 발상이 떠오른 것처럼 말했다. "지금 당장 잡아 옵시다."

"그랬다가 내일 풀어주려고요." 군발드 라르손이었다.

"상관없어요. 기습입니다. 녀석의 허를 찌르는 거죠."

"그럴 것 같습니까? 올해 다섯 번째 소환일 텐데요."

"상관없어요." 불도저 올손은 벌써 문으로 가고 있었다.

불도저 올손의 원래 이름은 스텐이었다. 하지만 그의 아내를 제외하고는 모두가 이 사실을 잊은 지 오래였다. 한편 그의 아내는 그가 어떻게 생겼는지를 잊었을 가능성이 높았다.

"내가 모르는 일이 엄청 많은 것 같군." 콜베리가 투덜거렸다.

"로스 얘기라면 불도저 말이 맞을 거야. 놈은 아주 교활해서 항상 알리바이를 갖추고 있어. 환상적인 알리바이. 무슨 일이 터질 때마다 싱가포르나 샌프란시스코나 도쿄에 가 있거든." 군발드 라르손이 말했다.

"불도저는 이번 일 뒤에 말름스트룀과 모렌이 있다는 걸 어떻게 알지?"

"육감 같은 게 아닐까." 군발드 라르손은 어깨를 으쓱하고 말을 이었다. "이게 이해가 되나? 말름스트룀과 모렌은 알려진 강도들이란 말야. 자백은 한 번도 한 적 없지만 감방에 무수히 들락거렸고. 그런데 이제야 놈들을 쿰라에 단단히 가둬놓고는, 글쎄, 주말 외출을 허락하다니."

"음, 사람을 TV 하나 있는 방에 평생 가둬놓을 수는 없는 거잖아."

"없지." 군발드 라르손이 말했다. "그건 그래."

한동안 두 사람은 말이 없었다.

둘 다 같은 생각을 하는 중이었다. 정부가 쿰라 교도소를 짓고 그곳에 사회 부적응자들을 사회로부터 격리시키기 위한 갖가지 장치를 마련하는 데 얼마나 많은 돈을 썼는가 하는 생각이었다. 세계 각국의 교도 시설을 경험해본 외국인들도 쿰라 교도소가 세상에서 가장 비인간적이고 인격을 말살하는 수용 기관이라고 말했다.

매트리스에 이가 없고 음식에 구더기가 나오지 않는 것이 인간적 접촉을 대신할 수는 없는 노릇이다.

"호른스가탄 살인 말인데." 콜베리가 입을 열었다.

"살인은 아니야. 사고였겠지. 여자는 실수로 발사했어. 총이 장전되어 있다는 걸 몰랐을지도 몰라."

"여자가 확실해?"

"그래."

"그러면 말름스트룀과 모렌 운운은 뭐야?"

"뭐, 놈들이 여자를 대신 보냈을 수는 있겠지."

"지문은 없었어? 내가 알기로 여자는 장갑도 끼지 않았다던데."

"지문이야 있지. 문손잡이에. 하지만 우리가 지문을 뜨기 전에 은행 직원 한 명이 그걸 만져서 망쳐놨어. 그래서 못 써."

"탄도 조사는?"

"물론 했지. 총알과 탄피가 둘 다 있어. 전문가들 말로는 45

구경, 아마 라마 자동 권총으로 쏜 것 같다는군."

"큰 총인데. 여자에게는 더더욱."

"그래. 불도저는 그것도 말름스트룀과 모렌과 로스가 개입한 증거라고 말해. 놈들은 늘 크고 묵직한 총을 쓰거든. 겁주려고. 하지만……."

"하지만 뭐?"

"말름스트룀과 모렌은 사람을 쏘지 않아. 적어도 지금까지는 한 번도 쏘지 않았어. 누가 문제를 일으키면, 총알을 천장에 박아서 질서를 잡아."

"로스라는 남자를 잡아 오는 게 의미가 있나?"

"글쎄, 불도저의 논리는 이런 것 같아. 만약 로스가 여느 때처럼 완벽한 알리바이를 갖고 있으면, 가령 지난주 금요일에 요코하마에 가 있었다면, 우리는 놈이 이 일을 계획했다는 걸 확신할 수 있다. 반면에 놈이 스톡홀름에 있었다면, 상황이 좀 모호하다."

"로스는 뭐라고 하나? 화내지 않아?"

"전혀. 자신이 말름스트룀과 모렌과 오랜 친구 사이라는 걸 인정하고, 그 친구들의 인생이 나쁘게 풀린 게 안타깝다고 말해. 지난번에는 우리한테 자신이 옛 친구들을 어떻게 도울 방법이 없을까 하고 물어보더라고. 마침 말름이 함께 있었는데 뇌출

혈을 일으킬 뻔했지."

"올손은?"

"불도저는 으르렁대기만 했어. 그런 걸 좋아해."

"그러면 대체 뭘 기다리는 거야?"

"들었잖아, 다음 수를 기다린다고. 불도저는 로스가 크게 한 탕을 계획하고 말름스트룀과 모렌이 그 계획을 실행할 거라고 생각해. 말름스트룀과 모렌은 돈을 충분히 긁어모은 다음에 조용히 이 나라를 떠나서 평생 그 돈으로 살 생각인지도 모르지."

"그게 꼭 은행 강도여야만 하고?"

"불도저는 은행 강도 외에 다른 건은 어떻게 되든 신경도 안 써. 그게 그의 우선순위라는 모양이야." 군발드 라르손이 대답했다.

"목격자는?"

"에이나르의?"

"응."

"오늘 아침에 여기 와서 사진을 보고 갔어. 아무도 알아보지 못했어."

"하지만 차에 대해서는 확신한다고 하지 않았어?"

"맞아."

군발드 라르손은 말없이 앉은 채 손가락을 하나씩 잡아당겨서 손가락 관절에서 뚝뚝 소리를 냈다. 한참 그러다가 말했다.

"그 차 이야기는 어딘가 수상하단 말이야."

11.

더운 날이 될 기미였다. 마르틴 베크는 옷장에서 가장 얇은 양복을 꺼냈다. 연푸른색 양복이었다. 한 달 전에 사고서 딱 한 번 입은 옷이었다. 바지를 끌어 올릴 때, 오른쪽 무릎에 크고 끈 적끈적한 초콜릿 얼룩이 난 것이 보였다. 그제야 요전 날 그 옷을 입었던 때에 콜베리의 두 아이와 이야기를 나누었고 그때 그 아이들이 막대 초콜릿과 뭉스뭉스 초콜릿 볼을 탐닉하고 있었다는 기억이 떠올랐다.

마르틴 베크는 바지를 도로 벗었다. 그것을 부엌으로 가지고 가서, 수건 모서리에 뜨거운 물을 적셔서 수건으로 얼룩을 문지르기 시작했다. 금세 얼룩이 번졌다. 하지만 그는 포기하지 않았다. 이를 악물고 계속 천을 비볐다. 그러면서 자신이 잉아를 아쉬워하는 순간은 이런 때뿐이라고 생각했다. 두 사람의 예전 관계에 대해서 많은 것을 말해주는 사실이었다. 이제 한쪽 바짓가랑이 전체가 푹 젖었다. 얼룩은 그럭저럭 사라진 듯했다. 그는 엄지와 검지로 바지에 주름을 잡은 뒤, 열린 창으로 쏟아져 들어오는 햇살을 받고 있는 의자에 바지를 걸쳤다.

아직 오전 8시밖에 되지 않았지만 그는 벌써 몇 시간째 깨어 있었다. 어제는 이런저런 일을 겪었음에도 저녁에 일찍 잠들었고 여느 때와 달리 꿈도 꾸지 않고 푹 잤다. 오랜만에 일다운 일을 한 날이긴 했지만 특별히 힘들진 않았는데 그래도 지쳤던 모양이었다.

마르틴 베크는 냉장고를 열고 안에 든 우유, 버터, 람뢰사 생수 한 병을 보았다. 오늘 퇴근길에 맥주랑 요구르트 등등을 사야겠다고 생각했다. 아니면 아침으로 요구르트를 먹는 습관을 버려야 할지도 모른다. 어차피 요즘은 맛이 그다지 좋지 않았다. 하지만 그러면 아침으로 대신 뭘 먹을지를 생각해야 했다. 의사는 그에게 퇴원 후 빠진 몸무게를 도로 늘려야 하고 그보다 몇 킬로그램을 더 늘리면 더 좋다고 말했었다.

침실의 전화가 울렸다.

마르틴 베크는 냉장고를 닫고 방으로 가서 수화기를 들었다.

양로원의 비르기트 간호사였다.

"베크 부인의 상태가 나빠지셨어요. 오늘 아침에 열이 39도까지 올랐어요. 경감님이 알고 싶어 하실 것 같아서요."

"물론입니다. 지금은 깨셨나요?"

"오 분 전에는 깨어 계셨어요. 하지만 몹시 피곤해하세요."

"제가 곧 가겠습니다." 마르틴 베크가 말했다.

"우리가 잘 살펴볼 수 있도록 부인을 다른 방으로 옮겼어요. 일단 제 사무실로 오세요."

올해 82세인 마르틴 베크의 어머니는 지난 이 년을 양로원에 딸린 병동에서 지냈다. 어머니의 병은 긴 시간을 두고 서서히 진행되었다. 첫 증상은 이따금 약한 현기증이 드는 것이었다. 시간이 흐르자, 현기증이 정도가 심해지고 발생 간격도 짧아졌다. 결국 부분 마비가 찾아왔다. 지난해에 어머니는 휠체어에만 앉아 있었고, 올 사월 말부터는 침대를 벗어나지 못했다.

마르틴 베크는 자신의 요양 기간 동안 어머니를 자주 찾아갔다. 하지만 어머니가 노화와 질병으로 쇠약해지고 정신마저 흐려지는 모습은 아무리 봐도 볼 때마다 괴로웠다. 지난 몇 차례의 방문에는 어머니가 그를 남편으로 착각했다. 마르틴 베크의 아버지는 돌아가신 지 스물두 해째였다.

어머니가 병실에서 외롭게 계신 모습을 보는 것, 바깥세상과 완전히 단절된 모습을 보는 것도 괴로웠다. 현기증 증상이 시작되기 전만 해도 어머니는 외출을 했다. 시내까지 나와서 쇼핑을 하며 사람을 구경하기도 했고, 몇 안 되지만 아직 살아 있는 친구들을 찾아가기도 했다. 종종 잉아와 롤프가 사는 바가르모센의 집에 가거나, 스톡순드에서 혼자 사는 손녀 잉리드를 만나러 가기도 했다.

아프기 전에도 물론 양로원에서 적적하고 외로운 때가 있었겠지만, 건강하고 제 발로 움직일 수 있는 한 늙고 아픈 사람들 외의 다른 세상도 가끔은 접할 수 있었다. 어머니는 여전히 신문을 읽었고, TV를 보았고, 라디오를 들었다. 이따금 공연장이나 극장에도 갔다. 바깥세상과의 접촉을 유지했고, 세상에서 벌어지는 일에 흥미를 느꼈다.

하지만 일단 격리되어 지내게 되자, 어머니의 정신은 빠르게 쇠퇴했다.

마르틴 베크는 어머니가 정신이 둔해지고, 병실 밖 세상에 흥미를 느끼지 못하게 되고, 그러다 결국 현실과 현재와의 접촉을 잃어가는 과정을 지켜보았다.

그것은 어머니의 정신이 취하는 일종의 방어기제인 모양이라고 그는 생각했다. 요즘 어머니의 의식은 과거에 매여 있었다. 현재의 현실에는 기운 나는 일이 아무것도 없으니까.

어머니가 휠체어에 앉아 있을 수 있었고 그를 보면 기뻐하며 그의 방문을 인지하는 듯했던 시기에도, 그는 어머니가 하루를 어떻게 보내는지 알고서 충격을 받았었다.

매일 아침, 조무사들이 어머니를 씻기고 옷을 입혀서 휠체어에 앉힌 뒤 아침 식사를 드렸다. 그 뒤로 어머니는 종일 자기 방에 혼자 앉아 있었다. 청력이 나빠졌기 때문에 라디오는 더이상 들을 수 없었다. 읽기는 너무 버거운 일이었고, 뜨개질을 하기에는 손힘이 약했다. 정오에 어머니는 점심을 들었다. 오후 3시가 되면 조무사들이 어머니의 옷을 벗기고 침대에 다시 눕히는 것으로 그날의 일을 마쳤다. 나중에 가벼운 저녁 식사가 제공되었지만, 어머니는 입맛이 없어서 종종 한 입도 먹지 않겠다고 거부했다. 한번은 어머니가 그에게 자신이 먹지 않으려고 하는 것 때문에 조무사들이 성을 낸다고 말해주었다. 그래도 상관없다고 했다. 적어도 누군가가 와서 말을 걸어주는 것이니까.

마르틴 베크는 인력 부족이 양로원 운영을 어렵게 한다는 걸 알았다. 특히 간호사와 병동 조무사가 부족했다. 그는 또 지금 있는 직원들이 끔찍하게 적은 급여와 생활이 불편할 만큼 긴 근무시간에도 불구하고 노인들에게 친절하고 사려 깊게 대한다는 것, 그들을 위해서 최선을 다한다는 것을 알았다.

그는 어머니에게 좀더 나은 환경을 만들어드리기 위해서 자신이 무엇을 할 수 있을지 심사숙고해보았다. 직원들이 어머에게 좀더 많은 시간과 관심을 쏟아줄지도 모르는 사설 요양원으로 어머니를 옮기면 어떨까도 고려해보았지만, 그러더라도 지금보다 훨씬 더 나은 보살핌을 기대하기는 어렵다는 결론에 도달했다. 그가 어머니를 위해서 할 수 있는 일은 가급적 자주 찾아뵙는 것뿐이었다. 어머니의 상황을 개선하기 위한 방안들을 따져보는 과정에서, 그는 믿을 수 없을 만큼 많은 노인들이 그보다 더 나쁜 상황에 처해 있다는 것을 알게 되었다.

홀로 가난하게 늙어서 스스로를 돌볼 수 없게 된다는 것은, 오랫동안 활동적으로 살아왔던 사람이 갑자기 존엄과 정체성을 잃고서 자신과 마찬가지로 버려지고 소외된 다른 노인들과 함께 시설에 들어가게 된다는 것을 뜻했다.

요즘은 그런 곳을 '시설'이라고 부르지 않았다. '양로원'이라고 부르지도 않았다. 요즘은 '은퇴자의 집'이니 심지어 '은퇴자 호텔'이니 하는 말이 쓰였다. 이것은 대부분의 입소자들이 사실상 자발적으로 들어간 게 아니라는 사실, 그들에 대해서 더는 알고 싶어 하지 않는 이른바 복지국가가 그들을 그곳에 입소시켰다는 사실을 얼버무리기 위한 표현이었다. 그것은 잔인한 선고였고, 죄목은 노화였다.

그것은 사회라는 기계에서 닳고 닳은 나사 같은 존재가 마지막에 쓰레기 더미에 버려지는 것이었다.

마르틴 베크는 자신의 어머니가 이러니저러니 해도 다른 대부분의 늙고 병든 사람들보다 나은 상황임을 깨달았다. 어머니는 늙어서 누구에게도 짐이 되지 않도록 돈을 아끼고 저축하여 노후 자금을 마련해왔다. 인플레이션 탓에 예금 가치가 재앙 수준으로 떨어졌지만, 그래도 어머니는 의료적 보살핌과 비교적 영양가 있는 음식을 제공받았다. 다른 사람과 함께 쓰지 않아도 되는데다가 넓고 바람이 잘 통하는 병실에는 어머니의 소중한 소지품을 여전히 곁에 둘 수 있었다. 최소한 그 정도는 어머니가 저금으로 살 수 있었던 것이다.

해가 드는 창가에 놓인 마르틴 베크의 바지가 이윽고 다 말랐다. 얼룩은 거의 사라졌다. 그는 옷을 입고 전화로 택시를 불렀다.

양로원 주변에는 널찍한 공원이 잘 가꿔져 있었다. 크고 무성한 나무들이 있었고, 정자와 화단과 테라스 사이로 나무 그늘이 시원한 산책로가 있었다. 아프기 전에 어머니는 그의 팔에 기대어 이곳을 산책하는 것을 좋아했다.

마르틴 베크는 곧장 사무실로 갔다. 하지만 비르기트 간호사도 다른 사람도 없었다. 복도에서 그는 보온병을 담은 쟁반을 들고 가는 조무사와 마주쳤다. 그가 비르기트 간호사가 어디 있느냐고 묻자, 조무사는 노래하는 듯한 억양의 핀란드어 섞인 스웨덴어로 비르기트 간호사는 지금 환자를 보는 중이라고 알려 주었다. 그는 베크 부인의 방이 어디냐고 물었다. 여자는 복도 끝의 문을 고갯짓으로 가리키고 쟁반을 들고 가버렸다.

마르틴 베크는 그 문을 들여다보았다. 방은 어머니가 전에 있던 방보다 작았고, 좀더 병실처럼 보였다. 안에는 그가 이틀 전에 사 왔던 붉은 튤립 다발을 제외하고는 모든 것이 흰색이었다. 튤립 꽃병은 창가 탁자에 놓여 있었다.

어머니는 침대에 누워서 부릅뜬 눈으로 천장을 바라보고 있었다. 그 눈은 그가 방문할 때마다 매번 점점 더 커지는 것 같았다. 어머니의 야윈 손은 침대보를 움켜쥐고 있었다. 그가 침대 옆에 서서 어머니의 손을 잡으니, 어머니가 천천히 시선을 그의 얼굴로 돌렸다.

"어떻게 여기까지 왔니." 어머니가 들릴락 말락 하는 목소리로 말했다.

"피곤한데 괜히 말씀하실 것 없어요, 엄마." 마르틴 베크는 어머니의 손을 놓으면서 말했다.

그는 의자에 앉아서 어머니의 피곤해 보이는 얼굴과 크게 벌린 열띤 두 눈을 보았다.

"좀 어떠세요, 엄마." 그가 물었다.

어머니는 바로 대답하지 않았다. 그를 보며 눈을 두어 번 깜박일 뿐이었다. 눈꺼풀이 너무 무거워서 눈을 뜨기가 힘든 것처럼 보였다.

"추워." 이윽고 어머니가 말했다.

마르틴 베크는 방 안을 둘러보았다. 침대 발치 의자에 담요가 있었다. 그는 그것을 가져와서 어머니의 몸에 덮었다.

"고맙다, 애야." 어머니가 속삭였다.

그는 다시 말없이 앉아서 어머니를 보았다. 무슨 말을 해야 좋을지 알 수 없어서, 그냥 어머니의 차고 야윈 손만 잡고 있었다.

어머니가 숨을 쉴 때마다 목에서 희미하게 씩씩 소리가 났다. 숨소리가 차츰 차분해진다 싶더니, 어머니가 눈을 감았다.

그는 계속 어머니의 손을 잡고 앉아 있었다. 창밖에서 검은 새가 노래했다. 그 밖에는 사위가 조용했다.

꽤 오래 그렇게 앉아 있다가, 그는 어머니의 손을 살그머니 놓고 일어섰다.

어머니의 뺨을 쓰다듬어보았다. 뜨겁고 건조했다.

그가 여전히 어머니의 얼굴을 내려다보면서 문 쪽으로 한 발짝 뗐을 때, 어머니가 눈을 뜨고 그를 보았다.

"그 파란 모자 쓰고 다녀라. 밖은 추워." 어머니는 그렇게 속삭이고 다시 눈을 감았다.

잠시 후, 마르틴 베크는 몸을 숙여서 어머니의 이마에 입 맞
춘 뒤에 병실을 나섰다.

12.

스베르드의 집을 억지로 따고 들어간 두 경찰관 중 한 명인 켄네트 크바스트모는 오늘도 지방법원에서 증언한다고 했다. 마르틴 베크는 법정에 불려 들어가기를 기다리며 시청 복도에 앉아 있는 크바스트모를 만나서, 가장 중요한 두 가지 질문에 대한 답을 들었다.

시청을 나선 마르틴 베크는 두 블록을 걸어서 스베르드가 살았던 집으로 갔다. 짧은 거리였지만, 걸으면서 보니 경찰 본부 건물 양옆으로 큰 건설 현장이 두 군데나 있었다. 경찰서 남쪽 동 앞에서는 예르바펠테트행 새 지하철 노선을 짓느라 땅을 파는 중이었고, 그보다 더 위쪽 경사지에서는 새 경찰 본부 건물의 터를 닦기 위해서 기반암을 폭파하고 뚫는 작업이 한창이었다. 조만간 새 건물에 그도 사무실을 갖게 될 예정이었다. 하지만 지금은 이곳이 아니라 남부 경찰서에 사무실이 있는 게 다행스러웠다. 현재의 사무실 밖 쇠데르텔리에베겐 도로에서 들려오는 차량 소음은 발파 장치, 착암 드릴, 대형 트럭이 내는 불협화음에 비하면 조용한 흥얼거림에 지나지 않았다.

집은 현관문이 다시 붙어 있었고 테이프로 봉해져 있었다. 마르틴 베크는 테이프를 떼고 안으로 들어갔다.

길가 쪽 창문은 닫혀 있었다. 벽과 변변찮은 가구에 스며든 부취가 약하지만 분명하게 코를 찔렀다.

그는 창으로 가서 창문을 점검했다. 문짝은 바깥으로 열렸고, 한쪽 끝이 창짝에 고정된 채 움직이는 동그란 고리 모양 걸쇠가 창문이 닫혔을 때는 창틀의 고정쇠에 걸려서 문을 잠그는 구식 잠금장치가 설치되어 있었다. 걸쇠는 위아래 두 개가 있었지만 고정쇠는 아래쪽 하나가 사라지고 없었다. 페인트가 다 벗겨졌고, 창짝 밑부분과 창틀 목재가 망가져 있었다. 갈라진 틈으로 비바람이 죄다 들어올 것 같았다.

마르틴 베크는 블라인드를 내렸다. 원래 진푸른색이었던 블라인드는 낡아서 색이 바랬다.

그는 현관으로 돌아가서 방을 둘러보았다. 크바스트모에 따르면, 두 순경이 문을 따고 들어왔을 때 집 안이 이런 상태였다. 그는 창문으로 돌아가서 블라인드 줄을 살짝 당겼다. 블라인드가 지친 듯 찌걱찌걱 소리를 내면서 말려 올라갔다. 그는 창문을 열고 밖을 보았다.

오른편에는 시끄러운 빌딩 건설 현장이 있었다. 그 너머로 보이는 건물들 중 쿵스홀름스가탄 경찰 본부의 살인수사과 사무실 창도 눈에 들어왔다. 왼편으로는 베리스가탄 거리가 좀더 이어지다가 소방서를 지나자마자 끊어졌고, 그 끝에 베리스가탄과 한트베르카르가탄을 잇는 짧은 도로가 있었다. 마르틴 베크는 집 조사를 끝낸 뒤에 그 길을 걸어봐야겠다고 생각했다. 그 길에도 이름이 있는지, 자신이 걸어본 적이 있는지 기억나지 않았다.

창 맞은편에는 크로노베리스파르켄 공원이 있었다. 스톡홀름의 공원들이 대개 그렇듯이, 이 공원도 원래 있던 언덕에 조성한 것이었다. 마르틴 베크는 크리스티네베리에서 일하던 시절에 곧잘 저 공원을 가로지르는 지름길을 걸었던 기억이 떠올랐다. 폴헴스가탄 거리에 면한 공원 한 모퉁이의 돌계단과 그 대각선에 있는 옛 유대인 묘지를 가로지르는 것이 그의 습관이었다. 가끔 언덕배기의 피나무들 아래에 놓인 벤치에 앉아서 담배를 한 대 피우며 쉬기도 했다.

갑자기 담배가 당겨서, 그는 없다는 걸 알면서도 호주머니를 더듬었다. 체념의 한숨을 쉬고는 이제 그 대신 껌이나 목캔디를 시도해야겠다고 생각했다. 아니면 말뢰의 몬손 형사처럼 이쑤시개를 씹든가.

그는 부엌으로 갔다. 부엌 창은 방의 창보다 상태가 더 나빴다. 하지만 여기에는 갈라진 틈이 테이프로 단단히 봉해져 있었다.

이곳의 모든 것이, 페인트와 벽지뿐 아니라 가구도 모두 낡아 보였다.

마르틴 베크는 집을 둘러보면서 한없는 슬픔을 무지근하게 느꼈다. 서랍과 수납장을 다 열어보았다. 기본적인 가재도구 외에는 별것 없었다.

다시 좁은 현관으로 돌아가서 화장실 문을 열어보았다. 세면대도 샤워기도 없었다.

다음으로 현관을 살펴보았다. 보고서에 적혀 있던 다양한 종류의 자물쇠가 문에 붙어 있었다. 순경들이 마침내 문을 열었을 때, 경찰 용어로 '따는' 데 성공했을 때 자물쇠들이 모두 잠겨 있었다는 말은 사실인 듯했다.

정말로 알 수 없는 일이었다. 현관문과 두 창문은 잠겨 있었다고 했다. 크바스트모는 자신과 크리스티안손이 들어갔을 때 집 안 어디에서도 총을 보지 못했다고 말했다. 게다가 집 앞에 내내 사람이 지키고 서 있었으므로, 다른 누군가가 거기 있다가 무언가를 들고 나간다는 것은 불가능한 일이라고 했다.

마르틴 베크는 다시 한번 현관에 서서 방을 둘러보았다. 안쪽 벽에 침대가 있었고, 그 옆에 선반이 달려 있었다. 선반 위쪽 가로장에는 노랗고 주름진 천 갓이 씌워진 램프, 깨진 녹색 유리 재떨이, 큰 성냥갑이 놓여 있었다. 아래쪽 가로장에는 손때 묻은 잡지 두 권과 책 세 권이 있었다. 오른쪽 벽에는 앉는 자리에 얼룩이 묻은 녹색과 흰색 줄무늬 천 의자가 있었고, 정면 벽에 갈색 탁자와 등받이가 곧은 나무 의자 하나가 있었다. 바닥에 전기 라디에이터가 서 있었다. 까만 전기 코드가 벽의 콘센트 쪽으로 구불구불 늘어져 있었지만, 플러그는 뽑혀 있었다. 원래 카펫도 있었겠지만 분석실로 옮겨져 있었다. 그 카펫에서 수많은 얼룩과 먼지 외에도 스베르드의 혈액형과 일치하는 핏자국 세 개가 발견되었다고 했다.

방에 붙박이 옷장이 있었다. 옷장 바닥에는 원래 색을 알 수 없는 더러운 플란넬 셔츠 한 장, 더러운 양말 세 켤레, 속이 빈 갈색 캔버스 가방 하나가 놓여 있었다. 옷걸이에 새것에 가까운 포플린 코트 한 벌이 걸려 있었고, 벽에 붙은 고리에는 주머니에 아무것도 없는 플란넬 바지 한 벌, 녹색 니트 스웨터 한 벌, 회색 긴팔 내복 상의 한 벌이 걸려 있었다.

그게 전부였다.

법의학자에 따르면, 스베르드가 다른 곳에서 총을 맞은 뒤 집으로 돌아와서 문을 걸어 잠그고 쓰러져 죽었을 가능성은 거의 제외해도 좋았다. 마르틴 베크는 물론 의사가 아니지만, 그동안의 경험으로 보아 법의학자의 말이 옳다는 걸 알 수 있었다.

그렇다면 어떻게 된 일일까?

집 안에 다른 사람이 없었고 스베르드가 자살한 것도 아니라면, 어떻게 그가 총에 맞았을까?

처음에 이 사건이 허술하게 처리된 것을 알았을 때, 마르틴 베크는 수수께끼가 누군가의 부주의로 설명될 수 있을 거라고 믿었다. 하지만 이제 그는 방에 원래 총이 없었다는 것, 스베르드가 직접 문을 잠갔다는 것을 확신하게 되었다. 스베르드의 죽음이 불가해한 일로 보인다는 것도 인정하게 되었다.

그는 다시 한번 집 안을 꼼꼼히 살펴보았다. 하지만 사건의 정황을 설명해줄 만한 실마리는 아무것도 없었다. 이윽고 그는 그곳을 나섰다. 건물의 다른 세입자들에게 이것저것 물어볼 차례였다.

사십오 분 뒤, 그는 아무것도 알아내지 못한 채로 건물 밖으로 나왔다. 62세의 전직 창고지기 칼 에드빈 스베르드는 아주 고독한 사람이었던 듯했다. 스베르드는 그 집에서 석 달을 살

잠긴 방

았는데, 다른 세입자들 중 그의 존재를 안 사람은 몇 되지 않았다. 그가 드나드는 것을 본 세입자들도 그가 다른 사람과 함께 있는 모습은 본 적이 없다고 했다. 그와 말 한마디 주고받은 사람도 없었다. 그가 술 취한 모습을 본 사람도 없었고, 그의 집에서 시끄러운 소리가 나는 걸 들은 사람도 없었다.

마르틴 베크는 건물 출입구에 서서 길 건너편에 푸르고 무성하게 솟은 공원을 쳐다보았다. 그리로 올라가서 피나무 밑에 잠시 앉아 있고 싶었지만, 이내 길 끝의 짧은 도로를 살펴보기로 했던 결심을 떠올렸다.

올로프예딩스가탄.

거리명이 적힌 표지판을 보니, 1700년대에 쿵스홀멘의 학교에 올로프 예딩이라는 선생이 있었다는 사실을 몇 년 전에 어디선가 들은 기억이 났다. 그 학교가 지금 한트베르카르가탄 거리에 있는 고등학교와 같은 위치에 있었을지 궁금했다.

폴헴스가탄으로 내려오는 경사로 끝에 담배 가게가 있었다. 그는 가게로 들어가서 필터 담배를 샀다.

쿵스홀름스가탄으로 걸어가면서 담배를 한 대 피웠다. 맛이 없었다. 그는 칼 에드빈 스베르드를 생각했다. 기분이 별로였고, 살짝 혼란스러웠다.

13.

그날 화요일 정오에 암스테르담발 비행기가 알란다 공항에 내렸을 때, 도착 라운지에는 사복 경찰관 두 명이 비행기 사무장을 맞으러 나가 있었다. 그들은 신중하게 행동하고 쓸데없는 조치는 취하지 말라는 지시를 듣고 왔다. 이윽고 사무장이 승무원 한 명과 함께 활주로를 걸어왔다. 두 경찰관은 적당한 때를 기다리기로 하고 옆으로 물러나 있었다.

하지만 베르네르 로스는 그들을 단번에 알아봤다. 전에 봤던 얼굴일 수도 있었고, 그들이 경찰임을 눈치채고는 아무래도 자기 때문에 여기 와 있을 거라고 넘겨짚은 것일 수도 있었다. 그는 우뚝 서서 승무원에게 몇 마디 건넨 뒤에 유리문을 통과하여 라운지로 들어왔다.

베르네르 로스는 단호한 걸음걸이로 두 경찰관에게 다가왔다.

키가 크고, 어깨가 넓고, 가무잡잡하게 태운 그는 감색 유니폼을 입고 있었다. 한 손에 모자를 들었고, 다른 손에 넓은 띠가 달린 검은색 가죽 가방을 들었다. 금발에 긴 구레나룻, 자연스럽게 흐트러진 앞머리. 그가 숱진 눈썹을 위협적으로 찡그렸다. 그러고는 턱을 치켜들고서 파란 눈동자로 두 경찰관을 차갑게 바라보았다.

"자, 이건 또 무슨 환영 위원회입니까?" 그가 물었다.

"올손 검사가 잠시 이야기하고 싶다고 합니다. 쿵스홀름스가탄으로 함께 가주시죠." 한 경찰관이 말했다.

"그 사람 미쳤습니까? 나는 불과 이 주 전에 거기 갔었고, 그때 했던 말에서 한 마디도 더 보탤 게 없습니다." 로스가 말했다.

"자, 자." 나이 많은 경찰관이 말했다. "그런 이야기는 검사에게 직접 하시죠. 우리는 지시를 따르는 것뿐입니다."

로스는 짜증스레 어깨를 으쓱하고 출구를 향해 걷기 시작했다. 차에 도착했을 때 그가 말했다.

"먼저 나를 메르스타의 집으로 태워다 주세요. 그래야 내가 옷을 갈아입죠. 주소는 알겠죠."

그는 뒷좌석에 타더니 엄숙한 얼굴로 팔짱을 끼고 앉았다.

운전을 맡은 젊은 경찰관이 택시 기사처럼 취급당한 데 대해항의했지만, 동료가 그를 진정시키고 메르스타의 주소를 알려주었다.

로스를 따라 그의 집으로 간 경찰관들은 로스가 연회색 바지, 터틀넥 스웨터, 스웨이드 재킷으로 갈아입는 동안 현관에서서 기다렸다.

그다음 그들은 스톡홀름으로 돌아와서 쿵스홀름스가탄으로 갔고, 경찰서에 도착하여 불도저 올손이 기다리는 방으로 로스를 안내했다.

문이 열리자, 불도저가 자리에서 튕기듯이 일어나서 손짓으로 두 사복 경찰관을 물리치고 베르네르 로스가 앉을 의자를 뽑아주었다. 그다음 다시 제자리에 앉아서 쾌활하게 말했다.

"자. 로스 씨. 우리가 이렇게 금방 다시 만나리라고 누가 예상했겠습니까."

"당신이 했겠죠. 내 탓이 아닙니다. 이번에는 무슨 이유로 나를 체포하려는지 이유나 들어봅시다." 로스가 말했다.

"아, 너무 심각하게 받아들이지 마십시오, 로스 씨. 내가 당신에게 정보를 좀 얻고 싶다고 해두죠. 일단 시작은 그렇게 합시다."

"당신 부하들을 내 직장에 보낸 것도 쓸데없는 짓이었습니다. 내가 지금 비행중이었을지도 모른다는 점은 차치하더라도,

갑자기 당신이 거기 앉아서 내게 헛소리를 지껄이고 싶어졌다고 해서 내가 직장을 잃고 싶은 마음은 추호도 없단 말입니다."

"딱딱하게 굴지 마시죠. 당신이 마흔여덟 시간 동안 쉰다는 건 내가 압니다, 로스 씨. 아닙니까? 그러니까 시간은 많고, 해될 것은 없습니다." 불도저가 다정하게 말했다.

"나를 여기에 여섯 시간 이상 잡아두진 못할 텐데요." 베르네르 로스가 자기 손목시계를 흘끔 보면서 말했다.

"열두 시간입니다, 로스 씨. 상황에 따라 더 길어질 수도 있습니다."

"그렇다면 검사 양반, 내가 무슨 의심을 받고 있는지 말해주겠습니까." 베르네르 로스가 오만하게 말했다.

불도저가 프린스 담뱃갑을 로스에게 내밀었다. 하지만 로스는 같잖다는 듯 고개를 젓고 주머니에서 벤슨 앤드 헤지스 담뱃갑을 꺼냈다. 그는 도금된 던힐 라이터로 불을 붙인 뒤, 불도저 올손이 성냥을 켜서 필터 담배에 불을 붙이는 모습을 지켜보았다.

"당신을 의심한다는 말은 꺼내지도 않았습니다, 로스 씨." 불도저가 재떨이를 앞으로 밀면서 말했다. "지난주 금요일 일에 관해서 우리가 대화를 좀 나눠봐야겠다는 생각이 들었을 뿐입니다."

"무슨 일 말입니까?" 베르네르 로스는 모르쇠를 댔다.

"호른스가탄의 은행 일 말입니다. 성공적인 작업이었죠. 구만 크로나는 썩 많은 돈이니까요. 하지만 안타깝게도 은행 고객이 총에 맞았다는 점에서는 성공적이지 못했고요." 불도저 올손이 담담하게 말했다.

베르네르 로스는 놀라서 불도저를 보았다. 그리고 천천히 고개를 흔들었다.

"이번에는 정말 물불을 안 가리는군요. 지난주 금요일이라고 했습니까?"

"맞습니다. 그 시각에 로스 씨는 물론 여행중이었겠죠. 비행중이라고 해야 하나요. 자, 지난주 금요일에 어디 있었습니까?"

불도저 올손은 등을 뒤로 기대고 즐거운 눈으로 베르네르 로스를 보았다.

"올손 씨 당신은 지난주 금요일에 어디 있었는지 모르겠습니다만, 나는 리스본에 있었습니다. 항공사에 얼마든지 확인해보시죠. 우리는 그날 14시 45분에 십 분 연착하여 리스본에 내렸다가 토요일 아침 9시 10분에 그곳을 출발하여 15시 30분에 알란다에 내렸습니다. 금요일에는 티볼리 호텔에서 저녁을 먹고 잤는데, 그것도 얼마든지 확인해보십시오."

베르네르 로스도 등을 뒤로 기대며 의기양양 불도저를 보았다. 불도저는 즐거워서 못 견디겠다는 얼굴이었다.

"훌륭합니다. 정말 훌륭한 알리바이로군요, 로스 씨."

불도저는 몸을 숙여서 담배를 재떨이에 끄고 심술궂게 말을 이었다.

"하지만 말름스트룀 씨와 모렌 씨는 리스본에 있지 않았겠지요?"

"그 친구들이 왜 리스본에 있어야 합니까? 말름스트룀과 모렌이 무슨 짓을 하는지 일일이 확인하는 건 내 일이 아닙니다."

"그렇습니까, 로스 씨?"

"그렇다니까요. 전에도 몇 번이나 말했듯이. 그리고 지난주 금요일 일이라면, 나는 요 며칠 스웨덴 신문을 읽을 시간이 없었기 때문에 무슨 은행 강도 사건인지도 모릅니다."

"그렇다면 내가 알려드리죠, 로스 씨. 은행 폐점 시간에 벌어진 일이었습니다. 여자로 가장한 범인이 구만 크로나를 현찰로 강탈한 뒤에 한 남자 고객을 총으로 쏴서 쓰러뜨리고 르노로 현장에서 도주했습니다. 로스 씨도 알겠지만, 총질 때문에 이 범행은 전혀 다른 문제가 되지요."

"그 일에 내가 무슨 관련이 있다는 겁니까." 로스가 짜증스레 말했다.

"로스 씨, 우리의 말름스트룀과 모렌을 마지막으로 만난 게 언젭니까?" 불도저가 물었다.

"지난번에 대답하지 않았습니까? 그때 이후로 여전히 못 봤습니다."

"그들의 행방도 모르고요?"

"몰라요. 그 친구들에 대해서 내가 아는 건 당신이 내게 말해준 내용뿐이란 말입니다. 그 친구들이 쿰라 교도소에 들어간 뒤로는 만난 적이 없어요."

불도저는 베르네르 로스를 똑바로 쳐다보고는 앞에 놓인 수첩에 뭔가 적은 후 수첩을 덮고 일어났다.

"그렇단 말이죠." 불도저가 태연히 말했다. "그건 쉽게 확인해볼 수 있지요."

불도저는 창으로 걸어가서, 방에 비쳐 들기 시작한 오후 햇살을 막으려고 블라인드를 내렸다.

베르네르 로스는 불도저가 다시 앉을 때까지 기다렸다가 말했다.

"하지만 이것만큼은 내가 확실히 말할 수 있습니다. 만약 총질이 있었다면, 말름스트룀과 모렌은 관여하지 않았습니다. 녀석들은 그렇게까지 멍청하진 않습니다."

"말름스트룀과 모렌이 총질을 시작하지 않았다는 건 사실일 수 있겠지만, 그렇다고 해서 그들이 관여하지 않았다는 법은 없지요. 가령 밖에 대어둔 도주 차량에 앉아 있었을 수도 있지 않습니까?"

로스는 어깨를 으쓱하고는 턱을 스웨터 칼라에 파묻고 바닥을 노려보았다.

"게다가 그들이 다른 동료를 썼을 가능성도 배제할 수 없지 않습니까. 여자 동료라든지." 불도저는 열성적으로 말을 이었다. "그래요. 그 가능성도 고려해야 합니다. 지난번에 그들이 감옥에 가게 된 일을 할 때 거들었던 게 말름스트룀의 약혼녀 아니었나요?"

불도저는 손가락을 딱 튕겼다.

"군닐라 베리스트룀, 그렇죠. 그 여자는 일 년 반 형을 받았으니까, 어디에 있는지 우리가 알지요."

로스는 고개를 숙인 채 불도저를 곁눈질했다.

"그 여자는 아직 탈옥하지 못했습니다." 불도저가 설명했다. "하지만 여자라면 얼마든지 있고, 이 신사분들은 숙녀 공범을 두는 걸 꺼리지 않는 것 같지요. 어떻게 생각하십니까, 로스 씨?"

베르네르 로스는 또 어깨를 으쓱한 뒤에 허리를 세웠다.

"어떻게 생각하느냐고요?" 로스의 말투는 냉담했다. "어쨌거나 내가 상관할 일이 아닙니다."

"물론 아니죠." 불도저가 로스에게서 눈을 떼지 않은 채 심사숙고하듯 고개를 끄덕였다.

그러고는 몸을 숙여서 펼친 두 손바닥을 책상에 댔다.

"그래서 당신은 말름스트룀과 모렌을 만나지 않았고 지난 육 개월간 그들의 소식도 듣지 못했다는 주장을 고수하는 겁니까?"

"그래요, 그렇습니다. 지난번에도 말했듯이, 나는 그 친구들의 행동에 아무 책임이 없습니다. 우리가 초등학교 때부터 안 사이라는 건 내가 한 번도 부정하지 않았지요. 그때부터 간간이 어울려 놀았다는 사실도 감춘 적 없습니다. 하지만 그게 우리가 십오 분마다 만난다든지, 그 친구들이 내게 자기들이 어디서 뭘 하는지를 일일이 알려준다든지 한다는 뜻은 아닙니다. 그 친구들이 탈선했다면 제일 안타까워할 사람은 나지만, 범법 행위는 나와 아무 관련이 없습니다. 그리고 전에도 말했듯이, 그 친구들을 바른길로 돌려놓는 걸 도울 수 있다면 기꺼이 그러겠습니다. 하지만 나는 그 친구들을 못 본 지 한참 됐습니다."

"로스 씨, 당신의 말이 당신에게 대단히 불리하게 작용할 수 있다는 걸 아시지요? 그리고 만약 그 둘과 접촉해왔다는 사실이 드러날 경우에는 의심스러운 처지에 놓이게 된다는 것도 아시겠지요?"

"왜 그런지 모르겠군요."

불도저가 로스에게 상냥하게 웃어 보였다.

"아, 그래요. 아마 아실 겁니다."

불도저는 손바닥으로 책상을 쾅 치고 일어났다.

"이제 나는 다른 문제를 좀 살펴봐야겠습니다. 우리 대화는 이만 중단했다가 잠시 후에 재개하도록 하지요. 잠시 실례하겠습니다, 로스 씨."

불도저는 씩씩하게 방을 걸어 나와서 마지막으로 베르네르 로스를 흘끔 본 뒤에 문을 닫았다.

불도저는 로스가 몹시 심란하고 초조해 보인다고 생각했다. 그는 기쁨에 겨워 손바닥을 비비면서 서둘러 복도를 걸어갔다.

불도저 올손의 등 뒤로 문이 닫히자, 베르네르 로스는 의자에서 일어나서 창가로 슬렁슬렁 걸어가서는 블라인드 살 틈으로 밖을 보았다. 그러는 동안 휘파람으로 느릿느릿 노래를 불렀다. 그러다가 힐끔 롤렉스 시계를 본 그가 눈살을 찌푸리며 재빨리 불도저의 책상으로 가서 앉았다. 그는 전화기를 당긴 뒤, 수화기를 들고 다이얼을 돌렸다. 기다리는 동안에 책상 서랍을 하나씩 열어서 속을 구경했다. 마침내 상대가 전화를 받자, 로스가 말했다.

"안녕, 꼬마. 나야. 있잖아, 이따 저녁에 좀 늦게 만나도 될까? 어떤 사람하고 할 얘기가 있는데, 두어 시간 걸릴지도 몰라."

로스는 서랍에서 '국가 자산'이라고 표시된 펜을 꺼내어 수화기를 대지 않은 쪽 귀를 후볐다.

"좋아. 그럼 외식하자. 배고파서 미치겠어."

그는 펜을 요리조리 본 뒤에 도로 던져 넣고 서랍을 닫았다.

"아냐, 지금 술집 아니야. 무슨 호텔 같은 곳인데, 여기 음식은 형편없어. 그러니까 기다렸다가 만나서 먹을 거야. 7시, 오케이? 좋아, 그럼 7시에 데리러 갈게. 이따 봐."

로스는 수화기를 내려놓고 일어났다. 두 손을 바지 주머니에 찔러 넣고 휘파람을 불면서 방을 어슬렁거리기 시작했다.

불도저는 군발드 라르손이 있는 방으로 갔다.

"내가 로스를 잡아 왔습니다." 불도저가 말했다.

"그래서 지난주 금요일에 저치는 어디 있었답니까? 쿠알라룸푸르래요, 싱가포르래요?"

"리스본이랍니다." 불도저는 흔쾌히 대답했다. "놈이 범죄자에게 딱 알맞은 위장 직업을 가지긴 했어요. 달리 누가 그렇게 환상적인 알리바이를 내놓을 수 있겠습니까?"

"그 밖에는 뭐라고 말합니까?"

"아무 말도 안 해요. 자기는 아무것도 모른다고 합니다. 최소한 은행 강도에 관해서는 아무것도 모른다, 말름스트룀과 모렌을 안 만난 지 한참 됐다고요. 놈은 장어처럼 미끄럽고, 가재처럼 교활하고, 달리는 말보다 더 빠르게 거짓말을 내뱉어요."

"움직이는 동물원이라 이거군요." 군발드 라르손이 대꾸했다. "그래서 이제 놈을 어쩔 겁니까?"

불도저는 군발드 라르손 앞 의자에 앉았다.

"풀어줄 생각입니다. 그리고 미행을 붙이려고요. 로스의 뒤를 밟을 사람을 구해줄 수 있습니까? 놈이 모르는 얼굴로?"

"미행하러 어디로 갑니까? 호놀룰루? 그렇다면 내가 자원하죠."

"나는 진지합니다." 불도저가 말했다.

군발드 라르손이 한숨을 쉬었다.

"준비해드려야 하겠군요. 언제 시작합니까?"

"지금. 로스를 당장 풀어줄 겁니다. 놈은 목요일 오후까지 쉬니까, 그전에 우리를 말름스트룀과 모렌의 은신처로 인도할 겁니다. 우리가 녀석을 시야에서 놓치지 않는다면 말이죠."

"목요일 오후라. 그러면 교대할 수 있도록 최소한 두 명이 필요하겠군요."

"미행에 아주 능한 사람들이어야 합니다. 놈이 전혀 눈치채지 못해야지, 눈치채면 끝장입니다."

"십오 분만 주세요. 준비되면 알려드리죠."

이십 분 후에 베르네르 로스가 쿵스홀름스가탄에서 택시를 탈 때, 루네 에크 경사는 회색 볼보의 운전대를 잡고 있었다.

오십 대의 뚱뚱한 남자인 루네 에크는 머리가 세었고, 안경을 썼고, 궤양이 있어서 얼마 전에 의사로부터 엄격한 식단 관리를 지시받은 터였다. 그가 오페라하우스 레스토랑의 1인석에 네 시간이나 앉아 있으면서도 그다지 재미를 보지 못한 것은 그 때문이었다. 한편 베란다의 창가 자리에 앉은 베르네르 로스와 빨간 머리의 숙녀 친구는 음식이든 음료든 조금도 자제하지 않는 듯했다.

길고 환한 여름밤을 에크는 헤셀뷔의 어느 딱총나무 수풀 속에서 보냈다. 멜라렌 호수의 물결 위로 간간이 출렁이는 빨간 머리의 가슴을 엉큼하게 훔쳐보면서. 베르네르 로스는 여자 옆에서 타잔처럼 크롤 영법으로 수영을 했다.

새벽 해가 나무 꼭대기를 붉게 밝히기 시작하자, 에크는 헤셀뷔의 어느 주택 앞 덤불 속에서 같은 활동을 이어갔다. 집 안에 막 수영을 마친 커플 외에는 아무도 없다는 것을 확인한 뒤, 그는 다음 삼십 분 동안 머리카락과 옷에 들러붙은 진드기를 떼는 데 열중했다.

그로부터 몇 시간이 흘러서 루네 에크가 교대할 때, 베르네

르 로스는 코빼기도 내밀지 않은 상태였다. 로스가 빨간 머리의
품을 벗어나서 경찰이 바라는 대로 친구 말름스트룀과 모렌을
찾아가기까지는 누가 봐도 몇 시간 더 걸릴 것 같았다.

14.

 만약 은행 강도 특별수사대와 강도들을 비교해볼 수 있는 사람이 있다면, 많은 면에서 양쪽이 우열을 가리기 힘들다고 결론 내렸을 것이다. 수사대는 막대한 기술적 자원을 확보하고 있었지만, 상대는 든든한 운용 자금을 가진데다가 주도권을 쥐고 있었다.

 말름스트룀과 모렌은, 만약 누군가 그들을 설득하여 참으로 미심쩍은 직업에 투신하도록 설득할 수만 있었다면 아마 좋은 경찰관이 되었을 것이다. 그들은 신체 조건이 막강했고 지능도 큰 문제가 없었다.

 평생 범죄 말고 다른 일을 해보지 않은 두 사람은 각자 33세와 35세가 된 지금 떳떳이 유능한 전문 범죄자로 불릴 만했다.

하지만 강도를 점잖은 사업으로 여기는 시민은 한 줌뿐이라서 두 사람은 덤으로 다른 직업을 가졌다. 여권, 운전면허증, 기타 신분증에서 그들은 스스로를 '엔지니어'나 '경영자'로 칭했다. 엔지니어와 경영자가 말 그대로 넘쳐나는 나라이니 잘 고른 셈이었다. 그들의 모든 서류는 전혀 다른 이름으로 작성되어 있었다. 죄다 위조 서류였지만 얼핏 보기에도 자세히 보기에도 진짜 같았다. 가령 여권은 스웨덴 및 외국 국경에서 이미 여러 차례 시험을 통과했다.

말름스트룀과 모렌의 실물은 놀랍게도 서류보다 더 믿음직했다. 그들은 밝고 솔직한 인상을 주었고 건강하고 활기차 보였다. 넉 달의 자유를 만끽한 지금은 외모가 약간 달라져 있었다. 그동안 둘 다 피부가 까맣게 탔다. 말름스트룀은 턱수염을 기르고, 모렌은 콧수염에 구레나룻까지 길렀다.

피부는 마요르카나 카나리아제도 같은 흔해빠진 여행지에서 태운 게 아니라 포토 사파리 여행이라고 불리는 삼 주간의 동아프리카 여행에서 태운 것이었다. 그것은 순전히 오락용 여행이었다. 그후에 업무용 출장도 두 번 다녀왔는데, 한 번은 장비 보충차 이탈리아에 다녀왔고 다른 한 번은 유능한 조수 두 명을 고용하려고 프랑크푸르트에 다녀왔다.

스웨덴에 돌아온 후, 그들은 아담한 규모의 은행 강도를 몇 건 저지르고 수표 현금 환전소도 두 군데 털었다. 그런 환전소는 재정상의 복잡한 이유 때문에 감히 경찰에 신고할 생각을 하지 못했다.

이런 활동에서 얻은 순수익은 상당했다. 하지만 그들은 경비를 적잖이 지출했고, 가까운 미래에도 상당한 비용을 경비로 지출할 예정이었다.

그러나 크게 걸어야 크게 따는 법이다. 절반은 사회주의적이고 절반은 자본주의적인 스웨덴 경제에서 똑똑히 배운 점이 있다면 바로 그것이었다. 그리고 말름스트룀과 모렌이 지금껏 추구한 목표들에 대해서 한 가지 확실히 말할 수 있는 점은 대단히 야심 차다고는 할 수 없다는 것이었다.

이제 말름스트룀과 모렌은 다른 아이디어를 굴리고 있었다. 새롭다고는 할 수 없지만 변함없이 매력적인 아이디어였다.

그들은 한탕만 더 한 뒤에 은퇴할 생각이었다.

마침내 정말로 크게 한탕을 제대로 해볼 예정이었다.

준비는 대충 다 되어 있었다. 자금 문제는 해결되었고, 계획도 거의 다 세워졌다.

아직 때와 장소는 알지 못했지만, 제일 중요한 요소인 수법은 알고 있었다.

목표가 목전에 있었다.

말름스트룀과 모렌이 유능한 편이라고는 했지만, 그래도 이들은 결코 일류 범죄자는 아니었다. 일류 범죄자는 붙잡히지 않는다. 일류 범죄자는 은행을 털지 않는다. 그들은 사무실에 앉아서 단추를 누를 뿐, 위험을 감수하지 않는다. 사회의 신성한 제도를 어지럽히지도 않는다. 대신 일종의 합법적 강탈, 즉 시민들의 주머니를 터는 일을 한다.

일류 범죄자는 별의별 활동으로 돈을 번다. 독성 물질로 자연과 사람들을 오염시킨 뒤에 부적절한 처방으로 파괴를 복구하는 척하면서 돈을 벌고, 도시의 넓은 구역을 의도적으로 슬럼화한 뒤에 건물을 죄다 허물고 새로 지으면서 돈을 번다. 그렇게 해서 새로 만들어진 슬럼은 당연히 예전 슬럼보다 주민들의 건강에 훨씬 더 해롭다.

무엇보다도 일류 범죄자는 붙잡히지 않는다.

반면 말름스트룀과 모렌은 애처로울 정도로 잘 붙잡히는 재주가 있었다. 그들은 이제 이유를 안다고 생각했다. 그것은 자신들이 그동안 너무 작은 규모로 활동했기 때문이었다.

"내가 샤워하는 동안 무슨 생각을 했는지 알아?" 말름스트룀이 물었다.

막 욕실에서 나온 그는 발밑에 수건 한 장을 조심스레 펼쳤다. 몸에도 수건을 두 장 걸치고 있었다. 한 장은 허리에 두르고, 다른 한 장은 어깨에 걸쳤다.

말름스트룀은 편집증적으로 청결을 챙겼다. 방금 한 것이 벌써 오늘의 네 번째 샤워였다.

"알지. 여자." 모렌이 대답했다.

"어떻게 알았어?"

창가에 앉은 모렌은 스톡홀름 구경에 여념이 없었다. 그는 반바지에 얇고 하얀 셔츠를 입고 항해용 쌍안경을 눈에 대고 있었다.

그들이 지내는 아파트는 단빅스클리판 언덕의 대형 주택단지에 있으므로 경치가 결코 나쁘지 않았다.

"일과 여자는 잘 섞이지 않아. 그랬다가 어떻게 되는지 봤잖아." 모렌이 말했다.

"내가 언제 섞는다고 그래." 기분이 상한 말름스트룀이 말했다. "요즘은 사람이 생각도 못 하나?"

"알았어." 모렌이 너그럽게 말했다. "하고 싶으면 계속 생각해."

모렌은 쌍안경으로 스트룀멘 안쪽으로 들어가는 흰 증기선을 좇았다.

"저거 노르셰르잖아. 아직 현역이라니 놀랍네."

"누가 현역이야?"

"네가 관심 있을 이야기는 아니야. 너는 누굴 생각하고 있었는데?"

"나이로비의 여자들. 괜찮았어, 그치? 니그로들은 특별한 데가 있다고 내가 늘 말했잖아."

"니그로?" 모렌이 바로잡았다. "여자니까 니그레스라고 해야지. 니그로는 절대로 아니야."

말름스트룀은 겨드랑이와 또 다른 부위에 세심하게 스프레이를 뿌렸다.

"네가 그렇다면 그렇겠지."

"그리고 흑인 여자라고 해서 특별한 점은 없어. 그런 느낌을 받았다면 네가 섹스에 굶주려 있었기 때문이야."

"믿거나 말거나. 그런데 말이야, 네 여자애도 거시기에 털이 많았어?"

"응. 생각해보니까 많았네. 엄청 많았어. 그리고 뻣뻣했어. 수북하고 불쾌했어."

"가슴은?"

"까맸어. 아담하고."

"내 여자애는 자기가 메트레스*라고 했던 것 같아. 아니면 매

---

* 메트레스(mätress)는 왕의 정부를 뜻한다.

트리스. 진짜일까?"

"그 애는 자기가 웨이트리스라고 말했어. 네 영어가 약간 녹
슬었던 거지. 아무튼 그 애는 너를 기관사라고 생각했어."

"그랬나, 좌우간 야한 애였는데. 네 여자애는 뭘 하는 애래?"

"펀치카드 오퍼레이터."

"음."

말름스트룀은 새 속옷과 양말이 담긴 비닐 백을 뜯어서 옷을
입기 시작했다.

"그러다가 전 재산을 팬티에 다 쓰겠다. 정말 특이한 취미라
니까." 모렌이 말했다.

"정말이야. 요즘 팬티가 충격적으로 비싸."

"인플레이션 때문이야. 우리도 책임이 있고."

"대체 어떻게? 우리는 몇 년 동안 감방에 있었는걸."

"우리는 쓸데없이 돈을 너무 많이 써. 도둑들은 다 헤퍼."

"넌 아니지."

"난 아니지. 나는 훌륭한 예외지. 음식에 꽤 쓰기는 하지만."

"너는 아프리카에서 여자에 쓰는 돈도 아깝다고 했잖아. 그
래서 어떻게 됐어. 공짜로 해줄 애들을 찾아내느라고 사흘을 뒤
지고 다녀야 했던 건 다 네 탓이야."

"경제적 이유 때문만은 아니었어. 그렇다고 케냐의 인플레이

션을 진정시키기 위해서는 더 아니었지만. 아무튼 내가 볼 때, 화폐가치를 낮추는 건 바로 이 도둑 같은 사회야. 쿰라에 처박아야 할 사람이 있다면 그건 정부야."

"음."

"재벌들도. 내가 인플레이션이 어떻게 시작되는가 하는 문제에 관해서 흥미로운 사례를 하나 읽고 있는데 말이야."

"그래?"

"영국이 1918년 10월에 다마스쿠스를 함락했을 때, 군대가 국립은행을 털어서 현찰을 몽땅 빼돌렸어. 군인들은 화폐가치를 전혀 몰랐지. 여러 사례가 있는데, 한번은 호주 기병대원 한 놈이 자기가 오줌 누는 동안 말을 붙잡고 있어준 꼬마에게 오십만을 줬다는 거야."

"말은 오줌 눌 때 누가 붙잡아줘야 하나?"

"물가가 백 배로 치솟았지. 불과 몇 시간 후에는 천을 줘야 화장지 한 두루마리를 살 수 있었다는 거야."

"호주에 화장지가 있었어? 그 시절에?"

모렌이 한숨을 쉬었다. 내내 말름스트룀하고만 대화하다 보니 가끔 자신의 지성이 마비되는 기분이 들었다.

"다마스쿠스는 아라비아에 있어." 모렌이 무겁게 말했다. "정확히 말하면 시리아에."

"말도 안 돼."

이제 말름스트룀은 옷을 다 입고 거울에 자신을 비춰 보고 있었다. 그는 중얼중얼거리며 턱수염을 부풀리는가 하면 평범한 사람의 눈에는 보이지 않을 듯한 재킷 위 먼지를 떨었다.

그다음 그는 바닥에 수건을 나란히 펴두고, 옷장으로 가서 무기를 꺼내 왔다. 무기를 한 줄로 늘어놓은 뒤, 청소용 천과 캔에 든 세정액을 가져왔다.

모렌은 심란한 눈길로 무기들을 보았다.

"그 짓을 몇 번이나 하는 거야? 모두 공장에서 막 나온 새 물건이야. 전부는 아니라도 거의 다."

"정리를 잘해둬야 해. 총은 늘 돌봐줘야 하는 거야."

무기는 소규모 전쟁이나 적어도 혁명 정도는 일으킬 수 있을 만큼 많았다. 자동 권총이 두 정, 리볼버가 한 정, 경기관총이 두 정, 총열을 자른 산탄총이 세 정.

기관단총은 스웨덴 군대의 표준 보급품이었다. 나머지는 모두 외제였다.

자동 권총은 둘 다 대구경이었다. 스페인산 9밀리미터 파이어버드와 라마 IX였다. 리볼버도 스페인산 아스트라 카딕스 45구경이었고, 산탄총 중 하나도 마리차라는 스페인제였다. 나머지 두 산탄총은 대륙산으로, 벨기에산 컨티넨털 수프라 디럭스와

'영원히 당신의 것'이라는 낭만적인 이름이 붙은 오스트리아산 페를라흐였다.

권총을 다 닦은 뒤, 말름스트룀은 벨기에산 라이플을 집었다.

"이 라이플을 자른 새끼는 궁둥이에 총을 맞아야 해." 말름스트룀이 말했다.

"그 사람은 우리처럼 습득하지 않았을걸."

"뭐? 무슨 소리야."

"정직하게 습득하지 않았을 거라고. 아마 훔쳤을 거야." 모렌이 진지하게 설명했다.

모렌은 강이 내다보이는 풍경으로 몸을 돌렸다.

"스톡홀름은 확실히 근사한 도시야." 모렌의 말이었다.

"어떤 면에서?"

"그걸 알려면 멀리서 감상해야 해. 그러니까 우리가 밖에 많이 나가지 않아도 되는 건 잘된 일이야."

"지하철에서 폭행범을 만날까 봐?"

"그것도 있고. 등에 칼을 맞을 수도 있고. 머리에 도끼를 맞을 수도 있고. 날뛰는 경찰마에 차여서 죽을 수도 있고. 진짜 사람들이 불쌍하다니까."

"어떤 사람들?"

모렌이 펼친 팔을 넓게 휩쓸었다.

"저 밑에 있는 사람들. 상상해보라고. 똥줄 빠지게 일해서 겨우 자동차랑 여름 별장 할부금을 갚고 사는데, 자식이란 것들은 약에 절었지, 마누라는 저녁 6시 이후에 집 밖에 나갔다가는 강간을 당하지, 자기도 저녁 기도에 갈 엄두를 못 내지."

"저녁 기도?"

"예를 들면 그렇다는 거야. 만약 주머니에 십 크로나 넘게 갖고 다니면 당장 강도를 당하지. 그렇다고 안 갖고 다니면 실망한 강도에게 등에 칼을 맞지. 요전 날 신문에서 읽었는데, 요즘은 짭새들도 혼자서는 못 다닌다는 거야. 순찰하는 짭새가 없으니까 치안은 점점 더 나빠지지. 그런 식이래. 법무부의 누군가가 그렇게 말했어. 그러니까 여기를 영영 떠나는 건 좋은 일일 거야."

"바옌*을 다시는 안 봐도 되고." 말름스트룀이 우울하게 말했다.

"너의 그 저속함이라니. 그건 쿰라에서도 못 봤잖아."

"가끔 TV를 눈동냥할 수 있었다고."

"끔찍했던 감방 동무들에 대한 이야기는 꺼내지도 마." 모렌이 말했다.

---

* 스톡홀름의 축구 클럽 함마르뷔 IF의 별명.

모렌은 일어나서 창을 열었다. 마치 신자들에게 설교하는 사제처럼, 두 팔을 펼쳐 내밀고 고개를 뒤로 젖혔다.

"안녕하십니까, 밑에 계신 여러분." 모렌이 외쳤다. "린든 존슨이 선거 유세 때 헬리콥터에서 말했던 것처럼 말이야."

"누구라고?" 말름스트룀이 물었다.

그때 초인종이 울렸다. 복잡한 신호로 구성된 소리였다. 두 사람은 귀 기울여 들었다.

"마우릿손인 것 같아." 모렌이 손목시계를 보면서 말했다. "웬걸 제때 왔네."

"저 새끼 못 믿겠어. 이번에는 절대 위험을 감수하지 않을 거야."

말름스트룀은 경기관총에 탄창을 넣었다.

"자." 그가 말했다.

모렌은 무기를 받아 들었다.

말름스트룀은 아스트라를 들고 현관으로 나갔다. 왼손에 리볼버를 쥔 채 오른손으로 여러 개의 체인을 풀었다. 말름스트룀은 왼손잡이였다. 모렌은 이 미터 뒤에 서 있었다.

말름스트룀은 최대한 갑작스럽게 확 문을 열었다. 밖에 선 남자는 이것을 예상하고 있었다.

"안녕하십니까." 남자가 불안한 눈으로 리볼버를 보면서 말했다.

"안녕하쇼." 말름스트룀이 말했다.

"들어와요, 들어와." 모렌이었다. "환영합니다."

현관에 들어선 남자는 가방이며 식료품 봉지를 잔뜩 들고 있었다. 식료품을 내려놓으면서, 그가 줄줄이 진열된 총들을 곁눈질했다.

"혁명을 계획하는 중입니까?" 남자가 물었다.

"그것도 우리 사업 분야죠. 아직은 상황이 무르익지 않았지만. 가재는 가져왔어요?" 모렌이 대답했다.

"대체 7월 4일에 어떻게 가재를 구합니까?"

"우리가 왜 돈을 낸다고 생각해요?" 말름스트룀이 험악하게 말했다.

"거참 말 잘했네. 우리가 요구한 걸 구해 오지 못한다는 건 납득할 수 없는데요."

"그래도 한계가 있죠." 마우릿손이라는 남자가 말했다. "맙소사, 내가 못 구해준 게 있습니까? 집, 차, 여권, 티켓. 하지만 가재라뇨! 왕도 7월에 가재를 구하진 못할 겁니다."

"그렇겠죠. 하지만 하르프순드에 있는 놈들은 어떨 것 같아요? 빌어먹을 정부 인사들은 거기서 가재를 처먹고 있을 거라고요. 팔메도, 예이예르도, 칼레 P.도, 전부 다*. 그러니까 그런

잠긴 방

변명은 용납할 수 없어요."

"말했던 그 애프터셰이브는 없더라고요." 마우릿손이 얼른 말했다. "쥐약 먹은 쥐처럼 온 시내를 돌아다녀봤지만, 몇 년 전부터 나오지 않는대요."

말름스트룀의 얼굴이 눈에 띄게 어두워졌다.

"다른 건 다 구해 왔습니다. 여기 오늘 자 우편물이고요."

마우릿손은 주소가 적히지 않은 갈색 봉투를 꺼내어 모렌에게 건넸다. 모렌은 무심히 그것을 바지 뒷주머니에 꽂았다.

이 마우릿손이란 사내는 다른 두 명과는 전혀 다른 유형이었다. 사십 대인 그는 키가 평균보다 작았고, 날씬하지만 탄탄한 체형이었고, 면도를 깔끔하게 한데다가 금발 머리카락도 짧았다. 대부분의 사람들이 보기에, 특히 여자들이 보기에 그는 좋은 사람 같았다. 그는 옷차림도 행동거지도 매사에 절제되었고, 어떤 면에서도 도드라지지 않았다. 지극히 평범하다고 불릴 만한 타입이어서 남들은 그를 잘 기억하지 못했고 쉽게 알아보지도 못했다. 이 모든 점이 그에게 유리하게 작용했다. 그는 지난 몇 년 동안 감옥에 가지 않았다. 현재는 수배 상태도 감시당

---

* 하르프순드는 스웨덴 총리의 별장이 있는 곳이다. 1972년 당시 총리는 올로프 팔메였고, 렌나르트 예이예르는 법무장관이었다. 칼레 P.는 스웨덴의 1965년 작 흑백 무성 코미디 영화 제목이자 주인공 이름이다.

하는 처지도 아니었다.

그의 사업 분야는 세 갈래이고 모두 수익이 수월찮았다. 마약, 포르노, 조달. 사업가로서 그는 효율적이고, 정력적이고, 대단히 체계적이었다.

선의로 발의된 법률 덕분에 이제 스웨덴에서는 상상할 수 있는 모든 형태의 포르노를 합법적으로 생산할 수 있고 무한정 수입했다가 재수출할 수도 있었다. 재수출은 주로 스페인과 이탈리아로 했는데, 그곳에서 팔면 수익이 두둑했다. 그의 또 다른 사업 분야는 밀수였다. 주로 암페타민과 모르핀 계열 약을 들여왔지만, 무기 주문도 받았다.

업계에서 마우릿손은 무엇이든 구할 수 있는 사내로 정평이 나 있었다. 그가 한 아랍 족장에게 열네 살 핀란드 처녀 두 명과 기능성 콘돔 한 서랍분을 구해주는 대가의 일부로 코끼리 두 마리를 몰래 들여왔다는 소문마저 돌았다. 더구나 처녀들은 비닐과 칼손스 접착제로 처녀막을 만든 가짜였고, 코끼리는 흰색이었다고 했다. 아쉽게도 진실과 거리가 먼 이야기였다.

"새 어깨띠도?" 말름스트룀이 물었다.

"식료품 봉지 바닥에 있어요. 요전에 사 온 건 뭐가 문제였죠?"

"쓸모없어요." 말름스트룀이 말했다.

"전혀 못 쓰겠어요. 어디서 구했던 겁니까?" 모렌이 말했다.

"경찰 보급품이었어요. 이번 건 이탈리아제예요."

"훨씬 나을 것 같군." 말름스트룀이었다.

"더 필요한 것 있습니까?"

"네, 여기 목록."

마우릿손은 목록을 훑으면서 읊었다.

"팬티 열두 장, 나일론 양말 열다섯 켤레, 망사 러닝셔츠 여섯 장, 흰송어 알 오백 그램, 도널드 덕 고무 가면 네 개, 9밀리미터 자동 권총 탄약 두 통, 고무장갑 여섯 켤레, 숙성 아펜첼러 치즈, 절인 양파 한 병, 월란드 만두, 청소용 실타래, 아스트롤라베 하나……. 이게 대체 뭡니까?"

"별의 고도를 재는 도구예요. 골동품상에 가봐야 할 겁니다." 모렌이 말했다.

"그러죠. 최선을 다해보죠."

"그래야죠." 말름스트룀이었다.

"더 필요한 건 없습니까?"

모렌은 고개를 저었지만, 말름스트룀은 얼굴을 찡그리며 생각하다가 말했다.

"있어요. 발 스프레이."

"원하는 종류라도?"

"제일 비싼 걸로."

"알겠습니다. 여자는 됐나요?"

아무도 대답하지 않았다. 이 침묵을 마우릿손은 망설임으로 해석했다.

"어떤 타입이든 다 구해줄 수 있어요. 남정네 둘이 매일 밤 올빼미처럼 멀뚱멀뚱 있는 건 좋지 않습니다. 발랄한 아가씨 둘이면 신진대사도 좋아질 거예요."

"내 신진대사는 지금도 좋아요. 그리고 여기 올 만한 여자들은 다 보안 위험 요소예요. 비닐 처녀막은 됐습니다." 모렌이 말했다.

"에이, 기꺼이 오려고 할 정신 나간 여자애들이 얼마나 많은데……."

"그 말은 나를 대놓고 모욕하는 겁니다. 됐어요. 됐다고요." 모렌이 대꾸했다.

하지만 말름스트룀은 여전히 망설이는 듯했다.

"하지만……."

"네?"

"당신 조수라는 여자 있잖아요. 그 여자는 풋내기 같던데."

마우릿손은 손짓으로 물리치면서 말했다.

"모니타? 걔는 당신 타입이 아니에요. 딱히 예쁘지 않고 그것도 잘 못 해요. 지극히 평범하다고요. 여자에 있어서 내 취향은 소박합니다. 한마디로 보통이에요."

"그렇다면야." 말름스트룀은 실망한 듯했다.

"게다가 어차피 여기 없어요. 가끔 언니를 만나러 갑니다."

"그럼 이만 끝내죠. 매사에 때가 있는 법. 그날은 곧 오리니, 우리가……."

"무슨 날?" 말름스트룀이 물었다.

"우리가 다시 품위 있는 방식으로 직접 상대를 골라서 욕망을 채울 수 있는 날. 그럼 이만 휴정을 선언합니다. 내일 같은 시각에 속개합시다."

"오케이. 그럼 나를 내보내주세요." 마우릿손이 말했다.

"한 가지만 더."

"뭡니까?"

"요즘은 어떤 이름을 씁니까?"

"평소대로요. 렌나르트 홀름."

"만에 하나 무슨 일이 생기면 당신을 빨리 찾아내야 하니까요."

"내가 있는 데는 알잖아요."

"그리고 가재는 계속 기다릴 겁니다."

마우릿손은 어깨를 으쓱하고 떠났다.

"망할 놈의 자식." 말름스트룀이었다.

"왜 그래? 믿음직한 동료에게 고마워할 줄 모르나?"

"놈에게서는 겨드랑이 냄새가 나." 말름스트룀이 비난조로 말했다.

"마우릿손은 스컹크 같은 놈이지. 놈이 하는 일이 마음에 안 들어. 아, 물론 우리에게 심부름해주는 일을 말하는 건 아니야. 하지만 애들에게 약을 팔거나 까막눈 가톨릭교도들에게 포르노를 파는 건 부끄러운 짓이야."

"놈을 못 믿겠어." 말름스트룀이 말했다.

모렌은 주머니에서 꺼낸 갈색 봉투를 자세히 보고 있었다.

"있잖아, 친구. 네 말이 옳아. 이 자식은 쓸모 있긴 하지만 믿을 만하진 않아. 봐, 오늘도 놈이 편지를 열어봤어. 놈이 어떻게 풀칠한 걸 뗐는지 궁금해? 아마 증기를 쏘이는 방법을 썼을 거야. 로스가 머리카락 트릭을 생각해냈기에 망정이지, 아니면 누가 봉투를 열어봐도 우리가 알아차리지 못했을 거야. 우리가 놈에게 주는 돈을 생각하면, 이건 정말 변명의 여지가 없는 일이야. 왜 그렇게 캐고 다닐까?"

"머릿니 같은 놈이니까. 그냥 그래서야." 말름스트룀이 말했다.

"그렇겠지."

"일을 시작한 뒤로 놈이 우리에게서 얼마나 뜯어 갔어?"

"백오십 정도. 하지만 놈도 경비가 상당히 들었을 거야. 총에, 차에, 여행도 해야 하고 그랬을 테니까. 위험도 상당히 감수해야 하고."

"잘도 그렇겠다. 로스 말고는 우리가 놈을 안다는 걸 아는 사람이 아무도 없는걸." 말름스트룀이 말했다.

"그 증기선 같은 이름을 가진 여자도 있잖아."

"놈이 그 귀신 같은 여자를 내게 속여 팔려고 했다니." 말름스트룀이 분연히 말했다. "정말로 볼품없는 여자일 거야. 게다가 어제부터 씻지도 않았을 거야."

"객관적으로, 네 말은 부당해." 모렌이 이의를 제기했다. "**팍툼 에스트***, 놈은 네게 상품 설명을 정직하게 제공했어."

"에스트?"

"그리고 위생 문제라면, 네가 먼저 여자를 소독할 수도 있잖아."

"망할."

모렌이 봉투에 든 종이 세 장을 꺼내어 탁자에 펼쳤다.

"유레카!" 모렌이 외쳤다.

---

* '사실을 말하자면'이라는 뜻의 라틴어다.

"뭐?"

"우리가 기다리던 게 왔어. 친구. 와서 보라고."

"일단 씻고 올게." 말름스트룀은 이렇게 말하고 욕실로 사라졌다.

말름스트룀은 십 분 후에 돌아왔다. 모렌은 기뻐서 손바닥을 비벼댔다.

"자, 뭐야." 말름스트룀이 말했다.

"모든 게 준비된 것 같아. 이게 평면도야. 완벽해. 그리고 이게 시간표야. 세세히 정해져 있어."

"하우저와 호프는?"

"내일 와. 읽어봐."

말름스트룀이 읽었다.

모렌이 웃음을 터뜨렸다.

"왜 웃어?"

"암호 때문에. 예를 들어서, '장은 턱수염이 길다'. 이게 원래 어디서 나온 말이고 무슨 뜻인지 알아?"

"내가 아나."

"됐어. 중요한 것도 아냐."

"이백오십만이라는 거야?"

"틀림없이."

잠긴 방

"순수익?"

"그래. 경비는 이미 다 계산됐어."

"로스 몫으로 25퍼센트를 빼고?"

"그렇지. 우리는 각자 정확히 백만씩 갖게 될 거야."

"멍텅구리 마우릿손은 어디까지 알지?"

"많이는 몰라. 물론 시간은 알겠지."

"언젠데?"

"금요일 14시 45분. 어느 금요일인지는 나와 있지 않아."

"하지만 거리명이 여기 나와 있는걸." 말름스트룀이 말했다.

"마우릿손은 잊어." 모렌이 차분히 말했다. "여기 맨 밑에 뭐라고 적혀 있는지 봤어?"

"응."

"이게 무슨 뜻인지 혹시 기억해?"

"당연하지." 말름스트룀이 말했다. "당연히 기억하지. 이것 때문에 싹 달라지는 거잖아."

"내 말이 그 말이야. 맙소사, 내가 그놈의 가재가 얼마나 먹고 싶은지."

15.

호프와 하우저는 말름스트룀과 모렌이 프랑크푸르트 출장에
서 고용한 독일인 범죄자였다. 둘 다 평판이 좋았고, 협상은 우
편으로 진행해도 아무 문제가 없을 터였다. 하지만 말름스트룀
과 모렌은 세심한 계획만큼이나 신중했다. 그들이 독일에 간 데
에는 조수가 될 이들을 직접 보고 싶다는 마음이 부분적인 동기
로 작용했다.

만남은 유월 초에 이뤄졌다. 둘은 먼저 매그놀리아 바에서 하
우저와 접촉했다. 그다음 하우저가 그들을 호프에게 소개했다.

프랑크푸르트 시내에 있는 매그놀리아 바는 작고 어두웠다.
오렌지색 빛이 벽에 숨은 조명에서 새어 나왔다. 벽은 보라색이
었고, 바닥에 빈틈없이 깔린 카펫도 보라색이었다. 몇 안 되는

작고 둥근 유리 탁자를 둘러싸고 놓인 낮은 안락의자는 분홍색이었다. 반들반들한 동으로 만들어진 반원형 바가 있었고, 음악은 나직했고, 금발의 여자 종업원들은 불룩한 가슴과 어깨를 드러내는 옷을 입었고, 음료는 비쌌다.

말름스트룀과 모렌은 유일하게 남은 빈 탁자로 가서 분홍색 안락의자에 앉았다. 손님이 스무 명이 넘지 않는데도 바는 터져 나갈 듯 만원이었다. 여성은 카운터 안에 있는 금발 종업원 둘뿐이었다. 손님은 죄다 남자였다.

종업원 한 명이 둘의 자리로 다가와서 몸을 숙이며 큼직한 분홍색 젖꼭지와, 땀과 향수가 섞여서 썩 좋지만은 않은 체취를 살짝 내보였다. 말름스트룀은 김렛을, 모렌은 물을 타지 않은 시바스를 받았다. 그러고서 두 사람은 하우저를 찾아보았다. 하우저가 어떻게 생겼는지는 몰랐지만, 터프한 고객이라는 평판은 들어 알았다.

하우저를 먼저 알아본 것은 말름스트룀이었다.

남자는 바의 저쪽 끝에 서 있었다. 가늘고 긴 시가를 입꼬리에 물고 손에 위스키잔을 들었다. 키 크고 늘씬하고 어깨가 넓었고, 모래색 스웨이드 양복을 입고 있었다. 구레나룻이 짙었고, 정수리 부분이 약간 성긴 검은 머리카락은 목덜미에서 말려 있었다. 남자가 무심한 태도로 카운터에 몸을 숙이며 종업원에게 뭐라고 말하자, 종업원이 금세 그쪽으로 가서 남자와 이야기 나누었다. 그는 놀랄 만큼 숀 코너리를 닮았다. 금발 종업원은 감탄하는 시선으로 그를 보면서 다정하게 키득거렸고, 그의 입술 사이에 풀로 붙여둔 듯한 시가 밑에 한 손을 동그랗게 모아 대고는 손가락으로 시가를 톡 쳐서 기다란 재를 자기 손바닥에 떨어뜨렸다. 남자는 그 몸짓을 알아차리지 못한 척했다. 한참 뒤에 그가 남은 위스키를 한입에 꿀꺽 삼키자 즉시 다음 잔이 배달되었다. 그의 얼굴은 무표정했고, 강철색 눈동자는 여자의 탈색한 머리 너머의 한 지점을 응시했다. 그는 여자에게 시선조차 주지 않았다. 말름스트룀과 모렌이 소문으로 들었던 것처럼 그가 서 있는 모습은 냉정하고 터프했다. 모렌마저도 약간 감탄했다.

두 사람은 남자가 자기들 쪽을 쳐다볼 때까지 기다렸다.

그때 웬 땅딸막한 남자가 몸에 맞지 않는 회색 양복, 흰 나일론 셔츠, 붉은 와인색 넥타이 차림으로 다가와서 그들의 탁자에 놓인 빈 의자에 앉았다. 그의 얼굴은 둥글고 장밋빛이었다. 두꺼운 무테안경 렌즈 뒤의 눈은 크고 청회색이었다. 곱슬머리는 짧았고, 한쪽으로 단정하게 가르마를 타고 있었다.

말름스트룀과 모렌은 그에게 무심한 눈길을 준 뒤 다시 바에 있는 제임스 본드를 관찰했다.

얼마 뒤, 새로 온 남자가 작은 목소리로 뭐라고 말했다. 말름스트룀과 모렌은 그가 자신들에게 말을 걸었다는 사실을 잠시 후에야 깨달았고, 바에 선 터프한 사내가 아니라 이 천사처럼 생긴 남자가 구스타브 하우저라는 사실은 그보다 더 나중에 깨달았다.

잠시 후에 그들은 함께 매그놀리아 바를 나섰다.

어안이 벙벙해진 말름스트룀과 모렌은 잠자코 하우저를 따라갔다. 발목까지 내려오는 진녹색 가죽 코트를 입고 피힐러 모자*를 쓴 하우저는 앞장서서 그들을 호프의 집으로 데려갔다.

호프는 삼십 대의 쾌활한 남자였다. 그는 자신의 아내, 두 아이, 닥스훈트 한 마리로 구성된 가족과 함께 두 사람을 맞았다. 밤에 네 남자는 외출하여 저녁을 먹으면서 공통의 관심사를 의논했다. 호프와 하우저는 둘 다 이 방면의 사업에 경험이 많았고, 각자 여러 유용한 분야에서 전문 지식을 갖고 있었다. 게다가 오랜 수감을 마치고 막 출소한 터라 하루빨리 일에 복귀하고 싶어 했다.

새 동료들과 사흘을 함께 보낸 뒤, 말름스트룀과 모렌은 집

---

* 피힐러는 오스트리아의 유명 모자상으로, 특히 녹색 로덴 천에 코듀로이 밴드를 두른 모자로 유명했다.

으로 돌아와서 대대적인 한탕 준비를 마저 했다. 독일인들은 만반의 준비를 갖추고 있다가 때가 되면 지정 장소에 나타나기로 했다.

독일인들은 7월 6일 목요일에 현장에 있어야 했다. 그들은 전날인 수요일에 스웨덴에 도착했다.

하우저는 자기 차로 덴마크 드라괴르까지 와서 림함으로 건너오는 아침 페리를 탔다. 호프가 정오에 외레순드 회사의 배를 타고 도착하면, 하우저가 셉스브론 거리에서 호프를 태우기로 약속되어 있었다.

호프는 스웨덴이 처음이었고, 스웨덴 경찰의 복장도 알지 못했다. 그가 입국할 때 약간 갈팡질팡하며 무례한 모습을 보인 것은 아마도 그 때문이었다.

호프가 압살론호의 트랩을 걸어 내려오는데, 유니폼을 입은 세관원이 그에게 다가왔다. 호프는 제복을 입은 남자가 경찰관이 틀림없다고 판단하고 뭔가 일이 틀어져서 경찰이 자신을 잡으러 온 것이라고 생각했다.

그 순간 호프의 눈에 길 건너편에서 차의 시동을 걸어두고 기다리는 하우저가 보였다. 당황한 나머지, 호프는 권총을 뽑아서 깜짝 놀라는 세관원에게 겨눴다. 세관원은 사실 편리하게도 압살론호의 카페테리아에서 일하는 약혼녀를 만나러 가는 중이었다. 세관원이나 다른 사람들이 대응할 겨를도 없이 호프는 선창과 인도를 나누는 담을 훌쩍 뛰어넘고, 택시 두 대 사이를 질주하고, 담을 하나 더 넘고, 장거리 트럭 두 대 사이를 미끄러지듯이 빠져나가서, 여전히 권총을 든 채로 하우저의 차에 몸을 던졌다.

호프가 달려오는 것을 본 하우저는 문을 확 열어주었다. 그리고 호프가 채 타기도 전에 차를 출발시켰다. 하우저는 액셀러레이터를 끝까지 밟아서, 밖에 있는 사람들이 차 번호판을 봐야겠다는 생각을 떠올리기 전에 얼른 코너를 돌아 사라졌다.

아무도 그들을 저지하거나 쫓아오지 않는다는 것이 확실해질 때까지, 하우저는 내처 달렸다.

16.

행운과 불운은 저울에서 균형을 이룬다고 흔히들 말한다. 그래서 한 사람의 불운은 다른 사람의 행운이 된다는 식이다.

마우릿손은 스스로 행운도 불운도 감수할 처지가 못 된다고 생각했기에, 아무것도 운에 맡기지 않았다. 그의 모든 활동은 스스로 고안한 이중 보안 체계에 따라 수행되었다. 그것만 지키면, 다양한 형태의 불운들이 도무지 있을 법하지 않은 조합으로 동시에 벌어지지 않는 한 재앙이 닥치지 않을 것이었다.

직업적 차질은 물론 간간이 발생했지만 다 금전적 손실일 뿐이었다. 따라서 몇 주 전에 보기 드물게 타락하지 않은 웬 이탈리아 카라비니에리* 중위가 장거리 대형 트럭에 실린 포르노 상품에 금수 조치를 취하는 일이 있었어도, 어느 수사관이 되었든 그 물건으로부터 마우릿손을 추적해내기란 불가능했다.

한편 두어 달 전에는 그가 전혀 이해할 수 없는 사건에 휘말린 적이 있었다. 하지만 그 일도 그에게 직접적인 영향은 미치지 않았고, 그는 이와 비슷한 일은 향후 몇 년 내에는 다시 일어나지 않으리라고 확신했다. 자신이 체포될 확률은 서른두 줄짜리 축구 복권에서 열세 줄을 맞힐 확률보다 낮다는 게 그의 합리적 판단이었다.

마우릿손은 좀처럼 게으름을 피우지 않는 사람이었다. 수요일인 이날도 일정이 꽉 차 있었다. 우선 중앙역에서 마약이 든 탁송 화물을 수령하여 외스테르말름 지하철역 수하물 로커에 넣어두어야 했다. 그러고는 로커 열쇠를 누군가에게 건네고 두둑한 돈 봉투를 받을 예정이었다. 그다음에는 말름스트룀과 모렌에게 전달할 수수께끼의 편지가 배달되는 특정 장소에 들러야 했다. 갖은 애를 썼음에도 그 편지들의 발신자의 정체를 알아내지 못한 점이 그는 약간 짜증스러웠다. 그다음은 쇼핑할 차례였다. 팬티 등등을 산 뒤에 단빅스클리판의 은신처로 배달 가는 것이 오늘의 마지막 일정이었다.

약은 암페타민과 마리화나였다. 물건은 덩어리 빵과 치즈 속

---

* 이탈리아군의 4대 조직 중 하나로 군사 경찰(헌병)뿐 아니라 민간 경찰 임무도 수행한다.

에 교묘하게 숨겨져 있었고, 빵과 치즈는 대단히 무해해 보이는 다른 식료품들과 함께 평범한 쇼핑백에 담겨 있었다.

마우릿손은 이미 물건을 수령한 뒤 중앙역 앞 건널목에 서 있었다. 쇼핑백을 든 그는 대단치 않지만 점잖아 보이는 자그마한 남자에 불과했다.

그의 한쪽 옆에 노부인이 서 있었다. 다른 쪽에는 녹색 유니폼을 입은 여성 건널목 지킴이가 다른 행인들과 함께 서 있었다. 약 오 미터 떨어진 보도에 순하게 생긴 경찰관 두 명이 뒷짐을 지고 서 있었다.

차량 통행은 평소와 다름없이 몹시 붐볐고, 공기는 숨 쉬기 힘들 만큼 휘발유 가스가 매캐했다.

마침내 신호등에 파란불이 켜졌다. 사람들은 몇백분의 1초라도 남들보다 더 빨리 건너려고 서로 밀치며 걷기 시작했다.

누군가 노부인을 치고 갔다. 노부인은 겁난 얼굴로 돌아보며 물었다.

"안경이 없으면 잘 안 보인다우. 파란불 맞아요?"

"네." 마우릿손은 상냥하게 대답했다. "건너시는 걸 도와드리죠."

친절한 태도가 이득이 될 때가 있다는 걸 그는 경험으로 알았다.

"고맙수. 요즘 사람들이 어디 노인을 생각이나 해줘야 말이지."

옳으신 말씀이었다.

"저는 별로 안 바쁩니다." 마우릿손이 말했다.

그는 노부인의 팔을 가볍게 쥐고 이끌어 길을 건너기 시작했다.

그들이 인도로부터 삼 미터쯤 갔을 때, 서둘러 가던 다른 행인이 또 노부인을 밀쳤다. 노부인이 비틀거렸다.

마우릿손은 부인을 붙잡았는데, 그때 누군가 이렇게 외쳤다.

"이봐요, 거기!"

마우릿손이 고개를 들었더니, 건널목 지킴이가 그를 고발하듯이 가리키며 소리 질렀다.

"경찰! 경찰!"

노부인이 당황하여 두리번거렸다.

"저 도둑을 붙잡아요!" 건널목 지킴이가 외쳤다.

마우릿손은 얼굴을 찌푸렸지만 꼼짝 않고 서 있었다.

"뭐유? 무슨 일이유?" 노부인이 말했다.

그러고는 노부인도 외쳤다.

"도둑이야! 도둑이야!"

두 경찰관이 걸어왔다.

"무슨 일입니까?" 한 경찰관이 권위 있는 말투로 물었다.

"무슨 일입니까?" 다른 경찰관이 그다지 권위 있게 들리지 않는 말투로 물었다.

이 경찰관은 콧소리처럼 들리는 네르케 사투리가 심했기 때문에, 해당 직책의 사람에게 필요한 냉랭하고 단호한 말투를 구사하기가 힘든 듯했다.

"소매치기예요!" 건널목 지킴이가 마우릿손을 계속 가리키며 말했다. "이 사람이 부인의 핸드백을 낚아채려고 했어요."

여자를 보며 마우릿손은 속으로 생각했다. '입 좀 닥쳐, 멍청이 같으니.'

하지만 이렇게 말했다.

"실례지만 뭔가 착각하신 것 같습니다."

건널목 지킴이는 스물다섯 살쯤 되어 보이는 금발 여성으로, 타고나기를 볼품없는 외모를 립스틱과 파우더로 더 망친 얼굴이었다.

"내가 직접 봤어요." 여자가 말했다.

"뭐유? 도둑이 어딨어요?" 노부인이 말했다.

"무슨 일입니까?" 두 경찰관이 입 모아 말했다. 마우릿손은 더없이 태연했다.

"오해입니다." 마우릿손이 말했다.

"이 신사분은 내가 길 건너는 걸 도와주셨다우." 노부인이 말했다.

"돕는 척한 거예요. 원래 소매치기들이 그래요. 이 남자가 이 할머니…… 부인의 가방을 잡아채서 부인이 넘어질 뻔했다고요." 금발 여자가 말했다.

"상황을 오해하신 겁니다. 제가 아니라 다른 사람이 부인에게 부딪쳤습니다. 저는 부인이 넘어져서 다치지 않도록 잡아드린 것뿐입니다." 마우릿손이 말했다.

"거짓말 말아요." 건널목 지킴이가 완고하게 말했다.

경찰관들은 서로 의중을 묻는 눈짓을 교환했다. 둘 중 더 권위 있는 쪽이 딱 봐도 더 노련하고 적극적인 편이었다. 그가 잠시 생각하다가 적당하다고 생각되는 말을 꺼냈다.

"저희와 함께 가주셔야겠습니다."

잠시 침묵.

"세 분 다. 용의자, 목격자, 원고."

노부인은 당황하여 어쩔 줄 몰라 했고, 건널목 지킴이는 대번에 흥미가 식었다.

마우릿손은 한층 더 조심스럽게 말했다.

"전적으로 오해입니다. 하지만 요새 강도들이 하도 활개를 치니까, 충분히 있을 수 있는 오해이지요. 저는 동행해도 좋습니다."

"뭐유? 어딜 간다고?" 노부인이 말했다.

"서로 가시죠." 권위 있는 경찰관이 말했다.

"서?"

"경찰서요."

바쁜 시민들이 눈을 동그랗게 뜨고 쳐다보는 가운데, 그들은 줄지어 경찰서로 행진했다.

"내가 잘못 봤나 봐요." 금발 여자의 목소리가 자신이 없었다.

여자는 남들의 이름과 차량 번호를 적어두는 데 익숙했지만 자신의 이름이 적히는 데는 익숙하지 않았다.

"괜찮습니다." 마우릿손이 부드럽게 말했다. "눈을 똑바로 뜨고 지켜보는 건 잘하는 일이죠. 특히 저런 장소에서는."

경찰서는 기차역 바로 옆에 있었다. 그곳은 여러 용도로 쓰였지만 무엇보다도 경찰관들이 커피를 마시는 곳이었다. 구류자를 가둬두는 유치장으로도 쓰였다.

절차는 복잡했다.

경찰은 먼저 목격자, 그리고 강도를 당했다고 여겨지는 노부인의 이름과 주소를 받아 적었다.

"내가 착각한 것 같아요." 목격자가 초조하게 말했다. "나는 할 일이 있어요."

"일단 이 건을 마무리해야 합니다." 좀더 노련한 경찰관이 말했다. "저 사람의 주머니를 뒤져봐, 켄네트."

네르케 출신의 경찰관이 마우릿손을 수색하여 이런저런 평범한 소지품을 꺼냈다.

그동안 신문이 이어졌다.

"성함이 어떻게 되십니까?"

"아르네 렌나르트 홀름입니다. 보통 렌나르트라고 부릅니다." 마우릿손이 대답했다.

"주소는?"

"비케르가탄 6번지."

"네, 이름이 맞네요." 다른 경찰관이 말했다. "여기 운전면허증에 그렇게 적혀 있으니 맞습니다. 아르네 렌나르트 홀름이라고 나와 있습니다. 맞아요."

신문자는 다음으로 노부인에게 물었다.

"뭐든 잃어버린 게 있습니까?"

"없어요."

"저기요, 나는 참을성이 바닥나려고 한다고요." 금발 여자가 날카롭게 말했다. "당신 이름은 뭐예요?"

"그건 무관한 질문입니다." 경찰관의 대꾸는 퉁명스러웠다.

"아, 진정하십시오." 마우릿손이 느긋하게 말했다.

"아무것도 잃어버리지 않았습니까?"

"그래요. 아까도 물어봤잖우."

"귀중품을 얼마나 갖고 계십니까?"

"지갑에 육 크로나 삼십오 외레가 있고, 오십 크로나짜리 카드랑 연금 수령증이 있어요."

"다 제자리에 있습니까?"

"그럼요."

경찰관은 수첩을 덮고, 모인 사람들을 보며 말했다.

"다 해결된 것 같군요. 두 분은 가도 좋습니다. 훌름 씨는 남으세요."

마우릿손은 소지품을 돌려받았다.

그의 쇼핑백은 문 옆에 세워져 있었다. 쇼핑백에서 오이 하나와 루바브 여섯 줄기가 뾰족 튀어나와 있었다.

"쇼핑백에는 뭐가 들었습니까?" 경찰관이 물었다.

"식료품입니다."

"정말입니까? 저것도 한번 확인해봐, 켄네트."

네르케 출신의 경찰관이 쇼핑백을 쑤석거려서 그 안에 든 것들을 문 옆 벤치에 꺼내놓았다. 순찰을 마친 경찰관들이 모자와 어깨띠를 벗어놓는 데 쓰는 벤치였다.

마우릿손은 잠자코 그 광경을 지켜보았다.

"맞습니다. 홀름 씨가 말한 대로 식료품이 들어 있네요. 빵, 버터, 치즈, 루바브, 커피. 네, 맞아요, 홀름 씨 말대로네요."

"자, 그러면 다 정리됐군요." 다른 경찰관이 결론 내렸다. "도로 다 집어넣어, 켄네트."

경찰관은 잠시 생각하다가 마우릿손에게 말했다.

"홀름 씨, 유감스러운 일을 겪으셨습니다. 하지만 우리 경찰에게는 의무가 있다는 걸 이해하시리라 봅니다. 선생을 범죄자로 의심해서 죄송하고 불편을 너무 많이 끼친 게 아니길 바랍니다."

"천만에요. 당연히 할 일을 하신 거죠."

"그럼 안녕히 가십시오, 홀름 씨."

"안녕히 계세요, 가보겠습니다."

문이 열리고, 다른 경찰관이 들어왔다. 그는 청회색 오버올을 입었고, 목줄을 맨 저먼 셰퍼드를 데리고 있었다. 손에는 환타를 들고 있었다.

"휴, 우라지게 덥네." 그는 이렇게 말하면서 모자를 벤치에 내려놓았다. "잭, 앉아."

그는 병뚜껑을 딴 뒤에 병을 입에 가져다 댔다. 그러고는 동작을 멈추더니 짜증스레 다시 말했다.

"잭, 앉아!"

개는 잠시 앉았지만, 이내 다시 일어나서 벽에 기대어진 쇼핑백의 냄새를 킁킁 맡기 시작했다.

마우릿손은 문 쪽으로 걸어갔다.

"그럼 안녕히 가십시오, 홀름 씨." 켄네트였다.

"안녕히 계십시오." 마우릿손이었다.

이제 개는 쇼핑백에 머리를 완전히 처박고 있었다.

마우릿손은 왼손으로 문을 열면서 오른손으로 쇼핑백을 집으려 했다.

개가 으르렁거렸다.

"잠깐." 오버올을 입은 경찰관이 말했다.

다른 경찰관이 무슨 일이냐는 표정으로 그를 보았다. 마우릿손은 개의 머리를 밀치면서 쇼핑백을 집었다.

"거기 서." 경찰견 핸들러가 환타병을 벤치에 내려놓으면서 말했다.

"네?" 마우릿손이었다.

"이 개는 마약 탐지견이야." 경찰관은 권총 손잡이로 손을 가져가면서 말했다.

17.

마약 수사대의 책임자는 헨리크 야콥손이라는 경찰관이었다. 그는 이 일을 십 년 가까이 해오며 극심한 압박에 시달렸다. 다른 사람들은 그가 출혈성 궤양이나 신경쇠약을 앓아 마땅하다고, 혹은 미쳐서 커튼을 씹고 돌아다녀야 마땅하다고 생각했다. 하지만 그의 강건한 체질은 시간의 시험을 통과했다. 요즘 그는 어지간한 일에는 눈썹 하나 까딱하지 않았다.

그는 해부된 치즈와 속이 파인 빵, 마리화나와 암페타민이 든 캡슐들, 그리고 여태 선 채로 루바브를 가르고 있는 조수를 쳐다보았다.

야콥손의 앞에 앉은 마우릿손은 겉으로 태연해 보였지만 속은 요동쳤다. 그의 이중 보안 체계가 너무나 황당하고 어처구니없이 뚫리고 말았다. 어떻게 이럴 수 있담? 이런 일이 한 번쯤 벌어지는 것은 받아들일 수 있다. 하지만 불과 두 달 전에 이와 비슷한 일이 벌어졌으니, 이번이 두 번째였다. 어쩌면 그는 이번 주에 복권에서 열세 줄을 맞힐 수 있을지도 모른다.

마우릿손은 이미 할 수 있는 말을 다 했다. 예를 들어, 그는 유감스러운 쇼핑백이 자기 것이 아니라고 말했다. 중앙역에서 웬 낯선 사람이 그것을 건네주며 마리아토리에트 광장에 있는 다른 낯선 사람에게 가져다주라고 했다고 말했다. 그런 거래가 수상하다고는 생각했지만 낯선 사람이 건넨 백 크로나 지폐를 거절할 수 없었다고 말했다.

야콥손은 마우릿손의 말을 끊거나 끼어들지 않고 들었지만 믿는 기색은 눈곱만큼도 없었다. 이제 야콥손이 말했다.

"자, 홀름 씨. 아까 말했듯이 당신은 유치장에 들어갈 겁니다. 그리고 아마 내일 아침에 정식으로 체포될 겁니다. 수사를 방해하거나 복잡하게 만들지 않는다는 조건에서 전화 통화가 허락됩니다."

"그렇게 심각합니까?" 마우릿손이 공손하게 물었다.

"뭘 심각하다고 보느냐에 따라 다르겠죠. 우리가 당신 집을 수색한 결과를 봐야 할 겁니다."

마우릿손은 경찰이 비케르가탄에 있는 방 하나짜리 집에서 무엇을 발견할지 잘 알았다. 변변찮은 가구 몇 점과 낡은 옷 몇 벌이 전부일 것이다. 그러니 그 점은 걱정되지 않았다. 경찰이 자신의 열쇠 꾸러미 중 다른 열쇠들은 어디에 맞는 거냐고 물을 가능성도 초연히 받아들였다. 대답할 마음이 없었기 때문이다. 그러니 예르데트의 아름펠트스가탄 거리에 있는 또 다른 집은 여기저기 쑤셔대는 경찰관들과 혐오스러운 네발짐승들로부터 안전할 가능성이 높았다.

"벌금을 물게 될까요?" 마우릿손이 한층 더 공손하게 물었다.

"아뇨, 아닐 겁니다." 야콥손이 대답했다. "확실히 감옥일 겁니다. 상당히 나쁜 상태인 거죠. 그나저나 커피 드시겠습니까?"

"고맙습니다만 차가 더 좋습니다. 너무 번거롭지 않으시다면."

마우릿손은 냉철하게 머리를 굴리고 있었다.

그의 처지는 야콥손이 생각하는 것보다 더 나빴다. 그는 좀 전에 지문을 떴다. 조만간 컴퓨터가 펀치카드를 찍어낼 텐데, 거기에는 렌나르트 홀름 대신 전혀 다른 이름이 찍혀 있을 것이다. 그로부터 생겨나는 많은 질문들이 그가 대답하기 어려울 것이다.

두 사람은 차와 커피를 마시면서 케이크를 절반 먹었다. 그 동안 야콥손의 조수는 일류 외과 의사 같은 분위기로 엄숙하게 메스로 오이를 갈랐다.

"여기에는 아무것도 없습니다." 조수가 말했다.

야콥손은 천천히 끄덕이고는 케이크를 씹으면서 말했다.

"그래." 그다음 야콥손은 마우릿손에게 말했다. "그래도 당신 입장은 달라질 게 없습니다."

마우릿손의 마음속에서 결정이 무르익었다. 자신이 다운당한 것은 사실이었다. 하지만 아직 녹아웃되지는 않았다. 녹아웃되기 전에 다시 일어서야 했다. 신원 정보가 야콥손의 책상에 놓이기 전에. 그 뒤에는 마우릿손이 어떤 노선으로 말하더라도 아무도 한마디도 믿지 않을 것이다.

마우릿손은 종이컵을 내려놓고, 등을 곧게 펴고, 전혀 다른 말투로 입을 열었다.

"내가 가진 패를 다 내놓는 게 좋겠군요. 더이상 발뺌하지 않겠습니다."

"고맙군요." 야콥손이 차분히 말했다.

"내 이름은 홀름이 아닙니다."

"아닙니까?"

"네, 그 이름을 쓰는 건 사실이지만 진짜 이름은 아닙니다."

"진짜 이름은 뭡니까?"

"필리프 트로파스트* 마우릿손."

"그 이름이 부끄럽습니까?"

"솔직히 말하자면 오래전에 한두 번 감옥에 다녀왔습니다. 그 이름이 알려지면 어떤지 알죠."

"그럼요."

"사람들이 전과자라는 걸 알게 되고. 그러면 짭새들이……죄송합니다. 경찰들이 들쑤시러 오고요."

"괜찮습니다. 나는 예민한 편이 아니에요."

한동안 야콥손은 아무 말 없었다. 마우릿손은 초조한 눈으로 벽시계를 보았다.

"심각한 일은 아니었습니다." 마우릿손이 말했다. "기껏해야 장물 취득, 공급, 무기 소지 같은 거였죠. 불법 침입. 하지만 다십 년 전 일입니다."

"이후로 손을 씻었단 말입니까? 개과천선했다? 아니면 그냥 몇 가지 요령을 더 익혔습니까?"

마우릿손은 살짝 비뚤어진 미소로 답을 대신했다.

야콥손은 전혀 웃지 않았다.

"그래서 진짜 하고 싶은 말이 뭡니까?"

"다시 감방에 가고 싶지 않습니다."

---

* 트로파스트(Trofast)는 스웨덴어로 '충실한', '성실한'을 뜻한다.

"이미 다녀왔잖습니까. 그리고 이것저것 따져보면 그다지 심각한 일도 아니에요, 그렇죠? 이 도시에는 감옥에 갔다 온 사람이 흘러넘쳐요. 나는 그런 사람을 매일 만납니다. 두어 달 쉬다 와서 나쁠 것 없죠."

마우릿손은 자신이 직면한 것이 짧은 휴가가 아니리라는 예감이 강하게 들었다. 자신에게 불운을 안긴 식료품을 보면서, 만약 정말로 체포된다면 경찰이 자신의 온갖 일을 들쑤실 테고 그러다가 갖가지 문제를 밝혀낼 것이라고 생각했다. 그러면 결코 좋지 않을 터였다. 한편 그는 해외 은행에 상당한 금액을 예금해두었다. 지금 당장 처한 곤경을 빠져나갈 수만 있다면, 그는 지체 없이 이 도시를 떠나고 이 나라도 떠날 것이다. 그러면 만사가 정리될 것이다. 어차피 그는 지금 하는 사업에서 은퇴할 계획이었다. 포르노와 마약을 그만둘 생각이었다. 말름스트룀과 모렌 같은 자들의 심부름꾼 노릇도, 돈을 아무리 많이 준다고 해도 계속하고 싶지 않았다. 대신 그는 유제품 사업에 뛰어들 생각이었다. 덴마크 버터를 이탈리아로 밀수해 들이면 수익이 어마어마한데다 사실상 합법이었다. 유일한 위험 요소는 마피아의 손에 죽을 수 있다는 점이었는데, 생각해보면 작은 위험은 아니었다.

아무튼 지금은 이례적인 방법을 써야 할 때였다.

잠긴 방

"은행 강도 수사 책임자가 누굽니까?" 마우릿손이 말했다.

"불도……."

야콥손이 말실수했다.

"불도저 올손." 마우릿손이 재깍 받았다.

"올손 검사입니다. 밀고할 생각입니까?"

"그에게 정보를 좀 줄 수 있을 것 같습니다."

"그 정보를 내게 주면 안 되겠습니까?"

"극비에 가까운 문제라서요. 전화 한 통이면 될 겁니다."

야콥손은 생각해보았다. 그는 국가경찰청장과 그 수하들이 은행 강도를 최우선 과제로 선언한 사실을 알았다. 그보다 더 심각하다고 간주되는 범죄는 미국 대사에게 계란을 던지는 것뿐이었다.

야콥손은 전화를 당겨서 쿵스홀멘의 특별수사대 직통 번호로 걸었다. 전화를 받은 사람은 불도저 본인이었다.

"올손입니다."

"헨리크 야콥손입니다. 우리가 마약상을 하나 붙잡았는데 그가 할 말이 있답니다."

"은행 강도에 대해서?"

"그런 것 같습니다."

"당장 가죠." 불도저가 말했다.

불도저는 정말 당장 왔다. 그는 흥분하여 달려들 듯이 방으로 들어왔다.

짧은 대화가 이어졌다.

"할 말이 뭡니까, 마우릿손 씨?" 불도저가 물었다.

"검사님은 혹시 말름스트룀과 모렌이라는 두 남자에게 관심이 있습니까?"

"아." 불도저는 입술을 핥았다. "있죠. 엄청나게 있죠. 정확히 뭘 압니까, 마우릿손 씨?"

"말름스트룀과 모렌이 어디 있는지 압니다."

"지금?"

"네."

불도저는 신나게 손바닥을 비볐다. 그러다가 뒤늦게 생각난 듯이 말했다.

"원하는 게 있을 텐데요, 마우릿손 씨."

"이 문제를 좀더 우호적인 환경에서 의논하고 싶습니다."

"흠. 쿵스홀름스가탄의 내 사무실은 어떻습니까?"

"좋습니다. 하지만 검사님, 우선 여기 이분과 의논하실 일이 있을 텐데요."

대화를 듣는 야콥손의 얼굴은 무표정했다.

"그렇죠." 불도저가 선선히 말했다. "야콥손, 우리가 잠시 이야기를 나눠야겠습니다. 조용한 데서 말할 수 있을까요?"

야콥손은 체념한 듯 고개를 끄덕였다.

18.

야콥손은 현실적인 사람이었다. 그는 사태를 냉정하게 받아들였다.

불도저 올손과는 겨우 안면이 있는 사이였지만 평판이라면 잘 알았다. 그것만으로도 싸움을 시작하기도 전에 포기할 이유로 충분했다.

배경은 소박했다. 책상 하나, 의자 둘, 서류 캐비닛이 하나 있는 싸늘한 방이었다. 바닥에 카펫조차 없었다.

야콥손은 자기 책상에 잠자코 앉아 있었다.

불도저는 뒷짐을 지고 고개를 숙인 채 방 안을 수선스레 오락가락했다.

"한 가지 중요한 기술적 문제가 남았군요. 마우릿손은 체포

잠긴 방

된 상태입니까?" 불도저가 말했다.

"아니요. 아직 아닙니다."

"잘됐네요. 훌륭합니다. 그러면 그 문제는 의논하고 자시고 할 게 없겠군요."

"그렇겠죠."

"그쪽이 원한다면 청장이랑…… 청장이랑 국장한테도 연락 할까요?"

야콥손은 고개를 저었다. 높은 분들이 어떤지는 너무 잘 알 았다.

"그러면 다 정리되었지요?" 불도저가 물었다.

야콥손은 대답하지 않았다.

"놈을 잡기를 잘했습니다. 당신도 이제 놈을 아니까 동향을 주시할 수 있잖습니까, 향후를 위해서."

"네. 그에게 한마디만 하겠습니다."

"좋습니다."

야콥손은 마우릿손에게 가서 그를 잠시 쳐다본 뒤에 말했다.

"마우릿손. 내가 심사숙고해보았습니다. 당신은 모르는 사람에게서 저 가방을 받았고 그걸 또 다른 모르는 사람에게 전달하려고 했습니다. 이 업계에서는 그런 일이 심심찮게 벌어지지요. 당신의 말이 사실이 아니란 걸 증명하기는 어려울 테니

우리가 당신을 체포할 필요는 없겠습니다."

"알겠습니다." 마우릿손이 말했다.

"물건은 물론 우리가 압수합니다. 당신이 선의로 행동한 거라고 가정하겠습니다."

"나를 풀어줄 겁니까?"

"네. 다만 당신이 불······ 올손 검사의 처분을 따른다는 조건으로."

불도저는 문밖에서 이 대화를 듣고 있던 게 분명했다. 문이 벌컥 열리고 그가 뛰어들었다.

"가시죠." 불도저가 말했다.

"지금 당장?"

"내 사무실에서 이야기하면 됩니다."

"좋습니다. 그거 즐겁겠군요." 마우릿손이 말했다.

"즐거움이라면 보장하지요." 불도저가 말했다. "안녕히 계십시오, 야콥손."

야콥손은 아무 말 하지 않았다. 그저 그들을 멍하니 바라볼 뿐이었다.

이런 일에 인이 박인 그였다.

십 분 뒤, 마우릿손은 약속대로 특별수사대 본부의 중심인물이 되어 있었다. 그는 그곳에서 가장 편한 의자에 앉아 있었고 내로라하는 형사들이 그의 주변에 모여 있었다. 가령 콜베리는 마우릿손의 쇼핑 목록을 뚫어져라 보면서 이렇게 말했다.

"팬티 열두 장과 양말 열다섯 켤레라. 이걸 누가 다 씁니까?"

"모렌이 두 개씩 가지고 나머지는 다른 친구의 몫일 겁니다."

"말름스트룀이라는 자는 속옷을 먹습니까?"

"아닐 겁니다. 하지만 그 친구는 속옷을 갈아입을 때마다 입던 걸 버립니다. 게다가 특별한 종류만 입습니다. 프랑스제요. 그건 모리스*에서만 살 수 있어요."

"그런 습관이 있으니 은행을 털어야 하는 것도 무리가 아니군."

"음, 아스트롤라베라는 건 뭡니까?" 뢴이 궁금함을 못 이기고 물었다.

"일종의 골동품 육분의야. 약간 다르지만." 군발드 라르손이 대신 대답했다. 그러고는 군발드 라르손 자신도 질문을 보탰다. "사람이 둘인데 도널드 덕 가면은 왜 네 개가 필요하지?"

"내게 묻지 마십시오. 놈들은 이미 두 개를 갖고 있습니다.

---

* 고급 남성 용품 판매점.

지난주에 내가 사줬습니다."

"음, '9를 6상자'라는 건 무슨 뜻입니까?" 뢴이 곰곰이 말했다.

"특수 콘돔입니다." 마우릿손이 지겨운 듯이 말했다. "그걸 씌우면 거기가 꼭 경찰봉처럼 보입니다. 감색 제복을 입고 분홍색 돼지 코를 가진 것처럼."

"종이쪽지를 놓고 수선 피우는 건 그만합시다." 불도저 올손이 너그럽게 말했다. "마우릿손 씨는 우리에게 오락을 제공할 의무가 없습니다. 우리는 알아서 즐길 수 있으니까요."

"정말입니까?" 콜베리가 진지하게 물었다.

"아니요, 대신 요점으로 들어갑시다." 불도저가 열의를 불러일으키려는 듯 손뼉을 치면서 말했다.

불도저는 도전적인 시선으로 대원들을 훑었다. 수사대는 콜베리, 뢴, 군발드 라르손 외에도 두 명의 젊은 경사, 최루가스 전문가, 컴퓨터 전문가, 그리고 아무짝에도 쓸모없는 보 사크리손이라는 순경으로 구성되어 있었다. 요즘처럼 일손이 절박하게 부족한 시국에도, 사크리손은 어디서든 없어도 괜찮은 존재로 여겨졌고 그래서 각종 특별 조직에 동원될 수 있었다.

지난번의 괴상한 영상 상영회 후, 국가경찰청장을 비롯한 고위 간부들은 모습을 드러내지 않았고 특별한 지시도 없었다. 수사대가 모두 다행으로 여기는 부분이었다.

"이제 리허설을 합시다." 불도저가 말했다. "정각 6시에 마우릿손이 초인종을 울릴 겁니다. 신호를 다시 한번 들을까요?"

콜베리가 탁자를 두드렸다.

"맞습니다." 마우릿손이 끄덕이면서 말했다. 그리고 이내 덧붙였다. "일단 맞게 들립니다."

신호는 맨 처음에 아주 짧게 한 번, 즉시 길게 한 번, 잠시 쉬고, 짧게 네 번, 쉬고, 길게 한 번, 그다음 곧바로 아주 짧게 한 번이었다.

"저는 이 신호를 절대 못 외울 것 같습니다." 사크리손이 의기소침하여 말했다.

"그럼 그쪽에게는 다른 일을 찾아주도록 하지요." 불도저가 말했다.

"대체 뭔 일을 맡깁니까?" 군발드 라르손이었다.

군발드 라르손은 수사대 중에서 사크리손과 함께 일하려고 시도했던 경험이 있는 유일한 사람이었는데 결과는 신통치 않았다.

"저는 뭘 합니까?" 컴퓨터 전문가가 물었다.

"그러게요. 사실은 나도 월요일부터 그 생각을 했습니다. 누가 당신을 여기로 보냈지요?" 불도저가 말했다.

"잘 모르겠습니다. 무슨 경정이 전화했었는데요."

"당신은 뭔가 도움이 되는 걸 계산할 수 있지 않겠습니까. 복권 당첨 방법이라거나." 군발드 라르손이었다.

"그건 불가능합니다." 전문가가 침울하게 대답했다. "내가 일 년간 매주 시도해보고 있는걸요."

"자, 연습합시다. 초인종은 누가 울립니까?" 불도저가 물었다.

"콜베리." 군발드 라르손이 대답했다.

"좋습니다. 완벽해요. 자, 말름스트룀이 문을 엽니다. 놈은 마우릿손이 아스트롤라베랑 속옷이랑 기타 등등을 들고 왔을 거라고 예상하겠죠. 그 대신 그의 눈앞에 있는 건……."

"우리죠." 뢴이 우울하게 말했다.

"맞습니다. 놈과 모렌은 당황합니다. 완전히 한 방 먹은 거죠. 놈들의 표정이 어떨지 생각해보세요!"

불도저는 우쭐한 미소를 지은 채 방을 오락가락했다.

"로스는 또 얼마나 어안이 벙벙하겠습니까! 한 수 만에 체크메이트인 거죠."

한동안 불도저는 이러한 광경을 상상하느라 머릿속이 꽉 찬 듯 보였다. 그러나 곧 자신을 가다듬고 말을 이었다.

"유일한 문제는 말름스트룀과 모렌이 무장하고 있을 거란 점입니다."

군발드 라르손이 대수롭지 않다는 듯이 어깨를 으쓱했다.

"그건 큰 문제가 되지 않습니다." 이 말을 한 것은 콜베리였다.

만약 난투극이 벌어진다면, 콜베리와 군발드 라르손은 아주 잘 싸울 수 있었다. 그리고 어차피 말름스트룀과 모렌은 상대의 규모를 보면 저항하지 않을 것이다.

불도저는 콜베리의 생각을 정확하게 추측하여 말했다.

"놈들이 절박해져서 총을 쏘며 빠져나가려고 할지도 모른다는 걸 잊으면 안 됩니다. 그때 당신이 등장하는 겁니다."

불도저가 가리킨 것은 최루가스 전문가였다. 전문가가 고개를 끄덕였다.

불도저가 말을 이었다. "또 경찰견 핸들러가 문밖에 대기하고 있을 겁니다. 개가 공격하면……."

"그게 어떻게 그렇게 됩니까? 망할 놈의 개가 방독면이라도 쓰고 있습니까?" 군발드 라르손이 말했다.

"좋은 아이디어네요." 마우릿손이 말했다.

모두가 이상한 눈길로 마우릿손을 보았다.

"자, 양자택일일 겁니다. 첫째, 말름스트룀과 모렌이 저항을 시도한다. 하지만 개에게 공격당하고 최루가스로 무력화되어 결국 제압된다." 불도저가 말했다.

"두 가지를 동시에 한단 말이지." 콜베리의 목소리는 회의적이었다.

하지만 이제 불도저는 순풍에 돛을 단 격이라 이의에 구애받지 않았다.

"양자택일 둘째, 말름스트룀과 모렌이 아무런 저항을 하지 않는다. 경찰들이 총을 앞세우고 밀고 들어가서 놈들을 에워싼다."

"난 아닙니다." 콜베리가 말했다.

콜베리는 원칙적으로 무기를 휴대하지 않았다.

이제 불도저는 거의 노래를 부르다시피 했다.

"범죄자들은 무장해제되고 수갑을 찬다. 그러면 내가 안으로 들어가서 놈들에게 너희는 체포되었다고 선언한다. 그다음 놈들을 끌고 나온다."

불도저는 잠시 기분 좋은 예상을 음미한 후 활기차게 말했다.

"다음으로 흥미로운 세 번째 가능성, 말름스트룀과 모렌이 아예 문을 열지 않는다. 놈들이 극도로 신중해서, 초인종 신호에 주의를 기울인다. 자, 그러면 어떻게 할지 생각해봅시다. 마우릿손은 만약 놈들이 응답하지 않으면 자신은 물러나서 근처에서 기다리다가 정확히 십이 분 뒤에 신호를 반복하기로 되어 있다고 말했죠. 그러니까 우리도 똑같이 합니다. 십이 분 기다렸다가 다시 초인종을 울립니다. 그다음에는 양자택일 첫째 혹

잠긴 방

은 둘째 상황이 자동적으로 발생하겠죠. 그 상황은 우리가 이미 분석했고요."

콜베리와 군발드 라르손이 이심전심의 눈빛을 주고받았다.

"넷째," 불도저가 입을 열었다.

그때 콜베리가 끼어들었다.

"양자택일은 둘 중 하나여야 합니다."

"무슨 상관이랍니까. 넷째는 말름스트룀과 모렌이 그래도 여전히 문을 열지 않을 가능성. 그 경우에는 당신들이 문을 부수고 들어가서……."

"……총을 앞세우고 진입하여 범죄자들을 에워싼다." 군발드 라르손이 이렇게 말하고 깊게 한숨을 쉬었다.

불도저가 말을 받았다. "그렇죠. 바로 그렇게 되겠죠. 그러면 내가 들어가서 놈들을 체포한다. 완벽합니다! 여러분은 이제 작전을 속속들이 이해했죠. 그리고 우리는 모든 가능성을 짚어 봤습니다. 그렇지요?"

한동안 침묵이 흘렀다. 그러다가 사크리손이 중얼거렸다.

"다섯째, 강도들이 문을 열고 경기관총으로 우리를 모두 쏴버린 다음에 도망친다."

"바보 같으니." 군발드 라르손이 말했다. "일단, 말름스트룀과 모렌은 지금까지 수없이 체포되었지만 그동안 한 명도 다치

게 한 적이 없어. 게다가 그쪽은 두 명뿐인데 이쪽은 문 앞에 경
찰관 여섯 명과 개 한 마리가 있고, 계단에 열 명이 더 있고, 길
에 스무 명이 더 있고, 다락방이든 어디든 저 좋을 곳에 검사도
있다고."

사크리손은 풀이 죽었지만 기어이 염세적인 한마디를 보태
고야 말았다. "세상에 확실한 건 없는 법입니다."

"나도 갑니까?" 컴퓨터 전문가가 물었다.

"아니요. 당신이 가서 할 일은 없는 것 같군요." 불도저가 말
했다.

"당신은 기계가 없으면 할 수 있는 일이 없잖습니까." 콜베
리가 말했다.

"이 친구를 위해서 우리가 크레인으로 기계를 올려주면 어
때." 군발드 라르손이었다.

"여러분은 그 집의 평면도와 모든 출입구를 알고 있지요. 현
재까지 세 시간째 건물을 비밀리에 감시하고 있는데, 예상대로
아무 움직임이 없습니다. 말름스트룀과 모렌은 무슨 일이 기다
리고 있는지 꿈에도 모를 겁니다. 여러분, 준비가 다 되었습니
다." 불도저가 마무리를 짓고는 가슴 주머니에서 골동품 은시
계를 꺼내어 뚜껑을 열고 말했다. "우리는 삼십이 분 뒤에 행동
을 개시합니다."

"그들이 창문으로 빠져나갈 가능성은 없습니까?" 사크리손이 말했다.

"놈들이 그래도 난 좋아. 집은 5층이고, 자네도 알다시피 비상 탈출구는 없으니까." 군발드 라르손이 말했다.

"그 경우에는 여섯 번째 가능성이 되는데요." 사크리손의 대꾸였다.

불도저는 그동안 토론을 무관심하게 듣고 있던 마우릿손에게로 몸을 돌려 물었다. "혹시 마우릿손 씨도 함께 가고 싶으실까요? 친구들을 만나고 싶지 않습니까?"

마우릿손은 어깨를 으쓱하는 건지 진저리를 떠는 건지 모를 몸짓으로 대답했다.

"그렇다면, 사태가 마무리될 때까지 당신을 어디 쾌적하고 평화로운 곳에 모셔두도록 하겠습니다. 당신도 딴은 사업가이니까요, 마우릿손 씨, 나 또한 일종의 사업가라는 걸 이해하시겠지요. 만약 당신이 우리를 속인 게 드러날 경우에는 교섭의 양상이 전연 달라질 겁니다."

마우릿손이 끄덕였다. "좋습니다. 하지만 그들은 틀림없이 거기 있습니다."

"내가 생각하기에 마우릿손 씨는 쥐새끼 같은 놈인데." 군발드 라르손이 딱히 누구에게랄 것 없이 말했다.

콜베리와 뢴은 집의 평면도를 마지막으로 점검했다. 마우릿손이 가르쳐준 대로 그린 그림인데, 상당히 정밀했다. 콜베리는 종이를 접어서 주머니에 넣고 말했다.

"오케이, 이제 가보실까요."

그때 마우릿손이 목소리를 높여서 말했다.

"친구로서 조언하는데, 말름스트룀과 모렌은 여러분의 생각보다 더 위험한 놈들입니다. 놈들은 틀림없이 결사 항전할 겁니다. 그러니까 위험을 감수하진 마세요."

"물론. 위험을 감수하진 않을 겁니다." 콜베리가 말했다.

"그 말인즉……." 군발드 라르손이 마우릿손을 쏘아보면서 말했다. "마우릿손 씨는 우리가 자기 친구들을 즉석에서 쏴 죽이기를 바라신다는 거지. 그래야 자신이 남은 평생 놈들을 죽도록 두려워하면서 살지 않아도 되니까."

"그냥 경고해주고 싶은 것뿐이었습니다. 까칠하게 받아들일 것 없어요." 마우릿손이 말했다.

"닥쳐, 더러운 새끼." 군발드 라르손이 말했다.

군발드 라르손은 자신이 경멸하는 사람으로부터 동료로 간주되는 것을 혐오했다. 밀고자뿐만이 아니라 국가경찰위원회 위원들까지 세상 모두에게 적용되는 이야기였다.

"준비는 끝났습니다." 불도저가 열의를 숨기지 못하고 말했다. "작전 개시입니다. 이제 갑시다."

단빅스클리판의 집은 모두 예상대로였다. 마우릿손의 말이 다 맞는 듯했다. 가령 문패에 'S. 안데르손'이라고 적혀 있는 것이 그랬다.

군발드 라르손과 뢴은 문의 양옆에 서서 벽에 몸을 붙였다. 둘 다 권총을 들었다. 군발드 라르손은 사적으로 구입한 스미스 앤드 웨슨 38구경 마스터를 들었고, 뢴은 공무용인 7.65밀리미터 발터를 들었다. 둘 사이에 콜베리가 있었고, 그들 뒤의 층계에 사람들이 빼곡히 들어차 있었다. 사크리손과 최루가스 전문가, 경찰견 핸들러와 개, 신참 경사 둘, 그 밖에도 경기관총을 들고 방탄조끼를 입은 제복 경찰관 여러 명이 있었다.

불도저 올손은 승강기에 있다는 것 같았다.

온 세상이 무장했군, 콜베리는 이렇게 생각하면서 눈으로는 군발드 라르손의 시계 초침을 응시했다.

콜베리 자신은 물론 무장하지 않았다.

34초 전.

군발드 라르손의 시계는 고급품이었다. 늘 정확하게 시각을 맞추는 시계였다.

콜베리는 조금도 겁나지 않았다. 말름스트룀과 모렌 같은 자들에게 겁먹기에는 경찰 생활을 너무 오래해온 그였다.

대신 콜베리는 무기들, 속옷 예비품들, 산더미 같은 거위 간 파테와 러시아산 캐비어와 함께 고립된 그들이 저 안에서 무슨 생각과 무슨 말을 하고 있을지 궁금했다.

16초 전.

마우릿손의 말이 맞는다면, 둘 중 한 명, 아마도 모렌이 대단한 미식가인 모양이었다. 콜베리는 그런 성향을 아주 잘 이해했다. 콜베리 자신도 미식가였다.

8초 전.

모렌과 말름스트룀이 수갑을 차고 끌려 나간 뒤에 그 맛 좋은 음식은 어떻게 될까?

내가 모렌에게 싸게 살 수 있을까?

그러면 장물 취득이 되나?

2초 전.

러시아산 캐비어, 뚜껑이 노란 종류 말이지, 렌나르트 콜베리는 생각했다.

1초 전.

0.

콜베리는 검지로 초인종을 눌렀다.

아주 짧게—길게—쉬고—짧게—짧게—짧게—짧게—쉬

고—길게—아주 짧게.

모두가 기다렸다.

누군가 숨을 마시는 소리가 들렸다.

누군가의 신발이 찌걱거렸다.

사크리손이 도대체 어떻게 했는지는 몰라도 권총으로 달가닥 소리를 냈다.

대체 어떻게 권총이 달가닥거릴 수 있지?

달가닥 권총.

재미있는 말이군, 콜베리는 생각했다.

콜베리의 배가 꼬르륵거렸다. 러시아산 캐비어 생각을 해서 그런 모양이었다.

파블로프의 개 같은 거지.

하지만 벌어진 일이라고는 이게 전부였다.

이 분이 흘렀는데도 안에서는 초인종에 대한 반응이 없었다.

계획에 따라, 그들은 이제 십 분을 더 기다린 뒤에 다시 초인종을 누를 것이었다.

콜베리가 오른손을 들어서 뒤에 있는 사람들에게 물러나라고 신호했다.

사크리손, 경찰견, 경찰견 핸들러, 최루가스 전문가만이 시야에 들어오는 곳에 남았다. 처음 셋은 위쪽 계단으로 물러났고, 마지막 사람은 아래쪽 계단으로 물러났다.

뢴과 군발드 라르손은 움직이지 않았다.

콜베리는 계획을 숙지하고 있었다. 하지만 군발드 라르손에게는 계획을 따를 마음이 눈곱만큼도 없다는 사실도 알았다. 그래서 콜베리는 옆으로 살짝 물러났다.

군발드 라르손도 움직였다. 그는 문 바로 앞으로 가서 그것을 감정하듯이 살펴보았다. 불가능하지 않을 듯했다.

군발드 라르손은 문을 때려눕히는 걸 광적으로 좋아하지, 콜베리는 생각했다. 군발드 라르손이 늘 성공하는 것은 사실이었지만, 콜베리는 원칙적으로 그 수법을 싫어했기 때문에 고개를 저으며 반대의 의미로 얼굴을 찌푸렸다.

콜베리가 예상했듯이 군발드 라르손은 눈곱만큼도 신경 쓰지 않았다. 대신 그는 뒤로 물러나서 오른쪽 어깨를 벽에 붙이고 섰다.

뢴은 이 방식에 찬성하는 듯했다.

왼쪽 어깨를 앞으로 내밀고 몸을 한껏 웅크려서 문으로 돌진할 채비를 갖춘 군발드 라르손은 높이가 192센티미터에 무게가 108킬로그램 나가는 살아 있는 공성 망치였다.

일이 이렇게 되었으니 콜베리도 이제는 찬성이었다.

하지만 다음 순간에 벌어질 일은 아무도 예상하지 못한 것이었다.

군발드 라르손이 앞으로 몸을 날리자, 문이 마치 존재하지 않았던 것처럼 믿기지 않게 재빨리 열렸다.

예상치 못한 무저항에 군발드 라르손은 뭘 때려눕히고 자시고 할 것도 없이 출입구를 바람처럼 통과해 들어갔다. 완전히 균형을 잃은데다가 위험스러운 각도로 몸을 기울이고 있던 터라, 그는 흔들리는 기중기처럼 방을 곧장 가로질러 달려가서 맞은편 창틀에 머리를 찧었다. 하지만 필멸의 흙으로 빚어진 그의 거대한 육신 중 나머지 부분은 중력 법칙을 따랐다. 몸통이 안타깝게도 잘못된 방향으로 회전하여, 그의 엉덩이가 창유리를 밀어내면서 산산이 깨진 유리 조각들과 함께 창밖으로 떨어졌다. 그는 마지막 순간에 권총을 놓고 거대한 손으로 창턱을 움켜잡았다. 그래서 이제 그는 몸통 대부분이 창밖으로 나간 채, 오른손과 한쪽 다리오금을 창턱에 필사적으로 걸치고서 5층 높이에 대롱대롱 매달려 있었다. 벌써 손의 깊은 상처에서 피가 흘러나왔고, 바짓가랑이도 뻘겋게 변하고 있었다.

뢴은 그처럼 신속히 움직이지는 않았다. 하지만 충분히 빨랐기 때문에, 문이 끼익 소리를 내면서 도로 세차게 닫히는 순간에 문턱을 넘어섰다. 문이 거세게 뢴의 이마를 들이받았다. 그는 권총을 떨어뜨리면서 층계참에 발랑 자빠졌다.

문이 뢴과 충돌하고서 두 번째로 열렸을 때, 콜베리도 집 안으로 달려들었다. 안을 잽싸게 훑어보니, 인간의 흔적이라고는 군발드 라르손의 두 손과 오른쪽 정강이뿐이었다. 콜베리는 쏜살같이 달려가서 두 손으로 그 정강이를 붙들었다.

군발드 라르손은 당장에라도 떨어져서 죽을 판이었다. 콜베리는 자신의 적잖은 몸무게로 군발드 라르손의 다리를 누르면서, 공중에서 미친 듯이 허우적대는 동료의 왼팔을 자신의 오른손으로 붙잡는 데 성공했다. 몇 초간은 무게중심이 잘못되어서 둘 다 창밖으로 튕겨 나갈 것만 같았다. 하지만 군발드 라르손의 갈가리 베인 오른손은 결코 쥔 것을 놓지 않았다. 콜베리도 온 힘을 다하여 마침내 고난에 처한 동료를 반쯤 안으로 끌어들이는 데 성공했다. 군발드 라르손은 비록 여기저기 베이고 피를 흘렸지만 대체로 무사했다.

이 무렵, 나동그라졌지만 기절하진 않았던 뢴은 엉금엉금 기어서 문턱을 넘어왔다. 그는 떨어뜨린 총을 찾으려고 바닥을 더듬거렸다.

그다음으로 현장에 나타난 사람은 사크리손이었다. 그 뒤를 돌진하는 개가 따랐다. 사크리손은 뢴이 이마에서 바닥의 총 위로 피를 뚝뚝 떨어뜨리면서 네 발로 기는 것을 보았다. 콜베리와 군발드 라르손이 산산조각 난 창 옆에서 피투성이로 엉켜 있느라 전투력을 상실한 것도 보았다.

사크리손이 외쳤다.

"동작 그만! 경찰이다!"

사크리손이 권총의 공이치기를 당기고 한 발 쏘았다. 총알은 천장 등에 맞았다. 흰 유리 공이 귀청을 찢는 소음을 내면서 터졌다.

사크리손은 몸을 빙그르 돌려서 이번에는 개를 쏘았다. 개는 뒷다리로 주저앉으면서, 골수를 꿰뚫는 듯 날카로운 고통의 비명을 내질렀다.

사크리손의 세 번째 총알은 열린 욕실 문으로 날아 들어가서 온수관에 구멍을 냈다. 뜨거운 물줄기가 방 안으로 좍좍 뿜어 들기 시작했다.

사크리손이 한 발 더 쐈다. 하지만 총이 불발하여 막혀버렸다.

경찰견 핸들러가 눈을 부라리며 뛰어 들어왔다.

"개새끼들이 보이를 쐈어!" 핸들러는 살벌하게 외치면서 공무용 권총을 뽑았다.

총을 휘두르면서 그는 누구에게 복수를 가해야 하나 하고 분노한 눈으로 방 안을 두리번거렸다.

개가 더욱더 괴롭게 울부짖었다.

청록색 방탄조끼를 입은 경찰관 하나가 장전된 경기관총을 들고 열린 문으로 뛰어 들어왔지만, 묀에게 발이 걸려서 바닥에 엎어졌다. 그의 무기가 쪽매널마루 위로 휙 날아갔다. 치명상을 입은 것이 분명한 개가 그 경찰관의 허벅지를 물었다. 경찰관은 도와달라고 소리치기 시작했다.

이 무렵, 콜베리와 군발드 라르손은 다시 실내로 들어와 있었다. 찢기고 탈진한 상태였지만 그들의 머릿속에는 두 가지 결론이 명료하게 떠올라 있었다. 첫째: 집 안에는 아무도 없었다. 말름스트룀도 모렌도 다른 누구도. 둘째: 문은 잠기지 않았거나 어쩌면 제대로 닫히지도 않은 상태였다.

욕실에서 날아오는 뜨거운 물줄기에 사방이 뜨거웠고 증기가 가득했다. 사크리손은 물줄기를 얼굴에 정통으로 맞았다.

방탄조끼를 입은 경찰관이 자신의 경기관총을 향해 기어갔다. 개는 희생양의 두툼한 넓적다리에 이빨을 단단히 박은 채 놓아주기를 거부하고 킁킁거리며 그를 따라 끌려갔다.

군발드 라르손이 피투성이가 된 손을 쳐들고서 우레같이 외쳤다.

"그만! 이 망할……."

바로 그때, 최루가스 전문가가 최루탄 두 개를 연달아 안으로 던져 넣었다.

최루탄은 묀과 경찰견 핸들러 사이의 바닥에 떨어졌고, 즉각 터졌다.

누가 마지막으로 한 발을 쐈다. 누구인지는 끝내 밝혀지지 않았지만, 아마 경찰견 핸들러인 듯했다. 총알은 콜베리의 무릎을 일 센티미터 차이로 스치고 지나가서 라디에이터에 맞았고, 그 즉시 씽 하고 튕겨서 층계참으로 날아가더니 최루가스 전문가의 어깨에 가서 박혔다.

콜베리는 고함을 치려고 해보았다.

"항복한다! 항복한다!"

하지만 거칠고 쉰 소리만 나올 뿐이었다.

최루가스는 빠르게 퍼지면서 증기와 뒤섞여 방 안을 가득 채웠다. 이제 아무도 다른 사람을 볼 수 없었다.

안에서는 여섯 명의 사람과 한 마리의 개가 신음하고, 울고, 콜록거렸다.

밖에서는 최루가스 전문가가 오른손으로 왼쪽 어깨를 누르고 주저앉아 훌쩍거렸다.

위층에서 달려 내려온 불도저 올손이 분연히 물었다.

"무슨 일이지? 어떻게 됐지? 뭐야?"

최루가스가 가득한 집 안에서 끔찍한 소리들이 새어 나왔다. 짐승의 억눌린 울부짖음, 도움을 요청하는 외침, 알아들을 수 없는 욕설.

"작전을 종료한다." 불도저도 이제 컥컥 기침하기 시작한 터라 명령하는 목소리가 가냘팠다.

그는 가스 구름을 피해서 위층으로 물러났다. 하지만 가스가 그를 따라갔다. 그는 등을 꼿꼿이 세우고서, 이제 앞뒤 분간조차 가지 않는 문간에 대고 말했다.

"말름스트룀과 모렌." 불도저의 목소리는 위엄 있었지만 얼굴에서는 눈물이 줄줄 흘렀다. "총을 버리고 손을 들고 나와라. 너희는 체포되었다."

19.

1972년 7월 6일 목요일 아침, 특별수사대 대원들은 핼쑥했지만 평정을 되찾았다. 본부에는 침울한 침묵이 감돌았다.

어제의 사건 이후로 딱히 즐거운 기분이 드는 사람은 아무도 없었다.

군발드 라르손이 제일 그랬다.

영화에서라면 창문으로 우당탕 떨어져서 땅으로부터 5층 위에 매달린 것이 코믹하게 보일 수도 있겠지만, 현실에서는 절대 그렇지 않았다. 베인 손과 옷도 우습지 않았다.

사실 군발드 라르손은 무엇보다도 옷 때문에 짜증이 났다. 그는 늘 옷을 깐깐하게 골라 입었고, 옷을 사는 데 봉급의 적잖은 부분을 바쳤다. 그런데 대체 몇 번째인지도 모르게 또 그가 무척 아끼는 옷들이 임무에 희생되었다.

에이나르 묀도 즐겁지 않았다. 콜베리마저도, 이 상황의 코믹한 요소가 눈에 뻔히 보이는데도 그것을 감상할 마음이 들지 않았다. 콜베리는 자신과 군발드 라르손이 오 초 후에 속절없이 땅에 떨어져서 죽고 말리라고 믿었던 순간에 속이 울렁거렸던 것을 아직도 떠올릴 수 있었다. 콜베리는 종교도 없었다. 천국에 거대한 경찰 본부가 있고 그곳에 날개 달린 형사들이 살고 있으리라는 생각 따위는 믿지 않았다.

그들은 단빅스클리판 전투를 꼼꼼하게 분석했지만, 작성된 보고서는 희한하게 막연하고 모호했다. 작성자는 콜베리였다.

좌우간 그들의 손실은 어떤 궤변으로도 부정하기 어려웠다.

물론 생명에는 지장이 없고 영구 손상의 위험도 없다지만, 그래도 세 명이 병원으로 실려 갔다. 최루가스 전문가는 어깨에 얕은 총상을 입었고, 사크리손은 얼굴에 화상을 입었다. 의사들은 사크리손이 단순한 질문에도 손쉽게 대답하지 못하는 것이 "이상하다"면서, 그가 쇼크를 겪고 있다고 말했다. 하지만 이것은 의사들이 그를 몰라서 지능을 과대평가했기 때문일 수도 있었다. 한편 사크리손의 지능을 과소평가하기란 사실상 불가능한 듯했다. 개에 물린 경찰관은 몇 주간의 병가를 기대할 수 있게 되었다. 찢어진 근육과 힘줄은 빨리 낫지 않는다.

상태가 가장 나쁜 것은 개였다. 수의대 외과 의사들은 총알은 가까스로 제거했지만 만에 하나 감염이 생긴다면 개를 안락사 시킬 수밖에 없으리라고 말했다. 하지만 그들이 덧붙이기를, 보이는 젊고 튼튼한 개이고 전반적인 상태는 만족스럽다고 했다.

의사들의 언어에 익숙한 사람에게는 그다지 희망적으로 들리지 않는 이야기였다.

본부로 출근한 사람들도 멀쩡한 상태는 아니었다.

뢴은 이마에 커다란 반창고를 붙였고, 엄청난 멍도 두 개 생겼다. 타고난 빨간 코가 더해져서 그것들은 한층 우스운 효과를 냈다.

군발드 라르손은 사실 집에서 쉬어야 했다. 손과 무릎에 붕대를 빈틈없이 감은 사람을 두고 업무에 적합하다고 말할 수는 없으리라. 그는 또 이마에 큼직한 혹이 났다.

콜베리로 말하자면 머리가 무지근하고 아팠다. 그의 견해로는 전장의 나쁜 공기 탓이었다. 하지만 코냑, 아스피린, 아내의 애정 넘치는 에로틱한 보살핌이라는 특수 처방이 일시적이되 긍정적인 효과를 발휘했다.

적은 손실이 미미했다. 적들은 애초에 전투 현장에 있지도 않았다. 수사대가 집에 있던 물품 몇 가지를 압수하기는 했으나, 아무리 불도저 올손이라도 화장지 한 두루마리, 청소용 실타래가 든 상자 하나, 월귤 잼 두 병, 한 번 입은 속옷 한 무더기를 잃은 것이 말름스트룀과 모렌에게 심각한 손해라고 주장할 수는 없었다. 그것이 그들의 향후 작전에 이렇다 할 지장을 초래하지도 않을 터였다.

오전 8시 58분, 불도저 올손이 문을 박차고 들어왔다. 그는 이른 아침부터 국가경찰위원회와 한 건, 사기 전담 수사반과 한 건, 총 두 건의 회의를 마쳤고 이제 다시 전투에 임할 태세였다.

"좋은 아침, 좋은 아침." 불도저가 명랑하게 외쳤다. "우리 젊은 대원들, 어떻습니까?"

젊은 대원들은 어느 때보다 중년이 된 느낌이었다. 한 사람도 대답하지 않았다.

"어제는 로스가 교묘한 반격에 성공했지요. 하지만 우리가 계속 한탄할 일은 아닙니다. 비숍 두 개와 폰 하나를 잃은 거라고 해두지요."

"내가 볼 때는 스테일메이트*인데요." 체스를 두는 콜베리의 대꾸였다.

"하지만 이제 우리가 둘 차례입니다." 불도저가 말했다. "마

---

* 체스에서 킹이 체크 상태가 아니면서 어느 칸으로도 이동할 수 없는 경우를 말하며, 게임은 그 즉시 무승부로 종료된다.

잠긴 방

우릿손을 데려오세요. 놈을 더 털어보자고요! 놈은 아직 뭔가를 숨기고 있어요! 그리고 놈은 겁먹었습니다, 여러분, 겁먹었어요! 말름스트룀과 모렌이 이제 자신을 노린다는 걸 아니까, 지금 우리가 놈을 풀어주는 건 놈에게 제일 바람직하지 않은 일일 겁니다. 놈도 그걸 알아요."

뢴, 콜베리, 군발드 라르손은 충혈된 눈으로 자신들의 지휘자를 보았다. 또다시 마우릿손의 지침에 따라 행동에 나선다는 게 그다지 매력적이지 않았다.

불도저는 대원들을 평소보다 찬찬히 살펴보았다. 그도 눈이 부었고 눈자위가 붉었다.

"어젯밤에 든 생각인데요. 앞으로는 작전에 더 젊고 신선한 인력을 활용해야 한다고 생각하지 않습니까? 그러니까 어제 같은 작전 말입니다."

잠시 후에 불도저가 덧붙였다.

"진작부터 안에 들어앉은, 비교적 높은 계급을 단 중년들이 이렇게 총을 쏘고 그러면서 뛰어다니는 건 옳지 않은 것 같습니다."

군발드 라르손이 땅이 꺼져라 한숨을 쉬고 의자에 좀더 깊이 몸을 파묻었다. 그는 방금 등에 칼을 맞은 사람처럼 보였다.

콜베리는 거참 옳은 말이라고 생각했다.

하지만 다음 순간에 분노가 치밀었다.

중년? 들어앉아? 이놈이 뭐라는 거야?

뢴이 뭐라고 웅얼거렸다.

"뭐라고 했습니까, 에이나르?" 불도저가 상냥하게 물었다.

"총을 쏜 건 우리가 아니라고요."

"그야 어쨌든……. 그야 어쨌든 말입니다. 자, 이제 전열을 가다듬어야지요. 마우릿손을 데려오세요!"

마우릿손은 간밤을 유치장에서 보냈다. 인정컨대 다른 구금 자들보다 편하게 보냈다. 가령 그는 요강을 혼자 쓰도록 받았고, 담요까지 받았으며, 경비원이 그에게 물을 마시겠느냐고 묻기까지 했다.

마우릿손은 그런 대접에 불만을 제기하지 않고 푹 잘 잤다. 하지만 지난밤에 말름스트룀과 모렌이 그 집에 없었다는 소식을 들었을 때는 그도 놀라고 걱정하는 반응을 보였다.

좌우간 과학수사 요원의 조사 결과, 말름스트룀과 모렌은 분명 불과 얼마 전까지만 해도 그곳에 있었다. 두 남자의 지문이 엄청나게 많이 발견되었고, 심지어 마우릿손의 오른손 엄지와 검지 지문도 잼 병에서 발견되었다.

"이게 무슨 뜻인지 알겠습니까?" 불도저가 신문하듯 물었다.

"네, 놈이 월귤 잼 병에 정황적으로 연루되었다는 뜻이죠."

군발드 라르손이 대답했다.

"그렇죠, 그 말이 맞습니다." 불도저는 기분 좋게 놀랐다. "우리가 놈에 대한 증거를 갖게 된 거죠. 심지어 법정에서도 통할 증거입니다. 하지만 내가 생각한 건 다른 점이었습니다."

"뭘 생각했는데요?"

"그건 마우릿손이 진실을 말했다는 뜻이고, 따라서 아마 자신이 아는 바를 더 말할 거라는 거죠."

"말름스트룀과 모렌에 관해서는 그렇겠죠."

"지금 당장 우리가 흥미 있는 문제는 그것뿐이지 않습니까?"

마우릿손이 다시 불려 와서 그들 사이에 앉았다. 그는 여전히 평범하고 온화하고 자그마하고 뼛속들이 점잖은 남자였다.

불도저가 다정하게 말했다. "자, 친애하는 마우릿손 씨. 사태가 우리 예상과는 다르게 흘렀습니다."

"이상하네요." 마우릿손이 고개를 흔들며 말했다. "이해가 안 됩니다. 그 친구들이 무슨 육감이라도 있었나 봅니다."

"육감이라." 불도저가 꿈꾸듯 말했다. "그래요, 가끔 그런 생각이 들기도 하죠. 만약 로스가……."

"누구요?"

"아닙니다, 마우릿손 씨. 아닙니다. 그냥 혼잣말이었습니다. 하지만 내가 걱정하는 문제는 따로 있습니다. 우리의 장부가 균형이 맞지 않는다는 점입니다. 나는 마우릿손 씨를 위해서 힘을 크게 써드렸는데 내 대가는 아직이지요."

마우릿손은 한참 골똘히 생각하다가 이윽고 말했다.

"검사님 말씀은 내가 아직 자유의 몸이 아니라는 겁니까?"

"글쎄요, 그렇기도 하고 아니기도 합니다. 이러니저러니 해도 마약 밀매는 중범죄이지요. 마우릿손 씨는 아마……."

불도저는 말을 멈추고 손가락을 꼽았다.

"음, 내가 팔 개월을 약속드릴 수 있겠군요. 최소 육 개월입니다."

마우릿손은 차분하게 불도저를 보았다.

"하지만 말입니다." 불도저는 발랄한 목소리로 바꾸어 계속 말했다. "이번에는 면죄해드리겠다고 내가 약속했지요. 내게 대가로 돌아오는 게 있다면 말입니다."

불도저는 허리를 세우고 얼굴 앞에서 손바닥을 짝 부딪고는 냉혹하게 말을 이었다.

"달리 말해, 당신이 당장 말름스트룀과 모렌에 대해서 아는 바를 다 털어놓지 않으면 우리는 당신을 공범으로 집어넣겠습니다. 당신의 지문이 그 집에서 발견되었습니다. 우리는 또 당신을 야콥손에게 돌려보내겠습니다. 덤으로 한번 흠씬 패드리지요."

군발드 라르손이 특별수사대의 지휘자를 감탄하는 눈으로 보며 말했다. "네, 내가 기쁜 마음으로……."

군발드 라르손은 구태여 말을 맺지 않았다. 하지만 마우릿손은 눈썹 하나 까딱하지 않았다.

"좋습니다." 마우릿손이 말했다. "당신들이 말름스트룀과 모렌과 추가로 다른 몇 명에 대해서 써먹을 수 있는 정보를 압니다."

불도저 올손의 표정이 밝아졌다.

"흥미롭군요, 마우릿손 씨. 그 귀중한 정보가 뭡니까?"

마우릿손이 군발드 라르손을 보면서 말했다.

"정말로 간단한 일이라서, 당신 집 고양이도 해낼 수 있을 겁니다."

"고양이?"

"그래요. 하지만 이번에도 당신들이 망쳐버리고서 나를 탓하진 마십시오."

"친애하는 마우릿손 씨, 험한 말은 하지 맙시다. 우리도 당신처럼 놈들을 잡고 싶은 것뿐입니다. 당신이 아는 게 뭡니까?"

마우릿손이 덤덤히 말했다. "그들의 다음번 작업 계획입니다. 일시부터 전부 다."

잠시 올손 검사의 눈이 머리통에서 튀어나올 것만 같았다.

그는 마우릿손의 의자를 중심으로 세 바퀴 빙글빙글 돌면서 미친 사람처럼 외쳤다.

"말하세요, 마우릿손 씨! 다 불어요! 당신은 이미 자유의 몸이나 마찬가지입니다! 원한다면 경찰이 호위도 해드리죠. 하지만 일단 말하세요. 제발 마우릿손 씨, 다 말해주세요!"

불도저의 호기심에 감화된 나머지, 특별수사대 모두가 일어나서 밀고자의 주변을 초조하게 서성였다.

"좋습니다." 마우릿손이 더 수선을 피우지 않고 말했다. "나는 말름스트룀과 모렌에게 허드렛일을 돕겠다고 약속했습니다. 구매나 그런 걸요. 그들은 밖에 나가고 싶어 하지 않았으니까요. 나는 매일 비르카 지구에 있는 어느 담배 가게에 가서 모렌 앞으로 온 우편물을 받아 오는 일도 했습니다."

"어느 담배 가게?" 콜베리가 재깍 물었다.

"얼마든지 말해드릴 수 있지만, 알아도 아무 쓸모가 없을 겁니다. 내가 이미 확인해봤거든요. 가게 주인은 늙은 여자고 편지는 매번 다른 노인의 손에 들려서 왔답니다."

"아, 편지요? 어떤 편지? 얼마나 많이?" 불도저가 말했다.

"총 세 통뿐입니다." 마우릿손이 대답했다.

"당신이 그걸 다 배달했고요?"

"네. 하지만 그전에 열어봤습니다."

"모렌이 눈치채지 않았습니까?"

"아니요. 내가 편지를 열어봐도 사람들은 모릅니다. 완벽한 방법을 알거든요. 화학적 방법."

"그래요? 편지에 뭐라고 적혀 있었습니까?"

불도저는 도저히 가만히 있지 못하고 뜨거운 그릴 위에 올라간 통통한 밴텀 닭처럼 깡충깡충 뛰어다녔다.

"첫 두 통에는 흥미로운 내용이 없었습니다. H와 H라는 두 남자가 Q라는 장소에 올 거다 하는 말뿐. 짧은 메시지였습니다. 모종의 암호로 된. 나는 봉투를 도로 붙여서 모렌에게 전달했습니다."

"세 번째 편지는?"

"세 번째 편지는 그제 왔습니다. 그게 가장 흥미로웠지요. 아까 말했듯이, 그들의 다음번 작업 계획이 적혀 있었습니다. 상세하게."

"그래서 그 종이를 모렌에게 전달했습니까?"

"종이들입니다. 큰 종이가 세 장 들어 있었으니까요. 물론 모렌에게 전달했습니다. 하지만 그전에 복사를 해서 안전한 장소에 보관해뒀습니다."

불도저는 감동했다. "아, 친애하는 마우릿손 씨. 그게 어딥니까? 얼마나 빨리 가져올 수 있습니까?"

"당신이 직접 가져올 수 있습니다. 나는 내키지 않는군요."

"언제?"

"내가 장소를 알려주기만 하면 당장에라도."

"그래서 그게 어딥니까?"

"진정하세요. 진짜니까, 걱정하지 마십시오. 하지만 먼저 내가 원하는 게 두 가지 있습니다."

"뭡니까?"

"첫 번째는 야콥손이 준 문서, 당신의 주머니에 있는 그것 말입니다. 나를 마약법 위반으로 의심하지 않는다, 예비 조사는 증거 부족으로 기각되었다, 등등이 적힌 문서."

"당장 드리지요." 불도저가 안주머니에 손을 넣었다.

"추가로 비슷한 문서를 원합니다. 당신이 서명한 것으로요. 내가 말름스트룀과 모렌의 공범이라는 등 하는 문제에 대해서. 당신이 이 문제를 살펴보았고, 나는 선의로 협조했고, 등등."

불도저 올손은 타자기로 날아갔다.

문서는 이 분도 지나지 않아 완성되었다. 마우릿손은 둘 다를 받아 들고 찬찬히 읽어본 뒤에 말했다.

"좋습니다. 편지 사본은 쉐라톤에 있습니다."

"호텔?"

"네. 거기로 보내뒀습니다. 프런트에 있을 겁니다. 우편물 보관소에."

"누구 이름으로?"

"필리프 폰 브란덴부르크 백작." 마우릿손이 수줍게 말했다.
"필리프는 'ph'가 들어갑니다."

모두가 깜짝 놀라서 마우릿손을 보았다.

곧 불도저가 말했다.

"아, 친애하는 마우릿손 씨. 훌륭합니다. 훌륭해요. 이제 잠
시 다른 방에 가서 커피랑 페이스트리라도 좀 들겠습니까?"

"차로 부탁합니다." 마우릿손이 말했다.

"차." 불도저는 정신이 딴 데 팔린 듯했다. "에이나르, 부디
마우릿손 씨를 모셔 가서 차랑 페이스트리랑…… 말동무를 챙
겨주겠습니까."

뢴은 마우릿손과 함께 나갔다가 일 분도 지나지 않아 돌아
왔다.

"우리는 이제 뭘 합니까." 콜베리가 말했다.

"편지를 가져와야죠. 지금 당장. 가장 간단한 방법은 여러분
중 한 명이 가서 폰 브란덴부르크 백작이라고 말하고 우편물을
찾아오는 겁니다. 군발드, 당신이 가든가요."

군발드 라르손은 새파랗고 고집스러운 눈으로 불도저를 보
았다.

"나요? 싫습니다. 차라리 이 자리에서 사직서를 내겠습니다."

"그러면 에이나르, 당신이 가야겠네요. 사실을 말하면 소란만 일어날 겁니다. 그들이 백작의 우편물을 건네주길 거부할 수도 있고요. 귀중한 시간을 허비할 수도 있어요."

"그러죠." 뢴이 대답했다. "필리프 폰 브란덴부르크 백작. 여기 마우릿손이 내게 준 명함이 있습니다. 지갑의 비밀 칸 같은 데에 갖고 있던데요. 진짜 귀족처럼 보여요."

명함은 회색빛이 도는 종이에 인쇄되어 있었고 한구석에 은색 모노그램이 새겨져 있었다.

"다녀오세요." 불도저가 재촉했다. "어서!"

뢴이 나갔다.

콜베리가 입을 열었다. "참 희한하지. 만약 내가 지난 십 년 동안 다닌 식료품점에 가서 우유 0.5리터를 외상으로 사고 싶다고 말하면, 가게 사람들이 나를 쫓아낼 거란 말이야. 하지만 마우릿손 같은 자가 이 도시에서 제일 고급스러운 보석상에 가서 자기가 말렉산데르 공작이라고 말하면, 다이아몬드 반지 두 개랑 진주 목걸이 열 개를 시착 후 매매 조건으로 들고 나올 수 있단 말이지."

"그래, 세상이 그렇지." 군발드 라르손이 대답했다. "간단히 말해서 계급사회니까……."

불도저 올손이 무심코 끄덕였다. 그는 사실 사회구조 문제에는 관심이 없었다.

프런트 직원은 자기 손에 든 편지를 보고, 그다음에 명함을 보고, 마지막으로 뢴을 보았다.

"정말 폰 브란덴부르크 백작이십니까?" 직원이 의심스러운 듯 물었다.

"네." 뢴이 거북하게 대답했다. "심부름꾼입니다."

"아하. 그렇군요. 여기 있습니다. 그리고 백작께 언제든 손님으로 모시는 걸 영광으로 생각한다고 전해주십시오."

불도저 올손을 아는 사람이라면, 그가 심각하게 아프거나 넋이 나갔다고 생각했을 것이다.

그는 한 시간 넘게 행복감에 도취되어 있었다. 비정상적인 희열은 그의 말보다 행동에서, 즉 몸짓과 움직임에서 드러났다. 그는 삼 초 이상 가만히 앉아 있질 못했다. 구겨진 파란색 양복에 담긴 것이 지방 검사가 아니라 체펠린비행선인 것처럼, 그의 통통하고 작은 몸 안에 헬륨이 든 것처럼, 방 안을 둥실둥실 떠다녔다.

결국에는 그런 기쁨의 분출을 지켜보기가 괴로워졌다. 반면에 백작 앞으로 보관되었던 세 장의 종이는 봐도 봐도 흥미로워서, 콜베리와 묀과 군발드 라르손은 족히 한 시간 전에 처음 그것을 보았을 때와 다름없이 여태 흥미롭게 들여다보고 있었다.

특별수사대의 탁자에 놓인 복사지에 말름스트룀과 모렌의 다음번 은행 강도에 관한 사실상 전체 계획이 담겨 있다는 것은 의문의 여지가 없는 사실이었다.

그것은 평범한 규모의 은행 강도가 아니었다.

정말로 큰 한탕이었다. 수사대가 몇 주를 기다린 사건이었다. 그런데 이제 갑자기 수사대가 그 계획의 거의 모든 것을 알게 된 것이었다.

그 일은 금요일 오후 2시 45분에 벌어질 예정이었다. 분명히 7일 금요일, 즉 내일이거나 일주일 뒤인 7월 14일 금요일일 것이었다.

상황을 따져보면 후자의 가능성이 높아 보였다. 그렇다면 수사대에게 일주일이 있으므로, 가능한 모든 대비를 할 시간이 충분했다. 설령 말름스트룀과 모렌이 즉시 행동에 나서더라도, 이 종이에서 알 수 있는 게 굉장히 많기 때문에 수사대가 놈들의 꼼꼼한 계획을 망치고 놈들을 현행범으로 잡아들이는 것은 식은 죽 먹기일 터였다.

세 장의 종이 중 한 장에는 은행 평면도가 구성 요소를 하나도 빼놓지 않고 자세히 그려져 있었다. 거기에는 강도 작전에 쓰일 요소들도 포함된 듯했다. 가령 강도들이 각자 서 있어야 할 지점, 도주용 차량들이 대기할 위치, 시내를 빠져나갈 때 택할 길도 나와 있었다. 모든 것이 상세히 지정되어 있었다.

스톡홀름 전역의 모든 은행을 낱낱이 꿰고 있는 불도저 올손은 평면도를 힐끗 보는 것만으로도 놈들이 털려는 은행이 어디인지 알아냈다. 그곳은 스톡홀름 시내에서 가장 크고 현대적인 지점 중 한 곳이었다.

계획은 단순함에도 불구하고 참으로 교묘하여, 고안자가 베르네르 로스 외에 다른 사람일 리 없었다. 이 점을 불도저는 확신했다.

강도 행각은 독립된 세 개의 작전으로 나뉘어 있었다.

첫 번째는 주의 분산 작전이었다.

두 번째는 주적, 즉 경찰을 직접 상대하는 예방 작전이었다.

세 번째는 실제 강도 행위였다.

말름스트룀과 모렌이 이 계획을 실행하려면 최소 네 명의 조수가 필요했다.

그중 두 명은 이름까지 언급되어 있었다. 하우저와 호프라는 이름의 그들은 은행털이 현장에서 엄호하는 역할인 듯했다.

나머지 두 명은, 어쩌면 두 명 이상일 수도 있겠지만, 주의 분산 작전과 예방 작전을 책임진다고 되어 있었다. 이들은 '사업가들'이라고 지칭되어 있었다.

주의 분산 작전은 오후 2시 40분에 시 남부 쇠데르말름의 로센룬스가탄 거리에서 벌어질 예정이었다. 준비물로는 두 대 이상의 차와 아주 많은 양의 다이너마이트가 필요했다.

이 작전은 해당 행동에 최대한의 주의를 끌어모으기 위해서 계획된 듯 보였다. 더불어 시내와 남부 교외를 순찰하던 거의 모든 경찰차들을 끌어모으는 것이 목적이었다. 정확히 어떻게 하겠다는 것인지는 명료하게 나와 있지 않았다. 하지만 주유소나 주택에서 강력한 폭발을 일으키는 방법을 쓰리라고 추측할 근거가 있었다.

이 작전을 책임질 사람은 '사업가 A'라고 했다.

전술적으로 알맞은 시점인 일 분 뒤, 예방 작전이 개시될 예정이었다. 계획의 이 부분은 기발하기도 하려니와 뻔뻔했다. 경찰 본부에 늘 예비로 대기하고 있는 시위 진압 부대와 여타 긴급 출동 차량의 출구를 막는다는 계획이었기 때문이다. 정확히 어떻게 하겠다는 것인지는 알 수 없었지만, 무방비로 있던 경찰이 뭔가 불쾌한 일을 당한다는 것만은 분명했다.

이 작전에 대한 지시는 '사업가 B'에게 내려져 있었다.

앞선 두 작전이 계획대로 진행되었다고 가정한다면, 오후 2시

45분에는 경찰 기동력의 거의 대부분이 남부 로센룬스가탄에서 벌어진 소동에 매여 있을 테고 긴급 상황에 대비하여 예비된 인력은 쿵스홀멘의 경찰 본부 건물에 발이 묶여 있을 터였다.

바로 이 시점에, 말름스트룀과 모렌은 수수께끼의 인물인 호프와 하우저의 도움을 받아서 은행을 상대로 실제 강도짓을 저지를 예정이었다. 그렇다면 그들은 경찰의 방해를 받지 않을 가능성이 아주 높았다.

이것이 바로 오래 기다려온 한탕, 대대적인 한탕이었다.

도주용 차량은 처음에는 두 대를 쓰고, 나중에 한 사람당 한 대씩 네 대로 갈아탄다는 계획이었다. 이 무렵에는 경찰 기동력이 거의 전부 시 남부로 유인되어 있고 나머지는 쿵스홀멘에 묶여 있을 테니, 네 대의 차량이 모두 북쪽으로 도망친다는 계획이었다.

심지어 예상 강탈 금액까지도 명시되어 있었다. 총액이 이백오십만 스웨덴 크로나로 예상된다고 했다.

14일 금요일이 유력해 보이는 이유가 이것이었다. 수사대가 은행에 문의한 결과, 그날이라면 강도들이 그만한 금액을 전부 현금으로 습득할 수 있으리라고 했다. 강도들이 만약 내일 습격한다면, 소득은 그보다 현저히 적을 것이었다.

대부분의 지시는 평이한 문장으로 적혀 있었다. 적어도 해독하기가 그리 어렵지 않았다.

"'장은 턱수염이 길다'." 콜베리가 말했다. "이건 익숙한 암호지. 2차세계대전 때 프랑스 레지스탕스에게 디데이 전날 라디오로 전달했던 암호잖아."

콜베리는 뢴의 의문 섞인 눈길을 알아차리고 설명을 덧붙였다.

"뜻은 간단해. '친구들이여, 이제 시작합시다'."

"이 마지막 말도 간단해." 군발드 라르손이 말했다. "'배를 버려라'. 마우릿손은 이걸 이해하지 못한 거야. 당장 그곳을 비우라는 명령이잖아. 그래서 그 집이 비었던 거야. 아마 로스가 마우릿손을 의심해서 놈들에게 은신처를 바꾸게 했겠지."

"그 바로 다음에 '밀라노'라는 단어가 나오는데." 콜베리였다. "이건 무슨 뜻이지?"

"밀라노에서 만나서 돈을 나누자는 거죠." 불도저가 주저 없이 말했다. "하지만 일이 이렇게 됐으니 놈들은 은행 밖으로 나오지도 못할 겁니다. 애초에 들어가게 놔두지도 않겠지만요. 게임은 우리 겁니다."

"부정하기 어렵네요. 최소한 그렇게 보입니다." 콜베리가 말했다.

상대의 계획을 다 알았으니, 수사대는 대응 조치를 쉽게 짤 수 있었다. 경찰은 로센룬스가탄에서 무슨 일이 벌어지든 그 사건을 최대한 무시할 생각이었다. 여느 때 쿵스홀멘에 있는 긴급 차량들로 말하자면, 강도들의 예방 작전이 시행되는 시점에 그곳에 있지 않도록 조치하면 그만이었다. 그 대신 은행 주변의 전략적 요충지에 배치해둘 생각이었다.

불도저가 혼잣말처럼 말했다. "자, 이 계획은 분명 베르네르 로스의 작품입니다. 하지만 어떻게 그걸 증명하죠?"

"타자기는 어떨까요." 뢴이 말했다.

"전동 타자기로 친 문서는 특정 기계로 추적해내기가 거의 불가능합니다. 그리고 놈은 일관된 오타를 내지 않아요. 그러니 어떻게 놈의 짓인 걸 입증하지요?"

"그 문제는 검사인 당신이 해결할 수 있지 않습니까." 콜베리가 말했다. "이 나라에서는 검사가 기소만 하면 아무리 죄 없는 사람도 유죄를 받는 거 아니었습니까."

"하지만 베르네르 로스는 죄가 있어요." 불도저가 말했다.

"마우릿손은 어쩔 겁니까." 군발드 라르손이 물었다.

"당연히 풀어줘야죠." 불도저가 멍하니 말했다. "그는 자기 몫을 했으니까 빠져야죠."

"과연 그럴까요." 군발드 라르손은 미심쩍어했다.

"다음 주 금요일." 불도저가 꿈꾸듯 말했다. "어떤 일이 우리를 기다릴지 상상해보세요!"

"그래요, 상상하시든가." 군발드 라르손이 심술궂게 대꾸했다.

전화가 울렸다.

벨링뷔에서 은행 강도 사건이 났다는 전화였다.

별로 재미있는 사건은 아니었다. 장난감 권총과 고작 만 오천 크로나의 약탈액. 범인은 한 시간 후에 훔레고르덴 공원을 비틀비틀 돌아다니면서 행인들에게 현찰을 나눠주려다가 발견되었다. 하지만 그사이에 만취하고, 시가를 사고, 그것도 모자라서 어느 야심 많은 순경의 총에 다리를 맞을 여유는 있었던 모양이었다.

특별수사대는 건물을 벗어나지도 않고 그 사건을 처리했다.

"이 사건의 배후에도 로스가 있다고 생각합니까?" 군발드 라르손이 못되게 물었다.

"음." 불도저는 신선한 관점이라고 여기는 듯했다. "일리가 있는 생각이네요. 간접적으로는 로스의 책임입니다. 놈의 은행털이가 재능 없는 범죄자들에게도 영감이 되어주니까요. 그러니까 간접적으로는 놈이……."

"맙소사, 그만합시다." 군발드 라르손이 말했다.

뢴은 자기 방으로 갔다.

거기에 그가 오래 보지 못했던 사람이 앉아 있었다.

마르틴 베크였다.

"안녕. 싸웠나?" 마르틴 베크가 물었다.

"응. 간접적으로."

"무슨 뜻이야?"

"나도 잘 몰라." 뢴이 애매하게 말했다. "요즘은 모든 게 다 이상해. 무슨 용건인가?"

20.

에이나르 뢴의 방은 쿵스홀름스가탄의 경찰 본부 건물 뒤편에 있었다. 그 방 창문으로 바깥의 땅에 난 거대한 구멍이 내다보였다. 머지않아 그곳에서 국가경찰위원회의 거인 같고 번지르르한 건물이 솟아나서 시야를 가릴 터였다. 경찰은 스톡홀름 중심부의 초현대적 거대 건물에서 사방팔방으로 촉수를 뻗어 실의에 빠진 스웨덴 국민들을, 적어도 국민들 중 일부를 철통같이 붙잡을 터였다. 좌우간 온 국민이 이민을 가거나 자살을 할 수는 없을 테니까.

진작부터 사회 각계에서 새 경찰 본부의 위치와 압도적 규모를 격렬하게 질타했지만, 경찰은 결국 최소한 건물에 관해서만큼은 제 뜻을 고수했다.

경찰, 정확히 말해서 내부의 몇몇 고위 인사들이 실제로 원하는 것은 힘이었다. 이것이야말로 근년에 경찰의 철학을 좌우해온 비밀 요소였다. 지금까지 스웨덴 정치에서는 경찰이 독자적 세력으로 기능한 역사가 없었으므로, 사태가 어떻게 흘러가는지 이해하는 사람은 극소수였다. 권력 추구 의지는 최근에 경찰이 끊임없이 시도하는 다양한 정책들이 죄다 모순되고 불가해하게 보이는 현실 또한 설명해주었다.

새 건물은 새로운 힘의 중요한 상징이 될 예정이었다. 앞으로 계획된 독재주의적 중앙집권형 지휘를 촉진할 도구였고, 그곳과 무관한 사람들의 염탐하는 시선과 엿듣는 귀를 막아줄 요새였다. 사실상 전 국민이 그런 사람이었다.

이 맥락에서 중요하게 여겨지는 문제가 하나 있었다.

스웨덴 국민들에게 경찰을 비웃는 버릇이 들었다는 점이었다. 하지만 곧 아무도 더이상 비웃지 못할 것이다.

좌우간 경찰이 바라기로는 그랬다.

모든 일은 아직 극소수만이 아는 극진한 열망에 지나지 않았다. 약간의 행운과 정치적 순풍이 불어준다면 그로부터 곧 공포의 부서가 탄생할 테지만, 아직 그것은 쿵스홀멘의 바위투성이 땅에 파인 커다란 구멍에 불과했다.

뢴의 창문에서는 아직 베리스가탄 거리 위쪽과 크로노베리스파르켄 공원의 녹음이 훤히 내다보였다.

지금 마르틴 베크는 뢴의 책상에서 일어나서 그 창가에 서 있었다. 그 자리에서는 칼 에드빈 스베르드가 가슴에 총을 맞고 아무도 찾는 사람 없는 채 두 달가량 시체로 누워 있었던 집의 창문도 보였다.

"자네가 은행 강도 전문가가 되기 전에 수사했던 사망 사건 있잖나." 마르틴 베크가 말했다. "스베르드라는 남자."

뢴이 당혹스러워 쿡쿡 웃었다.

"전문가라니, 이런, 이런."

뢴은 이렇다 할 중대한 결점이 없는 사람이었다. 하지만 성격이 마르틴 베크와는 판판이었기 때문에, 두 사람은 늘 함께 일하기가 힘들었다.

"맞아, 한창 그 사망 사건을 조사하다가 차출되었어." 뢴이 말했다.

"차출?"

"응, 지금 있는 특별수사대로."

마르틴 베크는 아주 살짝 짜증이 났다. 뢴이 무의식적으로 군대용어를 썼기 때문인 듯했다. 두어 해 전만 해도 뢴은 저런 표현을 쓰지 않았다.

"무슨 결론이라도 냈었나?"

"조사할 시간이 많지 않았어. 왜 묻지?" 뢴이 엄지로 빨간 코를 문지르면서 말했다.

"자네도 알겠지만, 내가 그 사건을 일종의 치료 요법 삼아서 넘겨받았거든."

"음, 어이없는 사건이었어. 겉으로 보면 꼭 탐정소설 같았지. 한 노인이 안에서 꽁꽁 잠긴 방 안에서 총에 맞았으니까. 게다가……."

뢴은 말하기 부끄러운 듯이 입을 닫았다. 이것은 뢴의 다소 짜증스러운 버릇 중 하나였다. 뢴은 상대가 계속 쿡쿡 찔러야만 입을 열었다.

"무슨 말을 하려고 했는데?" 마르틴 베크가 물었다.

"음, 군발드가 내게 당장 나 자신을 체포하라고 말했었어."

"왜?"

"용의자로. 봐, 자네도 알겠지? 내가 이 방에서 그를 쏠 수도 있었단 말이야. 창문으로."

마르틴 베크가 잠자코 있자 뢴은 금세 자신이 없어졌다.

"아, 물론 군발드는 농담이었어. 어차피 스베르드의 창문은 안에서 닫혀 있었고, 블라인드가 내려져 있었고, 창유리가 깨지지 않았으니까. 게다가……."

"뭔데?"

"나는 사격 실력이 형편없거든. 한번은 팔 미터 거리에서 엘크를 빗맞혔어. 그후로 우리 아버지는 내가 총을 쏘는 걸 절대 허락하지 않았지. 보온병이랑 브랜디랑 샌드위치를 들고 아버지를 따라다니는 것만 허락했어. 그러니까……."

"뭐?"

"음, 거리가 이백오십 미터란 말이야. 팔 미터 거리에서 라이플로 엘크를 맞히지 못하는 사람이 권총으로 저 건물을 맞힐 수 있을 리 없지. 아, 이러려던 게 아닌데…… 미안해……."

"뭐가 아니야?"

"음, 권총이니 사격이니 쓸데없이 주절거리는 게 자네에게 미안해서."

"괜찮아. 사건을 얼마나 조사했지?"

"아까 말했듯이 아주 조금. 내가 현장 감식을 요청했지만 그때는 이미 사람들이 현장을 제멋대로 짓밟은 뒤였어. 내가 또 국립과학수사연구소에 전화해서 스베르드의 손에 파라핀 검사를 실시했느냐고 물었더니 아무도 안 했다는 거야. 설상가상……."

"뭐?"

"음, 시체가 없었어. 이미 화장됐대. 웃긴 얘기지. 무슨 수사가 이런지."

"스베르드의 배경은 살펴봤나?"

"아니, 거기까지 가지도 못했어. 하지만 내가 하려던 일이 하나 더 있긴 했어."

"뭔데?"

"음, 그가 총에 맞았다면, 총알이 있어야 한단 말이야. 하지만 탄도 검사 보고서가 없었어. 그래서 내가 부검한 사람한테 전화했지. 여자더라고. 아무튼 부검의는 자기가 총알을 봉투에 넣어서 어딘가에 뒀다고 말하더라고. 처음부터 끝까지 부주의했어."

"그래서?"

"부검의가 그걸 찾아내지 못했어. 봉투 말이야. 나는 잘 찾아보고 찾으면 탄도 검사를 맡기라고 말해뒀어. 그다음에 사건이 내 손을 떠났어."

마르틴 베크는 멀리 베리스가탄 거리의 건물들을 바라보면서 생각에 잠긴 채 오른손 엄지와 검지로 콧등을 마사지했다.

"에이나르, 자네 생각에는 이게 어떻게 된 일인 것 같나? 개인적으로는 어떻게 생각하지?"

경찰관이 공식 수사에 관하여 개인적이고 사적인 의견을 털어놓는 것은 절친한 친구에게 말할 때뿐이다.

마르틴 베크와 뢴은 적은 아니지만 친구도 아니었다.

뢴은 기분 나쁜 생각을 하는 게 분명한 얼굴로 한참을 말없이 있다가 이렇게 말했다.

"음, 나는 두 순경이 문을 열었을 때 집 안에 리볼버가 있었다고 생각해."

왜 리볼버일까? 답은 간단했다. 탄피가 없었으니까. 뢴의 생각은 확실히 명료했다. 틀림없이 리볼버가 바닥에 놓여 있었을 것이다. 예를 들면 시체 밑에. 그랬다가 나중에 누군가 그것을 가져갔을 것이다.

"그렇다면 순경 중 한 명이 거짓말을 했다는 뜻이 되지, 아닌가?"

뢴은 거북한 듯 고개를 저었다.

"음, 나는 그렇게 말하고 싶진 않아. 그들이 그저 부주의했다가 나중에는 서로를 감싸고 싶었을 수도 있지. 스베르드가 자살했고 리볼버가 시체 밑에 숨어 있었다고 하면, 순경들도 현장을 살피러 갔던 구스타브손도 시체가 그 자리에 있는 한 총을 보지 못했을 거야. 그리고 시체가 치워지고 난 뒤에 그들이 바닥을 점검했는지는 분명치 않아."

"자네는 알도르 구스타브손을 아나?"

"응."

뢴은 불편한 듯 몸을 꼬았다. 마르틴 베크는 불편한 질문을 자제하고 대신 이렇게 말했다.

"중요한 점이 하나 더 있어, 에이나르."

"뭔데?"

"자네는 크리스티안손과 크바스트모와 직접 이야기해볼 기회가 있었나? 월요일에 내가 확인했을 때는 둘 중 한 명만 근무중이었어. 오늘은 한 명은 휴가중이고 다른 한 명은 자리를 비웠고."

"응, 둘 다 내 사무실로 불러서 만났어." 뢴이 말했다.

"그들은 뭐라고 말하던가?"

"보고서에 쓴 내용을 고수했어. 자기들이 문을 연 순간부터 현장을 떠난 순간까지 그 집에 들어갔던 사람은 다섯 명뿐이라고."

"그들 둘, 구스타브손, 그리고 시체를 치운 사람 두 명?"

"맞아."

"자네는 그들에게 시체 밑을 확인했느냐고 물어보았고?"

"물론이지. 크바스트모가 자기가 확인했다고 말했어. 크리스티안손은 계속 토하느라 밖에 있었대."

이제 마르틴 베크는 주저하지 않고 뢴을 압박했다.

"그래서 자네는 크바스트모가 거짓말한다고 생각하나?"

뢴의 대답은 놀랍도록 늦게 나왔다.

이미 A라고 말했으니까 더 늑장 부리지 말고 B라고 말해도 되잖아. 마르틴 베크는 생각했다.

"자네는 신문자로 만나기 싫은 상대라는 소문을 줄곧 들었는데." 뢴이 이마의 반창고를 만지작거리면서 말했다.

"무슨 뜻이야?"

"그렇게 말한 사람들이 옳았다고."

"그러면 부디 대답해줘."

"나는 심리학자가 아니니까 목격자를 판단할 순 없지만, 내가 볼 때 크바스트모는 진실을 말하는 것 같았어."

"자네의 논리는 말이 안 돼." 마르틴 베크가 차갑게 말했다. "어떻게 리볼버가 방 안에 있었다고 믿으면서 동시에 순경들이 진실을 말한다고 생각할 수 있나?"

"왜냐하면 다른 설명이 없으니까. 간단해."

"좋아, 에이나르. 그 점에서라면, 나도 크바스트모가 진실을 말한다고 생각해."

"하지만 그를 못 만났다고 하지 않았어?" 뢴이 놀라서 물었다.

"나는 그렇게 말한 적 없어. 사실은 그제 화요일에 크바스트모를 만났어. 하지만 자네와는 달리 차분하게 이야기해볼 상황이 못 됐어."

뢴은 상처받은 듯했다.

"자네 정말 싫군." 뢴의 말이었다.

뢴이 책상 가운데 서랍을 열고 스프링 노트를 꺼냈다. 그것을 잠시 뒤적이다가 한 장을 찢어서 마르틴 베크에게 건넸다.

"자네가 관심 있을지도 모르는 정보가 하나 더 있어. 스베르드는 쿵스홀멘의 집에서 오래 살지 않았어. 그가 그전에 살았던 집이 어딘지 내가 알아냈는데, 그러고는 사건을 더 조사할 여유가 없었어. 아무튼 이게 그 주소야. 가져."

마르틴 베크는 종이를 보았다. 이름 하나와 툴레가탄 거리의 주소 하나가 적혀 있었다. 한때 타당한 이유에서 시비리엔이라고 불렸던 구역*이었다. 마르틴 베크는 종이를 접어서 주머니에 넣었다.

"고마워, 에이나르."

뢴은 대꾸하지 않았다.

"그럼 가볼게." 마르틴 베크가 말했다.

뢴은 무뚝뚝하게 끄덕이는 것으로 인사를 대신했다.

둘의 관계는 한 번도 딱히 화기애애한 적 없었는데 이제 더 나빠진 것 같았다.

마르틴 베크는 뢴의 방을 나와서 건물을 떠났다. 그는 씩씩

---

* 시비리엔은 시베리아를 뜻한다. 19세기 말에 인구 폭발을 겪던 스톡홀름이 도시를 확장하면서 당시 북쪽 변두리였던 그곳을 개발했는데, 생활환경이 쾌적하지 않은 노동 계층용 다세대 아파트가 빽빽하게 들어찬 그곳으로 가는 것이 꼭 유배당하는 것 같다고 하여 이런 별명이 붙었다.

하게 시내를 걸었다. 쿵스홀름스가탄을 걸어서 쿵스브론 다리를 건넌 후 쿵스가탄 거리를 죽 따라가다가 스베아베겐 거리와 만나는 지점에서 북쪽으로 틀었다.

그가 뢴과의 관계를 개선하고 싶다면 뢴에게 뭔가 긍정적인 말을, 하다못해 친근한 말을 건네기만 하면 되었을 것이다.

그럴 이유가 없는 것도 아니었다. 스베르드의 사망 사건 수사는 처음부터 엉망이었지만 뢴이 사건을 넘겨받은 순간부터는 더없이 정확하고 신속하게 처리되었다.

뢴은 리볼버가 시체 밑에 있었을지도 모른다는 점을 즉각 알아차렸고, 그것이 결정적으로 중요한 문제라는 사실도 알아차렸다. 크바스트모는 정말로 시신이 실려 나간 뒤에 바닥을 확인했을까? 그러지 않았더라도 그를 무작정 비난할 수는 없었다. 크바스트모의 상사 겸 전문가로서 현장에 나타난 구스타브손이 워낙 자신만만한 태도로 상황을 판단해버렸기 때문에, 두 순경에게는 이후의 일에 책임이 없다고 봐야 했다.

만약 크바스트모가 확인해보지 않았다면 그때는 상황이 달라지는 셈이었다. 시신이 실려 나간 뒤 순경들은 집을 폐쇄하고 떠났다. 이 경우에 폐쇄란 무슨 뜻일까?

경찰은 문을 경첩에서 뜯어내고서야 집 안에 들어갈 수 있었고 그것도 문을 박살 내다시피 한 뒤에야 가능했으므로, 폐쇄란 문기둥을 가로질러 줄을 쳐놓고 거기에 이런저런 법규에 의거하여 이곳은 폐쇄되었다고 적힌 경고문을 걸어두는 것에 지나지 않았다. 현실적으로 이것은 아무 의미가 없었다. 며칠간 누구든 조금의 어려움 없이 안으로 슬그머니 들어갈 수 있었다. 그리고 갖가지 물건이 사라질 수 있었다. 가령 총이라든지.

이 모든 가정은 애초에 크바스트모가 의도적으로 거짓말했다는 것을 전제로 했다. 그리고 그가 뢴뿐 아니라 마르틴 베크도 속여 넘길 만큼 뛰어난 거짓말쟁이라는 뜻이었다. 하지만 뢴과 마르틴 베크는 닳고 닳은 수사관이었고, 둘 다 속여 넘기기 쉬운 사람이라는 평은 듣지 않았다.

둘째로, 만약 스베르드가 정말로 자살한 것이라면, 왜 누군가가 번거로움을 무릅쓰고 총을 슬쩍했을까?

이것은 명백한 모순이었다.

스베르드가 잠긴 방 안에서 죽은 채 발견되었다는 사실과 지금까지의 정황으로 보아 안에서 무기가 발견되지 않았다는 사실만 모순이 아니었다.

스베르드는 가까운 친척이 없었던 듯했다. 알려진 바로는 친구도 없었다.

그를 아는 사람이 아무도 없는데 대체 누가 그의 죽음에 관심을 두었단 말인가?

마르틴 베크는 여러 측면에서 좀더 알아봐야 한다고 느꼈다.

그중 하나로, 6월 18일 일요일에 벌어졌던 일에 관해서 한 가지 더 확인해야 할 사항이 있었다.

하지만 그는 무엇보다도 칼 에드빈 스베르드에 대해서 더 알고 싶었다.

뢴에게 받은 종이에는 시비리엔의 주소만 적혀 있는 게 아니었다.

또 적혀 있는 것이 있었는데, 이름이었다.

집주인: 레아 닐센.

마르틴 베크는 이제 툴레가탄 거리의 그 집에 다다랐다. 현관에 붙은 이름들을 보니 집주인도 이 건물에 살고 있었다. 그것은 특이한 사실이었고, 마르틴 베크에게는 아마도 잘된 일이었다.

그는 3층으로 올라가서 초인종을 울렸다.

21.

밴은 회색이었고, 번호판 외에는 아무런 표식도 없었다. 그 차를 쓰는 남자들은 차 색깔과 거의 같은 색의 오버올을 입고 있었다. 겉모습만으로는 그들의 직업을 알 수 없었다. 수리공처럼도 보였고 공무원처럼도 보였다. 사실은 정확히 그랬다.

오후 6시가 다 되어가는 시각이었다. 앞으로 십오 분 안에 아무 일도 벌어지지 않는다면, 그들은 곧 하루의 일을 마치고 집으로 가서 아이들과 놀아준 뒤에 TV 앞에 자리 잡고 앉을 것이었다.

마르틴 베크는 툴레가탄의 집에서 아무도 만나지 못하고 대신 이 두 사람을 찾아냈다. 남자들은 폭스바겐 밴 옆에 앉아서 병맥주를 마시고 있었다. 차에서 톡 쏘는 소독제 냄새가 퍼져

나왔다. 그리고 세상의 어떤 화학물질로도 덮을 수 없는 또 다른 냄새도 풍겼다.

차의 뒷문은 열려 있었다. 남자들은 이날 처음으로 기회를 잡아서 차 내부를 환기하고 있었는데, 이것은 충분히 이해할 만한 일이었다.

이 아름다운 도시에서, 남자들은 특수하고 상당히 중요한 기능을 맡고 있었다. 이들은 자살자와 그 밖에도 덜 깔끔한 방식으로 세상을 떠난 사람들을 수습하여 중산층의 환경으로부터 좀더 적당한 다른 장소로 옮기는 일을 매일같이 했다.

소수의 사람들, 이를테면 소방관이나 경찰관이나 기자나 다른 관계자 들은 회색 밴의 정체를 알았다. 그래서 그들은 이 밴이 달려가는 것을 볼 때면 안 좋은 일이 생겼다는 것을 알았다. 하지만 대부분의 시민들은 이 차에서 특이한 점을 보지 못했다. 그들에게 이 차는 그냥 차일 뿐이었다. 그것은 정확히 의도된 바였다. 안 그래도 이미 낙담하고 겁먹은 시민들을 더 그렇게 만들 필요는 없었다.

약간 특이한 직업에 종사하는 사람들이 대개 그렇듯이, 두 사람은 자신들의 일을 있는 그대로 초연하게 받아들였다. 이들은 복지 기계 속에서 자신들이 맡은 임무를 과장되게 각색하여 말하는 경우가 거의 혹은 전혀 없었다. 일 이야기는 자기들끼리만

잠긴 방

하는 편이었다. 듣는 사람의 반응이 대단히 부정적이라는 것, 특히 명랑한 자리에서나 친구들 사이에서나 아내들의 커피 테이블에서는 더욱더 그렇다는 것을 이들은 오래전에 알아차렸다.

이들은 매일 경찰과 접촉했지만 늘 최하급 경찰관을 만날 뿐이었다.

따라서 경감이 그들의 일에 관심을 보이고 심지어 그들을 찾아 나서기까지 했다는 것은 퍽 뿌듯한 일이었다.

둘 중 더 수다스러운 쪽이 손등으로 입을 닦고 말했다.

"네, 기억합니다. 베리스가탄, 맞지요?"

"맞습니다."

"이름에서는 떠오르는 게 없지만요. 스톨이라고 했나요?"

"아뇨, 스베르드입니다."

"아무튼 그건 의미가 없어요. 우리는 이름을 신경 쓰고 그러진 않으니까."

"이해합니다."

"그리고 일요일이었지요. 일요일은 늘 바쁩니다."

"제가 말한 경찰관을 기억합니까? 켄네트 크바스트모라는?"

"아니요. 이름은 아무 의미가 없다니까요. 하지만 그 자리에서 지켜보고 있던 경찰관은 기억합니다."

"두 분이 시신을 내가는 동안 말입니까?"

남자가 끄덕였다.

"네. 우리는 그가 터프한 타입이라고 생각했지요."

"왜죠?"

"경찰관은 두 종류가 있거든요. 토하는 타입과 토하지 않는 타입. 그 친구는 코도 안 싸쥐던걸요."

"그가 내내 거기 있었다는 겁니까?"

"네, 아까 말했듯이. 우리가 일을 만족스럽게 하는지 확실히 지켜보더라고요."

다른 남자가 킥킥거리고는 맥주를 한 모금 들이켰다.

"하나만 더 묻겠습니다."

"네, 뭡니까?"

"두 분이 시신을 들어냈을 때, 그 밑에 뭔가 깔려 있지 않았습니까? 물건 같은 게?"

"어떤 물건 말입니까?"

"예를 들면 자동 권총요. 아니면 리볼버."

남자가 웃음을 터뜨리고 대꾸했다.

"권총이나 리볼버라. 그 두 가지가 무슨 차이가 있습니까?"

"리볼버는 탄창이 회전식입니다. 탄창이 돌아가게 되어 있지요."

"카우보이가 쓰는 총처럼?"

"네, 맞습니다. 하지만 그 차이가 무슨 의미가 있다는 건 아니고요. 질문의 핵심은 혹시 시신 밑에 종류가 무엇이든 총이 깔려 있었는가 하는 겁니다."

"이보세요, 경감님. 그 고객은 중기中期였습니다."

"중기?"

"그래요, 두 달쯤 된 상태였어요."

마르틴 베크는 끄덕였다.

"우리는 고객을 들어서 비닐 시트에 얹었죠. 그리고 내가 시트 가장자리를 여미는 동안, 아르네는 바닥의 구더기를 쓸었어요. 우리는 보통 약품 처리가 된 봉지에다 구더기를 쓸어 넣어서 즉석에서 그것들을 죽입니다."

"그런데요?"

"만약 아르네의 빗자루에 작대기가 걸렸다면, 이 친구가 알아차릴 수밖에 없지 않겠습니까?"

아르네라는 사람은 고개를 끄덕이면서 키득거리느라 마지막 맥주 방울이 목에 걸렸다.

"분명히 알았을 거예요." 아르네가 말했다.

"그래서 아무것도 없었다?"

"전혀. 게다가 그 경찰관이 계속 지켜보고 있었단 말입니다. 우리가 고객을 아연 상자에 담아서 밀고 나간 뒤에도 그는 거기

남아 있었어요. 그렇지, 아르네?"

"절대로 맞아." 아르네가 말했다.

"확신하시는군요."

"확신하다마다요. 고객 밑에는 키노미아 모르투오룸* 한 무더기 말고는 아무것도 없었습니다."

"뭐라고요?"

"시체 구더기요."

"확실합니까?"

"참말로 확실합니다."

"고맙습니다." 마르틴 베크는 말했다.

그리고 그곳을 떠났다.

회색 오버올을 입은 남자들은 서로 몇 마디 주고받았다.

"네가 저 양반에게 본때를 보였어." 아르네가 말했다.

"어떻게?"

"그리스어로 말이야. 저런 높은 양반들은 남들이 썩은 시체를 담는 일 말고는 아무것도 못 한다고 생각한다니까."

앞좌석에서 휴대전화가 울렸다. 아르네가 전화를 받고 뭐라고 투덜거린 뒤 수화기를 내려놓았다.

---

* 검정파리과 한 종의 학명. 시체에 생기는 구더기가 법의학 조사에 흔히 쓰인다.

잠긴 방

"망할, 웬 놈이 목을 맸대."

"저런, 인생이 그렇지." 동료는 체념한 듯 말했다.

"솔직히 나는 목 매는 사람들을 못 참겠어. 그건 그렇고, 인생이 뭐 어쨌다고?"

"에휴, 됐어. 가자고."

이 무렵 마르틴 베크는 베리스가탄의 이상한 죽음에 관해서 자신이 알아야 할 내용은 사실상 다 안다고 느꼈다. 최소한 경찰이 할 일은 만족스럽게 정리된 듯했다. 다만 한 가지 중요한 문제가 남아 있었다. 탄도 검사 보고서를 손에 넣는 일이었다. 애초에 보고서가 있다면 말이지만.

한편 스베르드라는 인물에 대해서는, 그가 어떤 사람이었는지 알아보려고 마르틴 베크가 적잖은 노력을 기울였는데도 여전히 아는 바가 미미했다.

전투로 격렬했던 수요일이 마르틴 베크의 입장에서는 별다른 일이 없는 하루였다. 마르틴 베크는 은행 강도 특별수사대의 고난도 알지 못했다. 그 점이 대체로 고맙기만 했다. 화요일 오후에 스베르드의 집에 가본 뒤에 그는 먼저 쿵스홀름스가탄의 경찰 본부에 들렀는데, 그곳에서는 모두가 저마다의 문제에 몰두해 있어서 마르틴 베크에게 시간을 내줄 이가 없었다. 그다음 그는 국가경찰위원회에 들렀고, 그곳에서는 소문을 하나 들었다. 처음에는 소문의 내용이 우습기만 했으나 돌이켜 생각하니 심란했다.

그것은 마르틴 베크가 곧 승진하리라는 소문이었다.

무슨 자리로?

경정? 총경? 경무관? 어쩌면 부와 건강으로?

하지만 그 점은 핵심이 아니었다. 아마 이 소문은 근거가 거의 없는데도 사람들이 매점에서 떠들어대는 가십에 지나지 않을 터였다.

마르틴 베크가 마지막으로 승진한 것은 1967년에 경감이 되었을 때였다. 그가 이보다 더 높이 오를 수 있으리라고 볼 근거는 사실상 없었다. 아무리 일러도 향후 사오 년 내에 그가 다시 승진한다는 것은 있을 수 없는 얘기였다. 이것은 모두가 익히 아는 바였다. 왜냐하면 세상에 관료들이 꿰고 있는 지식이 있다면 그것은 연공서열과 승진 체계이고, 이 문제에 관해서는 모두가 자신과 남들의 가능성을 늘 질투 어린 눈으로 주시하기 때문이었다.

어쩌다 그런 소문이 생겨났을까?

일말의 논리가 있을 것이다. 하지만 그게 무엇일까?

마르틴 베크가 아는 한, 자신은 두 가지 설명 중 하나를 고를 수 있었다.

첫 번째는 그들이 마르틴 베크를 국가범죄수사국 살인수사
과 책임자 자리에서 몰아내고 싶은 나머지 사다리의 위쪽으로
걷어찰 마음까지 먹었다는 것이다. 이 방법은 실제로 불쾌하거
나 명백히 무능한 관료를 눈앞에서 치우는 수단으로 흔히 쓰였
다. 국가경찰위원회에 마르틴 베크의 적이 있는 건 사실이었
다. 하지만 그들에게 마르틴 베크는 대단한 위협이 되지 못했
다. 게다가 그러려면 그들은 마르틴 베크의 자리에 콜베리를 앉
혀야 할 텐데, 이것은 그들이 보기에 상당히 바람직하지 못한
일일 터였다.

따라서 두 번째 설명이 더 가능성이 높았다. 하지만 안타깝
게도 이 설명은 모든 관련자들에게 훨씬 더 굴욕적이었다.

마르틴 베크는 십오 개월 전에 간발의 차이로 목숨을 건졌
고, 그럼으로써 스웨덴 현대사에서 그런 일을 겪은 유일한 고위
공무원이 되었다. 그는 이른바 범죄자의 총에 맞았었다. 사건은
상당한 관심을 끌었고, 그의 행동은 그럴 자격이 없는데도 불구
하고 후광을 거느리게 되었다. 그리고 경찰에는 당연히 영웅이
부족하므로, 경찰은 이 드라마의 행복한 결말을 엄청나게 과장
하여 선전했다.

이제 경찰에 영웅이 있다. 영웅에게 뭘 해줘야 하나? 마르틴

베크는 이미 메달을 받았다. 그러니 그들이 해줄 수 있는 최소한의 대접은 그를 승진시키는 것이었다.

마르틴 베크는 1971년 4월 운명의 날에 벌어졌던 일을 찬찬히 분석해볼 시간이 많았다. 그래서 진작 그때 자신이 도덕적으로도 직업적으로도 잘못 행동했다는 결론을 내린 뒤였다. 자신이 이 결론에 다다르기 한참 전에 똑같이 생각했던 동료가 적어도 한 명 이상 있었다는 사실도 알았다.

자신은 바보처럼 굴다가 총에 맞은 것이었다.

그런데 그 때문에 더 높고 책임 있는 자리를 맡게 될 판이었다.

마르틴 베크는 화요일 저녁에 자신의 상황을 숙고했다. 하지만 다시 베스트베리아의 사무실에 앉자마자 그 생각은 그만두었다. 대신 수요일 내내 혼자 사무실에 앉아서 무심하되 냉정하리만치 체계적인 태도로 스베르드 사건에 집중했다.

어느 순간에는 이런 생각도 들었다. 자신이 앞으로 일에서 최대한으로 바랄 수 있는 것은 지금 이 상태, 즉 외부의 간섭을 받지 않고 혼자서 타당한 방식으로 사건을 처리해나가는 것이 아닐까 하는 생각이었다.

여전히 마음 한구석에서는 희미한 향수가 느껴졌다. 무엇에 대한 향수인지는 자신도 알 수 없었다. 어쩌면 자신이 하는 일에 대한 진정한 흥미가 아닐까. 그는 늘 고독을 편히 여기는 사람이었는데, 이제 확실히 남들과 어울리고 싶어 하지 않고 자신만의 진공상태를 깨뜨릴 의지도 없는 은둔자가 되어가는 듯했다.

그는 보이지 않는 유리로 된 덮개에 갇힌, 그저 쓸모만 있는 로봇으로 변하고 있는 걸까?

당면 과제에 관해서라면, 그는 전혀 우려하지 않았다. 자신이 이 문제를 해결하거나 못 하거나 둘 중 하나일 것이다. 그의 부서는 사건 해결률이 높았다. 대부분의 범죄가 복잡하지 않은 데다가 범죄자들이 보통 패배를 쉽게 인정하기 때문이다.

게다가 살인수사과는 자원이 잘 갖춰진 편이었다. 경찰 내 다른 부서들과 비교할 때 살인수사과보다 더 많은 자원을 갖춘 부서는 보안청뿐이었다. 보안청은 아직도 공산주의자들의 동태 파악에 몰두하고 있고 주로 해외에서 유래한 수많은 파시스트 단체들은 고집스레 외면하고 있으므로, 사실상 할 일이 없었다. 그래도 뭔가 하기는 해야 하니까 정치범죄와 잠재적 보안 위험을 몽상하는 데 시간을 썼고, 따라서 그들의 활동 성과는 누구나 예상할 수 있다시피 우스운 수준이었다. 하지만 경찰에게 보안청은 일종의 전략적인 정치적 예비 전력으로서, 언제든 마음에 들지 않는 이데올로기에 대항하여 활용할 수 있는 조직이었다. 그리고 그들의 활동이 조금도 우습지 않은 결과를 낳는 상황은 얼마든지 상상할 수 있었다.

물론, 살인수사과도 가끔은 실패했다. 수사가 수렁에 빠져서 결국 미결로 처리되고 마는 경우가 있었다. 보통은 경찰이 범인을 알고는 있지만 완강한 부정에 부딪쳐서 죄를 입증하지 못하는 경우였다. 폭력 범죄는 내용이 복잡하지 않을수록 증거가 빈약한 때가 많았다.

마르틴 베크가 가장 최근에 겪은 낭패가 전형적 사례였다. 라플란드에서 한 초로의 사내가 동갑내기 아내를 도끼로 살해했다. 연하의 가정부와 오래 관계를 맺어온 남자가 마침내 아내의 잔소리와 질투에 질린 것이 범행 동기였다. 그는 아내를 죽인 뒤에 시신을 야외의 장작 헛간에 넣어두었다. 때는 겨울이었고 추위가 심했기 때문에, 그는 두 달여를 기다린 후에야 썰매에 문짝을 얹고 그 위에 시신을 태워서 길도 없는 벌판을 이십킬로미터 이상 가야 하는 가장 가까운 마을로 갔다. 그러고서는 아내가 넘어져서 난로에 머리를 찧었다고 말했고, 추위 때문에 좀더 일찍 마을로 나오지 못했다고 말했다. 모두가 그것이 거짓말임을 알았지만, 남자와 가정부는 진술을 고수했다. 지역 경찰은 아마추어적인 수사로 범행 흔적을 망친 뒤에야 외부의 도움을 요청했다. 그래서 마르틴 베크는 그곳의 이상한 호텔에서 두 주를 보낸 뒤에 결국 포기하고 돌아왔다. 그곳에서 그는 낮에는 살인범을 취조했고, 밤에는 호텔 식당에 앉아서 마을 사람들이 뒤에서 비웃는 것을 들었다.

그런 실패는 예외적인 경우였다.

그런데 스베르드 사건은 그보다 더 이상했다. 마르틴 베크가 맡았던 과거의 어느 사건과도 비슷하지 않았다. 이 점은 마땅히 자극이 되어야 했지만, 그는 수수께끼에 개인적인 흥미가 없었고 자극도 느끼지 못했다.

수요일에 책상에 앉아서 실시한 조사에서도 소득이 별로 없었다.

통상의 경로로 얻은 고인에 관한 정보는 별달리 단서가 될 만한 내용이 없었다.

칼 에드빈 스베르드의 전과 조회에서는 아무것도 나오지 않았다. 그가 어떤 범죄로도 형을 선고받지 않았다는 뜻이었다. 하지만 얼마나 많은 범법자가 법정에 서지 않고 빠져나가던가? 법이 특정 사회계층과 그들의 수상쩍은 이해관계를 보호하기 위해서 설계되었으며 그 밖에도 대체로 허점투성이라는 점은 논외로 하더라도 그랬다.

주류 관리 위원회로부터 받은 조회 결과도 깨끗했다. 스베르드가 아마도 알코올의존자가 아니었다는 뜻이었다. 스베르드와 같은 사회적 지위에 있는 사람이라면 틀림없이 당국으로부터 음주 습관을 점검받았을 것이다. 상류층이 술을 마시면 술 문화가 되지만, 다른 계층이 비슷한 욕구를 지니면 즉각 알코올의존자로 분류되거나 사회의 보살핌과 보호가 필요한 경우로 분류된다. 그러고도 보살핌이든 보호든 받지 못한다.

스베르드는 성인이 된 후에 줄곧 창고 노동자로 일했다. 마지막 직장은 통운회사였다.

관련 직종 종사자에게 흔한 요통이 스베르드에게도 있었고, 그는 56세에 노동 부적합 진단을 받았다.

그후로 그는 연금으로 근근이 생활했다. 달리 말해, 그는 슈퍼마켓이 개와 고양이 사료를 진열대에 그득 채워둘 때 염두에 두는 구매자의 부류에 속했다.

그의 식료품 선반에서 유일하게 먹을 만해 보이는 것은 반쯤 먹다 만, '야옹'이라는 브랜드의 고양이 사료였다.

마르틴 베크가 수요일의 조사로 알아낸 사실은 그 정도였다.

별 의미 없는 몇 가지 데이터는 있었다.

스베르드는 스톡홀름에서 태어났고 양친은 1940년대에 사망했다. 스베르드는 결혼하지 않았고 부양가족도 없었다.

스베르드는 사회복지사업에 의탁하지 않았다.

마지막으로 일했던 회사에서 스베르드를 기억하는 사람은 아무도 없었다.

스베르드에게 노동 부적합 진단을 내주었던 의사가 기록을 찾아내긴 했는데, 거기에는 환자가 육체노동에 적합하지 않으며 재교육 대상이 되기에는 나이가 너무 많다고 적혀 있었다. 게다가 스베르드 본인이 더 일하는 것은 어리석은 짓 같아서 싫다고 말했다고 적혀 있었다.

어쩌면 누가 스베르드를 죽일 수 있었고 왜 죽였는지 알아내려는 일도 어리석은 짓인지 모른다. 범행 방식이 이해되지 않는 상황이니, 먼저 살인범을 찾아낸 뒤에 그에게 어떻게 죽였느냐고 묻는 편이 가장 간단할 성싶었다.

그렇게 해서 지금은 목요일이었고, 거의 저녁이었다. 마르틴 베크는 불길한 냄새를 풍기는 밴의 남자들을 만난 지 한 시간이 채 지나지 않은 이 시점에 다시 튈레가탄의 집에 와 있었다.

업무 시간은 끝났지만 집에 가고 싶지 않았다.

그래서 그는 다시 두 층을 걸어 올라간 뒤에 삼십 초쯤 숨을 골랐다. 그동안 타원형 에나멜 문패를 바라보았다. 흰 바탕에 초록색 글씨로 이름이 적혀 있었다.

레아 닐센.

초인종 버튼은 없었다. 대신 줄이 달려 있었다.

그는 줄을 당기고 기다렸다.

종이 딸랑딸랑 울렸다. 그 밖에는 아무 변화가 없었다.

오래된 건물이었다. 문에 끼워진 반투명 유리를 통해서 현관 안쪽에 켜진 불빛이 새어 나왔다. 집에 사람이 있다는 뜻이었다. 아까 왔을 때는 불이 다 꺼져 있었다.

그는 적당히 간격을 둔 뒤에 줄을 다시 당겼다. 다시 종이 딸 랑거렸고 삭삭 잽싼 발소리가 들렸다. 반투명 유리 너머에 누군가 나타났다.

마르틴 베크는 일하면서 만나는 사람들을 신속하게 헤아려 보는 습관이 몸에 배어 있었다. 이른바 첫인상 파악이었다.

문을 열어준 여자는 많아야 서른다섯 살쯤 되어 보였지만, 마르틴 베크는 왠지 여자가 실제로는 그보다 몇 살 더 많으리라는 감이 들었다.

여자는 키가 크지 않았다. 그의 눈짐작에 158센티미터쯤 되어 보였다. 다부진 체형이었지만 통통하거나 볼품없다기보다 유연하고 맵시 있다는 인상이었다.

이목구비는 뚜렷했지만 약간 고르지 않았다. 푸른 눈은 단호했고 시선은 흔들림이 없었다. 여자는 무엇이든 정면으로 응시하는 데 익숙한 사람처럼 그의 눈을 똑바로 보았다.

여자의 머리카락은 짧고 곧은 금발이었는데 지금은 젖어서 헝클어져 있었다.

허브 샴푸의 냄새인 것 같은 청결한 향이 풍겼다. 여자는 반팔 니트 카디건과 무수히 빨아서 색이 바랜 듯한 청바지를 입고 있었다. 카디건의 어깨와 가슴 부분이 넓게 젖은 것으로 보아 막 걸친 모양이었다.

여자는 어깨가 넓은 편이었고, 엉덩이는 날씬했고, 목은 짧았고, 햇볕에 그은 팔에 솜털이 빽빽이 나 있었다. 맨발은 약간 뭉툭했고, 발가락은 곧았다. 평소에 샌들이나 나막신을 신는 데에 익숙한 발, 가능한 한 아무것도 안 신는 데에 익숙한 발 같았다.

자신이 시신에 묻은 핏자국이나 흔적을 관찰할 때와 같은 직업적 꼼꼼함으로 여자의 발을 보고 있다는 사실을 깨닫고, 마르틴 베크는 시선을 올려 여자의 얼굴을 보았다.

여자의 눈은 그를 탐색하고 있었고, 눈썹이 살짝 흐트러져 있었다.

"머리를 감고 있었어요." 여자가 말했다.

쉰 목소리였다. 감기에 걸렸거나, 골초이거나, 아니면 그냥 타고난 목소리가 그런 듯했다.

마르틴 베크는 끄덕였다.

"'들어오세요!'라고 외쳤어요. 두 번이나. 문은 잠겨 있지 않아요. 집에 있을 때는 보통 잠그지 않거든요. 혼자 조용히 있고 싶을 때만 잠그죠. 내가 소리 지르는 게 안 들렸나요?"

"네, 레아 닐센 되십니까?"

"맞아요. 당신은 경찰이죠?"

마르틴 베크는 관찰력을 빠르게 작동시키고 있었지만, 이번 만큼은 자신보다 우월한 상대를 만났다는 걸 순간적으로 느꼈다. 여자는 몇 초 만에 그의 정체를 정확히 짚어냈다. 더구나 눈에 떠오른 표정을 보니 그를 파악하는 일도 벌써 끝낸 것 같았다. 후자는 더 두고 봐야겠지만.

물론 여자가 경찰의 방문을 예상하고 있었기 때문에 이렇게 빨리 그를 헤아린 것일 수도 있겠지만, 마르틴 베크는 그렇게 생각하지 않았다.

그가 신분증을 보여주려고 지갑을 꺼내자 여자가 말했다.

"그냥 이름만 말해주면 돼요. 그리고 들어오세요, 젠장. 원하는 게 있어서 왔겠죠. 우리 둘 다 계단에 서서 이야기하고 싶진 않잖아요."

마르틴 베크는 약간 허를 찔린 기분이었다. 그가 좀처럼 느낄 일이 없는 기분이었다.

여자는 휙 돌더니 집 안으로 들어갔다. 집은 규모와 구조를 한눈에 종잡을 수 없었지만 아무튼 각양각색의 낡은 가구들로 쾌적하게 꾸며져 있었다.

벽에 아이들이 그린 그림이 압정으로 붙어 있는 것으로 보아 여자에게는 가족이 있는 듯했다. 벽에 붙은 다른 장식은 다채로

웠다. 유화, 스케치, 타원형 액자에 든 오래된 사진, 거기에 신문 기사 오린 것, 포스터. 레닌과 마오쩌둥의 포스터도 있었는데, 그가 보기에 정치적 의미는 없는 듯했다. 책도 많았다. 책장에도 있었고 집 안 곳곳에도 쌓여 있었다. 상당한 음반 컬렉션, 전축, 오래되고 자주 쓰이는 듯한 타자기 두 대, 그리고 무엇보다도 종이가 엄청 많았는데, 대부분 복사지를 묶은 것으로 꼭 경찰 보고서처럼 보였다. 마르틴 베크는 그것들이 일종의 공책이고 여자는 모종의 공부를 하는 중인 모양이라고 결론 내렸다.

그는 여자를 따라 들어가서 틀림없이 아이 방인 듯한 방을 지나쳤다. 침대들이 단정하게 정리되어 있는 것으로 보아 여느 때 그곳에서 자는 아이들은 지금 집에 없는 것 같았다.

하기야 여름이니까, 형편이 되는 부모들은 아이들을 도시의 오염된 공기와 한심한 환경에서 벗어날 수 있는 시골로 보냈을 것이다.

여자가 어깨 너머로 그를 흘긋 보았다. 딱히 재는 듯한 시선은 아니었다.

"부엌에 앉아도 괜찮겠어요? 싫으면 그렇다고 말하세요." 여자가 말했다. 아주 친근하지는 않지만 적대적이지도 않은 말투였다.

"저는 좋습니다."

"그러면 앉으세요."

그들이 들어온 곳은 부엌이었다. 마르틴 베크는 크고 둥근 식탁에 앉았다. 발랄한 색으로 칠해진 각양각색의 의자가 여섯 개 있었고, 그러고도 의자를 더 놓을 공간이 있었다.

"잠깐만요." 여자가 말했다.

여자는 초조하고 분주해 보였지만, 그것이 평소 상태인 듯싶었다. 가스레인지 앞에 나막신이 있었다. 여자는 그것을 꿰신고 그의 시야에서 벗어난 곳으로 쿵쿵 걸어갔다. 뭔가 부산한 소리가 들리더니, 모터가 돌아가는 소리와 함께 여자의 목소리가 들려왔다.

"아직 당신 이름을 말해주지 않았는데요."

"베크입니다. 마르틴 베크."

"경찰이고요?"

"네."

"어떤 경찰?"

"형사입니다."

"근속 연수 이십오 년?"

"이십칠 년입니다."

"오, 그래요. 비슷했죠."

"비슷했습니다."

"그럼 직급이 어떻게 되나요?"

"경감입니다."

모터가 웅웅거렸다. 예전에 자주 들었던 소리라고 생각하는 순간 그는 여자가 무엇을 하는지 알아차렸다. 여자는 진공청소기로 머리를 말리고 있었다.

"나는 레아예요. 말할 필요도 없겠지만요. 문에 이름이 붙어 있으니까."

옛날 건물들이 더러 그렇듯이 부엌은 넓었다. 식탁과 의자들 외에 가스레인지, 식기세척기, 냉장고, 냉동고가 있는데도 공간이 남았다. 싱크대 위 선반에 냄비들과 주전자들이 있었고, 그 아래 다양한 식재료가 못에 걸려 있었다. 약쑥과 타임, 마가목 열매 덩이, 말린 곰보버섯, 엮은 마늘 세 타래. 아늑한 분위기를 내고 향긋한 향을 풍기긴 하지만 가정집에 꼭 필요한 재료들은 아니었다. 약쑥과 타임은 콩 수프에 넣을 수 있다. 하지만 마르틴 베크는 위장이 스웨덴 전통 음식을 감당할 수 있던 시절에도 그보다는 마저럼을 넣는 걸 더 좋아했다. 버섯은 활용할 줄 안다면 갖춰두면 좋은 재료다. 반면 마늘은 장식이라고 생각할 수밖에 없었다. 평범한 사람이라면 평생 먹어도 다 먹지 못할 양이었기 때문이다.

부엌으로 돌아온 레아가 머리를 빗으면서 그의 시선이 향한

곳을 알아차리고 말했다.

"뱀파이어를 물리치려고요."

"마늘 말입니까?"

"그렇죠. 영화 안 보나요? 피터 쿠싱*은 뱀파이어에 대해서 모르는 게 없어요."

레아는 젖은 니트 카디건 대신 어떻게 봐도 속옷처럼 보이는 터키색 민소매 상의를 입고 있었다. 금발 겨드랑이 털과 브래지어가 필요 없을 듯한 작은 가슴이 슬쩍 보였다. 레아가 정말로 브래지어를 하지 않아서 옷 밑의 젖꼭지가 훤히 보였다.

"경찰이라고요." 레아가 말했다. "형사."

레아는 예의 거침없는 시선으로 그를 보면서 눈살을 찌푸렸다.

"근속 연수 이십칠 년의 경찰관은 밖으로 나다니지 않는 줄 알았는데요."

"보통은 그렇습니다." 그가 말했다.

레아는 식탁에 앉았다가 즉각 다시 일어나서 손가락 마디를 잘근잘근 깨물고 섰다.

---

* 피터 쿠싱은 영국 해머 영화사가 1958~1974년에 제작한 '드라큘라' 시리즈에서 뱀파이어 퇴치사 반 헬싱 역을 맡은 배우다.

잠긴 방

마르틴 베크는 대화를 주도할 때가 왔다는 걸 느끼고 말했다.

"제가 제대로 느낀 거라면 당신은 경찰에게 그다지 호의적이지 않은 것 같군요."

"네, 평생 경찰이 도움이 됐던 적이 없거든요." 레아가 그를 흘긋 보고 말했다. "그랬다는 사람을 알지도 못하고요. 반면에 경찰 때문에 괴롭고 불쾌한 일을 당한 사람은 많이 알죠."

"저는 최대한 폐를 덜 끼치도록 하겠습니다. 닐센 씨."

"레아예요. 모두들 나를 레아라고 불러요."

"제 생각이 옳다면, 이 건물 주인이시죠?"

"네, 몇 년 전에 물려받았어요. 여기에는 경찰이 흥미를 가질 만한 일이 없는데요. 마약 모임도, 도박판도, 창녀나 도둑도 없어요."

레아가 잠시 말을 멈췄다.

"때때로 약간의 전복적 행위가 벌어지기는 하겠네요. 정신적 범죄. 하지만 당신은 정치경찰은 아니죠."

"어떻게 확신하십니까?"

레아가 갑자기 소리 내어 깔깔 웃었다. 명랑하고 전염성 있는 웃음이었다.

"나는 그렇게 바보는 아니에요."

아니지, 결코 아니지. 마르틴 베크는 생각했다. 그리고 그저 이렇게 말했다.

"맞습니다. 저는 강력 범죄만 다룹니다. 살인 사건요."

"여기에는 살인도 없어요. 지난 삼 년간은 싸움 한 번 없었어요. 지난겨울에 누가 다락방에 몰래 들어와서 잡동사니를 잔뜩 훔쳐 가긴 했지만. 그때 경찰에 신고해야 했어요. 보험회사가 신고해야 한다고 우겼거든요. 하지만 경찰관이 오진 않았죠. 시간이 없다면서. 그래도 보험금은 받았어요. 경찰 신고는 요식행위였던 모양이에요."

레아가 목덜미를 긁고는 다시 말했다.

"음, 그런데 왜 왔나요?"

"이곳 세입자 중 한 명에 대해서 묻고 싶습니다."

"우리 세입자요?"

레아는 눈썹을 치키면서 물었다. '우리'라는 단어에 힘이 들어가 있었고, 걱정스럽고 놀란 듯했다.

"지금 사는 사람은 아닙니다." 마르틴 베크가 말했다.

"지난 일 년 동안 이사 나간 사람은 한 명뿐이에요."

"스베르드."

"맞아요. 스베르드라는 남자가 여기 살았었어요. 지난봄에 이사 나갔죠. 그가 어떻게 됐는데요?"

"죽었습니다."

"타살인가요?"

"총에 맞았습니다."

"누가 그랬죠?"

"자살일 가능성도 있습니다. 하지만 확실하진 않습니다."

"우리가 좀더 편하게 얘기할 수 있을까요?"

"기꺼이 그러죠. 그런데 편하게라니 어떻게요? 서로 이름을 부르자는 건가요?"

레아가 고개를 젓고 말했다.

"형식적인 대화는 별로예요. 나는 그런 게 싫어요. 물론 꼭 필요한 경우에는 예의를 깍듯이 차릴 줄 알지만요. 옷을 차려입고, 아이섀도랑 립스틱을 칠하고, 아양을 떨 줄도 알고요."

마르틴 베크는 이상하게 불안했다.

레아가 불쑥 말했다.

"차 한잔할래요? 차는 좋죠."

그는 간절히 마시고 싶었지만 이렇게 말했다.

"저 때문에 수고하지 마십시오. 아무것도 없어도 됩니다."

"허풍. 말도 안 돼요. 잠시 기다려요. 먹을 것도 좀 만들게요. 따뜻한 샌드위치라면 우리 둘 다에게 좋을 것 같아요."

그도 갑자기 먹고 싶어졌다. 괜찮다고 말할 틈도 없이 레아가 계속 재잘거렸다.

"십 분도 안 걸려요. 나는 음식을 뚝딱 만들거든요. 전혀 번거롭지 않아요. 그리고 맛있죠. 주어진 상황에서 최선을 다해야 하는 거잖아요. 세상이 나빠지기만 하는 것처럼 보여도 언제나 맛있는 걸 요리할 수는 있어요. 차를 마시고 샌드위치를 오븐에 넣고 나서 이야기하도록 해요."

거절은 불가능한 것 같았다. 그는 레아에 대해서 새로운 면을 깨달았다. 고집스러운 기질, 강한 의지, 상대가 거부하기 어려운.

"네, 고맙습니다." 그는 얌전히 말했다.

그가 말하기도 전에 레아는 벌써 분주했다. 레아는 시끄럽게 쿵쾅댔지만 한편으로 놀랍도록 민첩하고 효율적으로 움직였다.

누군가 그렇게 움직이는 모습을 보는 것이 그는 처음이었다. 적어도 스웨덴에서는 보지 못했다.

음식을 준비하는 칠 분 동안 레아는 한마디도 하지 않았다. 토마토와 치즈를 얹은 따뜻한 샌드위치 여섯 조각, 그리고 차가 큰 주전자로 한가득. 레아가 음식을 뚝딱 차려내는 모습을 보면서 그는 레아의 나이가 궁금했다.

그 순간 레아가 맞은편에 앉으면서 말했다.

"서른일곱 살이요. 사람들은 보통 그보다 어리게 보지만."

그는 너무 놀란 나머지 감정을 숨기지 못했다.

"어떻게 알았습니까?"

"그 생각을 하고 있던 것 아닌가요? 이제 드세요."

음식은 맛있었다.

"나는 늘 배가 고파요. 하루에 열에서 열두 번씩 먹어요." 레아가 말했다.

하루에 열에서 열두 번씩 먹는 사람은 보통 가벼운 몸무게를 유지하기 힘들 것이다.

"그런데도 살이 조금도 찌지 않아요. 쪄도 상관없지만요. 몇 킬로그램이 많거나 적다고 해서 사람이 달라지는 건 아니잖아요. 나는 늘 나예요. 먹을 게 없으면 돌아버리긴 하지만."

레아는 샌드위치를 세 조각 먹었다. 마르틴 베크는 하나를 먹었고, 잠시 망설이다가 하나를 더 먹었다.

"스베르드에 대해서 뭔가 의견이 있으신 듯하네요." 마르틴 베크는 말했다.

"네. 그렇게 말할 수 있겠죠."

두 사람은 말이 잘 통했고, 이상하게도 둘 다 이 사실에 놀라지 않았다. 그냥 당연한 일 같았다.

"그에게 뭔가 이상한 면이 있었습니까?"

"네, 이상한 사람이었어요. 사실은 아주 이상했어요. 도무지 이해가 안 되는 사람. 솔직히 그가 이사 나갈 때 기뻤어요. 그건 그렇고, 그가 어떻게 죽었죠?"

"지난달 18일에 자기 집에서 죽은 채 발견되었습니다. 발견 시점에 사망한 지 최소 여섯 주가 된 상태였죠. 더 길었을 수도 있고요. 추측하자면 두 달 정도."

레아가 고개를 흔들면서 말했다.

"젠장, 자세히 알고 싶진 않아요. 나는 피비린내 나는 이야기에 민감하다고요. 나중에 꿈에 나와요."

불필요한 묘사를 하지 않겠다는 말이 그의 혀끝까지 나왔지만, 불필요한 말인 것 같았다.

대신 입을 연 것은 레아였다.

"좌우간 한 가지는 분명해요."

"뭡니까?"

"그가 여기서 사는 동안에는 그런 일이 일어날 수 없었으리라는 것."

"왜죠?"

"내가 허락하지 않았을 테니까요."

레아는 검지와 중지 사이에 코를 두고 손바닥으로 턱을 받쳤다. 그가 새삼 보니 레아는 코가 꽤 컸고, 손톱을 바짝 깎은 손은 강인했다. 레아는 그 자세로 그를 심각하게 보았다.

갑자기 레아가 일어났다. 부엌 선반을 뒤져서 성냥과 담뱃갑을 찾아낸 후 연기를 깊이 마시면서 담배를 피웠다.

그러고는 담배를 끄고, 네 조각째 샌드위치를 먹고, 팔꿈치를 무릎에 괴며 고개를 숙였다. 그대로 그를 흘긋 보고 말했다.

"그가 죽는 걸 막지는 못했을 수도 있겠죠. 하지만 죽은 지 두 달이나 되도록 내가 알아차리지 못했을 리는 없어요. 이틀이라도 불가능했을 거예요."

마르틴 베크는 아무 말 하지 않았다. 레아는 진실만을 말하고 있었다.

"이 나라의 집주인들은 최악이에요. 하지만 사회가 그들로 하여금 사람들을 착취하도록 부추기는 면도 있죠."

마르틴 베크는 아랫입술을 물었다. 평소에 그는 정치적 견해를 공개적으로 밝히지 않았고, 정치적 함의가 담긴 대화는 피하려고 애썼다.

"정치 이야기는 싫나요?" 레아가 말했다. "그럼 정치 이야기는 하지 말죠. 하지만 나는 어쩌다 보니 집주인이란 말이에요. 아까 말했듯이 이 집을 물려받았어요. 좋은 건물이지만, 내가 막 물려받아서 이리로 이사 왔을 때는 끔찍한 쥐구멍 같았죠. 우리 아빠는 십 년 동안 전구 하나, 깨진 유리창 하나 갈지 않았던 게 분명해요. 아빠는 멀리 떨어진 곳에 살았고, 집세를 거두는 일과 제때 집세를 내지 못하는 세입자를 쫓아내는 일에만 관심이 있었어요. 그리고 집을 단칸방으로 쪼개서 다른 선택지가 없는 외국인 같은 사람들에게 야비하게 높은 집세로 빌려줬죠. 그런 사람들도 어디서든 살기는 살아야 하잖아요. 오래된 건물은 거의 다 이런 식이에요."

누가 현관문을 열고 들어오는 소리가 들렸다. 레아는 아무런 반응을 보이지 않았다.

웬 젊은 여자가 부엌으로 들어왔다. 청소용 가운을 입고 보따리를 품에 안은 여자였다.

"안녕하세요. 세탁기 써도 돼요?" 여자가 말했다.

"물론."

젊은 여자는 마르틴 베크에게 신경 쓰지 않았지만 레아가 말했다.

"둘은 서로 모르는 사이잖아요. 이쪽은 음, 이름이 뭐라고 했죠?"

마르틴 베크는 일어나서 여자와 악수했다.

"마르틴입니다."

"잉엘라예요." 여자가 말했다.

"잉엘라는 얼마 전에 이사 왔어요. 스베르드가 살았던 집에서 살아요." 레아는 이렇게 말한 뒤 보따리를 든 여자에게 물었다. "집은 마음에 들어요?"

"좋아요. 하지만 오늘 또 변기가 말썽이에요."

"젠장, 내일 아침에 배관공을 부를게요."

"다른 건 다 너무 좋아요. 그건 그렇고……."

"응?"

"세제가 없어요."

"욕조 뒤에 있어요."

"저 돈이 한 푼도 없어요."

"괜찮아요. 대신 오십 외레어치만 써요. 나중에 내게 오십 외레어치 도움을 주면 돼요. 건물 출입구를 잠근다든가 하는 일로."

"친절하시네요."

젊은 여자는 욕실로 갔다. 레아가 담뱃불을 붙였다.

"이게 한 가지 이상한 점이에요. 스베르드의 집은 좋거든요. 내가 이 년 전에 싹 손봤어요. 집세도 겨우 월 팔십 크로나고요. 그런데도 이사를 나갔단 말이죠."

"왜죠?" 마르틴 베크가 물었다.

"모르겠어요."

"말썽은 없었습니까?"

"전혀. 나는 세입자들과 문제가 생긴 적이 없어요. 그럴 필요가 없거든요. 물론 누구나 저마다 특이한 면이 있죠. 그래도 그게 재미인걸요."

마르틴 베크는 아무 말 하지 않았다. 점차 긴장이 풀리고 있었다. 동시에 그는 레아에게는 질문을 던질 필요가 없다는 걸 깨달았다.

"스베르드의 가장 이상한 점은 문에 자물쇠를 네 개나 달고 살았다는 거예요. 이 건물에서는 방해받고 싶은 때가 아니라면 자기 집 문을 잠그는 사람이 거의 없는데 말이에요. 그는 이사 나갈 때 그 체인이며 빗장 따위를 전부 풀어서 갖고 갔어요. 요즘 여자아이들 못지않게 철통같이 보호된 사람이었다니까요."

"비유적으로 하는 말입니까?"

"네. 성적으로. 우리 사회는 아이들이, 특히 여자아이들이 열세 살부터 섹스를 시작한다는 사실을 숨기려고 하죠. 바보들. 우리가 열세 살쯤부터 성욕을 느낀다는 건 모두가 아는 사실인데 말이에요. 그리고 요즘은 피임약이니 구리 코일이니 하는 게 있으니까 아이들이 포트녹스*만큼 안전해요. 더이상 걱정할 게 없다고요. 우리 때는 임신할까 봐 죽도록 걱정했지만. 그런데 어쩌다 내가 이런 이야기를 하고 있죠?"

마르틴 베크는 웃었다.

---

* 미국 켄터키 주의 육군 기지로, 미국 정부의 금을 보관하는 보관소가 있는 것으로도 유명하다.

자신도 놀랐다. 하지만 사실이었다. 그가 웃었다.

"우리는 스베르드의 현관문을 이야기하고 있었습니다." 그가 말했다.

"네. 그리고 당신은 웃었고요. 웃을 줄 모르는 줄 알았어요. 웃는 법을 잊었거나."

"제가 오늘따라 기분이 저조했나 봅니다."

이 대꾸는 실패였다. 레아의 얼굴에 희미한 실망이 스쳐 지났다. 레아의 말이 옳았고, 레아도 그 사실을 알았다. 사실을 회피하는 것은 어리석은 짓이었다.

"미안합니다." 그는 말했다.

"나는 열여섯 살이 되어서야 사랑을 시작했지만요. 하지만 그 시절엔 달랐어요. 그때는 구빈원을 철통같이 지킨다는 표현을 썼죠. 맞아요, 나머지 아이들에게는 아마도 일렀을 거예요. 요즘은 불안정을 철통같이 지킨다고 말할 수 있겠네요. 이건 뭔가 핵심을 벗어났다고요."

레아는 담배를 끄고 사실을 적시하는 듯이 이어 말했다.

"나는 말이 너무 많아요. 항상. 그리고 이건 내 수많은 약점 중 하나죠. 성격적 결함이라곤 할 수 없지만. 말이 많은 게 성격적 결함은 아니잖아요?"

마르틴 베크는 고개를 끄덕였다.

"스베르드가 자물쇠를 끝까지 다 갖고 있었나요?" 레아가 목을 긁으면서 말했다.

"네."

레아는 고개를 흔들면서 나막신을 벗었다. 두 발을 바닥에 내리고 서로 마주 보게 하여 발가락끼리 비볐다.

"이해가 안 돼요. 공포증이 있었던 게 틀림없어요. 가끔 나는 그게 걱정스러웠어요. 나는 모든 집들의 예비 열쇠를 갖고 있거든요. 세입자 중에는 나이 든 사람도 있어요. 그런 사람이 넘어져서 도움이 필요할 수 있잖아요. 그러면 내가 집에 들어갈 수 있어야 하죠. 하지만 문이 안쪽에서 바리케이드처럼 막혀 있다면 예비 열쇠가 무슨 소용이에요? 스베르드도 나이가 상당히 많았어요."

욕실에서 나던 소음이 어딘지 살짝 달라졌다. 레아가 소리쳐 물었다.

"잉엘라, 도와줄까요?"

"네……. 그래야 할 것 같아요."

레아가 일어나서 나갔다가 잠시 후에 돌아와서 말했다.

"고쳤어요. 나이에 관해서 말인데, 우리는 얼추 비슷한 나이겠네요."

마르틴 베크는 미소를 지었다. 곧 쉰이 될 그였지만, 거의 모든 사람들이 그를 실제보다 다섯 살쯤 아래로 보았다.

"스베르드가 아주 늙은 사람은 아니었죠." 레아가 말했다. "하지만 그는 몸이 좋지 않았어요. 꽤 아팠던 것 같아요. 오래 살지 못할 거라고 했고 여기를 나갈 무렵에 병원에 가서 검사를 받았어요. 결과가 어땠는지는 나도 몰라요. 하지만 방사선 클리닉에 입원했었으니까 좋지는 않은 것 같다고 생각했어요."

마르틴 베크는 귀를 쫑긋 세웠다. 처음 듣는 이야기였다. 이때 현관문이 또 열렸다. 누군가 밝은 목소리로 말했다.

"레아?"

"네, 부엌에 있어요."

웬 남자가 들어왔다. 그는 마르틴 베크를 보고 잠시 주저했지만, 레아가 즉각 남자에게 의자를 발로 밀어주면서 말했다.

"앉아요."

남자는 젊은 편이었다. 스물다섯 살쯤 되어 보였고, 중키에 보통 체격이었다. 타원형 얼굴, 금발 머리카락, 회색 눈, 가지런한 치아. 플란넬 셔츠, 코듀로이 바지, 샌들 차림이었다.

남자는 손에 레드 와인을 한 병 들고 있었다.

"이걸 사 왔어요." 남자가 말했다.

"나는 오늘 차만 마실 생각이었는데 말이죠. 하지만 좋아요. 가서 잔을 가져와요. 가는 김에 네 개 가져와요. 잉엘라가 안에서 빨래를 하고 있어요."

레아는 몸을 숙여서 왼쪽 발목을 긁으며 말을 이었다.

"네 명이서 한 병으로는 안 될 거예요. 나도 몇 병 있어요. 식료품 저장실에서 가져와요. 문 열면 왼쪽에 있어요. 코르크스크루는 싱크대 밑 왼쪽 서랍에서 맨 위 칸에 있어요."

새로 온 남자는 레아의 지시를 따랐다. 그는 시키는 대로 하는 데 익숙한 듯했다. 그가 자리에 앉자 레아가 말했다.

"두 사람은 처음 보죠. 마르틴, 그리고 켄트예요."

"안녕하세요." 남자가 말했다.

"안녕하세요." 마르틴 베크도 말했다.

둘은 악수를 나눴다.

레아가 와인을 따르고 쉰 목소리로 외쳤다.

"잉엘라, 여기 와인이 있으니까 끝나면 와요."

그러고는 플란넬 셔츠의 남자를 심란한 얼굴로 보면서 물었다.

"처량한 얼굴이네. 무슨 일이에요? 안 좋은 일이 있어요?"

켄트가 와인을 한 모금 들이켜고는 얼굴을 두 손에 묻었다.

"레아, 난 어쩌면 좋지요?"

"아직도 일자리가 없어요?"

"코빼기도 안 보여요. 나는 학위도 땄는데 이렇게 직장을 못

구하고 있어요. 빌어먹을 일자리가 언제 나타날지도 알 수 없고요."

남자가 팔을 뻗어서 레아의 손을 잡으려고 했다. 레아는 짜증스러운 기색으로 손을 뺐다.

"오늘 내가 절박한 아이디어를 하나 떠올렸어요. 당신 의견을 들어보려고요." 남자가 말했다.

"무슨 아이디어인데요?" 레아가 물었다.

"경찰학교에 들어가는 거요. 학생 때 학습 부진반이었던 사람도 들어갈 수 있다더라고요. 경찰은 사람이 부족해서 나 정도의 자격이면 쉽게 들어갈 수 있대요. 망나니들을 때려서 닥치게 하는 법만 배우면."

"사람들을 때리고 싶어요?"

"그렇지 않다는 걸 알잖아요. 하지만 뭔가 좋은 일을 할 수 있을지도 몰라요. 최악을 극복한 다음에, 안에서부터 개혁한다든지."

"경찰의 활동이 망나니들을 겨냥한 것은 아니지만 말이에요. 그동안은 스티나와 아이들을 어떻게 부양할 셈이에요?"

"돈을 빌릴 수 있어요. 오늘 신청서를 가지러 갔다가 그것도 알게 됐어요. 여기 신청서를 가지고 왔어요. 당신에게 봐달라고 하려고요. 당신은 모르는 게 없잖아요."

남자가 바지 뒷주머니에서 접힌 신청서 양식과 모집 브로슈어를 꺼내어 식탁 위로 밀었다.

"미친 짓이라고 생각한다면 그렇다고 말해주세요."

"좀 그렇긴 하죠." 레아가 말했다. "경찰이 스스로 생각할 줄 아는 사람, 혹은 안에서부터의 개혁을 원하는 사람에게 조금이라도 관심이 있다고 말할 순 없을 테니까요. 서류는 깨끗한가요? 정치적으로?"

"클라르테*에 들어 있었지만 그게 다예요. 그리고 요즘은 좌파 당원 외에는 다 받아줘요. 진짜 공산주의자 말고는."

레아는 한참 생각하다가 와인을 꿀꺽 마시고 어깨를 으쓱했다.

"안 될 게 뭐예요. 미친 짓 같지만 재미있을지도 몰라요."

"그렇다면 문제는……."

남자가 와인을 마셨다. 그러고는 조심스럽게 술을 입에 대기 시작한 마르틴 베크에게 건배를 올렸다.

"문제가 뭔데요?" 레아가 물었다.

레아는 여전히 짜증이 난 듯 보였다.

"아, 레아. 견딜 수 있을까요? 누구라도?"

---

* 스웨덴 클라르테 연맹, 스웨덴의 초당파적 사회주의 학생 조직.

레아가 마르틴 베크에게 교묘한 눈길을 던졌다. 그 얼굴에서 짜증이 지워지고 미소가 떠올랐다.

"여기 마르틴에게 물어봐요. 전문가니까."

남자는 놀라고 의심쩍은 표정으로 마르틴 베크를 보았다.

"이 일에 대해서 좀 아세요?"

"조금요." 마르틴 베크가 대답했다. "사실 경찰에는 좋은 지원자가 많이 필요합니다. 거기 브로슈어에서 봤겠지만, 하는 일이 다양하고 특수 직무도 많습니다. 예를 들어 헬리콥터나, 조직 업무나, 말에 관심이 있는 사람이라면……."

레아가 손바닥으로 식탁을 탕 내려치는 바람에 잔들이 튀어 올랐다.

"헛소리하지 말아요." 레아는 화난 목소리였다. "정직하게 대답하라고요, 젠장."

스스로 놀랍게도, 마르틴 베크는 그렇게 했다.

"만약 당신이 멍청이들과 어울려 다닐 준비가 되어 있다면, 그리고 출세주의자이거나 제 잘난 맛에 사는 인간이거나 그도 아니면 그냥 바보인 상관들에게 윽박을 당할 준비가 되어 있다면, 그러면 처음 몇 년을 버텨낼 가능성이 있습니다. 자기 의견이란 건 가질 수 없지요. 그후에는 자신도 그런 사람 중 하나가 될 가능성이 높습니다."

"당신은 경찰을 싫어하나 보군요." 켄트가 실망하여 말했다. "그렇게 고약하기만 하려고요. 경찰에 대해서 이유 없는 증오가 많은 것도 사실이에요. 어떻게 생각해요, 레아?"

레아는 아주 시원스럽게 웃었다.

"해봐요. 당신은 좋은 경찰관이 될 거예요. 달리 수가 없어 보이고요. 경쟁률도 높지 않을 테니까."

"신청서 작성을 도와주겠어요?"

"펜 줘봐요."

마르틴 베크가 가슴 주머니에 있는 펜을 얼른 레아에게 주었다.

레아는 금발을 한 손으로 받치고 다른 손으로 적기 시작했다. 완벽하게 열중했다.

"이거 엉망이 됐네." 곧 레아가 말했다. "나중에 이대로 타자기로 쳐요. 내 타자기를 빌려줄게요."

잉엘라라는 여자가 세탁을 마치고 와서 앉았다. 그리고는 이런저런 말을 꺼냈다. 주로 식품 가격에 관한 이야기, 유제품 코너에서 유통 일자를 속인다는 이야기 같은 것이었다. 여자는 슈퍼마켓에서 일하는 모양이었다.

초인종이 딸랑거리고 문이 열리더니 누군가 발을 끌면서 들어왔다. 나이 든 부인이었다.

"우리 집 TV 수신이 나빠요." 부인이 말했다.

"안테나 문제라면, 내일 에릭손에게 살펴보라고 할게요." 레아가 말했다. "그게 아니라면 TV를 고쳐야 할 거예요. 오래됐으니까요. 하지만 내 친구 중에 여분을 갖고 있는 사람이 있어요. 최악의 경우에는 그 친구에게서 쓰던 걸 빌려 올게요. 내일 알아보죠."

"오늘 빵을 구웠거든요. 그래서 한 덩이 가져왔어요, 레아."

"고마워요. 친절하시네요. TV는 손볼 테니까 염려 마세요."

레아는 신청서 쓰기를 마치고 그것을 플란넬 셔츠의 남자에게 건네주었다. 놀랍도록 빨리 작성을 마친 것이었다.

레아가 다시 평소처럼 흔들림 없는 시선으로 마르틴 베크를 보았다.

"집주인은 관리인 역할을 해야 해요. 봤죠? 그럴 필요가 있지만, 그렇게 생각하는 사람은 많지 않아요. 다들 투기를 하고 최대한 인색하게 굴죠. 눈앞의 일만 생각하는데 그건 야비한 짓이에요. 나는 여기서 최선을 다하려고 애쓰고 있어요. 한 건물에 사는 사람들은 소속감을 느껴야 하고 여기가 자기 집이라고 느껴야 해요. 내부는 이제 괜찮지만, 건물 외관을 수선할 돈은 없어요. 올가을에 집세를 꼭 필요한 정도 이상으로는 올리고 싶지 않지만 그래도 조금은 올려야 할 거예요. 건물을 제대로 돌보려면 살필 일이 엄청 많거든요. 아무튼 집주인은 세입자들에게 책임이 있으니까요."

마르틴 베크는 놀랄 만큼 기분이 좋았다. 이 부엌을 떠나고 싶지 않았다. 또 약간 졸렸다. 와인 때문이었다. 지난 열다섯 달 동안 그는 술을 한 방울도 마시지 않았다.

"아, 그렇지. 스베르드 일을 이야기해야죠." 레아가 말했다.

"그가 집에 귀중품을 뒀습니까?"

"아뇨. 의자 두 개, 탁자 하나, 침대 하나. 꾀죄죄한 카펫. 부엌에는 필수품 중의 필수품만 있었어요. 옷조차 거의 없었는걸요. 그래서 그 자물쇠들이 공포증일 수밖에 없어 보이는 거예요. 그는 사람들을 피했어요. 내게는 가끔 말을 했지만 꼭 필요한 때가 아니면 하지 않았어요."

"제가 아는 한 그는 몹시 가난했습니다."

레아는 생각에 잠긴 표정으로 잔을 채우고 술을 마셨다.

"그건 확신하지 못하겠는걸요." 레아가 말했다. "그는 거의 정신병처럼 보일 정도로 아꼈어요. 집세는 꼬박꼬박 냈지만 매번 투덜거렸죠. 월 팔십 크로나밖에 안 되는데도요. 그리고 내가 아는 한 그는 늘 개 사료를 사 먹었어요. 아, 고양이 사료였다. 술은 마시지 않고요. 돈을 쓰는 데가 전혀 없었어요. 그러니까 비록 소득이 노령 연금뿐이었더라도 가끔은 소시지를 사

먹을 수 있었을 거라고요. 요즘 개 사료를 먹는 노인들이 많은 건 사실이지만, 그들은 보통 집세를 더 많이 내는데다가 스베르드처럼 늘 옹색하게만 살지는 않죠. 가끔은 디저트 와인 반병을 곁들인다거나 한다고요. 스베르드는 라디오도 없었어요. 내가 심리학을 공부할 때 읽었던 이야기인데요, 어떤 사람들은 감자 껍질만 먹고 오십 년 된 옷을 입으면서도 침대 매트리스 밑에 현금 수십만 크로나를 쟁여두고 있대요. 잘 알려진 사실이에요. 심리학적 현상인데, 뭐라고 부르는지는 잊었어요."

"스베르드의 매트리스 밑에는 돈이 없었습니다."

"그리고 그가 이사를 나간 거요. 그답지 않은 일이었어요. 새집은 여기보다 집세가 더 높았을 테고 짐을 옮기는 데도 돈이 얼마간 들잖아요. 이치에 맞지 않아요."

마르틴 베크는 술잔을 비웠다. 계속 여기에 이들과 함께 있고 싶었지만 이제 가야 했다.

그는 생각해볼 거리를 얻었다.

"이제 가보겠습니다. 고맙습니다."

"나는 미트 소스 스파게티를 만들려고 하는데요." 레아가 말했다. "소스를 직접 만들면 나쁘지 않아요. 좀더 있어요."

"아닙니다. 이제 가보겠습니다."

레아는 맨발로 그를 따라 나왔다. 아이 방 앞을 지날 때 그가 흘긋 방 안을 보았다.

"맞아요. 아이들은 시골에 갔어요. 나는 이혼했어요."

잠시 후에 레아가 덧붙였다.

"당신도 그렇죠?"

"네."

현관에서 레아가 말했다.

"그럼 잘 가요. 또 오세요. 나는 낮에는 여름 대학에서 강의를 하지만 6시 이후에는 늘 집에 있어요."

잠시 침묵. 레아가 그에게 묘한 시선을 던지며 또 말했다.

"스베르드 이야기를 하면 되잖아요."

웬 뚱뚱한 남자가 구겨진 회색 바지에 슬리퍼 차림으로 계단을 내려왔다. 셔츠에 빨간색, 노란색, 파란색이 섞인 베트콩 배지가 달려 있었다.

"레아, 다락 전구가 나갔어요." 남자가 말했다.

"청소용품 보관함에서 새 걸 가져가요. 75와트면 될 거예요." 레아가 이렇게 말하고는 이어 마르틴 베크에게 말했다. "여기 있고 싶잖아요. 그러니까 있어요."

"아닙니다. 이제 가겠습니다. 차랑 샌드위치랑 와인 고맙습니다."

순간적으로 그는 레아가 자신에게 모종의 영향력을 발휘하

려고 궁리한다는 느낌을 받았다. 아마도 스파게티를 수단으로
삼아서.

하지만 레아는 자제했다.

"그럼 잘 가요."

"안녕히 계십시오."

다시 보자는 말은 둘 다 하지 않았다.

마르틴 베크가 집을 향해 남쪽으로 터덜터덜 걸어가는 동안
날이 어두워졌다.

그는 스베르드를 생각했다.

레아를 생각했다.

아주아주 오랜만에 한결 가벼운 기분이었다. 하지만 그는 아
직 그 사실을 의식하지 못하고 있었다.

22.

콜베리와 군발드 라르손은 군발드 라르손의 책상에 마주 보고 앉아 있었다. 둘 다 생각이 많은 듯했다.

아직 목요일이었다. 그들은 바야흐로 베르네르 로스를 철창에 집어넣을 날이 임박했다는 꿈에 잠긴 불도저 올손을 혼자 남겨두고 온 참이었다.

"빌어먹을 불도저는 무슨 생각이래?" 군발드 라르손이 말했다. "정말로 마우릿손을 이렇게 그냥 풀어줄 건가?"

"그럴 것 같은데." 콜베리가 으쓱하며 대답했다.

"미행도 붙이지 않고 내보낸다는 건 이해가 안 돼. 감시하면 소득을 거둘 가능성이 높다고. 아니면 불도저는 뭔가 더 훌륭한 계획이 있으신가?"

"아니." 콜베리는 곰곰이 고개를 저으며 말했다. "내 생각에는 이런 것 같은데. 불도저는 마우릿손을 미행해서 얻을 이득을 희생하더라도 더 귀한 걸 지키겠다는 거지."

"그게 뭔데?" 군발드 라르손이 찌푸렸다. "불도저만큼 이 일당을 붙잡고 싶어 하는 사람도 또 없는걸."

"없지, 그건 확실해. 하지만 불도저만큼 일급 정보를 많이 아는 사람은 없다는 걸 생각해봤나? 불도저는 정보원을 많이 알아. 그들은 불도저가 절대 속이지 않고 늘 약속을 지키기 때문에 그를 신뢰하지. 불도저가 지키지 못할 약속은 결코 하지 않는다는 걸 알아. 정보원들은 불도저의 최고의 자산이야."

"그 말은, 만약 불도저가 여기서 정보를 준 밀고자를 미행했다는 소문이 돌면 불도저에 대한 신뢰와 좋은 정보도 끝이라는 건가?"

"그렇지."

"아무튼 나는 이 기회를 흘려보내는 건 바보짓이라고 생각해." 군발드 라르손이 말했다. "마우릿손이 어디로 가고 뭘 하는지를 우리가 조용히 지켜보면 어떨까. 그건 불도저에게 곤란할 것 없잖아?"

"좋아. 나도 트로파스트 마우릿손 씨가 무슨 꿍꿍이인지 좀 궁금하거든. 그런데 트로파스트는 이름이야 성이야?"

"개 이름이야. 가끔 개로 변장하나 보지. 놈이 당장이라도 풀려날 것 같으니까, 바로 시작해야 해. 누가 먼저 하지?"

콜베리는 새 손목시계를 보았다. 세탁기에 넣고 돌렸던 것과 같은 메이커에 같은 모델이었다. 콜베리는 두어 시간째 아무것도 먹지 못했기 때문에 허기가 지기 시작한 차였다. 어디서 읽었는데, 살을 빼려는 사람은 덜 먹되 자주 먹어야 한다고 했다. 그는 조언의 뒷부분만큼은 기쁘게 받아들이고 있었다.

"자네가 먼저 해. 나는 여기서 전화기 앞에 붙어 있을 테니까, 도움이 필요하거나 교대하고 싶으면 전화해. 차는 내 걸 써. 자네 차처럼 흉물스럽지 않으니까."

말을 마친 콜베리가 차 열쇠를 꺼내어 군발드 라르손에게 건넸다.

"알았어."

군발드 라르손은 일어나서 재킷을 잠갔다.

그러고는 문간에서 돌아보고 말했다.

"불도저가 나를 찾으면 대충 둘러대. 연락할게. 그럼."

콜베리는 이 분을 기다렸다가 식당으로 내려가서 다이어트를 위하여 영양학적으로 설계된 식사를 했다.

군발드 라르손은 오래 기다릴 필요가 없었다. 마우릿손이 금세 계단으로 나와서 잠시 망설이다가 앙네가탄 거리 쪽으로 걸

어갔다. 그다음 곧 우회전하여 한트베르카르가탄 거리를 걷다
가 좌회전하여 쿵스홀름스토리 광장의 버스 정류장에서 섰다.

군발드 라르손은 거리를 두고 어느 건물 입구에서 기다렸다.

그는 이 미행의 어려움을 인식하고 있었다. 우선 그의 키와
덩치는 인파 속에서도 쉽게 숨겨지지 않았다. 마우릿손이 그가
있는 쪽으로 시선을 돌리기라도 하면 금세 알아볼 터였다. 만
약 마우릿손이 버스를 탈 생각이라면, 군발드 라르손이 같은 버
스에 타고서 들키지 않을 수는 없는 노릇이었다. 길 대각선 건
너편의 택시 승강장에 빈 택시가 하나 서 있었다. 군발드 라르
손은 자신이 택시가 필요해지기 전에 누가 그 차를 타지 않기를
바랐다.

62번 버스가 정류장에 섰고, 마우릿손이 탔다.

군발드 라르손은 마우릿손이 버스 뒤창으로 자신을 알아볼
까 두려워서 버스가 한참 간 뒤에야 택시를 타러 갔다. 콜베리
의 차는 있던 곳에 놔두었다.

택시 기사는 헝클어진 금발 머리와 발랄한 갈색 눈을 가진 젊
은 여자였다. 군발드 라르손이 신분증을 보이고 버스를 따라가
달라고 요청하자, 기사는 신나서 눈을 반짝였다.

"끝내줘요! 손님이 쫓는 사람은 위험한 범죄자인가요?"

군발드 라르손은 대답하지 않았다.

"이해해요, 비밀이겠죠. 걱정 마세요. 제가 무덤처럼 조용히 있을 테니까."

하지만 침묵은 여자가 하지 못하는 일 중 하나였다.

"버스가 정류장에 설 때 그 뒤에 서는 게 좋겠죠." 기사가 말했다.

"네." 군발드 라르손은 최대한 무뚝뚝하게 대답했다. "하지만 거리를 두세요."

"알았어요. 듣기고 싶지 않은 거군요. 위에서 내려다보지 못하도록 선바이저를 내리세요."

군발드 라르손은 선바이저를 내렸다. 기사는 공모자 같은 눈길로 그를 흘끗 보다가 손에 감긴 붕대를 보고 외쳤다.

"오, 어쩌다 다쳤어요? 악당들하고 싸웠죠?"

군발드 라르손은 툴툴거렸다.

"경찰은 위험한 직업이에요." 기사가 계속 말했다. "물론 엄청 흥미진진하기도 하죠. 저도 택시 운전을 시작하기 전에 경찰에 들어갈까 생각했었어요. 무엇보다도 형사가 되고 싶었는데 남편이 반대했죠."

군발드 라르손은 잠자코 있었다.

"택시 운전도 흥미진진한 순간이 있지만요. 지금처럼요."

기사는 군발드 라르손에게 환한 미소를 지어 보였다. 그는 가까스로 일그러진 미소를 지어 화답했다.

그동안 기사는 버스로부터 적당한 거리를 두며 달리고 있었다. 여자는 뛰어난 운전 실력으로 수다스러움을 만회했다.

군발드 라르손이 간간이 단음절을 내뱉고 기사가 끝도 없이 수다를 떨다 보니, 드디어 마우릿손이 에리크달베리스가탄 거리에서 버스를 내렸다. 그곳에서 내린 승객이 마우릿손뿐이어서, 기사는 군발드 라르손이 돈을 꺼내는 동안 호기심 어린 눈으로 마우릿손을 관찰했다.

"악당처럼 생기지 않았는데요." 실망한 기사의 말이었다.

기사는 돈을 받은 뒤 얼른 영수증을 써주었다.

"행운을 빌어요." 기사는 이렇게 말하고 천천히 차를 몰아 떠났다.

마우릿손은 대각선으로 길을 건너서 아름펠트스가탄 거리로 들어갔다. 그가 모퉁이를 돌아 사라지자, 군발드 라르손은 황급히 모퉁이로 달려가서 고개를 내밀어 마우릿손이 어느 건물로 들어가는지 간신히 확인했다.

군발드 라르손은 한참 뒤에 건물 출입문을 열어보았다. 건물 안 어디선가 문이 쾅 닫히는 소리가 들렸다. 군발드 라르손은 그제야 안으로 들어가서 거주자 명단을 살펴보았다.

그의 눈이 단숨에 찾던 이름을 발견했다. 그는 놀라서 눈썹을 치켰다. 필리프 트로파스트 마우릿손은 본명으로 살고 있었던 것이다. 마우릿손이 취조를 당할 때 비케르가탄의 주소를 대면서 그곳에서 렌나르트 홀름이라는 이름으로 살고 있다고 말했던 것이 떠올랐다. 실용적이군, 군발드 라르손은 생각했다. 그때 승강기가 움직이는 소리가 나서 그는 얼른 몸을 돌려 밖으로 나왔다.

마우릿손이 창문으로 내다보다가 자신을 알아차릴까 봐 걱정되었기 때문에, 군발드 라르손은 차마 길을 건너지 못하고 대신 건물 벽에 착 붙어서 에리크달베리스가탄 모퉁이로 돌아갔다. 그곳에서 망을 보기로 하고 간간이 조심스레 고개만 내밀어 마우릿손의 건물 출입구를 감시했다.

한동안 그러고 있자니 무릎 뒤의 베인 상처가 쑤시기 시작했다. 콜베리에게 전화하기에는 너무 일렀고, 마우릿손이 언제 나타날지 알 수 없으니 감히 그 자리를 떠날 수 없었다.

군발드 라르손이 길모퉁이에서 그렇게 사십오 분간 서 있었을 때, 갑자기 마우릿손이 건물에서 나왔다. 군발드 라르손은 마우릿손이 자신을 향하여 걸어오고 있다는 것을 깨닫자마자 몸을 숨겼다. 마우릿손이 자신을 보지 못했기를 바라면서, 가장 가까운 건물 출입구로 절뚝절뚝 달려갔다.

마우릿손은 정면을 응시한 채 씩씩하게 걸어서 군발드 라르손을 지나쳤다. 마우릿손은 옷을 갈아입고 작은 검은색 여행 가방을 든 모습이었다.

마우릿손이 발할라베겐 거리를 건넜다. 군발드 라르손은 마우릿손을 시야에서 놓치지 않는 한도 내에서 최대한 멀찍이 거리를 두고 따라갔다.

마우릿손은 칼라플란 광장 쪽으로 빠르게 걸어갔다. 그동안 두 번 뒤돌아보며 초조한 듯 뒤를 살폈다. 첫 번째에 군발드 라르손은 주차된 대형 트럭 뒤에 숨었고, 두 번째에는 어느 건물 출입구로 몸을 날렸다.

군발드 라르손이 추측한 대로 마우릿손은 지하철을 타러 가고 있었다. 플랫폼에 사람이 적었기 때문에, 군발드 라르손은 몸을 숨기기가 힘들었다. 하지만 마우릿손이 그를 본 것 같지는 않았다. 마우릿손은 남쪽으로 가는 지하철을 탔다. 군발드 라르손은 옆 칸에 탔다.

회토리에트 역에서 두 사람은 내렸다. 마우릿손은 인파 속으로 사라졌다.

군발드 라르손은 플랫폼에서 주변을 둘러보면서 마우릿손을 찾아보았다. 하지만 남자는 홀연히 사라진 듯했다. 군발드 라르손은 출구를 일일이 확인했지만 마우릿손을 찾지 못했고, 결국 위층으로 올라가는 에스컬레이터를 탔다.

그리고 그는 다섯 개의 출구를 다 돌아다녀보았다. 여전히 마우릿손은 없었다. 결국 그는 스트룀스 백화점 쇼윈도 앞에 우두커니 선 채 욕을 중얼거리면서 아무래도 마우릿손이 자신을 본 게 아닐까 생각했다. 그렇다면 마우릿손은 플랫폼을 가로질러 달려가서 북쪽으로 가는 지하철에 올라탐으로써 자신을 따돌릴 수 있었을 것이다.

군발드 라르손은 쇼윈도에 진열된 이탈리아제 구두를 슬픈 눈으로 바라보았다. 맞는 사이즈가 있다면 기꺼이 주인이 되고픈 구두였다. 사실은 며칠 전에 들어가서 사이즈를 문의해둔 터였다.

그는 이제 그만 위로 올라가서 쿵스홀멘으로 가는 버스를 타려고 몸을 돌렸다. 그 순간 역 저 끝에 있는 마우릿손이 눈에 들어왔다. 마우릿손은 스베아베겐 거리로 나가는 출구를 향해 걷고 있었다. 이제 검은색 여행 가방 외에도 리본으로 정교하게 매듭을 묶은 큼직한 상자 하나를 들고 있었다. 군발드 라르손은 그가 계단으로 사라지기를 기다려 뒤를 쫓았다.

마우릿손은 스베아베겐을 따라 남쪽으로 걸어가서 도심 공항 터미널로 들어갔다. 군발드 라르손은 레스트마카르가탄 거리에 세워진 트럭 뒤에서 감시했다.

마우릿손이 카운터로 다가가서 키 큰 금발 직원과 이야기하는 모습이 통유리 창을 통해서 보였다.

군발드 라르손은 마우릿손이 어디로 갈 생각인지 궁금했다. 물론 남쪽이겠지. 지중해 어디겠지. 아니면 더 먼 곳일 수도 있었다. 요즘은 아프리카가 인기였다. 마우릿손에게는 스톡홀름에 머무르는 것을 두려워할 확실한 이유가 있었다. 말름스트룀과 모렌이 마우릿손이 밀고했다는 사실을 아는 순간, 그들은 마우릿손에게 좋은 감정을 품기 어려울 게 분명했다.

군발드 라르손은 마우릿손이 여행 가방을 열고 초콜릿 상자인지 뭔지를 안에 넣는 모습을 지켜보았다. 그다음 마우릿손은 표를 받아서 재킷 안주머니에 넣고 밖으로 나왔다.

군발드 라르손은 마우릿손이 세르겔스토리 광장 쪽으로 천천히 걸어가는 모습을 지켜본 뒤에 터미널로 들어갔다.

마우릿손을 도와주었던 여성 직원은 선 채로 인덱스카드를 뒤지고 있었다. 직원은 군발드 라르손을 흘끗 보고 계속 손을 놀리면서 말했다.

"안녕하세요, 무엇을 도와드릴까요?"

"방금 여기 온 남자가 표를 사 갔는지 알고 싶습니다." 군발드 라르손이 말했다. "샀다면 어디로 가는 표인지도요."

"제가 그걸 알려드려도 되는지 모르겠군요. 왜 물어보시죠?"

군발드 라르손은 신분증을 카운터에 꺼내놓았다. 직원은 신분증을 보고 군발드 라르손을 본 뒤에 이렇게 말했다.

"폰 브란덴부르크 백작을 말씀하시는 거죠? 그분은 옌셰핑으로 가는 15시 40분 비행기 좌석을 예매하셨습니다. 공항버스가 언제 출발하는지 물으신 것으로 보아, 그걸 타시려는 것 같아요. 버스는 세르겔스토리 광장에서 14시 55분에 출발합니다. 백작께서 무슨……."

"고맙습니다. 내가 알고 싶은 건 그게 답니다. 좋은 오후 보내십시오."

군발드 라르손은 문으로 가면서 마우릿손이 옌셰핑에 무슨 볼일일까 생각하다가 문득 그의 파일에서 그가 옌셰핑에서 태어났고 어머니가 아직 그곳에 산다는 정보를 읽었던 것이 떠올랐다.

마우릿손은 엄마와 함께 숨어 있으려고 고향에 가는 것이다.

군발드 라르손은 스베아베겐 거리로 나왔다.

멀리서 트로파스트 마우릿손 홀름 폰 브란덴부르크가 햇살을 받으며 어슬렁어슬렁 걸어가는 모습이 보였다.

군발드 라르손은 반대 방향으로 갔다. 공중전화를 찾아서 콜베리에게 전화해야 했다.

23.

약속된 시각과 장소에 군발드 라르손을 만나러 오면서, 렌나르트 콜베리는 아름펠트스가탄의 집 문을 열 때 쓸 쇠지레며 각종 도구들을 모조리 챙겨서 왔다. 콜베리가 챙겨야 했지만 챙기지 않은 것은 올손 검사가 발부한 수색영장이었다. 하지만 그도 군발드 라르손도 자신들이 임무중에 규정을 위반하려고 한다는 점에 과하게 심란해하지 않았다. 만약 쓸 만한 단서를 찾아낸다면 불도저가 너무 기뻐서 규정 위반 따위는 깡그리 잊고 말리라고 은근히 기대했다. 만약 아무것도 찾지 못한다면 공연히 불도저에게 이 일을 말할 이유가 없었다.

게다가 요즘 규정 위반이라는 개념은 더이상 유효하지 않았다. 잘못된 것은 규정이었다.

지금쯤 마우릿손은 남쪽으로 가고 있을 것이다. 아프리카는 아니지만, 그들이 평화롭게 작업할 수 있을 만큼 먼 곳으로 가고 있었다.

건물 출입문은 일반적인 자물쇠가 채워져 있었다. 마우릿손의 집 현관문도 마찬가지였다. 콜베리는 금세 그것을 열었다. 안에서 보니, 문에 안쪽에서 걸 수 있는 안전 체인 두 개와 쇠막대기 방식의 자물쇠가 추가로 달려 있었다. 그것으로 보아 마우릿손은 현관에 붙은 작은 에나멜 표지판에 '방문을 사양한다'고 적혀 있는 방문판매원보다 상당히 더 집요한 방문객을 맞이할, 혹은 맞지 않으려는 가능성을 염두에 두는 모양이었다.

마우릿손의 집은 방 세 개와 부엌, 현관, 욕실로 이뤄져 있었다. 집 자체는 세련된 편이었다. 하지만 꽤 비싼 가구를 두었는데도 전체적으로 몰개성적이고 평범하다는 인상을 풍겼다. 두 사람은 거실로 들어갔다. 전면에 책장, 선반, 붙박이형 책상으로 구성된 티크 수납장 세트가 있었다. 한 선반에는 페이퍼백이 가득 꽂혀 있었고, 나머지에는 기념품, 도자기, 작은 꽃병과 접시, 그 밖의 장식품 같은 잡동사니가 가득했다. 벽에는 시장 좌판에서 흔히 파는 종류의 복제품 유화가 몇 점 걸려 있었다.

가구, 커튼, 카펫은 결코 싸구려로 보이지 않았지만 무늬며 재질이며 색상이 전혀 어울리지 않아 마치 무작위로 고른 것처럼 보였다.

한쪽 구석에 작은 바가 있었다. 술 장 유리문 너머에 서 있는 술병들의 내용물 냄새를 맡을 것도 없이 그 광경만 봐도 취할 것 같았다. 바의 전면은 특이한 무늬의 방수포로 덮여 있었다. 아메바 혹은 고배율로 확대한 정자를 연상시키는 노란색, 초록색, 분홍색 형체들이 검은색 배경을 떠다니는 무늬였다. 크기는 그보다 훨씬 더 작지만 똑같은 무늬가 바 상단을 덮은 비닐에도 그려져 있었다.

콜베리가 그쪽으로 가서 술 장을 열었다. 반쯤 남은 파르페 아무르 한 병, 거의 빈 스웨덴산 디저트 와인, 반병짜리 미개봉 칼스함스 푼슈, 텅 빈 비피터 진 한 병이 있었다. 콜베리는 몸서리를 치면서 술 장을 닫고 옆방으로 건너갔다.

거실과 아마도 식당으로 설계된 듯한 옆방 사이에는 두 기둥으로 받쳐진 아치가 있을 뿐 문은 없었다. 옆방은 작은 편이었고, 길을 내다보는 퇴창이 나 있었다. 그곳에 피아노가 있었고, 구석에 라디오와 전축이 있었다.

"아하, 음악 감상실 되시겠습니다." 콜베리가 팔을 펼치면서 말했다.

"그 쥐새끼 같은 놈이 여기 앉아서 〈월광 소나타〉를 연주하는 모습은 상상하기 어려운걸." 군발드 라르손이 말했다.

그가 피아노로 가서 뚜껑을 열고 악기 내부를 살폈다.

"최소한 여기 시체는 없군." 군발드 라르손의 말이었다.

일단 한 바퀴 돌아본 다음, 콜베리는 재킷을 벗고 군발드 라르손과 함께 집을 샅샅이 뒤지기 시작했다. 시작은 침실이었다. 군발드 라르손은 냉큼 옷장부터 뒤지기 시작했고, 콜베리는 서랍장을 공략했다. 한동안 둘은 조용히 작업했다. 말문을 연 것은 콜베리였다.

"군발드."

옷장 속에서 우물거리는 대꾸가 들려왔다. 콜베리가 계속 말했다.

"로스를 미행한 건 성과가 없었어. 놈은 두 시간 전에 알란다 공항을 떴고, 불도저는 내가 나오기 직전에 최종 보고서를 받았어. 불도저가 몹시 실망했어."

군발드 라르손이 툴툴거리다가 고개를 내밀고 말했다.

"불도저는 늘 낙관적이고 터무니없는 기대를 품기 때문에 실망하게 되어 있어. 하지만 금세 극복할 테지, 자네도 봤잖아. 그래서 로스는 쉬는 날 뭘 했대?"

군발드 라르손은 다시 옷장 속으로 사라졌다. 콜베리는 아래 서랍을 닫고 굽혔던 허리를 세웠다.

"음, 불도저의 바람처럼 말름스트룀과 모렌을 만나러 가지는 않았어. 첫날 저녁, 그러니까 그저께 저녁은 어떤 여자와 레스토랑에 갔다가 둘이 함께 알몸 수영을 했어."

"그래, 그건 나도 들었어. 그다음에는?"

"그 여자랑 오후까지 함께 있다가 시내로 나가서 돌아다녔어. 혼자 목적 없이 다닌 모양이야. 어제저녁에는 다른 여자와 다른 레스토랑에 갔고 이번에는 수영은 하지 않았어. 적어도 야외에서는 안 했어. 그냥 여자를 메르스타의 집으로 데려갔대. 그러고는 오늘 아침에 택시로 여자를 오덴플란에 데려다주고 거기서 헤어졌어. 그다음에 놈은 혼자 돌아다니면서 가게 몇 군데에 들렀다가 다시 메르스타의 집으로 가서 옷을 갈아입고 알란다 공항으로 갔어. 별로 재미없지. 무엇보다 딱히 범죄적이지 않고."

"알몸 수영을 풍기 문란죄 위반으로 간주하지 않는다면. 풀숲에서 그걸 지켜보고 앉았던 에크가 불법 행위로 신고하지도 않았으니까."

군발드 라르손은 옷장에서 나와서 문을 닫았다.

"무진장 흉한 옷들이 잔뜩 있을 뿐 다른 건 없어." 그는 이렇게 말하고는 욕실로 갔다.

콜베리는 다음으로 침대맡 탁자 역할을 겸하는 초록색 캐비닛을 뒤졌다. 맨 위 서랍 두 칸에는 잡다한 일용품이 들어 있었다. 종이 냅킨, 커프스 단추, 빈 성냥갑 몇 개, 초콜릿 바 반 덩어리, 안전핀, 온도계, 목캔디 두 통, 식당 영수증과 금전등록기 영수증, 검은색 미개봉 콘돔 한 통, 볼펜, 슈테틴에서 날아온 것으로 "여기에는 보드카, 여자들, 노래가 있어. 뭘 더 바라겠어? 스티세" 하고 적힌 엽서, 고장 난 라이터, 칼집이 없는 모라 나이프*.

캐비닛 위에는 페이퍼백 한 권이 놓여 있었다. 양손에 연기가 피어오르는 리볼버를 든 안짱다리 카우보이가 그려진 표지였다.

『검은 협곡의 총격전』이라는 제목의 책을 콜베리가 훌훌 넘겨 보는데, 사진 한 장이 바닥에 떨어졌다. 반바지에 흰색 반팔 스웨터를 입은 젊은 여자가 부두에 앉아 있는 모습을 찍은 컬러 사진이었다. 여자는 검은 머리에, 외모는 평범했다. 콜베리는 사진을 뒤집어 보았다. 위쪽에 연필로 "뫼야에서, 1969"라고 적혀 있었고, 그 밑에 파란색 잉크의 다른 글씨체로 "모니타"라고 적혀 있었다.

콜베리는 사진을 책에 도로 끼워 넣고 맨 밑 서랍을 열었다.

그 서랍은 다른 서랍들보다 깊었다. 콜베리가 군발드 라르손

---

* 스웨덴 모라 지역에서 생산된 칼집 달린 다용도 나이프가 예로부터 유명하다.

을 불렀다.

두 사람은 함께 서랍을 내려다보았다.

"연마기를 보관하는 장소치고는 이상한걸. 아니면 이거 무슨 발전된 형태의 마사지 도구인가?" 콜베리가 말했다.

"놈이 이걸 어디에 썼는지 궁금하네." 군발드 라르손이 곰곰이 말했다. "놈은 취미가 있는 타입으로는 보이지 않았는데. 물론 훔쳤거나 마약 판매 대금으로 받았을 수도 있겠지만."

군발드 라르손은 욕실로 돌아갔다.

한 시간 남짓이 흘렀을 때, 두 사람은 집 수색을 마쳤다. 특별히 흥미로운 물건은 찾지 못했다. 숨겨둔 돈도, 범죄와 관련지을 만한 편지도, 무기도, 아스피린과 알카셀처 소화제보다 센 약물도 없었다.

이제 두 사람은 부엌에 있었다. 부엌의 모든 서랍과 선반을 샅샅이 뒤져본 뒤였다. 냉장고가 켜져 있고 음식이 가득 든 것으로 보아, 마우릿손은 오래 떠나 있을 의도가 아닌 듯했다. 내용물 중에서 특히 훈제 장어가 체중 감량을 결심한 이래 지속적 허기에 시달리는 콜베리를 도전적으로 쳐다보았다. 하지만 콜베리는 자제력을 발휘하여, 꼬르륵거리는 배를 안고 냉장고와 유혹으로부터 물러났다.

그때 콜베리의 눈에 부엌 문 뒤의 고리에 걸린 열쇠고리와 열쇠 두 개가 보였다.

"옥상 열쇠." 콜베리가 열쇠를 가리키면서 말했다.

군발드 라르손이 다가가서 열쇠고리를 꺼내고 말했다.

"아니면 지하실. 가서 확인해보자고."

두 열쇠 중 어느 것도 옥상 문에 맞지 않았다. 그들은 승강기를 타고 1층으로 내려간 후 계단으로 지하실로 내려갔다.

둘 중 큰 열쇠를 꽂으니 방화문이 열렸다.

그들이 처음 들어간 공간은 양옆으로 문이 있는 짧은 현관이었다. 오른쪽 문을 여니 그 안은 쓰레기장이었다. 건물에는 쓰레기 활송 장치가 있었는데, 그 장치에서 내려온 쓰레기가 떨어지는 지점에 바퀴가 달리고 안에 커다란 노란색 비닐 봉지가 대어진 금속 쓰레기통이 있었다. 그것 말고도 비닐을 댄 쓰레기통이 세 개 더 벽에 붙어 서 있었다. 하나는 꼭대기까지 쓰레기가 차 있었고, 두 개는 비어 있었다. 방 한구석에 빗자루와 쓰레받기가 있었다.

맞은편 문은 잠겨 있었고, 욕실이라는 안내문이 있었다.

현관은 양방향으로 길게 뻗은 복도로 이어졌다. 벽을 따라서, 번호가 붙어 있고 다양한 형태의 자물쇠가 달린 사물함이 줄줄이 서 있었다.

콜베리와 군발드 라르손은 작은 열쇠로 그 자물쇠들 중 몇 개를 시도한 끝에 맞는 것을 찾아냈다.

마우릿손의 사물함에는 물건이 두 개뿐이었다. 호스가 없는 낡은 진공청소기와 잠겨 있는 큰 궤짝이었다. 콜베리가 궤짝 자물쇠를 따는 동안, 군발드 라르손은 진공청소기를 열어서 안을 보았다.

"비었어." 군발드 라르손이 말했다.

콜베리가 궤짝 뚜껑을 열면서 말했다.

"이건 아냐. 봐."

궤짝에는 미개봉 폴란드산 65도 보드카 열네 병, 카세트테이프리코더 네 개, 전동 헤어드라이어 한 개, 전기면도기 여섯 개가 들어 있었다. 모두 새것이고 포장도 뜯지 않은 상태였다.

"밀수품이야. 아니면 장물." 군발드 라르손이 말했다.

"놈이 돈 대신 받은 물건일 거야. 보드카는 압수해도 나쁘지 않겠지만, 원래대로 놔두는 편이 좋겠지."

콜베리는 궤짝을 닫고 잠갔다. 두 사람은 다시 지하실 현관으로 나왔다.

"적어도 뭔가 있기는 했군. 하지만 불도저를 설득할 수 있을 만큼은 아냐. 열쇠를 있던 곳에 돌려놓고 사라지는 게 좋겠어. 여기서는 더 할 일이 없어."

"조심성 많은 새끼야, 그 마우릿손이란 놈. 어쩌면 집이 더 있을지도 모르지."

군발드 라르손이 멈춰 서더니 지하실 현관의 막다른 공간에 난 문을 턱짓으로 가리켰다. 문에 빨간색 페인트로 "방공호"라고 적혀 있었다.

"열려 있는지 보자고. 온 김에." 군발드 라르손이 말했다.

문은 열렸다. 방공호는 자전거 보관소 겸 잡동사니 창고로 쓰이는 듯했다. 자전거 몇 대와 망가진 스쿠터 한 대 외에도 유아차 두 대, 의자 썰매 하나, 핸들이 달린 구식 썰매 하나가 있었다. 한쪽 벽에 붙어서 목공용 작업대가 있었고, 그 밑에 유리 없는 창틀 두 개가 놓여 있었다. 한구석에 쇠꼬챙이 하나, 빗자루 두 자루, 눈삽 한 자루, 삽 두 자루가 세워져 있었다.

"나는 이런 공간에서 늘 폐소공포증이 들어." 콜베리가 말했다. "전쟁중에 방공호 대피 훈련을 할 때면, 이런 데 앉아 있다가 건물에 폭탄이 떨어져서 영영 밖으로 못 나가면 기분이 어떨까 상상하곤 했지. 제기랄."

콜베리가 둘러보았다. 작업대 뒤 구석에 낡은 나무 상자가 하나 있었다. 상자 앞면에 이제는 희미해졌지만 "모래"라는 글씨가 페인트로 적혀 있었고, 상자 뚜껑 위에 양동이가 놓여 있었다.

"봐. 전쟁 때 썼던 오래된 모래 상자가 저기 있네."

콜베리는 나무 상자로 걸어가서 양동이를 치우고 뚜껑을 열었다.

"아직 안에 모래가 있어."

"결국에는 그게 필요할 일이 없었지." 군발드 라르손이 말했다. "적어도 소이탄 불꽃을 끄는 용도로는. 그게 뭐야?"

콜베리가 몸을 숙여서 상자로 손을 넣어 막 뭔가를 꺼낸 참이었다. 콜베리는 그 물건을 작업대에 얹어놓았다.

그것은 미군 가방처럼 생긴 녹색 숄더백이었다.

콜베리가 가방을 열고 안에 든 것을 작업대에 늘어놓았다.

구겨진 하늘색 셔츠.

금발 가발.

챙이 넓은 파란색 데님 모자.

선글라스.

그리고 권총이 있었다. 45구경 라마 오토였다.

24.

모니타라는 이름의 여자는 스톡홀름 제도의 섬인 뫼야의 부두에서 사진을 찍었던 삼 년 전 여름에 아직 필리프 트로파스트 마우릿손을 만나지 않은 상태였다.

그해 여름은 모니타와 페테르의 육 년간의 결혼 생활 중 마지막 해였다. 페테르는 그해 가을에 다른 여자를 만났고, 크리스마스 직후에 모니타와 그들의 다섯 살 된 딸 모나를 떠났다. 모니타는 페테르가 요청한 대로 그의 부정으로 인해 신속하게 갈라서고 싶다는 내용의 이혼 서류를 제출했다. 이혼이 진행중일 때 페테르의 새 애인이 이미 임신 오 개월 차였기 때문에 그는 얼른 재혼하고 싶어 했다. 스톡홀름 교외 회카렝엔에 있는 방두 개짜리 집은 모니타가 가졌고 아이의 양육권도 두말할 것 없이 모니타가 가졌다. 페테르는 딸과 정기적으로 만날 권리도 포기했다. 나중에는 딸의 양육비를 보태기로 한 의무도 이행하지 않았다.

이혼으로 모니타는 경제 사정이 단숨에 나빠졌을 뿐 아니라 얼마 전에 시작했던 공부도 중단해야 했다. 이 점이야말로 비참한 이야기에서 그를 가장 우울하게 만든 요인이었다.

모니타는 나이가 들수록 저학력을 핸디캡으로 여기게 되었다. 공부를 계속할 기회도 직업교육을 받을 기회도 없던 탓이었다. 구 년의 의무교육 기간이 끝났을 때 모니타는 일 년 쉰 후에 대학에 진학하려고 했다. 하지만 그해가 끝날 무렵에 페테르를 만났다. 둘은 결혼했고, 모니타의 고등교육 계획은 보류되었으며, 페테르는 야간 학교를 다니기 시작했다. 그가 학업을 마친 해에야, 즉 이혼 전해에야 모니타의 차례가 돌아왔다. 그리고 페테르가 떠나자 공부를 더 할 가망은 사라졌다. 정기적으로 와주는 베이비시터는 구하기가 불가능했고 설령 가능하다 해도 그 비용은 모니타가 감당할 수 없는 수준이었다.

모니타는 출산 후 이 년간 집에 있었지만 아이가 탁아소에 갈 수 있는 나이가 되자마자 다시 일을 구했었다. 이전에도, 즉 중등학교 졸업 후부터 출산 몇 주 전까지의 기간에도 비서, 슈퍼마켓 계산원, 재고 관리자, 공장 노동자, 웨이트리스 등 다양한 일을 했었다. 모니타는 진득하지 못한 성격이었다. 일이 즐겁지 않거나 변화가 필요하다고 느끼면 당장 그만두고 새 일을 찾았다.

그런데 본의 아니게 이 년간 쉬었다가 다시 일을 찾으려니, 노동시장이 더 나빠져서 일을 고를 여지가 없었다. 직업교육을 받지 못했고 알음알음 소개해줄 사람도 없었기에, 모니타가 구할 수 있는 일은 급료가 낮고 단순한 일뿐이었다. 지루해졌다고 해서 쉽게 일을 바꿀 수도 없었다. 하지만 공부를 다시 시작하고부터는 미래가 더 밝아 보였고, 머리가 굳어버릴 듯 단조로운 조립라인 노동을 견디기도 한결 쉬웠다.

삼 년 동안 모니타는 스톡홀름 남부 교외에 있는 화학 공장에서 일했다. 하지만 이혼하고 딸과 둘만 남자 근무시간이 더 짧고 급료도 낮은 교대 업무를 맡을 수밖에 없었다. 덫에 걸린 기분이었다. 절망한 나머지 모니타는 다음에 뭘 할지 생각하지 않은 채 충동적으로 일을 그만두었다.

그동안 실업률은 점점 높아졌다. 일자리 부족이 워낙 심해서 고학력에 각종 자격을 갖춘 사람들조차 그들의 수준에 한참 못 미치는 저소득 일자리를 놓고 경쟁하는 형편이었다.

모니타는 한동안 일을 쉬었다. 실업 급여로 쥐꼬리만 한 소득이 있었지만 그는 차츰 우울해졌다. 머릿속에는 어떻게 하면 생활비를 충당할 수 있을까 하는 생각뿐이었다. 집세, 식비, 모나의 옷값을 내고 나면 돈이 남지 않았다. 자기 옷은 살 여유가 없었고 담배도 끊어야 했다. 지불하지 못한 청구서가 쌓여만 갔다. 결국 모니타는 자존심을 꺾고 페테르에게 도움을 요청했다. 어차피 그는 모나의 양육비를 대야 할 법적 의무가 있었다. 페테르는 이제 자신도 돌봐야 할 가족이 있다며 불평했지만 그래도 모니타에게 오백 크로나를 주었다. 모니타는 그 돈을 빚의 일부를 갚는 데 바로 써버렸다.

임시 전화교환원으로 일했던 삼 주와 대형 빵집에서 빵 담는 일을 했던 두 주를 제외하고, 모니타는 1970년 가을에 안정적인 일자리를 갖지 않았다. 일이 없는 것 자체는 싫지 않았다. 늦잠을 자고 낮에 모나와 함께 있는 것은 좋았으므로, 돈 걱정만 없다면 일하지 않는다고 해서 심란할 것은 없었다. 시간이 흐르자 공부를 계속하고 싶은 마음도 엷어졌다. 애써봐야 무가치한 졸업증과 지식을 약간 더 넓혔다는 미심쩍은 만족감밖에 얻을 게 없는데 왜 빚까지 내면서 시간과 에너지를 낭비한단 말인가? 게다가 모니타는 이제 산업자본주의 체제에 참여하는 것에 의미가 있으려면 그저 더 높은 급료와 더 쾌적한 노동환경만으로는 부족하다는 생각을 하기 시작했다.

모니타는 크리스마스 직전에 모나와 함께 오슬로에서 사는 언니를 만나러 갔다. 그들의 부모는 오 년 전에 차 사고로 죽었고 모니타의 가까운 친족은 언니뿐이었다. 부모가 죽은 뒤에는 언니의 집에서 함께 크리스마스를 보내는 것이 자매의 전통이 되었다. 표를 사기 위해서 모니타는 물려받은 부모의 결혼반지와 몇 가지 장신구를 전당포에 맡겼다. 오슬로에서는 두 주 머물렀다. 새해가 되어 스톡홀름으로 돌아왔을 때 모니타는 삼 킬로그램이 쪘고, 오랜만에 한결 밝은 기분이었다.

1971년 2월, 모니타는 스물다섯 번째 생일을 맞았다.

페테르가 모니타를 떠난 지 일 년이 흘렀다. 모니타는 결혼 기간보다 이 한 해 동안 자신이 더 많이 바뀌었다고 생각했다. 모니타는 성숙해졌고 자신의 새로운 면들을 발견했는데, 이 점은 좋았다. 하지만 더 딱딱해졌고, 체념하게 되었고, 약간 억울했다. 이 점은 좋지 않았다.

무엇보다도 모니타는 너무 외로웠다.

종일 돌봐야 하는 여섯 살 아이를 혼자 키우는데다가 사람들이 모두 프라이버시를 지키려고 벽을 세우고 사는 교외의 대형 주택단지에서 살다 보니 고립을 깰 기회가 없었다.

친구들과 지인들도 조금씩 멀어졌고 더는 찾아오지 않았다. 모니타는 딸을 혼자 두고 싶지 않았기 때문에 외출을 극도로 자제했고, 돈이 없기 때문에 오락을 즐길 수도 없었다. 이혼 후 얼

잠긴 방

마간은 몇몇 친구가 얼굴을 보러 찾아오곤 했지만, 회카렝엔까지는 멀기 때문에 그들은 곧 방문이 지겨워졌다. 모니타는 자주 기분이 처져서 몹시 우울해했으므로, 친구들도 모니타에게서 우울한 인상을 받고 거리를 두게 되었을 터였다.

모니타는 딸과 함께 오래오래 산책했고, 도서관에서 책을 잔뜩 빌려 와서 모나가 잠든 조용하고 고독한 시간에 읽었다. 전화는 거의 울리지 않았다. 모니타가 걸 사람도 없었다. 요금을 내지 못해서 결국 전화가 끊겼을 때 모니타는 그 사실을 깨닫지도 못했다. 자신이 자기 집에 갇힌 죄수처럼 느껴졌다. 하지만 점차 감금 상태가 안전하게 느껴지기 시작했고, 교외의 칙칙한 바깥세상이 비현실적이고 먼 듯이 느껴졌다.

가끔 밤중에 책을 읽기에는 너무 피곤하고 잠들기에는 너무 초조해서 거실과 부엌을 무작정 오락가락할 때면 금방 미칠 것만 같았다. 조금만 긴장을 풀면 벽이 와르르 무너지고 광기가 터져 나올 것 같았다.

모니타는 자주 자살을 생각했다. 절망과 불안이 너무 날카로울 때 오직 아이를 위해 자살을 참은 적이 한두 번이 아니었다.

모니타는 아이를 몹시 걱정했다. 딸의 미래를 생각하다 보면 무력하고 분한 마음에 눈물을 흘리곤 했다. 아이가 권력, 돈, 사회적지위를 추구하는 무한 경쟁 때문에 모두가 적이 되고 '구매'와 '소유'가 행복의 동의어로 여겨지는 세상이 아니라 따스하고, 안전하고, 인간적인 환경에서 자라기를 바랐다. 아이에게 사회가 마련해둔 갑갑한 역할 중 하나에 자신을 맞추지 않고 개성을 발달시킬 기회를 주고 싶었다. 아이가 노동의 즐거움, 타인과 나누는 삶의 기쁨, 안전을 느끼기를 바랐다. 그리고 자존감을 갖기를 바랐다.

딸을 위해서 그런 삶의 기본 조건을 요구한다는 것이 모니타에게는 주제넘은 일로 생각되지 않았다. 그러나 스웨덴에서 사는 한 그 희망을 충족시킬 수 없으리라는 것은 분명해 보였다.

모니타가 알 수 없는 것은 이민을 떠날 돈을 마련하는 방법이었다. 이로 인한 좌절감과 낙담은 자칫 체념과 무관심으로 바뀔 판이었다.

오슬로에서 돌아온 뒤 모니타는 자신을 추스리고 상황이 나아지도록 뭐라도 해보기로 결심했다.

자신의 자유를 늘리고 모나의 고립을 막기 위해서, 집 근처 탁아소에 모나가 다닐 수 있는지를 열 번째로 문의했다. 놀랍게도 자리가 있었다. 모나는 즉시 다닐 수 있었다.

모니타는 이제 구인 광고에 닥치는 대로 지원했다.

그동안 머릿속에서는 가장 중요한 문제를 고민했다. 어떻게 해야 돈이 생길까? 처지를 극적으로 바꾸려면 돈이 아주 많이 필요하다는 것은 모니타가 똑똑히 아는 사실이었다. 모니타는 무슨 수를 써서라도 외국으로 가고 싶었다. 대대수 사람들에게 주어진 특권이라고는 사회라는 기계를 돌리는 쳇바퀴를 밟는 것밖에 없으면서 사실상 소수의 특권층에게만 주어진 부를 자랑해대는 사회가 갈수록 불만스러웠고 점차 혐오스러웠다.

모니타는 돈을 확보할 수 있는 여러 방법들을 몇 번이고 따져보았다. 하지만 답이 나오지 않았다.

정직하게 일해서 번다는 것은 불가능했다. 일하던 시절에도 세금을 제한 소득으로 집세를 내고 식료품을 사고 나면 남는 것이 없었다.

복권으로 거액을 딸 가능성도 희박했다. 그래도 모니타는 희망을 품기 위해서라도 매주 서른두 줄짜리 복권을 구입했다.

모니타에게 유산을 물려줄 만한 사람도 없었다.

웬 불치병에 걸린 부자가 모니타에게 청혼한 뒤 결혼식 날 밤에 죽어버리는 일도 가능할 성싶지 않았다.

물론 매춘으로 많은 돈을 버는 여자들이 있기는 했다. 모니타가 아는 사람 중에도 있었다. 요즘은 길거리를 서성일 필요도 없었다. 스스로 모델이라고 칭하며 스튜디오를 하나 빌려도 되고, 마사지 숍이나 세련된 섹스 클럽에서 일할 수도 있었다. 하지만 이 방법은 생각만 해도 싫었다.

유일하게 남은 방법은 돈을 훔치는 것이었다. 하지만 어떻게, 어디에서? 게다가 모니타는 그런 일을 하기에는 너무 정직했다.

그래서 모니타는 당분간만이라도 점잖은 직업을 얻기로 결정했다.

구직은 생각보다 쉽게 이뤄졌다.

모니타는 스톡홀름 시내의 한 유명하고 바쁜 식당에서 웨이트리스 일을 구했다. 근무시간은 짧고 알맞았으며, 팁을 넉넉히 챙길 수 있는 전망도 높았다.

식당의 많은 단골 중 한 명이 바로 필리프 트로파스트 마우릿손이었다.

어느 날, 특별하진 않아도 점잖아 보이는 자그마한 남자인 그가 모니타의 테이블 중 하나에 앉아서 돼지고기와 으깬 순무를 주문했다. 주문을 받을 때, 그는 친근한 인사와 농담을 몇 마디 모니타에게 건넸다. 하지만 그에게는 모니타가 특별히 관심을 품을 만한 면이 없었다.

그 점으로 말하자면, 모니타에게도 마우릿손이 특별히 흥미를 느낄 만한 면이 없었다. 적어도 이때는 그랬다.

스스로도 차츰 깨달은바, 모니타의 외모는 평범했다. 모니타를 한두 번만 만난 사람은 다음에 그를 기억하지 못할 때가 많

잠긴 방

앉다. 모니타는 검은 머리카락, 청회색 눈, 가지런한 치아, 보통 체형을 가졌다. 키도 165센티미터로 보통이었고, 몸무게도 약 60킬로그램으로 평범한 몸매였다.

모니타를 아름답다고 생각하는 남자들도 있었지만, 그를 잘 알게 되고 난 뒤에만 그랬다.

마우릿손이 한 주에 세 번째로 모니타의 테이블에 앉았을 때, 모니타는 그를 알아보았고 그가 소시지와 삶은 감자로 구성된 오늘의 요리를 시키리라고 예상했다. 지난번에 그는 돼지고기 팬케이크를 시켰었다.

그는 정말로 소시지를 선택했고, 곁들일 음료로 우유를 주문했다. 모니타가 음식을 가져가자 그가 고개를 들어 모니타를 보면서 말했다.

"아가씨는 새로 왔지요?"

모니타는 끄덕였다. 그가 말을 건 것이 처음은 아니었지만 모니타는 익명에 익숙해져 있었다. 게다가 웨이트리스 유니폼을 입고 있으니 알아보기 더 어려울 터였다.

계산서를 가져갔을 때 그는 팁을 두둑이 주면서 말했다.

"아가씨가 여기를 마음에 들어 하면 좋겠군요. 내가 좋아하는 식당이니까요. 음식이 맛있으니까 몸매 조심하세요."

그는 다정하게 윙크를 보내고 떠났다.

이후 몇 주 동안, 모니타는 늘 가장 단순한 요리를 먹고 음료라고는 우유 외에는 마시지 않는 작고 단정한 남자가 자신의 테이블을 골라서 앉기 시작했다는 것을 알아차렸다. 입구에 서서 모니타가 서빙하는 테이블이 어디인지 살펴본 뒤에 앉는 것이 그의 습관이 되었다. 모니타는 놀랐지만 한편으로는 살짝 우쭐했다.

모니타는 자신이 웨이트리스로서 썩 훌륭하다고 생각하지는 않았다. 불평이 많거나 참을성 없는 손님 앞에서 태연한 얼굴을 유지하기가 힘들었고, 짜증 나게 하는 손님이 있으면 맞받아치곤 했다. 또 생각에 빠지는 버릇이 있었고, 종종 뭔가를 깜박하고 당황하기도 했다. 한편 모니타는 튼튼하고 행동이 빨랐다. 친절하게 대할 만하다고 판단하는 손님에게는 다른 웨이트리스들처럼 아양을 떨거나 한심하게 굴지 않고 그냥 친절하게 대했다.

마우릿손이 올 때마다 모니타는 그와 몇 마디를 주고받았다. 점차 그가 오랜 지인처럼 느껴졌다. 이따금 그가 드러내는 세상사에 대한 날카로운 견해와 잘 어울리지 않는 약간 구식의 정중한 태도가 모니타에게는 매력적이었다.

새 일은 썩 만족스럽지는 않았지만 아주 싫지도 않았다. 일은 탁아소가 닫기 전에 끝났으므로, 모나를 제시간에 데리러 갈 수 있었다. 절망적인 고립감과 외로움도 더는 느끼지 않았다.

그래도 모니타는 언젠가 이 나라를 떠나서 좀더 온화한 기후로 가서 살고 싶다는 큰 꿈을 곱씹으며 즐겼다.

이 무렵 모나는 탁아소에서 친구를 여럿 사귀어서 아침마다 어서 탁아소에 가고 싶어 난리였다. 모나의 제일 친한 친구는 같은 건물에 살았다. 젊고 친절한 사람들인 그 부모를 모니타도 알게 되었다. 부부와 모니타는 만약 밤에 반드시 외출해야 할 일이 생긴다면 서로의 딸을 데려다 돌봐주기로 했다. 모니타는 모나의 친구를 데려다가 몇 번 재웠고, 모나도 친구 집에서 두 번 자고 왔다. 그런 날 밤에 모니타는 영화를 보러 가는 것 말고 뾰족히 할 일이 없었지만 그래도 자유를 느낄 수 있어서 좋았다. 그리고 나중에 이 약속의 덕을 톡톡히 볼 터였다.

새 직장에서 일한 지 두 달쯤 된 사월의 어느 날이었다. 모니타가 두 손을 앞치마 밑에서 맞잡고 서서 몽상에 빠져 있을 때, 마우릿손이 자기 테이블로 모니타를 불렀다. 모니타는 그에게 가서 그가 아직 맛볼 겨를도 없던 콩 수프를 고갯짓으로 가리키면서 물었다.

"음식에 문제가 있나요?"

"평소처럼 훌륭합니다." 마우릿손이 말했다. "그냥 어떤 생각이 떠올라서요. 당신이 열심히 일하는 동안 나는 매일 여기 앉아서 먹기만 하잖습니까. 그러지 말고 언제 나와 함께 식사하자고 초대하면 어떨까 해서요. 물론 당신이 쉬는 저녁에. 내일은 어떻습니까?"

모니타는 오래 망설이지 않았다. 그를 정직하고, 술을 마시지 않고, 근면하고, 약간 괴짜 같지만 확실히 위험하지 않고, 심지어 꽤 괜찮은 사람이라고 평가 내린 지 오래였다. 게다가 그가 이렇게 제안할 듯한 분위기가 한참 전부터 있었고 제안하면 어떻게 응할지도 결정해둔 상태였다. 모니타는 말했다.

"좋아요. 안 될 것 없죠."

금요일 저녁을 마우릿손과 보낸 후, 모니타는 그에 대한 견해를 두 가지 점에서 수정했다. 우선 그는 금주가가 아니었고, 아주 근면하게 일하는 사람도 아닌 듯했다. 그렇다고 해서 그가 괜찮은 사람이 되지 않는 것은 아니었다. 오히려 모니타는 그에게 정말로 관심이 생겼다.

그해 봄에 두 사람은 여러 번 외식을 했다. 그때마다 모니타는 자기 집으로 가서 술을 한잔 더 하자는 마우릿손의 초대를 친근하되 단호한 태도로 거절했고, 그를 회카렝엔의 자기 집으로 초대하지도 않았다.

초여름에는 그를 전혀 보지 못했다. 칠월에는 모니타 자신이 노르웨이에서 언니와 휴가를 보내려고 이 주간 떠나 있었다.

모니타가 일터에 복귀한 첫날, 마우릿손이 와서 언제나 앉는 테이블에 앉았다. 그날 저녁에 두 사람은 다시 만났고, 모니타는 그를 따라서 아름펠트스가탄의 집으로 갔다. 그들은 처음으로 잠자리를 같이했다. 그는 침대에서도 평소처럼 부드러웠다.

그들의 관계는 서로 만족스럽게 발전했다. 마우릿손은 요구가 많지 않았고, 만남의 횟수도 모니타가 바라는 정도인 일주일에 한두 번 이상을 고집하지 않았다. 그는 모니타를 배려했고, 두 사람 다 함께하는 시간을 즐겼다.

모니타도 나름대로 그에게 사려 깊게 대했다. 가령 그는 자신이 무슨 일로 생계를 유지하는가 하는 문제에 대해서 극도로 과묵했는데, 모니타는 상당히 궁금하면서도 절대 캐묻지 않았다. 그가 모니타 자신의 삶에 너무 간섭하는 것도 바라지 않았다. 특히 모나에 관한 문제에. 그래서 모니타는 그의 일에 너무 참견하지 않으려고 조심했다. 그는 질투심이 많은 것 같지도 않았다. 그냥 모니타와 비슷한 정도였다. 자신이 모니타의 유일한 애인이라는 사실을 알고 있거나, 모니타가 다른 남자를 만나든 말든 상관없는 듯했다. 모니타의 옛 애인에 대해서도 묻지 않았다.

가을이 되자, 그들은 외출 횟수가 줄고 대신 그의 집에서 시간을 보내게 되었다. 맛있는 것을 먹고, 저녁과 밤 시간을 대부분 침대에서 보냈다.

마우릿손은 가끔씩 출장을 간다며 사라졌는데, 무슨 일로 어디로 가는지는 알려주지 않았다. 모니타는 바보가 아니었다. 그의 일이 범죄와 관련된 듯하다는 것을 일찌감치 눈치챘지만, 그가 기본적으로 점잖고 정직한 사람이라는 점이 만족스러웠기 때문에 그의 범죄란 것도 크게 위험하지 않은 것이리라고 가정했다. 부자들에게서 훔쳐서 빈자들에게 나눠주는 로빈 후드 비슷한 사람이리라고 생각했다. 그가 가령 노예 상인, 혹은 아이들에게 마약을 파는 사람일지도 모른다는 생각은 모니타에게 떠오르지도 않았다. 적당한 기회가 왔을 때 모니타는 그에게 자신은 부자들이나 착취적 사회 전반을 표적으로 삼는 범죄라면 비도덕적인 일로 여기지 않는다는 말을 은근슬쩍 흘렸다. 그러면 혹 그가 비밀을 조금이라도 들려주지 않을까 해서 한 말이었다.

그리고 정말로 크리스마스 무렵에 마우릿손이 모니타를 자신의 사업에 약간이나마 끌어들여야만 하는 상황이 오고 말았다. 크리스마스는 마우릿손의 업계에서 바쁜 시기였다. 그는 돈벌 기회를 놓치지 않으려고 무턱대고 의뢰를 받은 나머지, 감당하기 어려운 양의 일을 걸머졌다. 물리적으로 불가능했다. 크리스마스 이튿날 독일 함부르크에서 매우 복잡한 거래가 있어서 반드시 그가 가야 했는데, 같은 날 노르웨이 오슬로 외곽 포르네부 공항으로 뭔가를 배달하기로 약속되어 있었다. 모니타가 여느 때처럼 크리스마스를 오슬로에서 보낼 예정이었기 때문에, 마우릿손은 그녀에게 자신을 대신하여 짐꾼 역할을 해달라고 부탁하고 싶은 유혹을 뿌리칠 수 없었다. 대단히 위험한 일도 아니었다. 하지만 배달에 관련된 상황이 특이하고 복잡했기 때문에, 모니타에게 평범한 크리스마스 선물이라고 말해봤자 그녀가 속을 리 없었다. 그는 모니타에게 자세히 지시를 내렸다. 모니타가 마약을 비판적으로 본다는 걸 알기에, 꾸러미에 든 것은 우편 배송 용도로 쓸 위조 서류라고 말해주었다.

모니타는 마우릿손의 조수 행세를 하는 데 이의가 없었고, 임무를 거뜬히 수행해냈다. 마우릿손은 여행 비용에 더하여 수고비 조로 몇백 크로나를 모니타에게 주었다.

손쉬운 일이었던데다가 간절히 필요했던 가욋돈이 입맛을 돋웠을 테지만, 모니타는 나중에 이 일을 찬찬히 생각해보고는 향후에 비슷한 일을 맡을 가능성에 대해서 양가적인 감정이 들었다.

돈은 싫지 않았다. 하지만 만약 그것이 감옥에 갈 위험이 딸린 돈이라면, 최소한 무슨 일인지는 알고 싶었다. 모니타는 꾸러미의 내용물을 봐두지 않았던 것이 후회되었고, 마우릿손이 자신을 속였다는 의심이 들었다. 결국 다음에 또 그가 대리인 역할을 부탁하면 거절하겠다고 결심했다. 아편인지 시한폭탄인지 모를 수수께끼의 물건을 들고 다닌다는 것은 모니타의 성미에 맞지 않았다.

마우릿손은 모니타의 생각을 본능적으로 알아차린 듯했다. 다시는 일을 부탁하지 않았기 때문이다. 그가 모니타를 대하는 태도는 변하지 않았지만, 이제 모니타는 그에게서 이전에는 깨닫지 못했던 측면들을 인식하기 시작했다. 가령 그는 자주 그녀에게 거짓말을 했다. 모니타가 그에게 뭘 하려는지 묻거나 곤혹스럽게 만드는 일이 전혀 없었기 때문에, 쓸데없는 거짓말이었다. 또 모니타는 그가 괴도 신사가 아니라 돈이 되는 일이라면 뭐든지 하는 좀스러운 범죄자가 아닌가 하는 의심을 품기 시작했다.

그해 첫 몇 개월 동안 두 사람은 자주 만나지 않았다. 모니타가 그를 밀어내서 그런 것은 아니었다. 마우릿손이 유난히 바쁘고 출장이 잦았기 때문이었다.

모니타가 보기에 마우릿손이 그녀에게 싫증 난 것 같지는 않았다. 그는 시간만 있다면 그녀와 함께 밤을 보내는 것을 즐겼다. 한번은 모니타가 마우릿손의 집에 갔을 때 손님이 온 적이 있었다. 삼월 초의 어느 날 저녁이었다. 말름스트룀과 모렌이라는 이름의 손님들은 마우릿손보다 약간 젊었고, 업무 관계자인 듯했다. 모니타는 둘 중 한 명이 특히 마음에 들었지만 그를 다시 볼 기회는 없었다.

1972년 초 겨울은 모니타에게 우울한 시기였다. 일하던 식당은 주인이 바뀌었다. 새 주인은 식당을 술집으로 바꾸었지만 새 손님을 끌어들이지 못한 채 예전 단골들만 잃었고, 결국 직원들을 다 해고하고 업종을 빙고 홀로 바꿨다. 모니타는 다시 실직자가 되었다. 모나는 낮에는 탁아소에 가고 주말에는 제 친구들과 노느라 바빴기에 모니타는 어느 때보다 외로웠다.

모니타는 마우릿손과의 관계를 끝내지 못하는 것이 짜증스러웠다. 짜증은 그가 곁에 없을 때 더 심해졌다. 함께 있을 때는 여전히 모니타도 즐거웠고, 그가 명백히 그녀에게 빠져 있다는 점에 우쭐하기도 했다. 게다가 마우릿손은 모나 외에는 유일하게 그녀를 필요로 하는 사람이었다.

가끔 낮에 할 일이 없고 마우릿손이 집에 없다는 사실이 확실할 때, 모니타는 아름펠트스가탄의 집으로 갔다. 그곳에서 혼자 책을 읽거나 음반을 듣는 것이, 아니면 익숙해질 만도 되었건만 여전히 이상해 보이는 그의 물건들에 둘러싸여 있는 것이 좋았다. 책 몇 권과 음반 몇 장 외에는 그의 집에 있는 물건들 중 모니타가 행여라도 자기 집에 두고 싶은 물건이 하나도 없었다. 그래도 희한하게 모니타는 그 집에 있으면 편했다.

마우릿손이 모니타에게 자기 집 열쇠를 준 것은 아니었다. 언젠가 그가 자기 열쇠를 빌려주었을 때 모니타가 몰래 복사한 것이었다. 이것은 모니타가 그에게서 취한 유일한 자유였고, 그 래서 처음에는 양심에 걸렸다.

모니타는 자신이 왔다 간 흔적을 남기지 않으려고 주의했고 그가 없다는 사실이 확실할 때에만 갔다. 만약 그가 알아차린 다면 어떻게 반응할까? 모니타가 그의 소지품을 가끔 뒤져본 것은 사실이었지만 딱히 범죄에 관련된 듯한 물건은 없었다. 모니타는 그를 엿보려고 여벌 열쇠를 만든 것이 아니라 그저 프라이버시를 즐기려고 만든 것이었다. 모니타를 찾는 사람도 모니타의 행방에 관심이 있는 사람도 없기는 했지만, 그래도 그곳에 있으면 아무도 자신을 찾지 못할 것이며 자신은 자신만 의 것이라는 느낌이 들었다. 마치 어릴 때 숨바꼭질을 하면서 느꼈던 기분 같았다. 모니타는 늘 세상 누구도 그녀를 찾아내 지 못할 만큼 훌륭한 은신처를 골라서 숨곤 했다. 만약 마우 릿손에게 부탁했다면 그가 아마 열쇠를 주었겠지만 그러면 재 미가 없었다.

사월 중순의 어느 날, 모니타는 유난히 초조하고 심란한 기 분이 들어서 아름펠트스가탄으로 갔다. 마우릿손의 가장 흉측 하고 편한 안락의자에 앉아 전축으로 비발디를 들으면서 세상

만사에 대한 완벽한 무관심과 평온함이라는 멋진 감정이 찾아들기를 바랄 생각이었다.

마우릿손은 스페인에 가서 이튿날이 되어야 온다고 했다.

모니타는 현관에 코트와 숄더백을 걸고, 담배와 성냥을 챙겨서 거실로 갔다. 거실은 평소처럼 단정했다. 마우릿손은 청소를 손수 했다. 두 사람이 사귀던 초반에 모니타가 그에게 왜 청소부를 쓰지 않느냐고 물은 적이 있었다. 그는 정리 정돈을 좋아하기 때문에 그 즐거움을 남에게 맡기고 싶지 않다고 대답했다.

담배와 성냥을 안락의자의 넓은 팔걸이에 얹어둔 후 모니타는 옆방으로 가서 전축을 틀었다. 비발디의 '사계'였다. 〈봄〉의 첫 소절을 들으면서, 모니타는 부엌으로 가서 찬장에 있는 재떨이를 가지고 거실로 돌아왔다. 재떨이를 안락의자 팔걸이에 얹고, 의자에 웅크리고 앉았다.

모니타는 마우릿손과의 얄팍한 관계에 대해서 생각했다. 그들은 일 년간 만나왔는데도 관계가 더 깊어지거나 성숙해지지 못했다. 오히려 반대였다. 모니타는 그들이 만났을 때 무슨 이야기를 나누었는지 전혀 떠올릴 수 없었다. 그들이 중요한 이야기를 하지 않기 때문이었다. 그가 좋아하는 의자에 앉아서 자질구레한 접시니 꽃병 따위가 가득한 책장을 보고 있으려니, 마우릿손이라는 인물이 대단히 한심하게 느껴졌다. 그리고 자신이 왜 그에게 구애받는지, 왜 그보다 더 알맞은 남자를 찾지 못하는지 스스로에게 백 번째로 물어보았다.

모니타는 담뱃불을 붙이고 천장을 향해 연기를 가느다랗게 불어 내면서, 기분이 정말로 나빠지기 전에 그 얼간이 생각을 그만둬야겠다고 생각했다.

의자에서 편한 자세를 취하고 눈을 감았다. 생각을 멈추려고 애쓰면서 음악에 맞춰 손을 휘저었다. 그러다가 라르고 악장 도중에 그만 재떨이를 툭 쳤다. 재떨이는 바닥으로 떨어져서 깨졌다.

"제기랄." 모니타는 중얼거렸다.

당장 일어나서 부엌으로 간 모니타는 싱크대 밑 수납장을 열고 늘 쓰레기봉투 오른편에 세워져 있던 빗자루를 더듬어 찾았다. 하지만 빗자루가 거기 없었다. 모니타는 허리를 숙여 들여다보았다. 빗자루는 바닥에 누워 있었다. 그쪽으로 손을 뻗는데, 서류 가방이 눈에 들어왔다. 쓰레기봉투 뒤에 서류 가방 하나가 세워져 있었다. 낡고 닳은 가방은 모니타가 처음 보는 것이었다. 마우릿손이 나중에 지하실로 가져가려고 일단 거기에 둔 모양이었다. 가방은 쓰레기 활송 장치에 넣기에는 너무 뚱뚱해 보였다.

그 순간, 가방을 굵은 끈으로 몇 번이나 둘러 여러 군데에 단단히 매듭 지은 것이 눈에 들어왔다.

모니타는 가방을 꺼내어 부엌 바닥에 놓았다. 무거웠다.

이제 호기심이 들었다. 모니타는 매듭이 어떻게 지어져 있는지 기억하려고 애쓰면서 하나하나 풀었다. 끈을 벗기고 가방을 열었다.

가방에는 돌이 가득 들어 있었다. 납작하고 까만 점판암 조각들이었는데 어쩐지 눈에 익었다. 최근에 어디선가 이런 돌을 본 것 같았다.

모니타는 눈살을 찌푸리면서 허리를 세우고 담배꽁초를 싱크대에 던졌다. 그리고 가방을 골똘히 쳐다보았다.

마우릿손은 왜 낡은 서류 가방에 돌을 가득 채우고 끈으로 꽁꽁 동여매어서 싱크대 밑에 두었을까?

모니타는 가방을 좀더 자세히 보았다. 진짜 가죽이었다. 새 것이었을 때는 틀림없이 세련되고 비싼 물건이었을 것이다. 덮개 안쪽을 보았지만 이름은 새겨져 있지 않았다. 문득 특이한 점이 눈에 띄었다. 가방 바닥의 네 모서리가 날카로운 칼이나 면도날로 싹둑 잘려 있었다. 더구나 최근에 잘린 것 같았다. 가죽의 베인 면이 아직 매끈했다.

모니타는 마우릿손이 이 가방을 어떻게 할 심산인지 번뜩 깨달았다. 그는 이것을 바다에 던질 생각이다! 아니면 만에다가라도. 하지만 왜?

모니타는 몸을 숙여서 점판암 조각을 하나하나 꺼냈다. 바닥에 수북이 쌓고 보니 어디서 돌을 봤는지가 기억났다. 이 건물 출입구에, 뒷마당으로 통하는 문 안쪽에 이런 돌멩이가 쌓여 있었다. 아마 건물 뒤편 마당을 깔려고 놔둔 돌일 것이다. 마우릿손은 거기서 돌을 가져온 게 분명했다.

가방에 남은 돌이 많지 않다고 생각한 순간, 손가락 끝이 뭔가 딱딱하고 매끄러운 것에 닿았다. 모니타는 그것을 꺼내 들고는 뚫어져라 쳐다보며 서 있었다. 오래전부터 마음 깊은 곳에서 꿈틀거렸던 한 생각이 서서히 구체화했다.

어쩌면 모니타는 해결책을 찾은 것일지도 몰랐다. 이 반들거리는 강철 덩어리에, 모니타가 꿈꿔온 자유가 있을지도 몰랐다.

권총은 약 이십 센티미터 길이였고, 구경이 컸고, 손잡이가 묵직했다. 푸르스름한 강철 총열에 이름이 새겨져 있었다. 라마.

모니타는 손바닥으로 총의 무게를 가늠해보았다. 무거웠다.

모니타는 현관으로 가서 자기 가방에 총을 넣었다. 그러고는 부엌으로 돌아가서 돌멩이를 모두 서류 가방에 집어넣고, 원래의 매듭을 재현하려고 애쓰면서 끈을 둘러 가방을 묶고, 마지막으로 가방을 원래 있던 자리에 되돌려놓았다.

그다음 빗자루를 들고 거실로 가서 깨진 재떨이를 쓸어 담고, 쓰레받기를 복도로 가지고 나가서 쓰레기 활송 장치에 털어 넣었다. 집으로 돌아와서 전축을 끄고, 음반을 원래 있던 자리에 꽂고, 부엌으로 갔다. 싱크대에 버렸던 담배꽁초를 건져서 변기에 넣고 물을 내렸다. 코트를 입고, 가방을 잘 닫아 어깨에 멨다. 집을 나서기 전에 방들을 다시 훑어보면서 모든 것이 제자리에 있는지 확인했다. 주머니에 열쇠가 들어 있다는 것까지 확인하고, 현관문을 닫고, 아래로 내려갔다.

집에 도착하자마자 모니타는 진지하게 생각을 해볼 계획이었다.

25.

　7월 7일 금요일 아침, 군발드 라르손은 일찍 일어났다. 해 뜰 녘에 일어난 것은 아니었다. 그건 지나쳤다. 스웨덴 달력에서 '클라스'라는 이름으로 불리는 7월 7일*에 해는 새벽 2시 49분이면 스톡홀름의 지평선 너머로 얼굴을 내밀었다.

　6시 30분까지 군발드 라르손은 샤워를 하고, 아침을 먹고, 옷을 입었다. 그리고 삼십 분도 지나지 않아서 벌써 솔렌투나의 송아르베겐에 있는 작은 집 현관 계단에 서 있었다. 에이나르 뢴이 나흘 전에 방문했던 집이었다.

---

* 스웨덴 영명 축일 달력에는 1년 365일 매일마다 하나 이상의 영명이 지정되어 있어, 해당 이름을 가진 사람들이 해당 날짜를 자신의 축일로 기념한다.

이날은 모든 일이 벌어지기로 예정된 문제의 금요일이었다. 마우릿손이 다시 한번 불도저 올손과 대면할 텐데, 지난번보다 분위기는 덜 우호적일 것이다. 또한 특별수사대가 말름스트룀과 모렌의 큰 한탕을 저지하고 놈들을 붙잡을 순간이 다가오고 있었다.

수사대가 행동에 나서기 전에, 군발드 라르손은 이번 주 내내 그의 머릿속을 간지럽히던 작은 문제를 해결할 작정이었다. 넓은 맥락에서 보면 사소한 문제에 지나지 않겠지만 그래도 성가셨다. 군발드 라르손은 이 문제를 확실히 지워버리고 싶었고, 동시에 자신의 생각과 결론이 옳다는 것을 스스로에게 보여주고 싶었다.

해가 뜬 지 오래였지만 스텐 셰그렌은 일어나 있지 않았다. 한참이 지나고서야, 그가 하품을 하고 가운 허리끈을 더듬어 묶으면서 내려와서 문을 열었다. 군발드 라르손은 쌀쌀맞게 굴지는 않았지만 다짜고짜 본론을 꺼냈다.

"당신, 경찰에게 거짓말을 했지요."

"내가요?"

"일주일 전에 당신은 언뜻 여자로 보였다던 은행 강도에 대해서 두 번 진술했습니다. 그리고 그자가 타고 도주했다는 차를 자세히 묘사했고, 르노16이었다는 그 차에 있던 두 남자에 대해서도 진술했습니다."

"맞습니다."

"월요일에도 그 진술을 토씨 하나까지 똑같이 반복했지요. 여기 찾아온 형사와 이야기할 때."

"그것도 맞습니다."

"그 이야기가 말짱 거짓말이었다는 것도 맞지요."

"나는 금발 여자를 최대한 사실대로 묘사했는데요."

"그래요. 왜냐하면 다른 사람들도 강도를 봤다는 걸 알았으니까. 당신은 은행 안의 카메라에 강도가 찍혔을 거라고 생각했을 만큼 똑똑하고요."

"나는 정말로 그게 여자라고 생각했는데요."

"왭니까?"

"잘 모르겠어요. 하지만 여자에 관해서라면 본능적인 직감이 있거든요."

"이번에는 당신의 직감이 틀린 것 같군요. 하지만 나는 그 문제 때문에 온 게 아닙니다. 당신이 말했던 '차와 두 남자'가 지어낸 이야기라는 걸 당신이 시인했으면 해서 온 겁니다."

"왜 내가 그러기를 바랍니까?"

"내 이유는 관계없습니다. 어차피 사적인 이유이고."

셰그렌은 잠이 다 깬 듯했다. 그는 호기심 어린 눈으로 군발드 라르손을 보다가 느릿느릿 말했다.

"내가 알기로, 선서하지 않은 상태에서 불완전하거나 부정확한 정보를 말하는 것은 범죄가 아닙니다."

"그건 맞습니다."

"그렇다면 이 대화는 무의미하죠."

"나한테는 아닙니다. 나는 이 문제를 확실히 해두고 싶어요. 내가 어떤 결론에 도달했는데, 그 결론이 옳은지 확인하고 싶다고 해둡시다."

"결론이 뭡니까?"

"당신이 자신의 이득을 위해서 경찰에게 거짓말한 건 아니라는 겁니다."

"이 사회에는 자신의 이득만 생각하는 사람이 충분히 많으니까요."

"하지만 당신은 아니다?"

"최소한 그러지 않으려고 노력하죠. 이해해주는 사람은 많지 않지만. 내 아내도 그랬죠. 그래서 이제 내가 아내가 없는 겁니다."

"그러니까 당신은, 은행을 터는 것은 옳은 일이고 경찰은 사람들의 적이라고 생각하는 겁니까?"

"대충 그렇게 보면 되겠네요. 그렇게 단순한 이야기는 아니지만."

"은행을 털고 체조 선생을 쏴 죽이는 건 정치적 행위가 아닙니다."

"아니죠. 지금 이곳에서는. 하지만 우리는 이 사건을 이데올로기적으로 볼 수 있습니다. 역사적 관점도 있죠. 과거에는 명백한 정치적 동기를 품은 은행 강도도 있었습니다. 예를 들어혁명중의 아일랜드에서 그랬죠. 저항은 무의식적일 수도 있습니다."

"평범한 범죄자도 일종의 혁명가로 간주할 수 있다는 말입니까."

"그런 생각이죠. 이른바 사회주의자들 중에서도 가장 이름난이들이 거부한 생각이기는 하지만. 아르투르 룬드크비스트 읽어봤습니까?"

"아니요."

군발드 라르손은 주로 율리우스 레기스와 그 비슷한 작가들을 읽었다. 지금은 S.A. 두세*의 작품들을 읽는 중이었다. 하지만 이 문제와 무관한 이야기였다. 군발드 라르손의 독서 취향은오락 욕구에 따라 결정될 뿐, 그는 책으로 교양을 쌓고 싶은 마

---

* 율리우스 레기스와 S.A. 두세는 범죄소설과 탐정소설을 쓴 스웨덴 작가다.

음은 없었다.

"룬드크비스트는 레닌상을 받은 작가예요." 스텐 셰그렌이 말했다. "그는 『사회주의자』라는 선집에서 이렇게 썼습니다. 인용해볼게요. '심지어 가끔은 단순한 범죄자들이 마치 비참한 세태에 의식적으로 저항하는 사람들인 양, 거의 일종의 혁명가들인 양 이야기되기도 한다. ……사회주의국가에서는 그런 것이 전혀 용인되지 않을 것이다'."

"계속하세요." 군발드 라르손이었다.

"인용은 끝났습니다. 내가 볼 때, 그런 사고방식은 우매해요. 첫째로, 사람들은 이데올로기적으로 각성하지 않고도 나쁜 세태에 저항하도록 추동될 수 있습니다. 둘째로, 사회주의국가 어쩌고는 논리라고는 요만큼도 없는 소리예요. 대체 왜 사람들이 자기 자신에게서 훔치겠습니까?"

군발드 라르손은 한참을 말없이 있다가 물었다.

"그래서 베이지색 르노는 없었습니까?"

"네."

"아주 창백하고 흰 티셔츠를 입은 운전사와 하포 마크스처럼 생기고 검은 옷을 입은 남자도 없었습니까?"

"네."

군발드 라르손은 스스로에게 끄덕였다. 그리고 계속 말했다.

"강도는 곧 잡힐 겁니다. 그놈은 무의식적 혁명가가 아니라 자본주의에 무임승차해서 마약과 포르노를 파는 일로 먹고살며 돈 외에는 아무것도 신경 쓰지 않는 쥐새끼 같은 놈입니다. 자신의 이득만 신경 쓰는 놈이라는 겁니다. 게다가 저 혼자 살자고 동료들을 밀고했습니다."

셰그렌은 어깨를 으쓱했다.

"그런 타입도 많죠. 어쨌든 은행을 턴 사람은 일종의 언더독이에요. 내 말이 무슨 뜻인지 아실지 모르겠지만."

"무슨 뜻인지 정확히 압니다."

"어떻게 이걸 다 알아냈습니까?"

"직접 생각해보세요. 내 입장에서 생각해보세요." 군발드 라르손이 대답했다.

"당신은 왜 경찰 같은 게 됐습니까?" 셰그렌이 물었다.

"어쩌다 보니. 나는 사실 뱃사람입니다. 내가 경찰이 된 건 아주 옛날 일이고 그때는 요즘과 많이 달랐습니다. 하지만 지금 할 얘기는 아니죠. 원하던 답을 들었습니다."

"이게 답니까?"

"그래요. 안녕히 계십시오."

"안녕히 가세요." 셰그렌이 말했다.

셰그렌은 정말이지 깜짝 놀란 얼굴이었다. 하지만 군발드 라르손은 그 얼굴을 보지 못했다. 벌써 그곳을 떠나고 있었기 때문이다. 그래서 군발드 라르손은 셰그렌의 마지막 말도 듣지 못했다.

"하지만 그게 여자였다는 건 장담할 수 있는데."

같은 시각에, 스베아 마우릿손 부인은 이른 아침부터 옌셰핑의 필가탄 거리에 있는 자기 집 부엌에서 빵을 굽고 있었다. 그녀의 아들이 돌아온 탕아처럼 집에 왔으니, 모닝커피와 함께 갓 구운 시나몬 롤로 융숭히 대접할 생각이었다. 다행히 여자는 이 순간 삼백 킬로미터 떨어진 어느 집에서 자기 아들이 어떤 말로 불리는지 모르는 채 행복해하고 있었지만, 만약 눈에 넣어도 아프지 않은 아들을 누가 쥐새끼라고 부르는 걸 들었다면 즉시 그 인간에게 밀방망이 맛을 보여주었을 터였다.

그때 날카로운 초인종 소리가 아침의 적막을 깼다. 막 아이싱을 올린 시나몬 롤이 든 쟁반을 싱크대에 놔둔 채, 여자는 손을 앞치마에 닦으면서 닳아빠진 슬리퍼를 신은 발로 서둘러 현관으로 나갔다. 시계를 보니 겨우 7시 30분이었다. 여자는 닫힌 침실 문을 향해 초조한 눈길을 던졌다.

안에서 아들이 자고 있었다. 원래 거실의 소파에 잠자리를 봐주었지만, 아들은 시계 소리가 거슬린다면서 한밤중에 여자를 깨워서 바꿔 자자고 했다. 딱한 것, 죽도록 일하는 게지. 아들에게는 단잠이 필요했다. 여자 자신은 귀가 먹다시피 했기 때문에 시계 소리가 들리지 않았다.

현관에 덩치 큰 남자 둘이 서 있었다.

여자는 그들의 말을 다 알아듣지는 못했지만 좌우간 그들은 집요했다. 아들을 꼭 만나야겠다고 말했다.

여자는 너무 이른 시각이니 조금 있다가 아들이 깼을 때 다시 오라고 설득해보았지만 허사였다.

그들은 대단히 중요한 용무라고 말하면서 완강히 버텼다. 결국 여자는 마지못해 침실로 들어가서 아들을 살살 깨웠다. 아들은 팔꿈치를 세우고 앉으면서 시계를 보았다.

"정신 나갔어요? 대체 한밤중에 왜 깨우는 거예요? 내가 푹 자고 싶다고 말했잖아요."

여자는 슬픈 표정으로 그를 보았다.

"두 신사분이 찾아와서 너를 만나고 싶다는구나."

"뭐!" 그는 침대에서 뛰쳐나왔다. "그 사람들 들어오라고 하지 않았죠?"

마우릿손은 그들이 말름스트룀과 모렌이리라는 것을 알았다. 그들은 마우릿손이 배신했다는 사실을 알고 그가 숨은 곳을 알아내어 복수하러 온 것이다.

마우릿손의 어머니는 고개를 저으면서, 잠옷을 벗지도 않고 허겁지겁 옷을 껴입는 아들을 놀라서 쳐다보았다. 마우릿손은 방 안을 뛰어다니면서 흩어진 소지품을 모아 가방에 던져 넣었다.

"무슨 일이니?" 어머니가 걱정스레 물었다.

그는 가방을 탁 닫고, 어머니의 팔을 움켜쥐고는 나지막이 식식거렸다.

"놈들을 쫓아 보내야 해요! 내가 여기 없다고 말하세요. 호주든 어디든 갔다고 하세요!"

그의 말을 제대로 듣지 못한 어머니는 침대맡 탁자에 놓인 보청기를 보고 그것을 귀에 끼웠다. 마우릿손은 까치발로 문으로 다가가서 귀를 문에 붙이고 귀 기울였다. 아무 소리도 나지 않았다. 놈들은 아마 총을 몽땅 가져와서 쏴댈 준비를 한 채 문밖에서 마우릿손을 기다리고 섰을 터였다.

어머니가 다가와서 속삭였다.

"무슨 일이니, 필리프? 저 사람들 누구니?"

"그냥 쫓아버리기나 하세요." 그도 속삭여 대꾸했다. "내가 해외로 나갔다고 하세요."

"하지만 벌써 네가 여기 있다고 말했는걸. 네가 저 사람들을 보고 싶어 하지 않을 줄을 내가 어떻게 알았겠니."

마우릿손은 재킷 단추를 채우고 가방을 쥐었다.

"벌써 가니?" 어머니가 실망하며 물었다. "빵을 구워뒀는데. 네가 제일 좋아하는 시나몬 롤이야."

그가 어머니에게 매섭게 말했다.

"무슨 시나몬 롤 따위를 얘기하고 있어요. 지금……."

그는 말을 끊고 현관에서 나는 소리에 귀를 세웠다. 웅얼거리는 목소리가 희미하게 들려왔다. 그들이 마우릿손을 잡으러 왔다. 혹은 제거하러 왔다. 그는 식은땀을 흘리면서 절박하게 방을 둘러보았다. 어머니는 7층에 살았으므로 창문으로 뛰어내리는 것은 논외였다. 유일한 문은 말름스트룀과 모렌이 기다리고 선 현관으로 나 있었다.

그는 침대 옆에 당혹한 얼굴로 서 있는 어머니에게로 갔다.

"나가세요. 내가 나간다고, 하지만 시간이 좀 걸린다고 말하세요. 저 사람들을 부엌으로 데려가세요. 빵을 대접하세요. 서둘러요. 어서!"

그는 어머니를 문으로 밀고, 자신은 벽에 등을 붙이고 섰다. 어머니가 나간 뒤 문을 닫고는 다시 문에 귀를 붙였다. 목소리가 들렸다. 잠시 후, 다가오는 발소리가 들렸다. 발소리가 그가 바란 대로 어머니의 빵이 있는 부엌 쪽으로 가지 않고 문밖에서 멈췄을 때, 그는 머리카락이 쭈뼛 선다는 말의 뜻을 순간적으로 실감했다.

정적. 금속성 소리. 아마도 권총에 탄창을 끼우는 소리일 것이다. 누군가 목청을 가다듬었다. 그러고는 문을 두드리면서 이렇게 말했다.

"이제 나오세요, 마우릿손. 경찰입니다."

마우릿손은 문을 열고 안도의 신음을 뱉으면서 옌셰핑 경찰서에서 나온 획플뤼크트 형사의 품에 안기다시피 했다. 형사는 그에게 채울 수갑을 준비하고 서 있었다.

삼십 분 후, 마우릿손은 시나몬 롤이 든 커다란 봉지를 무릎에 얹고 스톡홀름행 비행기에 앉아 있었다. 획플뤼크트 형사에게 기꺼이 협조하겠다고 말해서 수갑은 벗었다. 그는 햇살을 받아 빛나는 외스테르예틀란드의 평원을 내려다보면서 빵을 먹었다. 전후 사정을 고려한다면 그는 지금 상황에 만족했다.

그는 간간이 동행에게 빵을 권했지만, 동행은 매번 더 침울해진 얼굴로 고개를 저었다. 비행 공포증이 있는 획플뤼크트 형사는 속이 좋지 않았다*.

비행기는 10시 25분 정시에 브롬마 공항에 내렸다. 이십 분후, 마우릿손은 다시 한번 쿵스홀멘의 경찰 본부에 있었다. 경

---

* 형사의 성 획플뤼크트(Högflygt)가 '고공 비행'이라는 뜻을 가지고 있어 이를 사용한 농담이다.

찰차를 타고 시내로 들어오는 동안, 그는 불도저가 무엇을 준비해두고 있을지를 초조하게 추측해보았다. 아침에 깼을 때 느낀 쇼크에 뒤이어 온 해방감과 안도감은 이미 종적 없이 흩어졌고, 음울한 근심이 자리 잡았다.

불도저 올손은 특별수사대의 정예 멤버, 즉 에이나르 뢴과 군발드 라르손과 함께 마우릿손이 도착하기를 안절부절못하며 기다리고 있었다. 수사대의 다른 멤버들은 콜베리의 지시하에 오후에 있을 모렌 일당 소탕 작전을 계획하느라 바빴다. 복잡한 작전이라 신중하게 조직해야 했다.

방공호에서의 발견을 보고받았을 때 불도저는 기뻐서 제정신이 아니었다. 그는 벼르던 날이 다가오는 것이 흥분되고 기대되어서 간밤에 거의 한숨도 자지 못했다. 그는 이미 마우릿손을 붙잡았고, 모렌 일당도 놈들이 큰 한탕을 무대에 올리려고 하는 순간 붙잡을 것이었다. 만약 그 일이 이번 주 금요일에 벌어지지 않는다면 다음 주 금요일에는 틀림없이 벌어질 테고, 그러면 오늘의 작전은 유용한 전체 리허설로 여기면 될 것이었다. 일단 모렌 일당을 잡아넣으면, 머지않아 베르네르 로스도 낚을 수 있을 것이었다.

불도저의 장밋빛 꿈을 깨운 것은 전화벨 소리였다. 그는 얼른 수화기를 들고 삼 초간 듣다가 고함을 질렀다.

"놈을 당장 데려오세요!"

불도저가 수화기를 탕 내려놓고 손뼉을 치면서 열정적으로 말했다.

"여러분, 그가 오고 있습니다. 준비됐습니까?"

군발드 라르손은 툴툴거렸고, 뢴은 열정이라고는 없이 말했다.

"네."

뢴은 자신과 군발드 라르손이 그곳에 있는 이유가 주로 청중 역할을 하기 위해서임을 알았다. 불도저는 청중 앞에서 공연하기를 좋아했고, 오늘의 공연은 두말할 것 없이 그의 것이었다. 그는 주역을 연기할뿐더러 연출도 맡았다. 동료 배우들이 앉을 의자의 위치를 최소 열다섯 번은 조정해서 자기 마음에 쏙 들도록 해놓은 것이 연출가의 일 중 하나였다.

불도저는 책상 뒤 심판관 자리에 앉았다. 군발드 라르손은 창가 구석에 앉아 있었고, 뢴은 불도저의 오른쪽으로 책상 끝에 앉아 있었다. 마우릿손의 의자는 불도저 정면에 있었지만 책상으로부터 아주 멀어서 거의 방 한가운데에 놓여 있었다.

군발드 라르손은 성냥개비로 이를 쑤시면서 불도저의 얄궂은 여름 복장을 흘끔흘끔 훔쳐보았다. 겨자색 양복, 파란색과 흰색 줄무늬 셔츠, 오렌지색 바탕에 초록색 데이지 무늬 넥타이였다.

노크 소리가 들리고 마우릿손이 들어왔다. 그는 상당히 불안했다. 불도저의 방에 모인 친숙한 얼굴들도 그를 진정시키지 못했다. 다들 엄숙한 표정이었다.

라르손인가 뭔가 하는 거구의 금발 사내가 자신에게 썩 우호적이지 않다는 것은 마우릿손이 이미 아는 바였다. 코흘리개 같은 북부 출신 사내는 그냥 둔해 보였다. 하지만 지난번 만남에서는 크리스마스이브의 산타처럼 너그러웠던 불도저조차 엄하고 불만스러운 눈으로 마우릿손을 보고 있다는 것은 나쁜 징조였다.

마우릿손은 지정된 의자에 앉아서 방 안을 둘러보고 말했다.

"좋은 아침입니다."

아무도 인사를 돌려주지 않았다. 마우릿손은 계속 말했다.

"검사님이 주신 문서에 제가 스톡홀름을 떠나면 안 된다는 말은 없었고, 제가 기억하기로 구두 협의에서도 그런 말은 없었습니다."

불도저가 눈썹을 치키자 마우릿손이 황급히 덧붙였다.

"하지만 당연히 제가 할 수 있는 한 최대한 협조하겠습니다."

불도저는 몸을 숙이며 깍지 낀 손을 책상에 얹고 마우릿손을 한참 보다가 부드럽게 말했다.

"아하, 마우릿손 씨는 최대한 협조하시겠습니까. 정말 친절하십니다, 마우릿손 씨. 하지만 이제 우리는 마우릿손 씨에게 부탁할 일이 없습니다. 아뇨, 이제 우리가 당신에게 도움을 드릴 차례죠. 마우릿손 씨, 당신은 우리에게 전적으로 정직하지는 않았지요? 우리는 이 문제가 당신에게 대단히 중요한 일이라는 걸 압니다. 그래서 구태여 조촐한 자리를 마련한 겁니다. 당신이 평온하고 조용하게 털어놓을 수 있도록."

"이해가 안 됩니다만……." 마우릿손이 불도저를 불안하게 보며 말했다.

"이해가 안 돼요? 마우릿손 씨는 우리에게 털어놓을 말이 없습니까?"

"저는…… 제가 뭘 말해야 하는지 모르겠습니다."

"몰라요? 지난주 금요일이라고 운을 떼면, 마우릿손 씨도 알겠습니까?"

"지난주 금요일요?"

마우릿손의 시선이 흔들렸다. 그가 의자에서 몸을 꼬았다. 그의 시선이 불도저를 향했다가 뢴을 향했다가 다시 불도저를 향했다가 군발드 라르손의 새파랗고 차가운 눈동자와 마주친 뒤 바닥으로 향했다. 방은 쥐 죽은 듯 조용했다. 불도저가 말을 이었다.

"그래요, 일주일 전인 지난주 금요일. 마우릿손 씨가 그날 자신이 무슨 일을 했는지 기억하지 못한다는 건 있을 수 없는 일 아닙니까? 다른 건 몰라도 마우릿손 씨가 그날의 소득을 잊었을 리는 없는데요. 구만 크로나는 어떻게 따져도 적은 금액이 아니죠. 어떻습니까?"

"무슨 구만 크로나요? 뭐든 간에 저는 구만 크로나에 대해서는 모릅니다."

마우릿손의 목소리가 약간 대담해졌지만, 다시 입을 연 불도저의 목소리는 영 부드럽지 않았다.

"마우릿손 씨는 내가 무슨 이야기를 하는지 전혀 모르겠습니까?"

"네, 모르겠습니다." 마우릿손이 끄덕였다.

"마우릿손 씨는 그러면 내가 더 확실히 설명해드리면 좋겠습니까?"

"네, 부탁합니다." 마우릿손이 겸손하게 대답했다.

군발드 라르손이 허리를 세우면서 짜증스레 말했다

"바보 행세는 집어치워! 무슨 이야기인지 잘 알잖아."

"물론 알겠죠." 불도저가 사람 좋게 말했다. "마우릿손 씨는 그저 우리에게 자신이 얼마나 영리한지 보여주려는 겁니다. 이게 다 게임의 일부죠. 하지만 곧 끝날 겁니다. 그의 입장에서는 말하기가 어렵게 느껴질 만도 하지요."

"친구들을 꼰지르는 일은 전혀 어려워하지 않았는데요." 군 발드 라르손이 신랄하게 대꾸했다.

"뭐, 두고 봅시다." 불도저가 말했다.

불도저는 몸을 숙이고 마우릿손의 눈을 응시하면서 말했다.

"내가 더 확실히 설명해주면 좋겠다고요? 좋습니다, 그러죠. 우리는 지난주 금요일에 호른스가탄의 은행을 턴 범인이 당신 이라는 걸 압니다. 부인해봐야 소용없어요, 증거가 있으니까. 안타까운 점은 당신이 강도 짓에 그치지 않았다는 거지요. 물론 강도 짓 자체도 심각한 일이고, 당신이 얼마나 곤란한 상황에 처했는지를 내가 더 설명할 필요는 없을 겁니다. 당신은 깜짝 놀라서 그랬다고, 죽일 생각으로 쏜 것은 아니라고 주장하겠죠. 그래도 그 남자가 죽었다는 사실은 변하지 않습니다."

마우릿손은 창백해졌다. 이마에 땀방울이 맺히기 시작했다. 그가 뭐라 말하려고 입을 열었지만 불도저가 계속 말했다.

"당신이 심각한 상황에 처했으니 잔꾀를 부려봐야 얻을 게 없다는 걸 이해하면 좋겠군요. 그리고 사태를 악화시키지 않는 최선의 방법은 우리에게 협조할 의향을 보이는 겁니다. 내 설명이 분명합니까?"

마우릿손은 입을 헤벌린 채 고개를 흔들었다. 이윽고 더듬더듬 말이 나왔다.

"저는…… 저는 모르겠습니다……. 무슨 말을 하시는지."

불도저가 일어나서 마우릿손 앞을 오락가락하기 시작했다.

"친애하는 마우릿손 씨, 나는 꼭 필요한 상황에서는 인내심이 무한합니다. 하지만 단순한 어리석음은 잘 참지 못하죠." 불도저는 무한한 인내심에도 한계가 있다고 알리는 듯한 말투였다.

불도저가 마우릿손과 책상 사이를 심각하게 오가면서 말하는 동안, 마우릿손은 또 고개를 흔들었다.

"내 설명이 더없이 분명했다고 생각합니다만 그래도 다시 말해드리죠. 우리는 당신이 혼자 호른스가탄의 은행에 들어가서 남자 고객 한 명을 총으로 쏘아 죽이고 현금 구만 크로나를 챙겨서 달아났다는 것을 압니다. 여기까지는 우리가 아는 사실이니까 부인해도 소용없습니다. 그런데 만약 당신이 더 수선 피우지 않고 자백한다면, 그리고 약간의 선의를 보인다면, 자신의 처지를 조금은 개선할 수 있습니다. 아주 많이는 아니겠지만 어느 정도는 나아지겠지요. 제일 좋은 건 우리에게 그날의 일을 상세히 서술해주는 겁니다. 돈은 어쨌는지, 현장에서 어떻게 달아났는지, 공범이 누구였는지. 자, 이제 설명이 충분합니까?"

불도저는 발걸음을 멈추고 다시 자리에 앉아서 뒤로 기대면서 뢴을, 다음에 군발드 라르손을 흘끗 보았다. 그들의 조용한 박수를 끌어내려는 눈짓이었다. 그런데 뢴은 그냥 떨떠름한 표정이었고, 군발드 라르손은 멍하니 코를 후비고 있었다. 자신의 간결하고도 심리적으로 모범적인 열변에 그들의 얼굴이 찬탄으로 밝아지리라고 기대했던 불도저는 체념하며 생각했다. '돼지 목에 진주 목걸이지.' 불도저는 다시 마우릿손을 향했다.

마우릿손은 의심과 공포가 섞인 얼굴로 불도저를 보았다.

"저는 그 일과 무관합니다." 마우릿손이 열렬히 말했다. "은행 강도에 대해서는 아는 바가 전혀 없습니다."

"발뺌하지 말아요. 내 말을 들었잖습니까. 우리는 증거가 있습니다."

"어떤 증거요? 저는 은행을 털거나 사람을 쏜 일이 없습니다. 말도 안 되는 이야기예요."

군발드 라르손이 한숨을 쉬고 일어나서 뒤돌아 창을 보고 섰다.

"저런 놈에게 친절하게 말로 하는 건 소용없는 짓이지." 군발드 라르손이 어깨 너머로 말했다. "얼굴을 한 대 맞아야 이해하실까."

불도저가 군발드 라르손에게 차분하게 손을 흔들면서 말했다.

"잠깐 기다려요, 군발드."

불도저가 팔꿈치를 책상에 대고 두 손으로 턱을 받치고 심란한 눈으로 마우릿손을 보았다.

"자, 마우릿손. 우리 기분이 어떻겠습니까?"

"제가 한 짓이 아닙니다. 정말입니다! 맹세해요!" 마우릿손이 손을 펼쳤다.

불도저는 심란한 듯이 마우릿손을 보다가 허리를 숙여서 책상의 맨 밑 서랍을 열면서 말했다.

"정말입니까. 내게는 그 말을 의심할 이유가 있습니다."

허리를 펴면서, 불도저는 녹색 숄더백을 책상 위로 툭 던지고 의기양양하게 마우릿손을 보았다. 마우릿손은 놀라서 가방을 보았다.

"보다시피 마우릿손, 여기 다 있습니다."

불도저는 가방에 든 것을 하나하나 꺼내어 책상에 나란히 늘어놓았다.

"가발, 셔츠, 선글라스, 모자, 무엇보다도 권총. 이제 뭐라고 할 겁니까?"

처음에 마우릿손은 어리둥절한 눈으로 물건들을 보았다. 그러다가 표정이 싹 바뀌더니 책상을 뚫어져라 보면서 안색이 차츰 창백해졌다.

"이게…… 이게 다 뭡니까?" 마우릿손이 물었다.

목소리가 제대로 나오지 않아서 마우릿손은 목청을 가다듬고 질문을 반복했다.

불도저는 지친 눈으로 마우릿손을 보다가 뢴에게로 시선을 돌렸다.

"에이나르. 목격자들이 도착했는지 확인해주겠습니까."

"네." 뢴은 대답하고 일어나서 나갔다.

몇 분 뒤에 돌아온 뢴은 문간에 서서 말했다.

"왔습니다."

불도저가 벌떡 일어났다.

"좋습니다. 그러면 갑시다."

뢴이 다시 사라졌고, 불도저는 물건들을 도로 가방에 넣은 뒤 말했다.

"갑시다, 마우릿손. 다른 방으로 갑니다. 패션쇼를 할 겁니다. 함께 가겠습니까, 군발드?"

불도저는 가방을 쥐고 문으로 달려갔다. 군발드 라르손이 마우릿손을 거칠게 밀면서 뒤를 따랐다. 그들은 복도를 걸어서 다른 방으로 갔다.

그 방도 다른 방들과 다르지 않았다. 책상이 하나, 의자들, 캐비닛, 타자기 책상이 있었다. 벽에 거울도 있었다. 그 거울은 벽 건너편에서는 창문으로 기능하여, 옆방에서 이 방을 들여다볼 수 있게 해주었다.

에이나르 뢴이 그 옆방에 서서, 불도저가 마우릿손에게 파란
색 셔츠를 입히고 긴 금발 가발을 씌우고 모자와 선글라스를 쓰
게 하는 모습을 들키지 않고 지켜보고 있었다. 마우릿손이 거울
로 다가와서 자신의 모습을 얼떨떨한 눈으로 쳐다볼 때, 벽 건
너편의 뢴은 거울 뒤에서 상대의 눈을 정면으로 보면서도 자신
은 상대에게 보이지 않는 것이 좀 불쾌하다고 느꼈다. 마우릿손
이 선글라스와 모자를 썼다. 모두 그에게 꼭 맞는 듯했다.

뢴이 나가서 첫 번째 목격자를 데리고 들어왔다. 호른스가탄
은행의 출납계장인 여자였다. 마우릿손은 어깨에 가방을 멘 채
방 한가운데 서 있다가, 불도저가 뭐라고 하는 말을 듣고 방을
앞뒤로 걸었다.

목격자는 유리를 통해서 마우릿손을 본 후 뢴에게 끄덕였다.

"자세히 보십시오." 뢴이 말했다.

"저 여자예요. 틀림없어요. 그때는 저것보다 폭이 더 좁은 바
지를 입었던 것 같지만요. 그 점만 달라요."

"확실합니까?"

"아, 그럼요. 백 퍼센트 확실해요."

다음 목격자는 은행 매니저인 남자였다.

남자는 마우릿손을 흘끗 보았다.

"저 여자입니다." 남자가 추호의 의심도 없이 말했다.

"자세히 보십시오. 실수하면 안 되니까요." 뢴이 말했다.

은행 매니저는 옆방에서 오락가락 걷는 마우릿손을 한참 보았다.

"맞습니다. 알아보겠는걸요. 걸음걸이, 자세, 머리카락······. 확실합니다."

남자가 덧붙였다.

"저렇게 예쁜 아가씨가 안됐네요."

불도저는 오전의 나머지 시간을 마우릿손에게 바쳤지만, 오후 1시가 되자 자백을 끌어내지 못한 채 취조를 마쳤다. 하지만 불도저는 마우릿손의 방어가 곧 무너지리라고 기대했고, 좌우간 마우릿손에게 불리한 증거가 충분히 확보되어 있었다. 마우릿손은 변호사에게 전화하는 것이 허가되었고, 그다음에는 정식으로 구속영장이 발부될 때까지 유치장에 있게 되었다.

전체적으로 불도저는 이날 오전이 만족스러웠다. 그는 식당에서 가자미와 으깬 감자로 얼른 점심을 먹고, 새롭게 충전한 에너지로 다음 할 일에 뛰어들었다. 모렌 일당을 붙잡는 일이었다.

작전은 콜베리가 다 짜두었다. 콜베리는 예상 공격 지점인 로센룬스가탄과 은행 주변에 주요 경찰력을 배치해두었다. 경찰 특공대원들은 두 지점 근처에서 대기하되 사람들의 눈길을 끌지 말라는 지시를 받았다. 예상 도주로에도 경찰차들이 배치되어 있었다. 강도들이 수사대의 예상과는 달리 도주 단계까지 성공한 경우에 도주로를 즉시 차단하기 위해서였다.

쿵스홀멘의 경찰 본부에는 오토바이 한 대도 없었다. 주차장도 차고도 텅 비어 있었다. 모든 차량이 시내 각지의 전략적 위치에 배치되어 있었다.

결정적인 순간에 불도저는 경찰 본부에 있을 예정이었다. 그곳에서 무전으로 사건 진행을 따라가다가 붙잡혀 온 강도들을 맞이할 예정이었다.

특별수사대 멤버들은 은행 안팎에 있기로 했다. 단 뢴은 예외로, 로센룬스가탄을 감시하는 것이 뢴의 임무였다.

오후 2시, 불도저가 T 번호판을 단 회색 볼보 아마존을 타고 시찰을 돌았다. 로센룬스가탄 주변에 경찰차가 좀 많나 싶었지만, 은행 주변에는 경찰이 감시중이라는 표시가 전혀 나지 않았고 경찰차도 눈에 띄게 많아 보이지 않았다. 준비에 만족한 불도저는 쿵스홀름스가탄으로 돌아가서 결정적 순간을 기다렸다.

2시 45분이 되었다. 하지만 로센룬스가탄은 조용했다. 일 분 뒤, 경찰 본부에서도 아무 일이 없었다. 2시 50분에 은행이 습격당하지 않자, 오늘이 큰 한탕의 날이 아니라는 사실이 분명해졌다.

불도저는 안전을 기할 겸 3시 30분까지 기다렸다가 작전 종료를 선언했다. 이번 작전은 성공적으로 수행된 연습으로 볼 수 있었다.

불도저는 특별수사대를 소집하여 작전의 큰 틀과 세부를 검토하고 분석했다. 필요하다면 계획을 더 다듬고 바로잡을 시간도 일주일이 있었다. 하지만 모두가 이번 작전이 계획대로 진행되었다는 데 동의했다.

모두가 맡은 일을 만족스럽게 해냈다.

시간표도 정확히 맞았다.

모두가 정확한 순간에 정확한 장소에 있었다.

틀린 것은 날짜뿐이었다. 하지만 일주일 뒤에 모든 일이 반복될 테고, 그때는 가능하다면 더 효율적이고 정확하게 수행할 수 있을 것이다.

바라건대 그때는 말름스트룀과 모렌도 나타날 것이다.

하지만 그 금요일에 모두가 가장 두려워하던 일이 벌어졌다. 국가경찰청장은 누군가 미국 대사에게 계란을 던지거나, 미국 대사관에 토마토를 던지거나, 성조기에 불을 지를지도 모른다는 생각에 사로잡혔다.

보안청도 걱정하는 중이었다. 그들은 스파이의 세계에서 사는 사람들이었다. 그들이 생각하는 세상은 위험한 공산주의자, 폭탄을 투척하는 무정부주의자, 그리고 플라스틱 우유 통과 도시환경 파괴에 항의함으로써 사회를 각성시키려는 불한당이 넘치는 세계였다. 보안청은 대개의 정보를 우스타샤*를 비롯한 파시스트 조직들에게서 얻었다. 좌익 활동가로 추정되는 자들에 대한 정보를 얻기 위해서, 그런 조직들과 기꺼이 협력했다.

국가경찰청장은 개인적으로도 걱정이 컸다. 보안청이 아직 풍문으로도 듣지 못한 정보를 그는 알기 때문이었다. 로널드 레이건이 나타날 가능성이 있었다. 인기가 많다고 할 수 없는 그 주지사가 이미 덴마크에 깜짝 방문을 하여 여왕과 점심을 먹었다. 그가 스웨덴에 들를 가능성이 없지 않았는데, 그렇게 되면 그의 방문을 비밀로 할 수는 없을 터였다.

이날 저녁에 예정된 베트남전 반대 시위가 영 때가 좋지 못한 것은 이 때문이었다. 수천 명의 스톡홀름 시민들은 미국이 제 체면을 세우자고 북베트남의 제방과 무방비 상태인 마을을 폭격하여 쓸어버리는 것을 분연히 반대했다. 이들 중 일부가 하크베리에트 광장에 모여서 결의안을 채택했다. 결의문을 미국 대

---

* 크로아티아의 민족주의 파시스트 조직으로, 2차세계대전중에 세르비아인 학살을 저질렀다.

사관으로 가져가서 그곳 문지기 중 누구에게든 건넨다는 것이 시위대의 계획이었다.

그런 일이 벌어지도록 놔둘 수는 없었다. 더구나 상황이 복잡한 것이, 스톡홀름 주 경찰청장은 쉬는 날이었고 경찰 특공대장은 휴가중이었다. 수천 명의 평화 교란자들이 스톡홀름에서 가장 신성불가침의 영역인 미국 대사관 유리 왕궁에 위협적이리만치 가까이 있었다. 이 상황에서 국가경찰청장은 역사적 결단을 내렸다. 자신이 직접 가서 시위가 평화롭게 진행되도록 살피겠다는 것이었다. 그가 몸소 시위 행렬을 어딘가 안전한 곳으로, 위험한 동네에서 먼 곳으로 이끌겠다고 했다. 안전한 장소란 스톡홀름 중심부의 훔레고르덴 공원이었다. 그곳에서 망할 결의문을 낭독하게 한 후 시위대를 해산한다는 계획이었다. 시위대는 평화적이었기 때문에 모든 제안에 동의했다. 행렬은 칼라베겐 거리를 행진했다. 근처에 있는 모든 신체 멀쩡한 경찰관들은 이 작전을 감독하는 일에 동원되었다.

예를 들어, 군발드 라르손은 느닷없이 헬리콥터를 타고서 플래카드와 베트콩 깃발을 든 긴 시위 행렬이 달팽이 같은 속도로 북쪽으로 이동하는 모습을 하늘에서 내려다보게 되었다. 그는 이후 벌어진 일을 똑똑히 보았으나, 그것에 대해서 수를 쓸 도리가 조금도 혹은 전혀 없었다. 있다고 해도 하고 싶지 않았다.

칼라베겐 거리와 스투레가탄 거리가 만나는 지점에서, 국가경찰청장은 경기장에서 쏟아져 나온 대규모 축구 팬들 속으로 몸소 시위 행렬을 이끌고 들어갔다. 축구 팬들은 홈팀의 졸전에 기분이 상하여 극도로 언짢은 상태였다. 이어진 아수라장은 워털루에서의 완패나 교황의 예루살렘 방문을 연상케 했다. 삼 분 만에, 모든 경찰관들이 사방팔방으로 아무나 때리기 시작했다. 축구 팬도, 홈레고르덴 공원에서 산책하던 사람도, 평화주의자도 난데없이 몽둥이세례를 받았다. 오토바이 경찰과 기마 파견대가 인파 속으로 잔인하게 밀고 들어왔다. 시위자들과 축구 팬들은 이유도 모르고 싸우기 시작했고, 결국에는 제복 경찰관들이 사복 경찰관들을 때리기 시작했다. 국가경찰청장은 헬리콥터로 피신해야 했다.

군발드 라르손이 탄 헬리콥터는 아니었다. 군발드 라르손은 아수라장을 몇 분쯤 보다가 말했다.

"갑시다. 젠장. 멀기만 하면 어디든 좋으니까 가고 싶은 대로 날아갑시다."

백 명이 체포되었고, 더 많은 수가 다쳤다. 누구도 이유를 알지 못했다.

스톡홀름은 혼란에 빠졌다.

국가경찰청장은 습관대로 말했다.

"이 일은 한마디도 새어 나가서는 안 돼."

26.

마르틴 베크는 다시 말을 탔다. 한껏 움츠리고, 래글런 코트를 입은 남자들에게 둘러싸여서 벌판을 전속력으로 달렸다. 정면에 러시아 포병대의 포좌가 보였다. 모래주머니 사이에 비죽 튀어나온 대포 총구가 그를 응시하고 있었다. 죽음의 까만 눈동자였다. 포탄이 정통으로 그를 향해 날아오는 것이 보였다. 포탄이 점차 커졌다. 포탄은 커지고 또 커지다가 마침내 그의 시야 전체를 메웠고, 그러고는 시야가 캄캄해졌다. 아무래도 발라클라바 전투 현장인 듯했다. 다음 순간에 그는 HMS 라이온 호의 함교에 서 있었다. 인디퍼티거블호와 퀸메리호가 방금 격침되어 바다에 가라앉았다. 전령이 달려오면서 외쳤다. "프린세스로열호가 격침당했습니다!" 비티가 그에게 몸을 숙이면서 전투의 함성을 뚫고 크고 차분한 목소리로 말했다. "베크, 오늘 우리 배들에 문제가 있는 것 같군. 배를 적함 쪽으로 2포인트 돌려."

다음은 예의 익숙한 가필드와 기토 장면이었다. 마르틴 베크는 말에서 뛰어내려 기차역을 달려가서 총알을 자기 몸으로 막았다. 그가 마지막 숨을 쉬는 순간, 국가경찰청장이 나타나서 그의 부서진 가슴에 메달을 달아주고 양피지 두루마리처럼 생긴 것을 펼쳐서 거슬리는 목소리로 읽었다. "귀관은 연공 등급 B3의 경정으로 승진되었다." 톱해트를 쓴 대통령은 플랫폼에 쓰러져 있었다. 순간 타는 듯한 통증이 몸을 휩쓸었고, 마르틴 베크는 눈을 떴다.

마르틴 베크는 땀에 흠뻑 젖은 채 침대에 누워 있었다. 상투적인 장면들이 점점 더 나빠졌다. 이번에는 기토가 에릭손 전 순경처럼 생겼고, 제임스 가필드는 우아한 차림새의 노신사처럼 생겼고, 청장은 청장처럼 생겼고, 비티는 1919년 평화 기념 머그*에 그려진 초상처럼 월계관을 두르고 살짝 오만한 분위기를 풍기는 얼굴이었다. 이 점을 제외한다면 꿈은 이번에도 터무

---

* 영국에서 1차세계대전 종전을 기념하여 제작했던 머그. 유틀란트 해전의 주역 데이비드 비티 제독과 육군 원수 더글러스 헤이그의 초상이 그려져 있다.

니없는 요소들과 잘못된 인용구들로 점철되어 있었다.

데이비드 비티는 "적함 쪽으로 2포인트"라고 말한 적이 없었다.

당시 상황에 관한 자료에 따르면 그는 이렇게 명령했다. "챗필드, 오늘 우리 배들에 문제가 있는 것 같군. 배를 좌현으로 2포인트 돌려."

물론 둘 사이에 사실상 차이는 없었다. 저 상황에서는 좌현으로 2포인트 돌리는 것이 어차피 적함 쪽으로 돌리는 것이었으니까.

그리고 기토가 캐러딘처럼 생겼던 이전 꿈에서는 그가 쥔 총이 헤메를리 인터내셔널이었던 데 비해, 기토가 에릭손처럼 생긴 이번 꿈에서는 그의 총이 데린저였다. 게다가 실제 발라클라바 전투에서 래글런 코트를 입었던 사람은 피츠로이 헨리 서머싯뿐이었다.

마르틴 베크의 꿈에는 운율도 이유도 없었다.

그는 일어나서 잠옷을 벗고 샤워를 했다.

찬물에 소름이 돋는 순간 레아를 떠올렸다.

지하철로 가면서 그는 어젯밤 자신의 이상한 행동에 대해서 생각했다.

그리고 베스트베리아 경찰서의 자기 책상에 앉았을 때 당혹스러운 외로움이 불현듯 그를 덮쳤다.

콜베리가 들어와서 그에게 어떠냐고 물었다. 까다로운 질문이었고, 그가 겨우 한 답이라는 것은 이랬다.

"좋아."

콜베리는 금세 돌아섰다. 땀 흘리는 모습이 바빠 보였다. 콜베리가 나가려다가 말했다.

"호른스가탄 사건은 해결될 것 같아. 게다가 말름스트뢰므과 모렌도 현장에서 잡을 수 있을 것 같아. 자네의 잠긴 방 사건은 어떻게 되어가나?"

"잘되고 있어. 최소한 내가 예상했던 것보다는 괜찮아."

"정말?" 콜베리가 말했다.

콜베리는 몇 초쯤 주저하다가 덧붙였다.

"오늘은 얼굴이 약간 밝아 보이네. 안녕."

"안녕."

마르틴 베크는 다시 혼자였다. 그는 스베르드를 생각하기 시작했다.

동시에 레아를 생각했다.

레아는 그에게 기대보다 훨씬 많은 것을 주었다. 경찰관의 관점에서 그렇다는 뜻이었다. 세 가지, 어쩌면 네 가지 방면으로 생각해볼 거리가 생겼다.

스베르드는 병적으로 인색했다.

늘 혹은 적어도 마지막 몇 년 동안, 스베르드는 집 안에 가치 있는 물건이 아무것도 없는데도 안에서 바리케이드를 쳐두고 갇혀 살았다.

또 스베르드는 아팠고, 죽기 얼마 전에 방사선 클리닉에 입원했었다.

스베르드가 어딘가에 돈을 숨겨두었을 가능성이 있을까? 만약 그랬다면, 어디에?

스베르드는 무언가를 두려워했을까? 만약 그랬다면, 무엇을?

빗장이 단단히 채워진 그의 은신처에서 가치가 조금이라도 있을 법한 것은 스베르드 자신의 목숨뿐이었다.

어쩌면 스베르드는 특정한 사람을 두려워했을까? 만약 그랬다면, 누구를?

그리고 만약 그가 사람들의 말처럼 인색했다면, 왜 더 비싸고 환경도 더 열악했을 듯한 집으로 이사했을까?

의문들.

어렵지만 해결할 수 없는 의문들은 아니었다.

몇 시간 내에 해결할 수 있는 종류는 아니었다. 며칠은 걸릴 가능성이 높았다. 몇 주나 몇 달일 수도 있었다. 어쩌면 몇 년일 수도. 또 어쩌면 영원히.

그리고 탄도 검사는 어떻게 되었지?

여기에서부터 시작해야 했다.

마르틴 베크는 전화기로 손을 뻗었다.

전화기는 오늘 협조적이지 않았다. 그는 여섯 번 다이얼을 돌렸는데, 개중 네 번은 "잠시만 기다려주십시오"라는 말과 함께 결국 끊어졌다. 하지만 마침내 십칠 일 전에 스베르드의 시신을 열었던 여성 법의학자와 연결되었다.

"아, 맞아요. 기억나네요. 웬 경찰관이 내게 전화를 걸어서 그 총알에 대해서 뭐라고 했었어요."

"선임 경사 뢴 말이죠."

"그런 이름이었던 것 같아요. 잘 모르겠지만. 아무튼 그전의 책임자, 그러니까 알도르 구스타브손과는 다른 사람이었어요. 경험이 그리 많지 않은 것 같더라고요. 모든 문장을 '음'으로 시작하고요."

"그래서 어떻게 됐습니까?"

"그게, 저번에도 말씀드렸듯이, 경찰이 처음에는 별로 흥미가 없는 것 같았거든요. 그 북부 출신 경찰관이 전화를 걸어오기 전에는 아무도 탄도 검사를 요청하지 않았어요. 나는 총알을 어떻게 처리해야 좋을지 알 수 없었지만……."

"그래서요?"

"그냥 버리는 건 안 될 것 같아서, 봉투에 넣고 몇 마디 적어 뒀어요. 어디서 나온 총알이고, 그런 거요. 진짜 살인 사건인 것처럼 말이죠. 하지만 그걸 국립과학수사연구소로 보내진 않았어요. 연구소 사람들이 늘 업무 과중이라는 걸 아니까요."

"그다음에는 어떻게 했습니까?"

"봉투를 어디로 치워뒀죠. 그랬다가 다시 찾으려니 처음엔 못 찾겠더라고요. 내가 여기 온 지 얼마 되지 않아서 개인 서류함이 없거든요. 아무튼 결국에는 찾아서 보냈어요."

"검사하라고요?"

"그런 주문을 하는 건 내 일이 아니에요. 하지만 탄도학 쪽 사람들은 총알을 받으면 검사하지 않나요. 설령 자살 사건이더라도."

"자살?"

"네. 내가 그렇게 적어뒀거든요. 경찰이 자살이라고 말했으니까요."

"내가 연구소에 연락해봐야겠군요." 마르틴 베크가 말했다. "당신에게 묻고 싶은 것이 하나 더 있습니다."

"뭔가요?"

"부검중에 뭔가 특이한 점을 발견하지 못했습니까?"

"네, 그가 스스로 총을 쐈다는 점이요. 그건 보고서에 썼는데요."

"내가 생각하는 건 다른 문제입니다. 스베르드가 심각한 질병을 앓고 있었음을 암시하는 요소가 있었습니까?"

"아니요. 그의 장기는 건강해 보였어요. 하지만……."

"하지만?"

"아주 면밀히 검사하지는 않았어요. 사인만 확인하면 됐으니까요. 그래서 흉부만 살펴봤죠."

"정확히 어디를?"

"주로 심장과 폐를 봤어요. 거기엔 이상이 없었고요. 물론 그가 죽었다는 점 말고는."

"그 밖의 부위에는 어떤 병이든 걸려 있을 수 있었다는 겁니까?"

"그렇죠. 통풍에서 간암까지 뭐든. 저기요, 왜 이 건에 대해서 이렇게 많이 묻는 거죠? 그냥 정례적인 부검 아니었나요?"

"질문하는 게 우리 일이라서요." 마르틴 베크의 대답이었다.

그는 대화를 끝낸 뒤 곧장 국립과학수사연구소의 탄도학 전문가와 통화해보려고 했다. 하지만 연결이 되지 않았고, 결국 부서장에게 직접 전화할 수밖에 없었다. 부서장은 오스카르 옐름이라는 남자로, 뛰어난 범죄학자이지만 대화하기가 꺼려지는 이였다.

"아하, 그쪽이로군요. 경정으로 승진한 줄 알았는데요. 헛된 희망이었던 모양이죠." 옐름이 불퉁하게 말했다.

"왜요?"

"경정들은 자기 앞길 생각뿐이거든요. 골프를 치거나 텔레비전에 나와서 헛소리를 하거나 하지 않는 시간에는. 무엇보다도 내게 전화해서 답이 뻔한 질문을 던져대진 않거든요. 이번엔 무슨 용무입니까?"

"그냥 탄도 검사 때문에요."

"그냥? 그러면 수많은 탄도 검사 중에서 뭔지 물어도 될까요? 오만 미친 자들이 별의별 물건을 다 여기로 보낸단 말입니다. 검사할 물건은 쌓여 있는데 검사할 사람이 없어요. 요전 날에는 멜란데르가 정화조를 이리로 보냈어요. 거기에 얼마나 많은 인간들이 똥을 쌌는지 알고 싶다고. 꼭대기까지 찬 걸 보니이 년은 비우지 않은 게 분명했다고요."

"별로 좋은 일은 아니네요."

프레드리크 멜란데르는 오랫동안 살인수사과에서 마르틴 베크의 가장 귀중한 동료 중 한 명으로 일한 수사관이었다. 하지만 얼마 전에 절도수사과로 옮겨 갔는데, 아마 멜란데르라면 엉망진창인 그 수사과의 상태를 어떻게든 개선할 수 있지 않을까 하는 희망에서 내려진 발령일 것이었다.

"아니, 우리 일은 전혀 좋지 않아요." 옐름이 말했다. "하지만 아무도 그걸 이해하지 못하는 것 같아. 국가경찰청장은 몇 년째 여기에 발조차 들이지 않고. 내가 봄에 통화를 요청했더니 가까운 장래에는 바빠서 안 된다는 답이 돌아왔어요. 뭐, 가까운 장래에는?"

"힘들겠어요." 마르틴 베크가 말했다.

"힘들다마다." 옐름의 목소리가 조금 누그러졌다. "여기가 얼마나 지옥 같은지 그쪽은 상상도 못 할 거요. 그래도 약간의 격려나 이해를 표시해준다면 고맙게 받지. 그조차 없지만."

옐름은 구제 불능의 불평가였지만, 똑똑하고 아첨에 약했다.

"당신이 그걸 다 해내는 게 놀라울 따름입니다." 마르틴 베크가 말했다.

"그 이상이죠." 옐름이 상냥해진 말투로 말했다. "기적이라고요. 그건 그렇고, 어떤 탄도 검사 말입니까?"

"총에 맞아 죽은 남자의 몸에서 나온 총알입니다. 스베르드라는 남자예요. 칼 에드빈 스베르드."

"아하, 그 건 알아요. 전형적인 이야기였죠. 자살이라고 하던데. 부검하는 인간들이 어쩌라는 말도 없이 총알을 여기 보냈어요. 도금해서 경찰 박물관에라도 보내라고? 아니면 우리더러 다 포기하고 자살이나 하라고 은근히 암시한 걸까요?"

"총알 종류가 뭐였습니까?"

"권총. 발사된 것. 총은 확보하지 못했습니까?"

"네."

"그런데 어떻게 자살일 수가 있죠?"

좋은 질문이었다.

마르틴 베크는 수첩에 메모했다.

"특별한 특징이라도?"

"있어요. 이 총알은 45구경 자동 권총에서 발사된 것 같습니다. 메이커가 너무 많긴 하지. 하지만 탄피를 보내준다면 우리가 더 정확하게 말해줄 수 있을 겁니다."

"탄피를 발견하지 못했습니다."

"못 찾았다고? 스베르드라는 친구가 스스로 쏘고 난 뒤에 뭘 했는지 물어도 될까요?"

"나도 모릅니다."

"배에 그런 총알을 맞은 사람은 보통 날렵하지 못해요. 픽 쓰러져서 죽는 것밖에 할 수 있는 일이 많지 않다고요."

"네, 고맙습니다." 마르틴 베크가 말했다.

"뭐가?"

"도와줘서요. 그리고 행운을 빕니다."

"소름 끼치는 농담은 그만둬요." 옐름은 이렇게 말하고 끊

잠긴 방

었다.

그러니까 그렇게 된 일이었다. 치명적인 총알을 쏜 사람이 스베르드 자신이었든 다른 사람이었든, 그는 실패의 위험을 감수하지 않았다. 45구경 탄이라면 심장을 맞히지 못하더라도 원하는 결과를 거의 확실히 얻을 수 있다.

하지만 옐름과의 통화에서 실제로 얻은 소득이 무엇일까?

총이 없다면 총알은 별 증거가 되지 못한다. 최소한 탄피라도 있어야 한다.

한 가지 긍정적인 면은 있었다. 입증할 수 없는 말은 결코 하지 않는 것으로 유명한 옐름이 45구경 자동 권총이라고 말했다. 따라서 스베르드를 죽인 것은 자동 권총이었다.

나머지는 여전히 오리무중이었다.

스베르드는 자살하지 않았던 것으로 보이는데, 그렇다고 해서 다른 사람이 그를 쐈을 수도 없었다.

마르틴 베크는 일을 계속했다.

다음으로 접촉할 곳은 은행이었다. 은행 관련 업무는 시간이 많이 걸린다는 것을 경험으로 알기 때문이었다. 스웨덴 은행들이 보안에 철저하지 않은 것은 사실이지만, 대신 그에게는 확인해봐야 할 금융기관이 아주 많았다. 그리고 금리가 끔찍하게 낮다 보니, 소액 저축자들 중에서도 이웃 나라에 돈을 맡기는 사람이 많았다. 주로 덴마크였다.

마르틴 베크는 계속 전화를 했다.

경찰입니다. 이런 이름과 이런 주소와 이런 개인인증번호에 관해서 조회하려고 합니다. 이 사람이 그곳에 계좌나 대여금고를 갖고 있었습니까?

단순한 질문이지만, 물어야 할 사람이 너무 많았다. 게다가 금요일이었고, 은행이 문 닫을 시간이 다가오고 있었다. 아무리 빨라도 다음 주는 되어야 답을 들을 수 있으리라고 생각하는 것이 현실적이었다.

마르틴 베크는 또 스베르드가 입원했던 병원으로부터도 이야기를 듣고 싶었다. 그것 역시 월요일까지 기다려야 했다.

이제 근무시간으로 따지자면 금요일이 끝났다.

이 무렵 스톡홀름은 혼란의 도가니였다. 경찰은 히스테리를 부렸고, 많은 시민이 공포에 떨었다.

마르틴 베크는 그 사실을 알지도 못했다. 그의 창문에서 내다보이는 북유럽의 베네치아*는 매연이 고약한 간선도로와 산업 단지뿐이었고, 풍경은 평소만큼 혼란스럽고 불쾌할 따름이었다.

---

* '북유럽의 베네치아'는 스톡홀름의 별명이다.

7시가 되었는데도 그는 집에 가지 않았다. 근무시간은 두 시간 전에 끝났고 수사를 진척시킬 만한 일은 할 수 있는 것이 없었는데도.

이날 하루의 노력에서 거둔 소득은 미미했다. 가장 실질적인 결과는 그가 전화 다이얼을 하도 많이 돌려서 오른손 검지가 약간 아프다는 것이었다.

하루의 마지막 업무로 그가 한 일은 전화번호부에서 레아 닐센의 번호를 찾아본 것이었다. 과연 이름은 나와 있었지만, 직업은 적혀 있지 않았다. 마르틴 베크는 벌써 손이 전화기 위에 가 있었다. 하지만 이내 레아에게 할 질문이 없다는 것을 깨달았다. 최소한 스베르드 사건에 관해서는 없었다.

업무 행위로서 이 통화는 자기기만에 지나지 않았다.

단순한 진실인즉, 그는 그녀가 집에 있는지 알고 싶을 뿐이었다. 그녀에게 정말로 묻고 싶은 단 하나의 질문도 단순했다.

제가 잠시 방문해도 됩니까?

마르틴 베크는 손을 전화기에서 거두고 전화번호부를 원래 있던 위치에 쌓았다.

그다음 책상을 정리하기 시작했다. 불필요한 메모가 적힌 쪽지들을 버리고, 펜들을 원래 위치인 펜 받침대에 집어넣었다.

그는 느릿느릿 찬찬히 했다. 그러다 보니 시간이 황당하게 오래 걸렸다. 똑딱이 장치가 망가진 볼펜을 붙들고 족히 삼십 분을 애쓴 후에야 못 쓰겠다고 판단하고 쓰레기통에 던졌다.

남부 경찰서 건물은 전혀 고요하지 않았다. 멀지 않은 곳에서 두 동료가 격앙된 목소리로 의논하는 소리가 들려왔다. 마르틴 베크는 그들이 하는 이야기가 손톱만큼도 궁금하지 않았다.

건물을 나와서, 그는 미솜마르크란센 지하철역으로 갔다. 지하철은 꽤 오래 기다린 후에야 왔다. 열차는 겉으로 보기에는 괜찮았지만 내부는 심하게 파손되어 있었다. 좌석은 죄다 베여 찢어졌고, 들어내거나 나사를 풀거나 뜯어낼 수 있는 물건이라면 모두 사라지고 없었다.

그는 감라스탄 역에서 내려서 집으로 갔다.

잠옷을 입은 뒤, 아무것도 없다는 걸 뻔히 알면서도 냉장고를 열어서 맥주가 있는지 보고 찬장을 열어서 와인이 있는지 보았다.

마르틴 베크는 러시아산 게살 통조림을 열어서 샌드위치를 몇 조각 만들었다. 생수를 꺼냈다. 그리고 먹었다. 음식은 나쁘지 않았고, 오히려 썩 괜찮았지만 혼자 앉아서 묵묵히 씹고 있으려니 못 견디게 따분했다. 그야 수요일에도 이만큼 따분했지만 그때는 그래도 상관없었다.

무슨 일이든 해야 한다는 욕구가 솟아서 읽지 않은 많은 책들 중 한 권을 들고 침대로 갔다. 책은 자바 해전을 소재로 한 레이 파킨의 실화 소설이었다. 마르틴 베크는 앉은자리에서 책을 다 읽고는 못 쓴 책이라고 생각했다. 이 책이 왜 스웨덴어로 번역되었는지 의아해서 출판사를 확인했다. 노르스테츠. 이상한 일이었다.

『두 바다 전쟁』에서 새뮤얼 엘리엇 모리슨은 같은 소재를 더 철저하고 무한히 더 흥미로운 방식으로 다루었다. 그것도 파킨이 257쪽으로 해낸 것을 겨우 9쪽 만에 해냈다. 잠에 빠지기 전에, 그는 미트 소스 스파게티를 생각했다. 그러자 왠지 내일에 대한 기대 같은 것이 생겼다.

토요일과 일요일이 못 견디게 공허하게 느껴진 것은 전날의 근거 없는 기대감 때문이었을 것이다. 몇 년 만에 처음으로 그는 초조했고, 고통스러울 정도로 갇힌 기분이었다. 그는 밖으로 나갔다. 일요일에는 심지어 증기선을 타고 마리에프레드까지 갔지만 별 도움이 되지 않았다. 밖에서도 여전히 갇힌 기분이었다. 자신의 삶에 근본적으로 잘못된 점이 있는 것 같았고 왠지 이 사실을 예전처럼 차분하게 받아들일 수가 없었다. 주변 사람들을 관찰하니 다수가 자신과 같은 처지에 있는 듯 보였다. 그들은 그 사실을 깨닫지 못하거나 인정하지 않고 있었다.

월요일 아침에 마르틴 베크는 또 말을 탔다. 캐러딘처럼 생긴 기토가 45구경 자동 권총을 쐈고, 마르틴 베크가 늘 그렇듯이 자신을 희생했는데, 그 순간 레아 닐센이 다가와서 물었다.

"무슨 짓이에요?"

잠시 후에 그는 남부 경찰서 사무실에 앉아서 전화를 돌리기 시작했다.

시작은 방사선 클리닉이었다. 겨우 답변을 들었지만 썩 만족스러운 내용은 아니었다.

스베르드는 3월 6일 월요일에 입원했다고 했다. 하지만 이튿날 남부 병원의 감염병 클리닉으로 옮겨 갔다.

왜?

"시간이 너무 지난 일이라서 정확히 말하기가 어렵네요." 스베르드의 이름을 서류에서 간신히 찾아낸 원무과 직원이 말했다. "그분은 애초에 우리에게 올 환자가 아니었습니다. 그분의 의료 기록은 없고, 어느 개업의가 그분을 우리에게 보냈다는 메모만 적혀 있네요."

"어느 의사입니까?"

"베릴룬드, 일반의예요. 아, 여기 있네요. 소견서의 글씨는 못 읽겠습니다. 의사들의 글씨가 어떤지 아시지요. 게다가 복사가 엉망이네요."

"하지만 주소는?"

"병원 주소 말인가요? 오덴가탄 30번지입니다."

"그건 읽을 만한가 보군요." 마르틴 베크가 말했다.

"스탬프예요." 직원이 간결하게 대답했다.

베릴룬드의 응답기에 따르면 병원은 휴진중이고 8월 15일에야 다시 연다고 했다. 의사도 당연히 휴가중이었다. 하지만 마르틴 베크는 스베르드가 무슨 병을 앓았는지 알아보기 위해서 한 달 넘게 기다리고 싶지 않았다.

그래서 그는 남부 병원으로 전화를 걸었다. 그곳은 거대한 만큼 통화량이 많은 곳이었다. 두 시간 넘게 들이고서야 그는 칼 에드빈 스베르드가 실제로 삼월에 그곳 감염병 클리닉에 입원했었다는 사실을 확인했다. 입원 기간은 정확히 3월 7일 화요일부터 18일 토요일까지였고, 그는 퇴원하여 귀가한 모양이었다.

하지만 그는 건강해져서 퇴원했을까, 아니면 불치병이라서 퇴원했을까?

이 질문에 대한 답을 얻기는 불가능해 보였다. 담당 의사가 근무중이긴 하지만 바빠서 전화를 받을 수 없다고 했다.

마르틴 베크가 다시 발품을 팔 시점이었다.

그는 택시로 남부 병원에 가서 한참 헤맨 끝에 목적하는 복도를 찾아냈다.

불과 십 분 뒤, 그는 스베르드의 건강 상태에 대해서 아마도 모든 것을 아는 사람의 사무실에 앉아 있었다.

사십 대 남자인 의사는 체격이 작았고, 머리카락이 검었고, 눈동자는 청회색에 초록색과 연갈색이 섞인 것이 뭐라 규정하기 어려운 색깔이었다. 마르틴 베크가 있지도 않은 담배를 찾아서 주머니를 더듬는 동안, 의사는 뿔테 안경을 끼고 의료 기록을 읽는 데 몰두했다. 의사는 완벽한 침묵 속에서 십 분을 그러고 있다가, 이윽고 안경을 이마로 밀어 올리고 손님을 보면서 말했다.

"네, 뭘 알고 싶으십니까?"

"스베르드는 무슨 병이었습니까?"

"아무 병도 아니었습니다."

마르틴 베크는 다소 놀라운 답변을 잠시 곱씹다가 물었다.

"그러면 왜 여기에 두 주 가까이 입원해 있었습니까?"

"정확히 십일 일이었지요. 그동안 그는 철저한 건강검진을 받았습니다. 그가 특정 증상을 느꼈고, 그래서 개업의의 소견서를 받아서 여기로 온 것이었으니까요."

"개업의라면 베릴룬드입니까?"

"맞습니다. 환자는 자신이 심각하게 아프다고 생각했습니다. 목에 살짝 부은 데가 두 군데 있었고, 복부 왼편에 덩어리가 있었습니다. 덩어리는 살짝 누르기만 해도 만져질 정도로 확실히 느껴졌답니다. 여느 사람들처럼 그도 대뜸 그게 암이라고 생각해버렸습니다. 그는 의사에게 갔고, 의사는 증상이 심각하다고 판단했습니다. 개업의들은 사실 이런 종류의 진단을 내리는 데 필요한 장비를 갖춘 경우가 드뭅니다. 최선의 판단을 내리는 경우도 드물고요. 이 경우에는 아예 오진이었죠. 환자는 즉시 방사선 클리닉으로 보내졌습니다. 클리닉에서 보니까 명확한 진단이 내려진 게 없기에 환자를 우리에게 보낸 겁니다. 그래서 그는 여기에서 각종 검사를 받았습니다. 우리는 늘 아주 철저히 검사합니다."

"그 결과 스베르드는 아무 이상이 없었고요?"

"대체로는, 네. 목의 멍울은 바로 무시할 수 있었습니다. 평범한 지방종이었죠. 무해합니다. 복부의 덩어리는 좀더 자세히 검사해봐야 했습니다. 일단 대동맥 조영술을 했고, 소화기 전체를 엑스선촬영했습니다. 또 간 생검을 했고……."

"뭐라고요?"

"간 생검요? 간단히 말해서, 환자의 옆구리에 튜브를 꽂아서 간을 조금 떼어내는 겁니다. 제가 직접 하지는 않았습니다만. 샘플을 실험실로 보내서 가령 암 세포 같은 게 있는지 확인해보는 겁니다. 뭐, 그런 세포는 전혀 없었습니다. 덩어리는 결장의 고립성 낭종이었고……."

"뭐라고요?"

"장에 물혹이 있었다고요. 생명을 위협하는 건 아니었습니다. 수술로 제거할 수도 있지만 그런 조치도 필요하지 않다고 봤습니다. 환자가 그것 때문에 불편감을 겪지는 않았거든요. 환자가 전에 심한 통증을 느꼈다고 말하기는 했지만 그건 틀림없이 심신적 증상이었을 겁니다."

의사가 말을 멈추고는 아이들이나 지식이 없어도 너무 없는 어른을 보는 눈으로 마르틴 베크를 보고 설명했다.

"상상의 통증이라는 겁니다."

"스베르드와 직접 만나기도 하셨습니까?"

"당연하죠. 매일 면담했습니다. 그가 퇴원하기 전에는 제법 길게 이야기를 나눴고요."

"그는 어떻게 반응했나요?"

"처음에는 상상의 질병을 겪는 사람처럼 행동하더군요. 자신이 불치의 암에 걸렸고 곧 죽는다고 믿었습니다. 살날이 한 달쯤 남았다고 생각하더군요."

"실제로 그랬습니다." 마르틴 베크가 말했다.

"정말입니까? 교통사고였습니까?"

"총에 맞았습니다. 자살이었을 가능성도 있습니다."

의사가 안경을 벗어서 흰 가운 자락으로 세심하게 닦았다.

"그 가능성은 있을 법하지 않다고 생각되는데요." 의사의 말이었다.

"왜지요?"

"아까 말했듯이, 스베르드를 퇴원시키기 전에 내가 오래 면담했습니다. 그는 자신이 건강하다는 것을 깨닫고 엄청나게 안도했습니다. 그전에는 상태가 몹시 나빴죠. 하지만 싹 달라지더군요. 한마디로 행복해했습니다. 이미 우리는 그에게 아주 약한 진통제를 주자마자 통증이 사라진 것을 목격했었지요. 우리끼리만 하는 말인데, 실제 심한 육체적 통증을 덜어줄 수는 없는 약이었습니다."

"선생님은 그가 자살하지 않았다고 생각합니까?"

"그런 타입이 아니었습니다."

"그러면 어떤 타입이었습니까?"

"저는 정신과 의사가 아닙니다만, 아무튼 제가 받은 인상으로 그는 딱딱하고 폐쇄적인 사람인 듯했습니다. 여기 직원들이 그 환자 때문에 골치깨나 앓았죠. 직원들 말로는 요구도 불평도 많은 사람이었답니다. 하지만 그런 성격은 마지막 며칠 동안만 나타났죠. 자신이 느꼈던 이상이 생명에 지장을 주지 않는다는 걸 깨달은 후에 말입니다."

마르틴 베크는 곰곰이 생각하다가 물었다.

"그가 여기 있는 동안 혹시 문병객이 왔는지 아닌지는 모르시겠지요?"

"네, 저는 모릅니다. 그가 친구는 전혀 없다고 말하기는 했습니다만."

마르틴 베크는 일어섰다.

"고맙습니다. 제가 알고 싶었던 건 이게 답니다. 안녕히 계십시오."

그가 문까지 거의 다 갔을 때, 의사가 말했다.

"문병객과 친구라니까 말인데 하나 떠오르는 일이 있습니다."

"뭐지요?"

"그게, 스베르드에게는 그의 소식을 아는 친척이 있었습니다. 조카요. 제가 근무하는 중에 조카가 전화를 걸어와서 삼촌에 대해서 물었습니다."

"뭐라고 대답하셨습니까?"

"조카라는 사람의 전화는 우리가 검사를 막 마친 시점에 왔습니다. 그래서 스베르드는 건강하고 앞으로도 오래 살 것 같다는 좋은 소식을 들려주었습니다."

"그 사람이 어떻게 반응하던가요?"

잠긴 방

"놀라는 것 같았습니다. 스베르드가 조카에게도 자신은 심각하게 아프고 살아서 퇴원하지 못할 가능성이 높다고 믿게 만든 모양이지요."

"조카가 자기 이름을 밝혔습니까?"

"그랬겠지만 기억이 나지 않습니다."

"한 가지 더." 마르틴 베크가 말했다. "환자들이 입원할 때, 보통 가까운 가족이나 친구의 이름과 주소를 알려주지 않습니까? 만약의 경우에……."

마르틴 베크는 말을 도중에 멎었다.

"맞습니다." 의사가 대답하고 다시 안경을 썼다. "봅시다. 여기 이름이 있을 겁니다. 있네요."

"뭐라고 나와 있습니까?"

"레아 닐센."

마르틴 베크는 생각에 빠진 채 탄톨룬덴 공원을 가로질렀다. 그를 강탈하는 사람도, 뒤통수를 치는 사람도 없었다. 보이는 사람이라고는 덤불 뒤에 드러누워서 누가 돌봐주기를 기다리는 듯한 술꾼 무리들뿐이었다.

이제 그는 정말로 생각해볼 거리를 얻었다.

칼 에드빈 스베르드에게는 형제자매가 없었다.

그런데 어떻게 조카가 있었을까?

월요일 저녁인 지금, 마르틴 베크는 드디어 툴레가탄에 갈 핑계가 생겼다. 이미 거의 다 와 가고 있었다.

그곳에 가려면 전철을 갈아타야 하는 중앙역까지 왔을 때, 그는 마음을 바꿨다. 두 정류장을 되돌아가서 슬루센 역에서 내렸다. 그다음 셉스브론 길을 걸으면서 부두에 흥미로운 배가 들어왔나 구경했다.

하지만 볼만한 배는 없었다.

갑자기 배가 고팠다. 장을 봐두지 않았기 때문에, 그는 덴 윌데네 프레덴이라는 이름의 레스토랑에 가서 어느 유명 인사가 어느 자리에 앉았었느냐는 바보 같은 질문으로 직원들을 괴롭히는 관광객들의 눈길을 받으면서 바욘 햄을 먹었다. 마르틴 베크 자신도 작년에 어쩌다 보니 좀 유명해졌지만, 사람들의 기억력은 시효가 짧은지라 이미 그는 잊힌 인물이었다.

계산할 때 아주 오랜만에 외식을 했다는 사실을 실감했다. 안 그래도 비쌌던 가격이 그동안 어처구니없을 만큼 더 뛰어 있었다.

귀가한 그는 전에 없이 초조한 기분으로 작은 집 안을 오락가락하다가 결국 책을 들고 침대에 들었다. 책은 잠이 오게 할 만큼 지루하지도 않고 계속 깨어 있게 할 만큼 재미있지도 않았다. 그는 3시쯤 일어나서 수면제를 두 알 먹었다. 보통은 수면제를 자제하는 편이었다. 그는 금세 잠들었다. 깨고 나서도 약 기운이 남은 느낌이었지만 평소보다 오래 잔데다가 꿈도 꾸지 않았다.

다시 출근해서, 자신이 썼던 메모들을 훑어보는 것으로 하루의 일을 시작했다. 그러다 보니 금세 점심이었다. 그는 차 한 잔과 딱딱한 토스트 두 장으로 점심을 때웠다.

그다음 화장실로 가서 손을 씻었다.

자리로 돌아왔을 때, 무슨 일이 벌어졌다.

전화가 울렸다.

"베크 경감이십니까?"

"네."

"한델스방켄 은행입니다."

전화를 건 남자는 자신이 어느 지점에서 일한다고 밝힌 뒤 말을 이었다.

"칼 에드빈 스베르드라는 고객에 대해서 조회하신 요청서를 받았습니다."

"그런데요?"

"그분이 여기에 계좌가 있습니다."

"예금이 있습니까?"

"네. 꽤 많습니다."

"얼마죠?"

"육만쯤 됩니다. 그런데……."

남자가 입을 다물었다.

"무슨 말을 하려고 했습니까?" 마르틴 베크가 물었다.

"그게, 제가 보기에 이 계좌가 조금 이상합니다."

"서류가 거기에 있습니까?"

"그럼요."

"제가 지금 가서 볼 수 있을까요?"

"물론입니다. 매니저 벵트손을 찾으세요."

마르틴 베크는 몸을 움직일 수 있어서 다행스러웠다. 은행은 오덴가탄 거리와 스베아베겐 거리가 만나는 곳에 있었다. 길이 막혔지만 그는 삼십 분도 안 되어 도착했다.

은행원의 말이 옳았다. 계좌는 이상했다.

카운터 뒤의 탁자에 앉아 서류를 살펴보면서, 마르틴 베크는 경찰을 비롯한 관계 당국이 시민들의 사적인 문제에 제약 없이 접근하도록 허락해주는 시스템이 이번만큼은 고맙다고 느꼈다.

은행원이 말했다.

"이상한 점은 이 고객이 당좌예금계정을 갖고 있다는 겁니다. 이율이 더 높은 저축예금계정 같은 걸 갖고 있는 편이 더 자연스러울 텐데요."

정확한 관찰이었다. 하지만 그보다 더 놀라운 점은 이 계좌에 매달 750크로나가 규칙적으로 입금되었다는 사실이었다. 입금은 반드시 매달 15일에서 20일 사이에 이뤄졌다.

"제가 보기에, 돈은 이 지점에서 입금된 게 아닌 것 같군요." 마르틴 베크가 말했다.

"네, 그런 적은 한 번도 없었죠. 늘 딴 곳에서 입금되었습니다. 경감님도 보시면 알겠지만 늘 다른 지점에서 입금되었고 종종 우리 은행이 아닌 다른 은행의 지점에서도 입금되었습니다. 기술적으로는 아무 차이가 없습니다. 어디서 보내든 돈은 우리 지점에 개설된 스베르드 씨의 당좌예금계정으로 들어오니까요. 하지만 이렇게 끊임없이 입금 지점을 바꾸다니, 이면에 무슨 체계가 있나 싶을 정도입니다."

"그 말은 스베르드가 직접 입금했지만 은행 직원들이 자신을 알아보기를 원하지 않았다는 뜻입니까?"

"음, 그게 첫 번째로 떠오르는 생각이겠지요. 자기 당좌예금에 돈을 넣을 때는 입금자를 밝히지 않아도 되니까요."

"그래도 입금전표는 직접 작성해야 하지 않습니까?"

"꼭 그렇지는 않습니다. 고객이 그냥 돈을 출납원에게 내밀면서 자기 계좌에 입금하고 싶다고 말하는 경우도 아주 많습니다. 이런 일에 익숙하지 않은 분이 많거든요. 그러면 출납원이 이름, 계좌 번호, 지점 번호를 대신 써넣습니다. 서비스죠."

"하지만 전표는 어떻게 됩니까?"

"복사본을 고객에게 영수증으로 드립니다. 본인 계좌에 입금했을 때는 저희가 구태여 알림장을 발송하지 않습니다. 알림장은 요청이 있을 때만 보냅니다."

"그러면 전표 원본은 어디에 있습니까?"

"중앙에서 보관합니다."

마르틴 베크는 손가락으로 숫자를 훑고는 물었다.

"스베르드는 출금한 적이 한 번도 없습니까?"

"네. 제가 볼 때는 그게 제일 이상한 점입니다. 이 고객은 이 계좌에서 당좌수표를 한 장도 발행하지 않았습니다. 지금 보니까 수표책도 아예 발행하지 않았던 것 같군요. 최소한 지난 몇 년 안에는."

마르틴 베크는 코를 문질렀다. 스베르드의 집에서 수표책은 발견되지 않았고, 입금전표 사본이나 은행에서 온 알림장도 발견되지 않았다.

"이 지점에 스베르드의 얼굴이 알려져 있었습니까?"

"아니요. 저희 중에는 그 고객을 본 사람이 아무도 없습니다."

"계좌는 언제 개설됐습니까?"

"1966년 4월에 개설된 것 같습니다."

"그후로 매달 750크로나가 꼬박꼬박 들어왔다는 거지요?"

"네. 가장 최근의 입금일은 3월 16일입니다."

은행원은 달력을 보았다.

"목요일이었네요. 그다음 달에는 돈이 들어오지 않았습니다."

"간단한 이유가 있습니다. 그 무렵 스베르드가 죽었습니다."

"아. 저희는 그런 통지를 받지 못했는데요. 그런 경우에는 보통 고인의 가족이 저희에게 연락을 해 옵니다."

"그는 친척이 전혀 없었던 것 같습니다."

은행원은 당황한 얼굴이었다.

"지금까지는요." 마르틴 베크가 말했다. "안녕히 계십시오."

은행에 강도가 들기 전에 얼른 떠나는 편이 안전했다. 그가 여기 있는 동안에 그런 일이 벌어진다면, 싫어도 특별수사대의 활동에 얽힐 수밖에 없을 것이다.

차출이 되고. 지휘를 받고.

사건의 새로운 측면이 드러났다. 육 년 동안 매달 750크로나. 돈은 꼬박꼬박 들어왔고 스베르드는 한 푼도 인출하지 않았기 때문에 수상한 계좌에는 상당한 금액이 쌓였다. 5만 4000크로나에 이자까지.

마르틴 베크에게는 큰돈이었다.

스베르드에게는 더 큰돈, 거의 천금 같은 돈이었을 것이다.

그러니까 스베르드가 매트리스에 돈을 숨겨두고 있었을지도 모른다고 했던 레아의 말은 아주 틀린 말은 아니었다. 한 가지 다른 점은 스베르드가 그보다는 합리적이었다는 것이었다. 그는 시대에 발맞추었다.

새로운 측면이 밝혀진 덕분에 마르틴 베크가 새롭게 해야 할 일이 생겼다.

다음 단계는 국세청에 조회해보는 것이었고, 은행에 보관되어 있다는 입금전표들도 살펴보아야 했다.

국세청은 스베르드에 대해서 아는 바가 없었다. 국세청에게 스베르드는 극빈자였으므로, 세무 당국은 식품에 부과되는 부가가치세라는 명목의 세련된 착취를 행하는 데 만족했다. 이미 사회에서 배제된 불운한 사람들을 상대적으로 더 힘겹게 만드는 세금이었다.

마르틴 베크는 세무서 직원이 5만 4000크로나에 이자까지 붙은 당좌예금을 압류할 생각에 입맛을 다시는 소리가 전화에서 들려오는 것만 같았다. 그들은 어떤 구실을 대서라도 그 돈을 압류할 것이다. 설령 스베르드가 정직한 방법으로, 이를테면 노동으로 그 돈을 저축하는 묘기를 부렸다는 사실이 드러나더라도.

당연히 스베르드는 그 돈을 일해서 벌지 않았다. 그런 처지의 사람이 연금을 모아서 그만큼 저축했다는 것도 말이 안 되는 얘기였다.

그러면 입금전표들은?

은행 중앙 사무소는 지난 스물두 장의 전표를 즉시 내주었다. 마르틴 베크의 계산이 옳다면 전표는 총 일흔두 장이어야 했다. 같은 날 오후에 그는 벌써 자리에 앉아서 그것들을 보고 있었다. 전표는 모두 다양한 지점들에서 작성된 것이었으며, 매번 다른 손글씨로 작성되어 매번 다른 출납원에게 문제 없이 받아들여진 것 같았다. 이 출납원들을 일일이 방문하여 이 고객을 기억하느냐고 묻는 것도 가능은 한 일이었다. 하지만 그러면 엄청난 시간이 소요될뿐더러 소득을 거둘 가능성은 낮았다.

몇 달 전에 자기 당좌예금계정으로 750크로나를 입금하러 온 고객을 기억할 사람이 몇이나 되겠는가?

답은 간단했다. 아무도 없을 것이다.

잠시 후 마르틴 베크는 귀가하여 1919년 평화 기념 머그에 차를 마셨다.

머그를 보면서, 만약 스베르드의 계좌에 돈을 보낸 수수께끼의 남자가 육군 원수 헤이그처럼 생겼다면 누구라도 그를 알아볼 수 있을 텐데 하고 생각했다.

하지만 헤이그처럼 생긴 사람이 어디 있다고? 야심 차게 준비한 영화나 연극에서조차 그렇게 생긴 사람은 없었다.

이날 저녁도 마르틴 베크는 어딘지 살짝 달랐다. 여전히 초조하고 불만족스러웠지만 이번에는 일 생각을 그만둘 수 없기 때문이었다.

스베르드.

바보 같은 잠긴 방.

수수께끼의 입금자.

수수께끼의 입금자는 누구였을까? 이런저런 의문에도 불구하고 결국 스베르드 본인이었을까?

아니었다.

스베르드가 굳이 그런 번거로움을 감수했다는 것은 전혀 있을 법하지 않은 이야기였다.

평범한 창고 노동자였던 스베르드가 당좌예금계정을 연다는 생각을 했다는 것도 있을 법하지 않은 이야기였다.

돈은 다른 사람이 보낸 것이었다. 아마도 남자였을 것이다. 여자가 은행에서 자기 이름을 칼 에드빈 스베르드라고 밝히면서 자기 계좌에 750크로나를 입금하고 싶다고 말했다는 것은 가능성이 낮은 이야기였다.

누가 스베르드에게 돈을 보내고 싶어 했을까?

잠긴 방

이것은 마르틴 베크가 당분간 답을 모르는 채로 놔두어야 하는 질문이었다.

그가 생각해봐야 하는 정체 모를 인물은 또 있었다.

수수께끼의 조카였다.

그리고 무엇보다도 가장 알 수 없는 인물은 스베르드가 안에서 잠긴 방이라는 진정한 요새에 갇혀 살았는데도 사월이나 오월 초에 그를 쏴 죽이는 데 성공한 사람이었다.

세 사람이 동일인일 가능성이 있을까? 입금자, 조카, 살인자가?

글쎄, 오래 고민해볼 만한 질문이었다.

마르틴 베크는 머그를 밀어놓고 시계를 보았다. 시간이 훌쩍 흘러서 벌써 9시 30분이었다. 어딘가로 가기에는 너무 늦은 시각이었다.

그런데 애초에 어딜 갈 생각이었을까?

마르틴 베크는 바흐의 음반을 꺼내어 전축에 올렸다.

그리고 침대에 가서 누웠다.

생각을 계속했다. 모든 빈틈과 의문점을 무시한다면, 지금 아는 사실만으로도 이야기를 하나 만들어볼 수 있었다. 조카, 입금자, 살인자는 같은 사람이었다. 스베르드는 좀스러운 협박꾼이었고, 문제의 인물을 협박하여 육 년간 매달 750크로나를 지불하게 만들었다. 하지만 스베르드는 병적으로 인색했기 때문에 그 돈을 한 푼도 쓰지 않았다. 피해자는 해를 거듭하며 돈을 지불했으나 결국에는 지쳤다.

스베르드를 협박꾼으로 상상하는 것은 그리 어렵지 않았다. 하지만 협박꾼은 자신의 피해자에 대해서 뭔가 약점을 쥐고 있어야 한다. 돈을 뜯어내는 사람에게 잠재적 위협이 되어야 한다.

스베르드의 집에는 누군가에게 불리하게 쓰일 만한 증거 같은 것이 없었다.

물론 그가 은행에 대여금고를 빌렸을 수도 있다. 그렇다면 금고의 존재가 곧 경찰에게 알려질 것이다.

아무튼 협박꾼은 모종의 정보를 알고 있어야 한다.

창고 노동자가 어디서 그런 정보를 얻었을까?

일터에서.

어쩌면 그가 살던 곳에서.

알려진 바에 따르면, 스베르드가 타인과 접촉한 곳은 딱 두 군데뿐이었다.

집과 일터였다.

하지만 스베르드는 1966년 6월에 일을 그만두었다. 당좌예금계정으로 처음 돈이 입금된 것은 그로부터 두 달 전이었다.

이 모든 일이 육 년도 더 된 이야기였다. 스베르드는 이후 어떻게 지냈을까?

마르틴 베크가 문득 눈을 뜨니, 음반이 아직도 돌고 있었다. 꿈을 꿨는지 모르겠지만 꿨더라도 잊었다.

수요일이었다. 그는 하루의 일을 어떻게 시작해야 좋을지를 알았다.

걷기로 시작해야 했다.

하지만 지하철역으로 가는 것은 아니었다. 베스트베리아의 사무실은 매력적이지 않았고, 이날만큼은 그곳에 가지 않을 핑계가 충분했다.

대신 그는 부두를 조금 산책할 생각이었다. 그는 셉스브론을 따라 남쪽으로 걷기 시작했다. 그러고는 슬루센으로 건너가서 스타스고르덴 부두를 따라 동쪽으로 걸었다.

이 동네는 그가 스톡홀름에서 가장 좋아하는 동네였다. 그가 어렸을 때, 멀고 가까운 곳에서 짐을 싣고 온 배들이 죄다 이곳에 정박하던 시절에는 특히 좋아했다. 요즘 진짜 배는 보기 드물었다. 진짜 배의 시대는 갔다. 대신 술 취한 사람들을 태운 올란드행 페리가 그 자리를 차지했다. 부실한 대체품이었다. 예전에 이곳 항구에 매력을 더하던 부두 노동자들과 뱃사람들도 사라지고 있었다.

마르틴 베크는 오늘도 기분이 살짝 달라져 있었다. 가령 그는 목적지를 잘 아는 상태에서 생각을 자유롭게 풀어둔 채 야외를 씩씩하게 걷는 것을 즐기고 있었다.

문득 승진에 관한 끈질긴 소문이 떠오르자, 그는 전에 없이 심란해졌다. 끔찍한 실수를 저질렀던 십오 개월 전 그 순간까지 그가 가장 두려워했던 일이 그것, 즉 책상에 매여 있어야 하는 업무를 받는 것이었다. 그는 현장에서 일하는 것이 좋았다. 최소한 자신이 원하는 대로 드나들 수 있는 것이 좋았다.

회의용 탁자, 진짜 유화 두 점, 회전의자, 손님용 안락의자들, 기계로 짠 러그, 전담 비서가 딸린 사무실을 상상하는 것이 오늘은 일주일 전보다도 더 무서웠다. 소문에 근거가 있음을 깨달아서가 아니었다. 결과가 점점 더 신경 쓰이는 탓이었다. 그에게 벌어졌던 사건이 전적으로 무의미한 일만은 아닐 모양이었다.

그는 삼십 분을 빠르게 걸어서 목적지에 도착했다.

낡은 창고였다. 애초에 컨테이너 보관용으로 설계되지 않은 데다가 현대적 설비를 갖추기에도 부적합하여 곧 허물어질 창고였다.

안에서는 별 작업이 이뤄지지 않고 있었다. 한때 수석 창고지기가 앉아 있었을 사무실은 비었고, 그 높은 분이 밖에서 진행되는 일을 감독할 때 내다보았을 유리창들은 먼지투성이였다. 창문 하나는 아예 깨져 있었고, 벽에 붙은 달력은 이 년 전 날짜였다.

그다지 인상적이지 않은 양의 물품이 쌓여 있었고, 그 옆에 지게차가 서 있었다. 그 뒤에 두 남자가 있었다. 한 명은 오렌지색 오버올을 입었고, 다른 한 명은 회색 코트를 입었다.

남자들은 플라스틱 맥주 상자 위에 앉아 있었다. 둘 사이에는 뒤집어놓은 상자가 있었다. 한 명은 아주 젊어 보였고, 다른 한 명은 설마 그럴 리 없겠지만 일흔 살은 된 듯 보였다. 젊은 남자는 어제 자 석간을 읽으면서 담배를 피웠고, 늙은 남자는 아무것도 안 하고 있었다.

둘 다 마르틴 베크를 무관심하게 보았다. 그가 다가가자 젊은 남자가 담배를 바닥에 버리고 신발로 밟아서 껐다.

"창고에서 담배를 피우다니." 늙은 남자가 고개를 흔들면서 말했다. "이건……."

"……옛날 같았으면." 젊은이가 지겨운 듯 말했다. "하지만 지금은 옛날이 아니라고요. 노친네야, 아직도 그게 이해가 안 돼요?"

젊은이가 이번에는 마르틴 베크에게 불퉁하게 말했다.

"뭡니까? 여기는 사유지예요. 문에도 적혀 있잖아요. 글 못 읽어요?"

마르틴 베크는 지갑을 꺼내어 신분증을 보여주었다.

"짭새네." 젊은이가 불쾌한 듯 말했다.

다른 남자는 말이 없었다. 바닥을 보면서 헛기침을 하고 침을 뱉을 뿐이었다.

"여기서 얼마나 오래 일했습니까?"

"칠 일." 젊은이가 대답했다. "그리고 내일이면 끝입니다. 화물 터미널로 돌아가요. 근데 무슨 볼일입니까?"

마르틴 베크는 대답하지 않았다. 젊은이는 대답을 기다리지 않고 자신이 말했다.

"여기는 곧 문을 닫아요. 하지만 여기 계신 내 친구는 이놈의 오두막에 인부 스물다섯 명과 상사 두 명이 있던 시절을 기억하신답니다. 그 얘기를 이번 주에만도 백오십 번이나 했어요. 안 그래요, 할아범?"

"그렇다면 이분은 스베르드라는 남자를 기억하시겠군요. 칼 에드빈 스베르드."

늙은 남자가 마르틴 베크를 컴컴한 눈으로 보면서 말했다.

"그게 뭐요? 난 모르오."

노인의 태도는 이해하기 어렵지 않았다. 사무소에서 이미 노인에게 경찰이 스베르드를 아는 사람들을 찾고 있다고 말했을 것이다.

"스베르드는 죽어서 묻혔습니다." 마르틴 베크가 말했다.

"아하, 그놈이 죽었어? 그렇다면 기억하오."

"허풍 떨고 있네, 영감." 지게차 운전수가 말했다. "요한손이 요전 날 와서 물었을 때는 아무것도 기억하지 못했잖아요. 노망 난 주제에."

마르틴 베크를 해롭지 않은 존재로 분류한 모양인지, 젊은 이가 뻔뻔하게 담배를 또 하나 물면서 정보를 준다는 듯이 말했다.

"저 노친네는 노망났어요. 확실해요. 다음 주에 잘릴 거고, 새해부터 연금을 받을 거랍니다. 그때까지 산다면 말이지만."

"나는 기억력이 좋소." 노인은 약간 마음이 상한 듯했다. "칼레 스베르드를 기억하다마다. 하지만 아무도 그자가 죽었다는 걸 알려주지 않았단 말이오."

마르틴 베크는 아무 말 하지 않았다.

"경찰도 죽은 사람을 괴롭히진 못하지." 노인이 철학적으로 말했다.

지게차 운전사가 일어나서 자신이 앉았던 상자를 들고 문으로 갔다.

"망할 놈의 트럭이 얼른 와야 할 텐데." 그가 중얼거렸다. "그래야 내가 이놈의 양로원을 벗어날 텐데."

그리고 그는 밖으로 나가서 햇볕 아래에 앉았다.

"칼레 스베르드는 어떤 사람이었습니까?" 마르틴 베크가 물었다.

노인은 고개를 젓고는 다시 헛기침을 하고 침을 뱉었다.

침이 마르틴 베크의 오른발에서 몇 센티미터 떨어진 곳에 떨어지기는 했어도, 노인의 이번 행동은 빈정거리는 투가 아니었다.

"어떤 사람이냐? 그걸 알고 싶소?"

"네."

"그가 죽은 게 확실하오?"

"네."

"그렇다면 경찰 양반께 말해드리리다. 칼레 스베르드는 이 똥 같은 나라에서도 최고의 두통거리였소. 최소한 내가 만난 인간들 중에서는."

"왭니까?"

노인이 갈라지는 소리로 웃었다.

"별별 환장할 방식으로 그랬다오. 나는 그보다 더 나쁜 인간과 일해본 적이 없어요. 이건 대단한 일이지. 왜냐하면 나는 세계에서 안 가본 곳이 없는 뱃사람이었으니까, 정말이오. 밖의 저 청년 같은 게으름뱅이도 칼레 스베르드에게는 못 미쳐요. 저런 인간들 때문에 점잖은 직업이 엿 같은 일이 되는 거라오."

노인이 문을 향해 고갯짓했다.

"스베르드에게 특별한 점이 있었습니까?"

"특별? 아, 우라지게 특별했지. 우선 그는 세상에서 제일 게으른 놈팡이였소. 세상에 그자처럼 농땡이를 잘 부리는 인간은 없었지. 그자처럼 쩨쩨하고 인정머리 없는 인간도 없었소. 죽어가는 사람에게 물 한 방울도 주지 않을 인간이었소."

남자가 말을 멈췄다가 슬쩍 덧붙였다.

"어떤 면에서는 잘하는 것도 있었소만."

"어떤 면에서요?"

노인의 시선이 약간 흔들렸고 대답은 망설임 끝에 나왔다.

"음, 십장의 똥구멍을 핥는 일이라면 잘했지. 자기 일을 남에게 시키는 것도. 아픈 척하는 것도. 또 요령을 부려서 해고가 시작되기 전에 일찍 은퇴했다오."

마르틴 베크는 맥주 상자에 앉았다.

"또 뭔가 말하시려던 게 있었죠." 마르틴 베크가 말했다.

"내가?"

"네, 뭐였습니까?"

"칼레가 정말 뒈졌소?"

"네, 죽었습니다. 제 명예를 걸고 약속하죠."

"경찰에게 무슨 명예가 있다고. 그리고 사실 죽은 사람을 헐 뜯어선 안 되지. 하지만 나는 그가 살아 있을 때 의리를 지켰다 면 뭐 큰 문제가 아니라고 생각한다오."

"제 생각도 그렇습니다. 칼레 스베르드는 또 뭘 잘했습니까?"

"그자는 알맞은 상자를 깨는 데도 능했다오. 그 짓은 보통 남 들이 모르도록 잔업중에 했지만."

마르틴 베크는 일어섰다. 이것은 뉴스였다. 그리고 분명 이 노인이 알려줄 수 있는 유일한 뉴스였다. 어떤 상자를 깰지 아 는 것은 이 직종에서 중요한 문제였다. 일종의 직업적 속임수이 자 업계 비밀이라 할 수 있었다. 술, 담배, 식료품은 운송중에 쉽게 망가진다. 적당한 크기에 상품성이 있는 다양한 소비재도 마찬가지다.

"에구, 결국 내 입에서 새어 나가고 말았구먼. 당신이 알고 싶어 한 것도 이 이야기였을 테지. 이제 가시려나. 잘 가시오, 동지."

칼 에드빈 스베르드는 인기가 없었을지 모르나, 동료들이 그 에게 의리를 지키지 않았다고는 말할 수 없을 것 같았다. 적어 도 그가 살아 있었을 때는.

"안녕히 가시오." 노인이 말했다. "안녕, 안녕."

마르틴 베크는 이미 문을 향해서 발을 떼었고, "정말 고맙습니다" 같은 말을 하려고 입도 벌린 터였다.

하지만 그는 상자로 돌아왔다.

"여기 잠시 앉아서 이야기 나누고 싶습니다." 마르틴 베크가 말했다.

"뭐요?" 노인이 말했다.

"맥주가 없어서 아쉽군요. 제가 가서 사 올 수 있습니다."

노인이 마르틴 베크를 응시했다. 눈빛에서 체념의 기색이 차츰 빠져나가고 놀라움이 깃들었다.

"뭐요?" 노인이 수상하다는 듯이 다시 말했다. "앉아서 얘기하고 싶다고? 나하고?"

"그렇습니다."

"내가 있소." 노인이 말했다. "맥주 말이오. 당신이 앉아 있는 상자에."

마르틴 베크가 일어나자 노인이 맥주 두 캔을 꺼냈다.

"제가 값을 치러도 괜찮습니까." 마르틴 베크가 물었다.

"나야 괜찮다마다. 어쨌든 상관없소이다."

마르틴 베크는 오 크로나 지폐를 건네고 다시 앉아서 말했다.

"배를 타셨다고요. 뱃일은 언제부터 하셨습니까?"

"1922년 순스발에서 시작했소. 프람이라는 이름의 범선이었지. 선장 이름은 얀손이었는데, 악마가 세상에 존재한다면 그놈이라고 할 수 있었지."

두 사람이 한창 잡담을 나누며 맥주 한 캔씩을 더 땄을 때, 젊은 남자가 돌아와서 놀란 눈으로 말했다.

"당신 경찰 맞아요?"

마르틴 베크는 대답하지 않았다.

"당신 같은 사람은 신고당해야 하는데." 지게차 운전사는 이 말을 남기고 햇볕 아래 제자리로 돌아갔다.

마르틴 베크는 트럭이 온 뒤에야 그곳을 떠났다. 한 시간 넘게 흐른 뒤였다.

그는 노인과의 대화에서 얻은 것이 많았다. 나이 많은 노동자들의 이야기는 종종 흥미진진했다. 그는 왜 아무도 그런 이야기를 들을 시간을 내지 않는지 이해할 수 없었다. 노인은 땅에서도 바다에서도 많은 것을 본 사람이었다. 왜 이런 사람은 대중매체에서 발언권을 갖지 못할까? 왜 정치인들과 기술 관료들은 이런 사람들의 말을 듣지 않는 걸까? 듣지 않는 게 분명했다. 만약 들었다면 고용과 환경 분야에서 일어난 치명적인 실수들을 피할 수 있었을 테니까.

스베르드 사건에 관해서도 마르틴 베크가 살펴볼 또 다른 실마리가 생겼다.

하지만 마르틴 베크는 당장 그 일을 시작하고 싶진 않았다.

그는 점심 전에 칼스버그 세 캔을 마시는 데 익숙하지 않았고, 벌써 효과가 은근한 어지럼증과 두통으로 나타나고 있었다.

그는 슬루센에서 택시로 센트랄바데트 욕탕으로 갔다. 사우나에 십오 분 앉아 있다가, 추가로 십 분 더 머무른 뒤, 냉탕에 두 번 몸을 담갔다가, 자신의 칸에서 낮잠을 한 시간 자는 것으로 마무리했다.

치료는 기대한 효과를 냈다. 점심 직후에 솁스브론에 있는 통운회사 사무소에 도착했을 때, 그의 머리는 맑게 돌아와 있었다.

그는 회사에 요청할 일이 있었다. 아무도 이해하지 못할 것 같은 요청이었다. 회사의 반응은 예상대로였다.

"운송중 파손이요?"

"그렇습니다."

"당연히 운송중에는 물품이 파손되는 일이 발생합니다. 우리가 한 해에 물품을 몇 톤이나 운송하는지 아십니까?"

수사적 질문이었다. 그들이 원하는 것은 마르틴 베크를 서둘러 쫓아내는 것뿐이었다. 하지만 그는 갈 마음이 없었다.

"요즘은 물론 새 시스템 덕분에 파손이 훨씬 적게 발생합니다. 한번 발생했다 하면 피해액이 더 크지만요. 컨테이너 운송은……"

마르틴 베크는 컨테이너 운송에 흥미가 없었다. 그가 궁금한 것은 스베르드가 일하던 시절의 사정이었다.

"육 년 전이요?"

"네, 혹은 그 이전이요. 1965년부터 1966년까지면 되겠습니다."

"우리가 그런 요청을 들어드려야 한다고 생각하시는 건 아니겠죠? 말씀드렸듯이, 옛 창고에서는 물품이 훨씬 더 자주 파손되었습니다. 가끔은 상자가 통째 박살 났지요. 보험회사가 늘 변상해주었습니다만. 그런 일로 어느 한 사람이 책임을 지는 경우는 거의 없었습니다. 누군가는 잘렸겠지만 보통은 임시직이었어요. 사고란 피할 수 없는 일 아니겠습니까."

마르틴 베크는 누가 잘렸는지 알고 싶은 것도 아니었다. 그저 파손이 발생했을 때 그 사실을 기록했는지, 기록했다면 누가 했는지 알고 싶을 뿐이라고 그는 말했다.

그럼요, 당연히 십장이 창고 일지에 기록했습니다.

일지가 아직 있습니까?

어쩌면요.

어디에 있습니까?

다락의 오래된 상자 속에 있을 겁니다. 하지만 찾을 순 없습니다. 최소한 뚝딱 찾아내는 건 불가능합니다.

이 회사는 아주 오래된 회사로, 창립 이래 줄곧 감라스탄의 이 건물을 본부로 쓰고 있었다. 그러니 처박아둔 서류의 양이 상당할 터였다.

마르틴 베크는 계속 우겼고, 곧 몹시 인기 없는 손님이 되었다. 그런 대가라면 기꺼이 치를 수 있었다. "불가능"이라는 말의 정확한 뜻을 놓고 짧은 설전이 오간 뒤, 회사 사람들은 요청을 들어주는 것이 그를 쫓아버리는 가장 쉬운 방법이리라고 판단했다.

젊은 남자 직원 하나가 다락으로 올라갔다가 금방 도로 내려왔다. 짐짓 체념하는 표정을 지으면서 빈손으로. 마르틴 베크는 남자의 재킷이 먼지 한 톨 없이 깨끗한 것을 보았다. 그는 자신이 직접 남자와 함께 한 번 더 찾으러 가보겠다고 제안했다.

다락은 엄청나게 더웠고 천창을 통해 쏟아지는 햇살 속에서 먼지가 소용돌이쳤지만, 그 외에는 일이 잘 풀렸다. 그들은 삼십 분 만에 문제의 상자를 찾아냈다. 일지는 갈라진 마분지 표지에 책등을 천으로 싼 구식 제본 방식의 노트였다. 레이블에 창고 번호와 연도가 적혀 있었다. 1965년 하반기와 1966년 상반기에 작성된 것으로 창고 번호가 맞는 것은 총 다섯 권이었다.

젊은 직원은 더는 단정해 보이지 않았다. 재킷은 드라이클리

닝을 해야 하게 생겼고, 얼굴은 먼지와 땀으로 얼룩졌다.

사무실로 내려가니 모두가 놀라고 질린 얼굴로 쳐다보았다.

아니, 그들은 영수증을 받지 않아도 된다고 했다. 일지들을 두 번 다시 보지 못한들 조금도 신경 쓰지 않는다고 했다.

"제가 폐를 끼치지 않았기를 바랍니다." 마르틴 베크는 천연덕스럽게 말했다.

그들은 말문이 막힌 채, 수확물을 팔에 끼고 떠나는 마르틴 베크를 지켜보았다.

그는 아무래도 자신이 이 나라 최대 서비스 조직의 인기를 높이진 못한 것 같다고 생각했다. 국가경찰청장이 최근에 어느 성명서에서 경찰을 그렇게 부른 것을 두고 경찰들도 놀라다 못해 경악했었다.

베스트베리아의 남부 경찰서에 도착한 그는 일지들을 화장실로 가져가서 먼지를 쓸어냈다. 자신도 씻은 후, 방으로 가서 일지를 읽기 시작했다.

시작한 시각은 3시였고, 이럭저럭 끝낸 시각은 5시였다.

외부인이 보면 대체로 요령부득한 내용이었지만, 창고 일지는 꽤 잘 작성되어 있었다. 매일 기록이 있었고, 취급한 물품의 수량이 축약어로 적혀 있었다.

마르틴 베크가 찾는 것도 기록되어 있었다. 부정기적인 간격

으로 이따금 파손 물품이 기록되어 있었던 것이다. 예를 들면
이런 식이었다.

파손, 수프 캔 1상자, 수령 스반베리 도매, 후부스타가트 16, 솔나.

기록에는 늘 물품의 종류와 수령자가 적혀 있었다. 반면 파
손의 정도, 형태, 파손자의 이름은 적혀 있지 않았다.

파손 사고가 빈번히 일어난 것은 아니었다. 하지만 파손 사
례 중 압도적 다수가 술, 식료품, 그 밖의 소비재였다.

마르틴 베크는 파손 기록을 일일이 수첩에 옮겨 적었다. 날
짜도 적었다. 다 합하니 오십 건쯤 되었다.

일지를 다 본 뒤, 그는 일지를 서무과로 들고 가서 통운회사
로 돌려보내달라는 요청서를 작성했다. 그리고 맨 위에 다음과
같이 적은 흰 경찰 메모지를 올려두었다.

협조 감사합니다! 베크.

그는 지하철역으로 가면서 이로써 통운회사가 처리할 물품
이 하나 더 늘었다고 생각했다. 이 사디스트적인 생각에 아이처
럼 고소한 마음이 드는 것을 느끼면서 스스로 놀랐다.

기물이 파손된 지하철이 오기를 기다리는 동안, 그는 현대의 컨테이너 운송에 대해서 생각했다. 코냑병이 가득 든 컨테이너를 깨뜨려서 살아남은 술을 거둬들인다는 것은 불가능한 일이었다. 반면에 컨테이너로는 갱단들이 말 그대로 무엇이든 다 밀수해 들일 수 있었고, 실제 그렇게 하고 있었다. 세관은 밀수에 대한 통제력을 잃었고, 그래서 짐에 담배 몇 갑이나 미신고 위스키 한 병을 갖고 있을지도 모르는 개인 여행자들을 의미 없이 괴롭히는 일에만 몰두했다.

지하철이 왔다.

그는 중앙역에서 지하철을 갈아탄 후 스톡홀름 경제대학교에서 내렸다.

수르브룬스가탄 거리의 주류 판매점 카운터에 선 여자는 다락을 뒤지느라 먼지가 묻고 구겨진 그의 재킷을 수상쩍게 보았다.

"레드 와인 두 병 주십시오." 그가 말했다.

여자의 손이 당장 카운터 밑으로 들어가서 붉은 경고등을 켜는 버튼을 누르려고 했다.

"신분증 보여주시겠어요?" 여자가 매섭게 말했다.

그는 신분증을 보여주었고, 여자는 마치 대단히 어리석고 부적절한 농담의 피해자가 되었다는 듯한 표정으로 얼굴을 살짝 붉혔다.

그리고 그는 레아의 집으로 갔다.

마르틴 베크는 초인종 줄을 당긴 뒤에 문이 열려 있는지 확인해보았다. 문은 잠겨 있었다. 하지만 현관 안쪽에 불이 켜져 있었으므로, 그는 삼십 초쯤 기다렸다가 다시 종을 울렸다.

레아가 나왔다. 오늘 레아는 갈색 코듀로이 바지와 허벅지를 반쯤 덮는 라일락색 카디건을 입고 있었다.

"아, 당신이군요." 레아의 목소리가 퉁명스러웠다.

"네, 들어가도 됩니까?"

레아가 그를 보았다.

"좋아요."

레아가 등을 돌렸다. 그는 레아를 따라서 안으로 들어갔다. 레아는 두 걸음 간 뒤에 고개를 숙이고 멈춰 섰다. 문으로 돌아가서 잠갔던 것을 풀었다. 그러더니 이내 마음을 바꿔서 다시 문을 잠갔다. 이윽고 레아가 앞장서서 부엌으로 들어갔다.

"와인 두 병 사 왔습니다."

"선반에 두세요." 레아가 식탁에 앉으면서 말했다.

식탁에는 펼쳐진 책 두 권, 종이, 펜, 분홍색 지우개가 있었다.

그는 와인을 종이봉투에서 꺼내어 선반에 올렸다. 레아가 곁눈질로 보고 짜증스러운 듯이 말했다.

"왜 그렇게 비싼 와인을 사 왔어요?"

그는 레아의 맞은편에 앉았다. 레아가 그의 눈을 똑바로 보면서 말했다.

"스베르드 때문이죠?"

"아닙니다." 마르틴 베크는 즉시 대답했다. "제가 그를 구실로 삼고 있기는 하지만."

"구실이 필요해요?"

"네, 저는 그렇습니다."

"알겠어요. 좋아요. 차를 끓이죠."

레아는 책을 밀고 일어나서 조리대에서 탕탕거리기 시작했다.

"사실 오늘 저녁에는 공부를 하려고 했어요. 하지만 괜찮아요. 혼자 있는 건 너무 우울해요. 저녁 먹었어요?"

"아니요."

"잘됐네요. 그러면 뭘 좀 만들게요."

레아는 발을 벌리고 서서 한 손은 엉덩이에 얹고 다른 손으로 목덜미를 긁었다.

"쌀밥." 레아가 말했다. "그게 좋겠어요. 쌀밥을 지어서 뭘 비벼 먹으면 맛있을 거예요."

"네, 맛있을 것 같네요."

"시간이 조금 걸려요. 이십 분 정도. 먼저 차를 마시죠."

레아가 찻잔을 내고 차를 따르고 자리에 앉았다. 널찍한 두 손으로 잔을 쥐고 후후 불면서, 잔 너머로 그를 응시했다. 여전히 약간 시무룩한 시선이었다.

"스베르드에 대해서 당신이 했던 말은 맞았습니다. 그는 은행에 돈이 있었어요. 꽤 많이."

"으음." 레아였다.

"누군가 그에게 매달 750크로나씩 주고 있었습니다. 그게 누구였을지 혹시 짐작이 갑니까?"

"아니요. 그는 아는 사람이 아무도 없었잖아요."

"그가 왜 이사를 나갔을까요?"

레아가 어깨를 으쓱했다.

"내가 떠오르는 이유는 그가 이곳을 마음에 들어 하지 않았다는 것뿐이에요. 그는 괴팍한 사람이었어요. 내게 건물 출입문을 저녁에 좀더 일찍 잠그라고 몇 번이나 불평했죠. 이 건물에 자기 혼자만 산다고 생각했나 봐요."

"네, 그게 맞았을 겁니다."

레아는 한참 말이 없다가 물었다.

"뭐가 맞아요? 스베르드에 관해서 흥미로운 사실이 있나요?"

"당신이 흥미롭다고 여길지 아닐지는 모르겠습니다만." 마르틴 베크가 말했다. "누군가 그를 쏴 죽인 게 틀림없습니다."

"이상하네요." 레아가 말했다. "얘기해주세요."

레아는 다시 냄비로 뚝딱거리기 시작했고, 그러면서도 그가
해주는 이야기를 유심히 들었다. 말을 끊지는 않았지만 이따금
눈살을 찌푸렸다.

그가 이야기를 마치자 레아가 깔깔 웃었다.

"대단해요! 당신은 탐정소설을 읽나요?"

"아니요."

"나는 엄청 많이 읽어요. 닥치는 대로. 대부분은 읽자마자 잊
어버리죠. 하지만 그건 고전이에요. 안에서 잠긴 밀실. 그런 종
류의 이야기만 연구하는 사람도 있는걸요. 얼마 전에 그런 글을
읽었는데. 잠시만요. 그리고 접시 좀 꺼내줘요. 찬장에서 간장
도 꺼내고요. 식사 준비 좀 해줘요."

마르틴 베크는 최선을 다했다. 레아는 몇 분쯤 딴 방에 가 있
었다. 돌아왔을 때는 손에 잡지를 한 권 들고 있었다. 그것을 자
기 접시 옆에 펼쳐놓고서, 레아는 음식을 숟가락으로 떠먹기 시
작했다.

"먹어요." 레아가 명령했다. "따듯할 때 먹어요."

"맛있네요." 마르틴 베크가 말했다.

"으음. 또 성공했네."

레아는 한 숟가락 듬뿍 떠서 먹은 뒤에 잡지를 보며 말했다.

"들어봐요. '밀실의 연구. 밀실에는 세 가지 범주 A, B, C가

있다. A: 범행이 밀실 안에서 저질러진 경우. 방은 정말로 밀실이고, 살인자는 그곳에서 사라졌다. 살인자가 지금 그 안에 없기 때문이다. B: 범행이 밀실 안에서 저질러졌지만, 밀실이 겉보기에만 밀실일 뿐 실제로는 뭔가 기발한 탈출구가 있는 경우. C: 방 안에 숨어 있던 살인자가 범행을 저지른 경우'."

레아는 밥을 숟가락으로 더 펐다.

"범주 C는 논외로 쳐도 되겠죠." 레아가 말했다. "먹을 것이라고는 고양이 사료 반 캔뿐인 방에서 두 달 동안 숨어 있을 수 있는 사람은 없을 테니까요. 그리고 또 하위 범주가 많아요. 예를 들면 'A5: 동물을 이용한 살인. B2: 누군가 자물쇠를 그대로 둔 채 문의 경첩을 뜯어서 방 안으로 들어갔다가 나온 후에 경첩을 다시 조여서 문을 붙여둔 경우'."

"누가 쓴 글입니까?"

레아가 찾아보았다.

"예란 순드홀름이라는 사람이네요. 이 사람이 다른 사람들의 말도 많이 인용했어요. A7도 나쁘지 않아요. '환각, 혹은 잘못된 시간 순서에 의한 살인'. A9도 좋은 변주네요. '피해자가 다른 장소에서 치명타를 받은 뒤 문제의 방에 들어가서 스스로 문을 잠그고 죽은 경우'. 직접 읽어봐요."

레아가 잡지를 건넸다. 마르틴 베크는 글을 죽 훑고 나서 옆으로 밀어두었다.

"설거지는 누가 하죠?" 레아가 물었다.

마르틴 베크는 일어나서 식탁을 정리했다.

레아는 두 다리를 들어서 의자에 발을 올리고 두 팔로 무릎을 감싸 안았다.

"당신은 경찰이잖아요. 이상한 일이 생기면 흥미를 느껴야죠. 병원에 전화했던 게 살인자였을까요?"

"모르겠습니다."

"나는 그럴 가능성이 높은 것 같아요."

레아가 어깨를 으쓱했다.

"무지 단순한 일인 거죠." 레아의 말이었다.

"그럴지도요."

현관에서 인기척이 들렸다. 하지만 초인종은 울리지 않았고, 레아도 반응하지 않았다.

여기에는 시스템이 있었다. 레아가 혼자 조용히 있고 싶다면 문을 잠근다. 이때 중요한 용무가 있는 사람은 그래도 초인종을 울린다. 이것은 이웃을 신뢰해야만 가능한 시스템이었다.

마르틴 베크가 자리에 앉았다.

"비싼 와인 맛 좀 볼까요." 레아가 말했다.

와인은 맛있었다. 둘 다 한참 아무 말도 하지 않았다.

"경찰관으로 사는 걸 어떻게 견디나요?"

"글쎄요."

"언젠가 얘기해주세요."

"위에서 나를 경정으로 승진시키려고 합니다."

"당신은 그걸 바라지 않고요." 레아가 사실을 진술하듯이 말했다.

잠시 후에 레아가 물었다.

"어떤 음악을 좋아해요? 나는 온갖 종류의 음반이 다 있어요."

두 사람은 전축과 안락의자들이 있는 방으로 갔다. 레아가 음악을 틀었다.

"재킷 벗어요, 젠장. 신발도요." 레아가 말했다.

레아는 두 번째 와인을 땄다. 이번에는 둘 다 천천히 마셨다.

"내가 왔을 때 화난 표정이었지요." 마르틴 베크가 말했다.

"그렇기도 하고 아니기도 해요."

레아는 더는 말하지 않았다. 아까 레아가 보였던 태도에는 의미가 있었다. 자신을 손쉬운 섹스 상대로 보지는 말았으면 하는 뜻이었다. 레아는 그가 이해했다는 것을 이해했고, 그는 레아가 자신의 마음을 알았다는 것을 알았다.

마르틴 베크는 와인을 한 모금 마셨다. 이 순간 그는 뻔뻔하리만치 행복했다.

낮은 탁자에 팔꿈치를 대고 풀 죽은 표정으로 앉아 있는 레아를 슬쩍 보았다.

"지그소 퍼즐 맞추는 것 좋아해요?" 레아가 물었다.

"집에 멋진 퍼즐이 하나 있어요. 퀸엘리자베스호 사진으로 된 퍼즐."

사실이었다. 그는 이 년 전에 퍼즐을 샀지만 이후로 까맣게 잊고 있었다.

"언제 한번 가지고 와요." 레아가 말했다.

레아가 자세를 바꾸었다. 갑자기 책상다리를 하고 앉더니 두 손으로 턱을 받쳤다. 그리고 말했다.

"정보 차원에서 말해둬야 할 것 같은데, 나는 당분간 섹스할 마음이 없어요."

그가 흘끗 그녀를 보았다. 레아가 계속 말했다.

"여자들은 어떤지 알잖아요. 감염이랑 그런 것들."

마르틴 베크는 끄덕였다.

"내 성생활은 흥미롭지 못해요. 당신은요?" 레아가 물었다.

"존재하지 않아요."

"안됐네요."

레아가 음반을 바꾸었다. 둘 다 와인을 더 마셨다.

마르틴 베크가 하품했다.

"피곤하군요." 레아가 말했다.

그는 대답하지 않았다.

"하지만 집에 가고 싶진 않군요." 레아가 또 말했다. "좋아요, 그럼 집에 가지 말아요."

잠시 후에 레아가 또 말했다.

"어쨌든 나는 공부를 좀 해야겠어요. 그리고 이 망할 놈의 바지가 맘에 들지 않아요. 갑갑하고 바보 같아요."

레아가 옷을 벗어서 바닥에 툭 떨어뜨렸다. 그러고는 검붉은 색의 플란넬 나이트가운을 입었다. 잠옷은 발까지 내려왔고, 아무리 봐도 참 희한했다.

레아가 옷을 갈아입는 모습을 그는 유심히 보았다.

레아의 알몸은 정확히 그가 상상한 대로였다. 탄탄하고 튼튼한 몸이었다. 금발의 털. 볼록한 배와 납작하고 둥근 가슴. 살짝 큰 듯한 연갈색 젖꼭지.

상처도 흉도 그 밖의 어떤 특징적인 표시도 없군, 그는 생각했다.

레아가 말했다. "잠시 누워 있지 그래요. 엄청 피곤해 보이는데."

마르틴 베크는 하라는 대로 했다. 그는 정말로 엄청 피곤했고, 눕자마자 잠들었다. 그가 마지막으로 봤을 때 레아는 식탁에 앉아서 금발을 책에 파묻고 있었다.

그가 눈을 뜬 것은 레아가 몸을 숙여 이렇게 말해서였다.

"이제 일어나요. 12시예요. 나는 배고파죽겠어요. 내가 샌드위치를 오븐에 넣는 동안 내려가서 건물 출입구 좀 잠가줄래요? 열쇠는 현관문 왼쪽에 걸려 있어요, 초록색 줄에."

27.

　말름스트룀과 모렌은 7월 14일 금요일에 은행을 털었다. 그들은 도널드 덕 가면을 쓰고, 고무장갑을 끼고, 오렌지색 오버올을 입은 모습으로 오후 2시 45분 정각에 은행에 들어섰다.

　둘 다 대구경 권총을 들었다. 들어서자마자 모렌이 천장에 한 발을 쏘았다. 그다음 현장에 있는 모든 사람들이 사태를 똑똑히 이해하도록 또박또박 외쳤다.

　"우리는 은행 강도다!"

　하우저와 호프는 평상복을 입었지만, 머리에 눈구멍이 뚫린 헐렁한 검은색 후드를 썼다. 하우저는 기관단총을 들었고, 호프는 총열을 자른 마리차 산탄총을 들었다. 두 사람은 도주로를 확보하기 위해서 은행 출입구 앞을 지키고 섰다.

호프는 산탄총 총부리를 휙휙 휘두르면서 행인들을 물리쳤고, 하우저는 은행 안쪽과 바깥의 보도 양쪽으로 총을 쏠 수 있도록 전략적 위치에 서 있었다.

그동안 말름스트룀과 모렌은 체계적으로 현금을 거두었다.

일찍이 이토록 완벽하게 계획대로 진행된 작전은 없었다.

그로부터 오 분 전, 도시 남부 로센룬스가탄의 어느 차고 앞에서 고물 차가 폭발했다. 폭발 직후에 누군가 사방팔방으로 총을 쏴댔고, 집 한 채가 불길에 휩싸였다. 이 극적인 사건을 벌인 사업가 A는 골목길을 통해서 옆 거리로 빠져나간 뒤에 그곳에서 자기 차를 타고 귀가했다.

그로부터 일 분 뒤, 도난 차량인 가구 운반용 트럭 한 대가 중앙 경찰서 진입로에 후진으로 비딱하게 들어가서 멈춰 섰다. 차 뒷문이 열렸고, 기름 먹은 대팻밥이 든 상자 수십 개가 쏟아져 나오더니 곧장 불이 붙었다.

사업가 B는 자신이 일으킨 혼란을 전혀 개의치 않는 모습으로 태연히 걸어서 사라졌다.

그랬다. 모든 것이 계획대로 진행되었다. 모든 세부 단계가 예정 시각에 정확히 수행되었다.

경찰이 보기에도 대체로 모든 것이 그들의 예상대로 진행되었다. 모든 일이 그들이 예측한 대로 예측한 시각에 벌어졌다.

다만 한 가지 작은 문제가 있었다.

말름스트룀과 모렌이 턴 것은 스톡홀름의 은행이 아니었다.

그들이 턴 것은 말뫼의 은행이었다.

말뫼 수사과의 페르 몬손 형사는 자기 사무실에서 커피를 마시고 있었다. 그 방에서는 주차장이 내다보였는데, 진입로에서 뭔가 폭발하며 거대한 연기 구름이 뭉게뭉게 피어나기 시작하는 것을 보고 그는 먹던 페이스트리가 목에 걸렸다. 그 순간, 출세의 꿈을 품은 젊은 야심가이지만 아직 경사에 불과한 벤뉘 스카케가 문을 벌컥 열고 들어와서 경보가 울렸다고 외쳤다. 로센룬스가탄에서 폭발이 발생했다고 했다. 게다가 그곳에서 누가 마구잡이 발포를 한데다가 최소 한 채 이상의 건물이 불타고 있다고 했다.

스카케는 말뫼에서 삼 년 반을 살았지만 로센룬스가탄이 어딘지 몰랐고 이름도 들어보지 못했다. 그러나 말뫼를 제 손바닥처럼 아는 페르 몬손은 그곳을 알았고, 소피엘룬드 같은 조용한 동네의 잊힌 거리에서 폭발이 벌어진 것이 아주 희한하다고 생각했다.

하지만 몬손이든 다른 경찰관이든 그런 생각을 더 하고 앉았을 경황이 없었다. 모든 가용 인력에게 남쪽으로 달려가라는 지시가 내려진 동시에, 경찰 본부 자체도 위기에 처한 듯했다. 모든 예비 인력이 경찰서 주차장에 갇혔다는 사실을 그들이 깨닫는 데는 시간이 좀 걸렸다. 많은 경찰관들이 무전도 없는 택시나 자기 차를 타고 로센룬스가탄으로 달려갔다.

몬손이 현장에 도착한 것은 3시 7분이었다. 그 시점에는 잽싸게 대응한 소방국이 불을 다 끈 상태였다. 사건은 아무리 봐도 허풍이었고, 피해는 빈 차고의 미미한 손해뿐이었다. 이제 이 일대에 경찰관들이 많이 달려와 있었지만, 심하게 망가진 고물 차 외에는 딱히 눈에 띄는 것이 없었다. 팔 분 뒤, 그곳에 있던 오토바이 경찰관 한 명이 시내 은행에 강도가 들었다는 소식을 무전으로 전해 들었다.

이 무렵, 말름스트룀과 모렌은 벌써 말뫼를 벗어난 뒤였다. 그들이 파란색 피아트를 타고 은행에서 달아나는 모습을 목격한 사람들이 있었지만, 쫓아간 사람은 없었다. 그들은 오 분 뒤에 다른 두 차로 갈아타고 각자의 길을 갔다.

경찰이 경찰서 주차장의 난장판을 수습하는 데는 시간이 제법 걸렸다. 가구 운반용 트럭과 골칫덩어리 상자들을 간신히 치운 뒤, 경찰은 도시를 빠져나가는 모든 길에 바리케이드를 설치했다. 전국으로 경보를 보내 도주 차량을 찾기 시작했다.

도주 차량은 사흘 뒤에 말뫼 동항의 한 창고에서 발견되었다. 오버올, 도널드 덕 가면, 고무장갑, 권총, 그 밖의 여러 장

잠긴 방

비도 같이 있었다. 하우저와 호프는 그 아내들의 계좌에 입금된 거액의 수고료에 걸맞게 일을 잘해냈다. 말름스트룀과 모렌이 떠난 뒤, 하우저와 호프는 십 분 가까이 더 은행에 머물면서 망을 보다가 현장에 처음 경찰관이 나타난 뒤에야 떠났다. 은행에 처음 도착한 경찰은 걸어서 순찰을 돌던 두 순경이었다. 공공장소에서 맥주를 마시는 학생들 외에는 범죄자를 만난 경험이 없다시피 한 그들의 기여는 무전기에 대고 목이 터져라 고함을 지른 것뿐이었다. 이 무렵에는 말뫼의 경찰관 중에서 무전기에 소리 지르지 않는 사람이 거의 없었고, 무전을 듣는 사람도 거의 없었다.

하우저는 심지어 도주에 성공했다. 아무도, 하우저 자신도 기대하지 못한 일이었다. 그는 검문 한번 받지 않고 헬싱보리와 헬싱외르를 거쳐서 금세 스웨덴을 빠져나갔다.

하지만 호프는 잡혔다. 희한한 실수 때문이었다. 호프는 3시 55분에 회색 양복, 흰 셔츠, 넥타이, 그리고 머리에 뒤집어쓴 KKK풍 후드 차림으로 말뫼후스 페리를 탔다. 약간 얼빠진 상태에서 그만 후드를 벗는 걸 잊었던 것이다. 경찰관과 세관원은 배에서 가장 파티라도 열리려니 생각하여 그를 통과시켰지만, 배의 승무원들이 그를 수상쩍게 여겼다. 그는 배가 코펜하겐 항구에 도착하자마자 덴마크 경찰관에게 넘겨졌다. 나이가 지긋

하고 무기를 휴대하지 않은 경찰관은 잡혀 온 남자가 항구 경찰서의 작은 방 탁자에 장전된 권총 두 정, 총검 하나, 수류탄 하나를 고분고분 꺼내놓는 걸 보고 마시던 맥주병을 떨어뜨릴 뻔했다. 덴마크인은 곧 정신을 차렸다. 이렇게 멋진 이름을 가진 사람을 잡아들이는 것은 각별히 재미있는 일이었다[*].

호프는 수중에 프랑크푸르트행 비행기표 말고도 현금을 갖고 있었다. 정확히 말하자면 독일화로 40마르크, 덴마크화로 10크로네 지폐 두 장, 스웨덴화로 3크로나 35외레였다.

돈은 그게 전부였다.

그 덕분에 은행의 손실은 2,613,496크로나 65외레로 조금 줄었다.

한편 스톡홀름에서는 이상한 일이 벌어지고 있었다.

가장 위험한 일을 겪은 것은 에이나르 뢴이었다.

뢴은 제복 경찰관 여섯 명과 함께 로센룬스가탄을 지키다가 사업가 A를 붙잡는다는, 상대적으로 덜 중요한 임무를 맡았다. 로센룬스가탄은 꽤 길기 때문에, 뢴은 몇 안 되는 인원을 최대한 영리하게 분산시켰다. 순찰차를 탄 경찰 특공대 두 명과 나

---

[*] 덴마크에서 '호프(Hof)'는 칼스버그 맥주의 별명이다. 칼스버그 맥주가 왕실 인증을 받았다고 해서 왕실을 뜻하는 '호프'를 이름에 쓰게 되었다. 그 덕분에 스웨덴에서도 '호프' 하면 맥주를 가리킨다.

잠긴 방

머지 사람들을 전략적 지점에 뜨문뜨문 배치했다.

불도저 올손은 뢴에게 맘 편히 가지라고 말했고, 무엇보다 무슨 일이 생기더라도 기죽지 말라고 말했다.

오후 2시 38분에 뢴은 베리스그루반 공원 맞은편 보도에 평온한 마음으로 서 있었다. 그때 두 젊은 남자가 다가왔다. 청년들의 외모는 요즘 대부분의 사람들과 비슷했다. 한마디로 지저분했다.

"담뱃불 있어요?" 한 청년이 물었다.

"네, 아니요." 뢴이 평온하게 대꾸했다. "그러니까 없다고요."

일 초 후, 단검이 뢴의 배를 겨누었고 동시에 자전거 체인이 뢴의 머리로부터 심란하리만치 가까운 곳에서 획획 돌았다.

"야, 이 창녀나 사려는 자식아." 단검을 든 청년이 말했다. 청년이 또 친구에게 말했다. "너는 이 새끼 지갑을 가져. 나는 시계랑 반지를 가질게. 그다음에 손봐주자고."

뢴은 주짓수도 가라테도 썩 잘한 적 없었지만, 그래도 체육관에서 배웠던 것을 조금은 기억하고 있었다.

뢴은 발을 쑥 내밀어서 단검 든 사내의 다리를 걸었다. 사내는 놀라면서 엉덩방아를 찧었다. 하지만 이후에는 잘 풀리지 않았다. 뢴이 최대한 재빨리 머리를 비킨다고 비켰지만, 자전거 체인에 오른쪽 귀 위를 맞고 말았다. 뢴은 눈앞이 캄캄해지는 동시에 두 번째 공격자를 붙들었고, 자신도 쓰러지면서 상대를 함께 끌어 내렸다.

"넌 이제 끝났다, 새끼야." 단검을 든 사내가 식식거렸다.

그때 경찰 특공대가 나타났다. 뢴이 다시 앞이 보이게 되었을 때는 제복 순경들이 땅에 엎드린 두 깡패를 경찰봉과 권총 손잡이로 흠씬 패주고 수갑까지 채운 터였다.

자전거 체인을 쥔 사내가 먼저 정신을 차렸다. 사내는 피가 흐르는 얼굴로 둘러보면서 믿기지 않는다는 듯이 말했다.

"이게 다 뭐예요?"

"너는 경찰 함정에 제 발로 걸어 들어왔어, 애송이 자식아." 한 순경이 말했다.

"경찰 함정? 우리를 잡으려고? 미쳤어요? 우리는 그냥 저 창녀를 사려는 새끼를 털려고 했던 것뿐에요."

뢴은 또 머리에 혹이 났다. 그리고 이날 특별수사대가 입은 신체적 부상은 이것뿐이었다.

나머지 부상은 전부 정신적인 것이었다.

불도저 올손은 그의 작전 본부인 별의별 장치를 다 갖춘 회색 버스 안에서 흥분을 못 이겨 한시도 가만히 앉아 있질 못했다. 그것은 자기 일을 해야 하는 무전 기사에게나 함께 그 안에 있는 콜베리에게 몹시 방해가 되었다.

오후 2시 45분, 긴장이 최고조에 달했다. 그후로는 일분일초가 고통스러울 만큼 느리게 흘렀다.

오후 3시, 은행 직원들이 영업을 마칠 준비를 하기 시작했다. 은행 안에는 군발드 라르손이 이끄는 상당한 규모의 경찰 경비대가 있었지만, 그들은 은행 직원들이 할 일을 하는 것을 반대할 수 없었다.

엄청난 허무감이 모두를 덮쳤다. 하지만 불도저 올손은 이렇게 말했다.

"여러분, 우리는 일시적으로 뒤처진 것뿐입니다. 어쩌면 그것도 아닐 수 있어요. 로스는 우리가 눈치를 챘다는 걸 알아차렸고, 우리가 포기하기를 바라고 있습니다. 놈은 다음 주 금요일에, 그러니까 딱 일주일 뒤에 말름스트룀과 모렌에게 다시 시킬 겁니다. 시간을 잃는 건 놈이지 우리가 아닙니다."

오후 3시 30분, 진짜로 심란한 보고가 들어왔다. 워낙 걱정스러운 소식인 터라 모두가 즉시 쿵스홀멘으로 퇴각하여 그곳에서 사태의 추이를 지켜보았다. 이후 몇 시간 동안 텔렉스는 쉼 없이 새로운 메시지를 찍어 냈다.

시간이 걸리기는 했지만 차츰 전모가 그려졌다.

"'밀라노'는 당신이 생각한 뜻이 아니었어요." 콜베리가 차갑게 말했다.

"아니었군요. 말뫼라. 영리한 수로군요." 불도저가 말했다.

불도저는 상당히 오랫동안 꼼짝 않고 앉아 있었다.

"말뫼에도 같은 이름의 거리가 있다는 걸 대체 누가 알았겠어." 군발드 라르손이 말했다.

"새로 짓는 은행들의 내부 구조가 거의 다 같다는 것도." 콜베리가 말했다.

"우리는 알아야 했습니다, 여러분." 불도저가 소리쳤다. "로스는 알았어요. 하지만 이제 우리도 알았지요. 당연히 그게 합리적인 걸, 은행들을 다 똑같이 짓는 게 더 싸다는 걸 우리가 몰랐군요. 로스는 우리를 스톡홀름에 묶어뒀어요. 하지만 다음번엔 놈이 성공하지 못할 겁니다. 우리는 다음번을 기다리면 됩니다."

눈에 띄게 회복한 불도저가 일어서면서 물었다. "베르네르 로스는 어디 있죠?"

"이스탄불에. 며칠 휴가를 내고 쉬고 있답니다." 군발드 라르손이 대답했다.

"아하. 말름스트룀과 모렌은 어디서 쉬고 있을 것 같나?" 콜베리가 말했다.

"상관없어요." 불도저는 평소의 활기를 다소 되찾았다. "쉽게 번 돈은 쉽게 나가죠. 놈들은 곧 복귀할 겁니다. 그때는 우리

차례예요."

"그럴 것 같습니까?" 콜베리가 의심스레 말했다.

이제 상황은 수수께끼랄 것이 거의 없었지만, 손을 쓰기에는 시간이 많이 늦었다.

말름스트룀은 약 삼 주간 방을 예약해둔 제네바의 호텔에 벌써 도착해 있었다.

모렌은 취리히에 있었다. 이튿날 남아메리카로 떠날 예정이었다.

창고에서 차를 갈아타던 마지막 몇 분 동안, 두 사람은 길게 이야기를 나눌 여유가 없었다.

"어렵게 번 돈을 속옷이랑 가치 없는 여자들에게 다 써버리지 마." 모렌이 충고했다.

"돈이 엄청 많아! 이 돈을 다 어디에 두지?" 말름스트룀이 말했다.

"어디 은행에 넣어둬야지. 당연한 거 아냐?"

며칠 후, 베르네르 로스는 이스탄불 힐튼 호텔의 바에서 다이키리 칵테일을 홀짝이며 《헤럴드 트리뷴》을 읽었다.

그가 이 콧대 높은 신문에 시선을 둔 것은 이번이 처음이었다. 다음의 간결한 제목이 달린, 한 단짜리 짧은 기사 때문이었다. "스웨덴 은행 털려".

본문에 더 중요한 사실들이 언급되어 있었다. 가령 털린 금액이 나와 있었는데, 최소 오십만 달러는 된다고 했다.

그보다 덜 중요한 정보도 나와 있었다.

"오늘 스웨덴 경찰 대변인은 경찰이 이 강도 행위의 배후 조직을 알고 있다고 말했다."

더 밑에 스웨덴 관련 기사가 하나 더 있었다.

"집단 탈옥. 오늘 스웨덴에서 가장 위험한 은행 강도 중 열다섯 명이 이제껏 철옹성으로 여겨진 쿰라 교도소 벽을 넘어 탈출했다."

불도저 올손이 두 번째 소식을 전해 들은 것은 그가 몇 주 만에 아내와 함께 잠자리에 든 순간이었다. 그는 당장 침대를 뛰쳐나와서, 침실을 이리저리 바장이면서 신난 듯 똑같은 말을 되뇌었다.

"좋은 기회야! 절호의 기회야! 이제 이판사판이다!"

28.

그 금요일, 마르틴 베크는 톨레가탄의 집에 오후 5시 15분에 도착했다. 옆구리에는 지그소 퍼즐을 꼈고, 손에는 주류 판매점에서 산 술들이 담긴 종이봉투를 들었다. 그는 1층에서 레아와 마주쳤다. 레아는 라일락색 긴 카디건만 걸치고 빨간 나막신을 신은 차림으로 계단을 쿵쾅쿵쾅 내려왔다. 양손에 쓰레기봉투가 들려 있었다.

"안녕, 반가워요." 레아가 말했다. "안 그래도 보여줄 게 있어요."

"그거 들어줄게요." 마르틴 베크가 말했다.

"그냥 쓰레기예요. 어차피 당신도 손이 다 찼잖아요. 그거 퍼즐이에요?"

"네."

"좋아요. 문 좀 열어줄래요?"

그는 문을 붙잡고 서서 레아가 쓰레기통으로 가는 모습을 지켜보았다. 레아의 다리는 레아의 다른 모든 것처럼 탄탄하고, 근육질이고, 맵시 있었다. 쓰레기통 뚜껑이 탕 하고 떨어지자, 레아가 바로 뒤돌아서 달려왔다. 운동선수처럼 고개를 숙이고 똑바로 달리는 모습은 자신의 목적지를 잘 아는 사람의 모습이었다.

레아는 내처 계단을 반쯤 달려 올라갔다. 마르틴 베크도 레아를 따라잡으려고 계단을 두세 칸씩 올랐다.

부엌에 두 사람이 앉아서 차를 마시고 있었다. 한 사람은 이름이 잉엘라라고 했던 아가씨였고, 다른 사람은 그가 모르는 사람이었다.

"내게 보여줄 게 뭔가요?"

"여기. 이리 와요."

마르틴 베크는 레아를 따라갔다. 레아가 어느 방문을 가리켰다.

"이거예요. 밀실."

"아이들 방?"

"맞아요. 안에는 아무도 없고, 문이 안에서 잠겼어요."

그는 레아의 얼굴을 보았다. 오늘 레아는 행복해 보였고, 무척 건강해 보였다.

레아가 웃음을 터뜨렸다. 껄껄거리는 너털웃음이었다.

"아이들 방에도 안에서 잠글 수 있는 문고리가 있어요. 내가 설치했죠. 아이들에게도 가끔 혼자 조용히 있을 수 있는 권리가 있잖아요."

"하지만 아이들은 집에 없잖아요."

"왜 이렇게 둔해요. 내가 진공청소기를 돌리려고 방에 들어 갔다가, 나오면서 문을 쾅 닫아버렸어요. 그런데 너무 세게 닫 았나 봐요. 걸쇠가 떨어져서 고정쇠에 걸린 거예요. 이제 방문을 열 수가 없어요."

그는 문을 당겨보았다. 밖으로 열리는 구조의 문은 꼼짝도 하지 않았다.

"걸쇠는 문에, 고정쇠는 문기둥에 붙어 있어요." 레아가 말했다. "둘 다 금속제예요."

"이걸 어떻게 열죠?"

레아가 어깨를 으쓱했다.

"힘으로 열어야겠죠. 이제 당신 거니까 맘대로 하세요. 이럴 때 집에 남자가 필요한 거라고 사람들이 말하지 않나요."

그가 하도 둔한 표정으로 멀거니 서 있었던지 레아가 다시 웃었다. 그러고는 손등으로 그의 뺨을 쓱 쓰다듬고 말했다.

"걱정 말아요. 내가 해결할 수 있으니까. 아무튼 이건 밀실이에요. 어느 범주에 속하는지는 모르겠네요."

"문틈으로 뭔가 밀어 넣을 수 없을까요?"

"틈이 없는걸요. 문고리를 내가 직접 설치했다고 말했잖아요. 나는 하면 제대로 해요."

레아가 옳았다. 문은 겨우 몇 밀리미터만 움직였다.

레아가 문손잡이를 잡고, 오른발의 신발을 휙 벗은 뒤 맨발을 문기둥에 붙였다.

"아니, 기다려요." 마르틴 베크가 말했다. "내가 할게요."

"좋아요."

레아는 부엌에서 기다리는 사람들에게 돌아갔다.

마르틴 베크는 문을 한참 살펴보았다. 그다음에 레아가 했던 것처럼 했다. 발을 문기둥에 붙이고, 낡았지만 튼튼해 보이는 손잡이를 움켜쥐었다.

경첩의 나사들을 망가뜨리지 않는 한 다른 방법이 없었다.

첫 시도에서는 힘을 온전히 다 쏟지 않았다. 두 번째에는 다 쏟았지만, 겨우 성공한 것은 다섯 번째에서였다. 찌걱 하는 소리와 함께 나사가 나무에서 뽑히면서 문이 왈카닥 열렸다.

뽑힌 것은 걸쇠를 고정하는 나사였다. 고정쇠는 여전히 문기둥에 굳게 붙어 있었다. 나사 구멍이 네 개 뚫린 몸체에 고리가 붙은 일체형 고정쇠였다.

걸쇠는 아직 고정쇠에 대롱대롱 걸려 있었다. 걸쇠도 꽤 두꺼워서 여간해서는 구부러지지 않을 성싶었다. 강철 같았다.

마르틴 베크는 안을 둘러보았다. 아이 방은 비어 있었고 창문은 닫혀 있었다.

문고리를 고치려면 걸쇠와 고정쇠 둘 다 몇 센티미터쯤 옮겨 달아야 했다. 기존의 나사 구멍 주변으로 목재가 손상되었기 때문이었다.

그는 부엌으로 갔다. 사람들은 베트남에서의 집단 학살에 대해서 토론하면서 동시에 떠들고 있었다.

"레아. 공구가 어디 있지요?"

"저기 보관함에요."

레아는 발로 상자를 가리켰다. 함께 있는 여자들 중 한 명에게 코바늘 뜨기를 보여주는 중이라 빈손이 없어서였다.

그는 끌과 송곳을 꺼냈다.

"서두를 것 없어요. 컵을 가져와서 앉아요. 안나가 빵을 구워 왔어요. 시나몬 롤."

그는 앉아서 갓 구운 시나몬 롤을 먹었다. 한동안 사람들의 대화를 멍하니 들었지만 곧 생각이 다른 대화로 옮겨 갔다.

그는 가만히 앉아서 기억 속 녹음기가 돌아가는 것을 들었
다. 십일 일 전의 대화였다.

스톡홀름 시청 복도에서의 대화. 1972년 7월 4일 화요일.

마르틴 베크: 그러면 나사를 다 뜯고 문을 떼어낸 후에 안
으로 들어갔습니까?

켄네트 크바스트모: 네.

베: 누가 먼저 들어갔죠?

크: 제가요. 크리스티안손은 냄새 때문에 속이 안 좋다고
했습니다.

베: 들어갔더니 어땠습니까?

크: 악취가 끔찍했습니다. 안이 어두웠지만, 그래도 바닥
에 시체가 누워 있는 게 보였습니다. 창문에서 이삼 미터
떨어진 곳에요.

베: 그래서 어떻게 했지요? 기억을 자세히 떠올려보세요.

크: 안에서는 숨을 쉴 수가 없을 지경이었습니다. 그래서
시체를 빙 돌아서 창가로 갔습니다.

베: 창은 닫혀 있었나요?

크: 네. 블라인드도 내려져 있었고요. 블라인드를 올리려
고 했지만 말을 안 듣더라고요. 스프링이 헐거워서. 하지

만 반드시 그 창문을 열어서 환기를 시켜야 했지요.

베: 그래서 어떻게 했습니까?

크: 블라인드를 옆으로 밀고 창을 열었습니다. 그다음에 스프링을 조이고 블라인드를 올렸습니다.

베: 창문이 잠겨 있었다는 거지요?

크: 네. 최소한 고리 하나는 제대로 걸려 있었습니다. 제가 그걸 풀고 창문을 열었으니까요.

베: 그게 위쪽 고리였는지 아래쪽 고리였는지 기억납니까?

크: 정확히는 모르겠습니다. 위쪽이었던 것 같습니다. 아래쪽 고리가 어땠는지는 기억나지 않네요. 그것도 제가 풀었던 것 같기도 하고요. 아니요, 모르겠네요.

베: 하지만 창문이 안에서 고리로 잠겨 있었던 건 확실합니까?

크: 네, 백 퍼센트 확실합니다. 장담할 수 있습니다.

레아가 그의 정강이를 장난스럽게 툭 쳤다.

"빵 좀 먹어요." 레아가 말했다.

"레아, 좋은 손전등 갖고 있나요?" 마르틴 베크가 말했다.

"그럼요. 청소 용품실에 걸려 있어요."

"내가 빌려도 될까요?"

"물론이죠."

"그러면 잠시 나갔다 오겠습니다. 저 문은 돌아와서 고칠게요."

"좋아요. 다녀와요."

"갔다 올게요." 마르틴 베크의 대답이었다.

그는 손전등을 챙기고 택시를 불러서 베리스가탄으로 갔다. 베리스가탄에 도착해서는 길 건너편 보도에 서서 문제의 창문을 한참 올려다보았다.

그다음에 뒤로 돌았다. 크로노베리스파르켄 공원이 솟아 있었다. 덤불로 뒤덮인 가파른 돌투성이 비탈이었다.

그는 비탈을 기어올라서, 창문을 마주 보는 높이까지 갔다. 이제 그는 창문과 높이가 거의 같았고, 둘 사이의 거리는 멀어야 이십오 미터였다. 그는 주머니에서 볼펜을 꺼내 컴컴한 직사각형으로 보이는 창문을 겨누어보았다. 블라인드가 내려져 있었다. 집주인 입장에서는 짜증스럽겠지만, 경찰이 그 집을 다시 세주어도 좋다고 허락할 때까지는 세줄 수 없게 되어 있었다.

마르틴 베크는 주변을 서성이다가 이윽고 가장 좋은 지점을 찾아냈다. 그는 사격수가 아니었지만, 만약 그의 손에 들린 볼펜이 45구경 자동 권총이라면 저 창문에 나타난 사람을 맞힐 수 있을 것이다. 그는 확신했다.

그가 선 지점에서는 모습이 잘 숨겨졌다. 사월 중순에는 지금보다 덤불이 훨씬 빈약했겠지만, 그래도 움직이지만 않는다면 행인들의 시선을 끌지 않고 몸을 숨길 수 있었을 것이다.

지금은 해가 환하지만, 야심한 시각이었더라도 가로등이 있으니까 빛은 충분했을 것이다. 또 어둠은 비탈에 선 사람을 더 보호해주었을 것이다.

그래도 권총에 소음기를 달지 않고서는 여기서 총을 쏠 수가 없었을 것이다.

그는 어느 지점이 제일 나은지를 다시 한번 신중하게 살펴보았다. 그 지점을 시작점으로 삼아서 수색하기 시작했다.

아래를 지나가는 행인은 거의 없었지만, 가끔 지나가는 사람들은 그가 덤불에서 부스럭거리는 소리를 듣고는 발길을 멈추고 위를 쳐다보았다. 하지만 그때뿐, 곤란한 일에 얽히고 싶지 않아서인지 사람들은 이내 발길을 서둘렀다.

그는 체계적으로 수색했다. 오른쪽부터 살펴보았다. 거의 모든 자동 권총은 탄피를 오른쪽으로 토해낸다. 하지만 어느 방향으로, 얼마나 멀리? 인내를 요구하는 작업이었다. 땅 가까이를 살피다 보니 손전등을 가져온 것이 다행스럽게 느껴졌다.

마르틴 베크는 포기할 마음이 없었다. 최소한 한동안은.

한 시간 하고 사십 분이 지났을 때, 그는 빈 탄피를 발견했다. 탄피는 두 돌멩이 사이에 끼어 있었고, 나뭇잎과 흙으로 반쯤 덮여 있었다. 사월 이래 비가 많이 내렸다. 개들과 다른 동물들도 이 주변을 짓밟았을 것이다. 사람들도, 가령 공공장소에서 맥주를 마시는 불법행위를 저질러야겠다고 생각한 사람들도 그랬을 것이다.

그는 작은 황동 원통을 캐내어 손수건에 싼 뒤 주머니에 넣었다.

그다음 베리스가탄을 따라 동쪽으로 걷다가 시청 근처에서 택시를 잡아 타고 과학수사연구소로 갔다. 이 시각에는 연구소가 닫았겠지만, 그래도 그는 누군가 남아 있으리라고 기대했다. 요즘은 과학수사 요원들이 거의 매일 초과 근무를 했다.

아니나 다를까 오늘도 그랬다. 하지만 그는 물건을 접수시키기 위해서 사람들을 붙들고 한참 사정해야 했다. 결국에는 설득이 먹혔다. 그는 탄피를 플라스틱 상자에 넣고 카드에 정보를 상세히 써넣었다.

"당연히 엄청 급한 일이겠지요." 잔업을 하던 과학수사 요원 중 한 명이 말했다.

"딱히 급하진 않아요. 사실은 전혀 급하지 않습니다. 그냥 시간이 있을 때 살펴봐주기만 해도 고맙겠습니다." 마르틴 베크가 대답했다.

과학수사 요원이 탄피를 보았다. 탄피는 더럽고 찌부러져서 별 단서가 못 될 듯했다. 그리 희망적이지 않았다.

"그렇게 말씀하셨기 때문에, 최대한 빨리 보겠습니다." 과학수사 요원의 대꾸였다. "증거품을 갖고 와서 한시도 늦으면 안 되는 일이라고 재촉하는 사람들에게는 질렸어요."

꽤 늦은 시각이라서 레아에게 전화를 해야 할 것 같았다.

"여보세요." 레아가 받았다. "이제 나 혼자 있어요. 벌써 출입문을 잠갔지만, 열쇠를 밑으로 던져줄게요."

"가서 문을 고칠게요."

"내가 벌써 고쳤어요. 하려던 일은 잘 마쳤어요?"

"네."

"잘됐네요. 그럼 삼십 분이면 올 수 있겠네요."

"그쯤 걸릴 겁니다."

"밖에서 소리쳐서 불러요."

마르틴 베크는 11시를 막 넘겼을 때 툴레가탄의 집에 도착하여 휘파람을 불었다.

처음에는 아무 반응이 없었다.

조금 기다리니, 레아가 빨간색 긴 잠옷에 맨발 차림으로 내려와서 문을 열어주었다.

부엌에서 레아가 물었다.

"손전등은 썼어요?"

"네, 아주 유용했어요."

"지금 와인 딸까요? 그건 그렇고, 뭐 좀 먹었어요?"

"아니요."

"그럼 안 돼죠. 뭘 좀 만들게요. 오래 걸리지 않아요. 배고파 죽겠죠."

배고파죽겠다라. 그랬다, 그는 그런 것 같았다.

"스베르드 일은 어떻게 돼가요?"

"해결되어가는 것 같아요."

"어떻게? 얘기해줘요. 나는 모든 일이 다 미치도록 궁금하거든요."

새벽 1시에 와인병이 비었다.

레아가 하품을 했다.

"나 내일 시골로 쉬러 가요. 월요일에 돌아올 거예요. 어쩌면 화요일에 올지도 모르고." 레아가 말했다.

그는 이만 가보겠다고 말하려고 했다.

"집에 가기 싫죠." 레아였다.

"네."

"그러면 여기서 자도 돼요."

그는 끄떡였다. 레아가 또 말했다.

"나랑 한 침대에서 자기가 쉽지는 않을 거예요. 나는 자면서도 막 부산스럽거든요."

그는 옷을 벗고 침대로 들어갔다.

"내 멋진 잠옷을 벗는 편이 좋을까요?" 레아가 물었다.

"네."

"좋아요."

레아는 잠옷을 벗고 그의 옆에 누웠다.

"하지만 재미는 이게 다예요." 레아의 말이었다.

마르틴 베크는 다른 사람과 한 침대에 누운 것이 이 년 만이라는 생각을 하고 있었다. 레아의 말에 굳이 대답하지는 않았다. 레아는 따뜻했고, 아주 가까웠다.

"퍼즐 맞출 시간이 없었네요. 다음 주에 해야겠어요." 레아가 말했다.

잠시 후에 마르틴 베크는 곯아떨어졌다.

29.

월요일 아침이었다. 마르틴 베크는 베스트베리아로 출근하면서 콧노래를 불렀다. 복도에서 마주친 직원이 놀란 눈으로 그를 보았다. 그는 주말을 혼자 보냈지만 내내 기분이 좋았다. 이처럼 낙천적인 기분이 들었던 것이 언제였나 기억나지 않을 정도였다. 1968년 하지 전야가 꽤 좋았던 것 같기는 했다*.

스베르드의 잠긴 방을 열면서, 그가 자신의 잠긴 방도 연 것일까?

그는 창고 일지에서 추린 정보를 앞에 펼쳐두고, 그중에서 가장 살펴볼 만하다고 생각되는 이름들 옆에 표시를 했다. 그리

---

* '마르틴 베크' 시리즈 5권 『사라진 소방차』에 1968년 하지 연휴 일화가 등장한다.

고 전화를 걸기 시작했다.

보험회사들에게 시급한 일이란 돈을 최대한 많이 벌어들이는 것밖에 없다. 그래서 회사들은 직원들을 목까지 업무에 빠뜨리고, 같은 이유에서 모든 문서를 자로 잰 듯 질서 정연하게 보관해두는데, 그것은 행여 누가 그들을 속여서 회사의 이익을 갉아먹고도 처벌받지 않고 넘어가지 않을까 하는 두려움이 늘 도사리고 있기 때문이다.

요즘은 그런 다급함 자체가 목적인 것처럼 보일 때가 많았다.

불가능합니다, 우리는 그럴 시간이 없어요.

여기에 대응하여 마르틴 베크가 쓸 수 있는 전략은 여러 종류가 있었다. 금요일 저녁에 감식반원에게 썼던 대응법도 한 예라고 할 수 있었다. 또 다른 방법은 상대보다 훨씬 더 다급한 척하는 것인데, 이 방법은 상대가 정부 부처를 대변할 때 특히 잘 통했다. 그가 경찰관인 만큼 다른 경찰관들을 닦아세우기는 어려웠지만 다른 경우에는 잘 통했다.

불가능합니다, 우리는 그럴 시간이 없어요. 급한 일입니까?

엄청 급합니다. 어떻게든 시간을 내셔야 합니다.

시간이 없는걸요.

당신 직속 상사가 누굽니까?

이런 식이었다.

대답이 하나씩 들어오기 시작했고, 그는 내용을 목록에 적어넣었다. 손해배상 지급됨, 사건 합의됨, 배상이 치러지기 전에 피보험자가 사망함.

마르틴 베크는 계속 전화하며 메모했다. 아직 모든 항목에 대한 대답을 들은 것은 아니었지만, 이제 일지의 여백이 제법 차 보였다.

여덟 번째 통화를 하던 중에 어떤 생각이 떠올랐다. 그가 보험회사 직원에게 물었다.

"회사가 보험금을 지불한 뒤에, 파손된 물품은 어떻게 됩니까?"

"당연히 우리가 검사를 합니다. 물품이 그래도 쓸 만하다면 우리 직원들에게 염가로 판매합니다."

아하. 그것도 작은 수익이 나올 만한 구멍이었다.

갑자기 자신도 경험이 있다는 사실이 떠올랐다. 거의 이십 년 전 신혼 시절에 그는 몹시 쪼들렸다. 결혼의 이유였던 딸 잉아가 태어나기 전에 아내는 보험회사에서 일했었다. 그곳에서 아내는 운송중 파손된 부용 캔을 염가에 잔뜩 사들였는데, 맛이 그렇게 나쁠 수가 없었다. 두 사람은 그 캔으로 몇 달을 났다. 그때 이후로 그는 부용이 싫었다. 어쩌면 그 역겨운 액체는 칼레 스베르드나 다른 전문가가 이미 맛을 보고 인간이 섭취하기에 부적합하다고 판단한 것일 수도 있었다.

마르틴 베크가 아홉 번째 전화를 걸려는 참이었다.

전화기가 따르릉 울었다. 누가 그를 찾고 있었다.

설마 전화 건 사람이…….

그럴 리 없지.

"네, 베크입니다."

"음, 옐름이에요."

"안녕하세요. 전화를 주다니 반갑군요."

"물론 그렇겠죠. 아무튼, 당신이 저번에 여기서 점잖게 행동한 모양입디다. 꼭 그 때문이 아니라도 마지막으로 한번 서비스를 해드릴 생각이었지만."

"마지막으로?"

"그쪽이 경정으로 승진하기 전에 말이에요. 그 탄피를 당신이 찾았다고요."

"살펴봤습니까?"

"내가 왜 전화했겠습니까?" 옐름이 짜증스레 말했다. "우리는 쓸데없이 전화를 걸고 할 시간이 없어요."

옐름이 뭔가 자랑할 게 있군, 마르틴 베크는 생각했다. 옐름이 전화를 걸어왔다면, 그것은 어떤 식으로든 승리를 자랑하기 위해서였다. 보통은 보고서로만 그의 의견을 들을 수 있었다.

"정말 고맙군요." 마르틴 베크는 말했다.

"그렇다고 할 수 있죠." 옐름이 맞장구쳤다. "자, 당신의 탄피는 상태가 아주 나빠요. 그걸로 뭘 알아내기가 여간 어려운 게 아니었죠."

"알겠습니다."

"글쎄, 정말 아실까나. 당신이 알고 싶은 건 그 탄피가 자살 사건 총알과 맞는 짝인가 하는 거겠죠?"

"네."

침묵.

마르틴 베크가 다시 말했다. "네, 그걸 알고 싶어요."

"짝이 맞아요." 옐름이 말했다.

"확실합니까?"

"우리는 추측 따위는 하지 않는다고 분명히 말하지 않았습니까?"

"미안합니다. 그러니까 짝이 맞는다 이거군요."

"그래요. 당신이 총도 갖고 있지는 않겠죠?"

"네, 총이 어디 있는지는 모릅니다."

"나는 압니다." 옐름이 덤덤히 말했다. "지금 내 책상에 놓여 있어요."

쿵스홀름스가탄의 특별수사대 사무실에 낙관적인 기운이라고는 눈 씻고 봐도 없었다. 불도저 올손은 국가경찰위원회에 자문을 해주러 달려가고 없었다. 국가경찰청장은 일단 한마디도 새어 나가서는 안 된다고 선언한 후, 이제 무엇이 새어 나가서는 안 되는지 확인하려고 전전긍긍하고 있었다.

콜베리, 뢴, 군발드 라르손은 로댕의 〈생각하는 사람〉 패러디처럼 보이는 자세로 말없이 앉아 있었다.

문에서 노크 소리가 들리는 것과 거의 동시에 마르틴 베크가 방 안에 들어와 있었다.

"안녕." 마르틴 베크가 말했다.

"안녕." 콜베리가 대답했다.

뢴은 고개를 끄덕했고, 군발드 라르손은 그마저도 하지 않았다.

"자네들 별로 즐거워 보이지 않는군."

"다 이유가 있다고." 콜베리가 오랜 친구를 보며 말했다. "자네는 또랑또랑해 보이네. 변신 수준인걸. 여긴 왜 왔어? 여기에 자발적으로 오는 사람은 아무도 없는데."

"있잖아, 나. 내가 잘못 들은 게 아니라면, 여기에 마우릿손이라는 사기꾼이 있다던데."

"그래. 호른스가탄 살인범." 뢴이 말했다.

"그자를 어쩌려고?" 콜베리가 미심쩍이 물었다.

"그냥 만나보려고." 마르틴 베크가 대답했다.

"왜?"

"잠시 이야기를 나누고 싶어서. 가능하다면."

"가망 없어. 놈은 떠버리이지만 도움이 되는 말은 안 해." 콜베리가 말했다.

"자백을 안 하나?"

"절대 안 할걸. 그래도 유죄를 받을 거야. 우리가 놈의 집에서 변장 도구들을 발견했거든. 총도. 총이 놈에게 엮여 있어."

"어떻게?"

"총의 일련번호가 갈려 나갔거든. 그런데 금속에 남은 자국이 놈의 집 침대 옆 탁자에서 발견된 연마기가 낸 거였어. 현미경으로 확인해봤더니 갈린 패턴이 같아. 빈틈없어. 그런데도 놈은 계속 부인한단 말야."

"맞아. 목격자들도 그가 맞는다고 확인했는데." 뢴이 거들었다.

"그게……." 콜베리가 입을 열었다가 이내 수화기를 들고 구내 전화로 연락을 취했다. 그리고 말했다. "놈을 데려온대."

"우리가 어디서 이야기하면 좋을까?" 마르틴 베크가 물었다.

"내 방을 써." 뢴이 말했다.

"그 새끼를 살살 다뤄줘. 우리가 가진 건 그놈뿐이니까." 군발드 라르손이 말했다.

오 분 만에 마우릿손이 사복 경비원과 수갑을 찬 채로 나타났다.

"수갑은 필요 없을 것 같군요." 마르틴 베크가 말했다. "우리는 그냥 이야기를 나누려는 것뿐입니다. 그를 풀어주고 밖에서 기다리세요."

경비원이 수갑을 만지작거려서 풀었다. 마우릿손이 짜증스레 오른쪽 손목을 문질렀다.

"앉으세요." 마르틴 베크가 권했다.

두 사람은 책상을 사이에 두고 마주 앉았다.

마르틴 베크는 마우릿손을 처음 본 것이었지만, 마우릿손이 동요한 상태이며 극도로 불안해서 금방이라도 무너질 지경이라는 것을 알아차렸다. 그 사실에 놀라지는 않았다.

어쩌면 마우릿손은 구타당했는지도 모른다. 아닐 수도 있었다. 살인자들은 성정이 불안정하여 잡히자마자 냉정함을 잃는 경우가 흔했다.

"나는 악마 같은 음모의 희생자입니다." 마우릿손이 새된 목소리로 말했다. "경찰인지 다른 누구인지 몰라도, 누가 내 집에 가짜 증거를 심어뒀어요. 은행이 털렸을 때 나는 스톡홀름에 있지도 않았습니다. 하지만 변호사조차 나를 믿지 않습니다. 대체 내가 어쩌면 좋습니까?"

"당신은 스웨덴계 미국인인가요?"

"아닙니다. 왜요?"

"'심었다'라는 표현을 쓰기에."

"그러면 경찰이 문을 따고 들어와서 가발, 선글라스, 권총, 그런 걸 막 넣어두고선 자기들이 발견한 척하는 걸 달리 뭐라고 부릅니까? 나는 맹세코 은행을 털지 않았어요. 하지만 변호사조차도 내가 이길 승산이 없다고 말합니다. 당신은 내게 뭘 원합니까? 나와 무관한 살인을 자백이라도 하면 좋겠습니까? 미치겠단 말입니다."

마르틴 베크는 책상 밑으로 손을 넣어서 버튼을 눌렀다. 뢴의 책상은 신형이라 녹음기가 교묘하게 설치되어 있었다.

"사실 나는 그 일과 아무 관계가 없습니다." 마르틴 베크가 말했다.

"없다고요?"

"그래요. 전혀."

"그러면 원하는 게 뭡니까?"

"다른 일에 관해서 이야기를 좀 나누고 싶습니다."

"무슨 다른 일?"

"당신도 잘 아는 이야기일 것 같은데요. 1966년 3월에 시작된 이야기입니다. 스페인산 리큐어 한 상자에서."

"뭐라고요?"

"사실 나는 거의 모든 내용을 문서로 갖고 있습니다. 그때 당신은 리큐어 한 상자를 합법적으로 수입했습니다. 그것을 세관에 신고했고, 비용을 냈습니다. 관세도 제대로 냈고, 더불어 탁송비를 냈습니다. 맞습니까?"

마우릿손은 대답하지 않았다. 마르틴 베크가 고개를 드니 상대는 놀라서 눈을 동그랗게 뜬 채 그를 보고 있었다.

"내게 서류가 다 있습니다." 마르틴 베크가 재차 말했다. "맞습니까?"

"네." 이윽고 마우릿손이 말했다. "맞습니다."

"하지만 당신은 물건을 받지 못했죠. 내가 제대로 이해했다면, 상자가 운송중 사고로 파손되었습니다."

"네. 나라면 그걸 사고라고 부르지 않겠지만 말입니다."

"그렇죠, 그 점은 당신 말이 맞습니다. 내 생각에는, 스베르드라는 이름의 창고 노동자가 리큐어를 탐내서 일부러 상자를 깨뜨렸습니다."

"당신 생각이 맞습니다. 정확히 그렇게 된 일이었어요."

"음. 당신은 다른 문제로 무척 피곤할 텐데요. 오래된 이야기를 하고 싶지 않을 수도 있겠군요."

한참의 침묵 끝에 마우릿손이 말했다.

"하죠. 안 될 것 없잖습니까? 현실에서 진짜로 벌어진 일에 대해서 이야기하는 게 나도 좋습니다. 아니면 미칠 것 같으니까."

"좋으실 대로. 자, 내 생각에는 술병 속에 든 것은 리큐어가 아니었습니다."

"당신 말이 맞습니다."

"실제로 무엇이 들어 있었는가 하는 문제는 지금은 그냥 넘어가지요."

"궁금하다면 내가 말해드리죠. 술병은 스페인에서 손쓴 거였습니다. 겉보기에는 진짜 술병이었지만, 안에는 모르핀 베이스 용액과 암페타민이 들어 있었죠. 당시에 그게 인기가 있었습니다. 꽤 값나가는 물건이었지요."

"네. 그리고 내가 아는 한 밀수 시도는 한 건밖에 없었기 때문에 지금은 공소시효가 만료됐습니다."

"그 말이 맞습니다." 마우릿손은 지금까지 그 생각은 미처 하지 못했다는 듯한 표정이었다.

"게다가 나는 당신이 스베르드라는 사내에게 협박을 당했다고 볼 만한 증거를 갖고 있습니다."

마우릿손은 대답하지 않았다. 마르틴 베크는 어깨를 으쓱하고 이어 말했다.

"아까 말했듯이, 내키지 않으면 대답하지 않아도 됩니다."

마우릿손은 여전히 안절부절못하는 듯했다. 계속 자세를 바꾸었고, 손을 가만히 놔두질 못했다.

그 친구들이 이자에게 심리적 압박을 꽤나 가한 모양이군, 마르틴 베크는 이렇게 생각하면서 살짝 놀랐다.

그는 콜베리의 취조 방법을 익히 알았고, 콜베리가 대체로 인간적인 방법을 쓴다는 것도 알았다.

"대답하겠습니다." 마우릿손이 말했다. "그만하지 마세요. 이 이야기 덕분에 현실로 돌아온 것 같으니까."

"당신은 스베르드에게 매달 750크로나를 지불했지요."

"그는 1000크로나를 원했어요. 내가 500크로나를 제안했고요. 타협한 게 750크로나였죠."

"당신이 직접 말해보는 게 어떻겠습니까." 마르틴 베크가 제안했다. "혹시 당신이 이해되지 않는 부분이 있다면, 우리가 함께 재구성할 수 있습니다."

"그렇게 생각합니까?" 마우릿손의 얼굴이 씰룩거렸다. 그러고는 그가 중얼거렸다. "그게 가능할까요?"

"물론입니다." 마르틴 베크가 대답했다.

"당신도 내가 미쳤다고 생각합니까?" 마우릿손이 갑자기 물었다.

"아니요. 왜 그렇게 생각하겠습니까?"

"모두들 내가 미쳤다고 생각하는 것 같으니까요. 이러다가 나조차 그렇게 믿을 지경이란 말입니다."

"그냥 일어난 일을 그대로 말해보십시오. 모든 일에는 틀림없이 설명이 있습니다. 자, 그래서 스베르드가 당신의 돈을 갈취했군요."

"놈은 거머리였습니다." 마우릿손이 말했다. "그 일이 벌어졌을 때 나는 감방에 갈 처지가 아니었습니다. 전에도 갔다 왔고, 집행유예도 두 번 받았고, 감시도 받고 있었죠. 물론 당신은 이런 것도 다 알겠지만."

마르틴 베크는 대꾸하지 않았다. 사실 그는 마우릿손의 전과를 자세히 확인하지 않은 터였다.

"뭐, 다달이 750크로나가 하늘이 무너질 정도의 돈은 아니죠. 연 9000크로나이니까요. 그 상자 하나만 해도 그보다는 값이 더 나갔습니다." 마우릿손은 말을 멈추었다가 경악한 표정으로 물었다. "이해가 안 가는군요. 당신은 어떻게 이걸 다 압니까?"

"우리 사회에서는 대부분의 사건이 문서로 남지요." 마르틴 베크가 상냥하게 대답했다.

"하역장의 그 새끼들은 아마도 매주 상자를 깨부쉈을 텐데요." 마우릿손이 말했다.

"네. 하지만 보험금을 청구하지 않은 사람은 당신뿐이었습니다."

"그건 맞습니다. 보험금을 주지 않아도 된다고 사정하다시피 해야 했죠. 그러지 않으면 보험 손해 사정인이 찾아와서 여기저기 쑤시고 다닐 테니까요. 스베르드만으로도 충분했습니다."

"알겠습니다. 그래서 당신은 계속 돈을 줬지요."

"일 년쯤 지나서 놈을 끊어내려고 해보았지만, 놈은 입금이 며칠만 늦어도 나를 협박하곤 했습니다. 그런데 내 일은 어디서 조사가 들어오는 걸 견딜 수 있는 성격의 일이 아니거든요."

"스베르드를 공갈죄로 신고할 수도 있었을 텐데요."

"물론이죠. 그리고 그 대가로 내가 감옥에 몇 년 가 있어야 했겠죠. 아니요. 내가 할 수 있는 일은 하나뿐이었습니다. 계속 돈을 주는 것. 그놈은 직장까지 그만두고 나를 무슨 연금 기금처럼 써먹었습니다."

"결국에는 당신이 질렸지요?"

"네." 마우릿손이 초조한 듯 손가락으로 손수건을 비틀었다. "우리끼리니까 하는 말이지만, 당신이라도 안 그랬겠습니까? 내가 그 인간에게 얼마나 줬는지 압니까?"

"네. 5만 4000크로나."

"당신은 모든 걸 아는 것 같군요. 이봐요. 저 미치광이들 대신 당신이 은행 강도 사건을 맡아주면 안 됩니까?"

"그건 어려울 겁니다. 하지만 당신은 항의 없이 고분고분 지불하지는 않았습니다. 그렇죠? 수시로 그를 위협했지요?"

"어떻게 알았죠? 일 년쯤 전부터 나는 그 도둑놈에게 몇 년간 갖다 바친 돈을 따져보기 시작했습니다. 그러다 지난겨울에 놈과 접촉했지요."

"어떻게?"

"시내에서 놈을 만나서 그만두라고 말했습니다. 하지만 그 구두쇠는 돈을 제때 보내지 않았다가는 어떻게 되는지 알 거라고만 말하더군요."

"어떻게 된답니까?"

"당장 경찰에게 달려갈 거라고 했습니다. 물론 그 리큐어 상자 일은 오래된 사건이지요. 그래도 경찰은 내 일을 기웃거릴 거란 말입니다. 내 일 중에는 합법적이지 않은 것도 있거든요. 내가 왜 놈에게 계속 돈을 쥐여줬는지 설명하기도 어려웠을 테고요."

"그래도 스베르드가 당신을 안심시키는 말을 했지요. 자신이 곧 죽을 거라고요."

마우릿손은 한참 말이 없었다.

"스베르드가 당신에게 말해줬습니까? 아니면 어디에 적어뒀나요?" 마우릿손의 질문이었다.

"아닙니다."

"당신은 무슨 독심술사입니까?"

마르틴 베크는 고개를 저었다.

"그런데 어떻게 이렇게 시시콜콜 다 압니까?" 마우릿손이 말했다. "놈은 내게 자신이 대장암에 걸렸고 육 개월 이상 살지 못할 거라고 말했습니다. 놈은 겁에 질린 것 같았어요. 나는 생각했죠. 육 년간 돈을 쥐왔는데, 고작 육 개월을 더 주고 말고는 큰 문제가 안 될 거라고."

"언제 마지막으로 그와 이야기했습니까?"

"이월이었습니다. 놈이 내게 징징대고 하소연하는 꼴이라니, 누가 그걸 봤다가는 내가 놈의 친척이라도 되는 줄 알았을 겁니다. 놈은 병원에 입원할 거라고 했어요. '죽음의 공장'이라나, 방사선 클리닉 말입니다. 끝난 것처럼 보였죠. 나는 그것참 잘됐다고 생각했습니다."

"당신은 병원에 전화를 걸어서 확인해봤지요?"

"네, 놈이 거기 없더군요. 남부 병원의 무슨 클리닉으로 옮겼다고 하더라고요. 그래서 뭔가 꿍꿍이가 있는 것 같다고 의심하기 시작했습니다."

"그렇군요. 그래서 남부 병원의 의사에게 전화를 걸어서 스베르드의 조카라고 말했지요."

"내가 굳이 말할 이유가 없는 것 같은데요. 당신이 모르는 내용이 없으니까요."

"아, 있습니다."

"뭡니까?"

"예를 들어, 당신이 의사에게 무슨 이름을 댔는가 하는 것."

"당연히 스베르드라고 했지요. 그자의 조카인데 당연히 스베르드여야 하는 것 아닙니까? 그 생각은 안 해봤습니까?"

마우릿손이 마르틴 베크를 기분 좋게 놀란 눈으로 보았다.

"아니요. 솔직히 못 했습니다. 보다시피." 마르틴 베크가 대답했다.

두 사람 사이에 모종의 관계 같은 것이 생겨나고 있었다.

"나와 통화한 의사가 하는 말이, 그놈은 건강하고 앞으로도 이십 년은 거뜬히 살 거라더군요. 계산해보니……."

마우릿손이 입을 닫았다. 마르틴 베크는 얼른 암산한 뒤에 말했다.

"18만 크로나를 더 지불해야 한다는 뜻이었지요."

"좋아요, 좋아요. 내가 졌습니다. 당신은 너무 똑똑하군요.

같은 날 나는 삼월분 돈을 입금했습니다. 놈이 집에 왔을 때 입금 알림장이 놈을 기다리고 있도록 말입니다. 동시에……. 음, 내가 동시에 뭘 했는지 압니까?"

"그 돈이 마지막이라고 결심했지요."

"정확합니다. 나는 놈이 토요일에 퇴원할 거라는 얘기를 들어서 알았지요. 그래서 놈이 역겨운 고양이 사료를 사려고 가게에 코빼기를 내민 순간, 놈을 붙잡고 이제 끝이라고 말했습니다. 하지만 놈은 평소처럼 뻔뻔하게 다음 달 늦어도 20일까지 입금 알림장이 오지 않으면 어떻게 될지 알잖느냐고 말했습니다. 그래도 놈이 겁을 집어먹기는 했죠. 놈이 그 뒤에 어떻게 했는지 압니까?"

"이사했지요."

"당연히 당신은 그것도 알겠죠. 그러면 내가 어떻게 했는지는 압니까?"

"네."

순간 침묵이 흘렀다. 마르틴 베크는 녹음기가 정말 조용히 돌아간다고 생각했다. 그는 손님을 맞기 전에 녹음기가 제대로 작동하는지 확인하고 새 테이프를 끼워두었다. 이제 그가 전술을 취할 시점이었다.

"그것도 압니다." 마르틴 베크가 말했다. "이제 우리 대화가 얼추 끝났다고 봐도 되겠군요."

마우릿손은 혼란스러운 기미가 역력했다.

"잠깐만요. 정말 압니까?"

"네."

"왜냐하면 나는 모른단 말입니다. 나는 그 인간이 죽었는지 살았는지도 몰라요. 그리고 그 시기부터 으스스한 일이 시작되었단 말입니다."

"으스스한 일?"

"네, 그때부터 모든 게…… 뭐랄까, 저주에 걸린 것 같다고요. 그리고 두 주 후에 나는 악마가 판 함정이라고밖에 볼 수 없는 일 때문에 종신형을 받게 생겼습니다. 전혀 이해가 되지 않는다고요."

"당신은 스몰란드 출신이군요." 마르틴 베크가 말했다.

"네, 이제 알았습니까?" 마우릿손이 말했다.

"네."

"이상하네요. 모든 것을 다 아는 분이. 자, 그래서 내가 어떻게 했을까요?"

"우선 당신은 스베르드의 새 집을 알아냈습니다."

"네, 그건 간단했습니다. 며칠 동안 그를 감시하면서 그가 언제 외출하는지 등을 지켜봤지요. 놈은 자주 외출하지 않아요. 게다가 늘 블라인드가 내려져 있었죠. 저녁에 환기하려고 창문을 열 때도요. 나는 그것도 체크했습니다."

'체크하다'라는 단어가 요즘 유행어였다. 처음에는 아이들이 쓰기 시작하여 이제는 모두에게 퍼졌다. 마르틴 베크도 가끔 그 말을 썼지만, 평소에는 되도록이면 올바른 단어를 쓰려고 애썼다.

"당신은 스베르드를 된통 혼내주겠다고 생각했지요." 마르틴 베크가 말했다. "최악의 상황에는 죽이겠다고."

"어느 쪽이든 그건 크게 신경 쓰이지 않았습니다. 하지만 놈에게 다가가기가 어렵더군요. 그래서 간단한 방법을 생각해냈습니다. 당신은 물론 내가 말하는 방법이 뭔지도 알겠죠?"

"당신은 그가 환기하려고 창문을 열 때나 닫을 때 창으로 그를 쏘겠다고 생각했지요."

"거봐요, 아는군요. 놈이 얼굴을 드러내는 때가 그때뿐이었습니다. 나는 알맞은 장소도 찾아냈지요. 당신은 당연히 그게 어딘지도 알겠지만."

마르틴 베크는 끄덕였다.

"그럼 그렇지." 마우릿손이 말했다. "집 안에 들어가고 싶지 않다면, 마땅한 장소는 한 곳뿐이었습니다. 길 건너편 공원의 비탈. 스베르드는 매일 밤 9시에 창문을 열었다가 10시에 닫았습니다. 나는 놈에게 총알을 박아주려고 그리로 갔습니다."

"며칠이었죠?"

"17일 월요일. 은행에 가는 대신에 그리로 간 거였죠. 밤 10시에. 자, 이제 으스스한 일이 시작됩니다. 내 말을 안 믿습니까? 나도 증명할 수는 없어요. 그런데 우선 뭐 하나 체크합시다. 당신은 내가 놈을 뭘로 해치우겠다고 생각했는지 압니까?"

"네. 45구경 자동 권총, 라마 9A 모델."

마우릿손이 두 손으로 머리를 부여잡았다.

"당신도 이 음모에 한패인 게 분명해요. 이건 당신이 알 수가 없는 내용이란 말입니다. 그런데도 알잖아요. 불가사의해요."

"총성으로 사람들에게 들키면 안 되니까, 당신은 소음기를 끼웠죠."

마우릿손이 어리둥절해하며 끄덕였다.

"소음기는 당신이 직접 만들었을 것 같은데요." 마르틴 베크가 이어 말했다. "일반적인 일회용 형태로."

"네, 네, 맞습니다. 맞아요, 맞아요, 맞아요. 이제 당신이 내게 어떻게 된 일인지 말해줄 차례입니다."

"당신이 시작하세요. 그러면 내가 나머지를 설명하겠습니다."

"그래요, 그래요." 마우릿손이 말했다. "나는 거기로 갔습니다. 내 차를 몰고 갔어요. 캄캄했습니다. 사람은 한 명도 없었고요. 집 안은 불이 꺼져 있었습니다. 창문은 열려 있었고요. 블라인드는 내려져 있었고요. 나는 비탈에 섰습니다. 몇 분 후에 시계를 봤을 때 9시 58분이었죠. 모든 게 내가 예상한 대로였습니다. 그 망할 인간이 블라인드를 옆으로 밀고 창문에 나타났습니다. 창문을 닫으려나 보다 싶었지요. 그때까지도 사실 나는 마음을 정하지 못했습니다. 당신은 물론 이것도 알겠지요?"

"스베르드를 죽일지, 아니면 팔이나 창틀을 쏴서 경고만 할지 결정하지 못했지요."

"그럼 그렇지." 마우릿손이 체념했다. "당신은 당연히 알겠죠. 그런데 이건 나 혼자 했던 생각이고, 오직 여기에만 들어 있던 생각이란 말입니다."

마우릿손이 주먹 쥔 손으로 제 이마를 톡톡 두드렸다.

"당신은 순간적으로 결정을 내렸습니다." 마르틴 베크가 말했다.

"네. 놈이 서 있는 걸 보니까 단번에 끝내는 게 낫겠다는 생각이 들었습니다. 그래서 쐈습니다." 마우릿손이 이렇게 말하고는 입을 다물었다.

"어떻게 됐습니까?" 마르틴 베크가 물었다.

"글쎄요, 어떻게 됐을까요. 나도 모릅니다. 처음에는 내가 빗맞힌 줄 알았지만, 그건 불가능한 일이었습니다. 놈이 사라졌고. 창문이 닫힌 것처럼 보였습니다. 순식간에. 블라인드가 다시 쳐졌고요. 모든 게 평소와 같아 보였습니다."

"그래서 당신은 어떻게 했습니까?"

"집으로 갔습니다. 달리 어떻게 하겠어요. 그다음에 매일 신문을 확인했지만 기사가 나지 않았어요. 불가사의하다고 생각했지요. 하지만 지금 이 상황에 비하면 그건 아무것도 아니었습니다."

"당신이 총을 쐈을 때, 스베르드는 어떤 자세로 서 있었습니까?"

"몸을 앞으로 약간 숙이고, 오른팔을 들고 있었습니다. 한 손으로 창문 고리를 쥐고 다른 손으로 창틀을 짚어 기대고 있었던 것 같아요."

"총은 어디서 구했습니까?"

"아는 친구들이 외국에서 수출 승인을 받아서 총기를 구매했습니다. 들여오는 걸 내가 주선했지요. 그때 나도 총을 하나 갖고 있으면 좋겠다는 생각이 들더군요. 그래서 권총을 샀습니다. 그 친구들이 갖고 있던 게 있었어요. 나는 총을 잘 모르지만 괜찮아 보이더군요."

"당신이 분명히 스베르드를 맞혔다고 생각합니까?"

"네. 다른 가능성은 생각할 수 없습니다. 하지만 나머지 상황은 이해가 되질 않아요. 예를 들어, 왜 아무도 그 일로 나를 쫓지 않았을까요? 종종 그 앞을 차로 지나가면서 창문을 올려다봤습니다. 창문은 평소처럼 닫혀 있었고 블라인드가 내려져 있었어요. 그래서 내가 제대로 맞혔다고 여긴 게 틀렸나 하는 의심이 들기 시작했습니다. 그 뒤로 이상한 일이 벌어지기 시작했고요. 맙소사, 엉망진창이에요. 하나도 이해가 안 됩니다. 그런데 이렇게 갑자기 모든 걸 다 아는 당신이 나타나다니요."

"몇 가지는 내가 설명할 수 있습니다." 마르틴 베크의 말이었다.

"기분 전환 삼아서 내가 몇 가지 물어도 됩니까?" 마우릿손이 물었다.

"물론입니다."

"먼저, 내가 그놈을 맞혔습니까?"

"네. 즉사시켰습니다."

"소득이 있긴 하군요. 놈이 옆방에 앉아서 신문을 읽으면서 바지에 오줌을 쌀 지경으로 웃고 있는 건 아닌가 의심되기 시작하던 참이었는데."

"따라서 당신은 살인을 저질렀습니다." 마르틴 베크가 심각하게 말했다.

"네에." 마우릿손은 개의치 않는 듯했다. "저쪽의 똑똑한 분들도 그렇게 말씀하십디다. 내 변호사도."

"다른 질문 있습니까?" 마르틴 베크였다.

"왜 그가 죽었는데도 아무도 신경 쓰지 않았습니까? 신문에
도 한 줄 안 났던데요." 마우릿손이 물었다.

"스베르드는 한참 후에 발견되었습니다. 처음에는 여러 정황
때문에 우리는 그가 자살한 줄 알았습니다."

"자살?"

"네, 경찰도 가끔 부주의하지요. 총알은 그를 정통으로 맞혔
습니다. 맞는 순간에 그가 앞으로 숙이고 있었으니까 그럴 만하
지요. 그가 있던 방은 안에서 잠겨 있었고, 창문도 잠겨 있었습
니다."

"아하, 그가 넘어지면서 창문을 잡아당겨서 고리가 채워진
거로군요."

"내가 도달한 결론도 그렇습니다. 대충. 그렇게 큰 총알에 맞
은 사람은 몇 미터 뒤로 날아가지요. 스베르드가 창문 고리를
쥐고 있지 않았더라도, 창문이 쾅 닫히면서 고리가 잠겼을 수도
있습니다. 나도 그 비슷한 경우를 봤습니다. 최근에."

마르틴 베크는 혼자 미소를 지었다.

"이제 상황이 거의 다 설명되었군요." 그러고서 마르틴 베
크는 말했다.

"거의 다 설명되었다고요? 내가 총을 쏘기 전에 했던 생각은 어떻게 알았습니까?"

"그건 순전히 추측이었습니다." 마르틴 베크의 대답이었다. "더 묻고 싶은 것 있습니까?"

마우릿손이 어안이 벙벙하여 마르틴 베크를 보았다.

"더 있느냐고요? 지금 나를 놀립니까?"

"전혀 아닙니다."

"그렇다면 부디 이걸 설명해보시죠." 마우릿손이 말했다. "그날 저녁에 나는 차를 몰고 집으로 돌아갔습니다. 총을 낡은 가방에 넣고, 가방에 돌을 채웠죠. 가방을 단단히 묶어서 안전한 곳에 뒀습니다. 그전에 소음기를 떼어서 망치로 납작하게 두들겨 폈고요. 소음기는 당신이 말한 대로 한 번만 쓸 수 있는 물건이었지만, 내가 직접 만든 건 아닙니다. 권총과 함께 샀던 겁니다. 다음 날 아침에 나는 기차역으로 가서 쇠데르텔리에행 열차를 탔습니다. 걸어가는 길에 웬 평범한 건물에 잠시 들어가서 소음기를 쓰레기 활송 장치에 던져 넣었죠. 정확히 어느 건물이었는지도 기억 못 해요. 쇠데르텔리에에 가서는 거기 정박해두는 내 모터보트를 찾았습니다. 그걸 타고 스톡홀름에 돌아오니 저녁이더군요. 다음 날, 총이 든 가방을 들고 보트를 타고 바다로 나갔습니다. 박스홀름 쪽으로요. 그리고 가방을 바다로 던져

버렸습니다. 뱃길 깊은 곳에다가."

마르틴 베크가 찌푸렸다.

"내가 그 일들을 했다는 건 확실합니다." 마우릿손이 열심히 말했다. "내가 없는 동안 집에는 아무도 들어갈 수 없었고요. 열쇠를 가진 사람이 아무도 없어요. 그리고 나는 스베르드와의 일을 청산하기 전에 내가 사는 곳을 아는 몇 안 되는 지인들에게 며칠 스페인에 다녀올 거라고 말했습니다."

"그래요?"

"젠장, 그런데도 당신이 모든 걸 다 알지 않습니까. 당연히 바다에 가라앉아 있어야 하는 총에 대해서도 알고, 소음기에 대해서도 알고. 그러니까 제발 이 상황을 설명해보세요."

마르틴 베크는 곰곰이 생각하다가 말했다.

"당신이 어느 대목에선가 실수했을 겁니다."

"실수? 하지만 내가 다 말하지 않았습니까? 제기랄, 내가 한 일은 내가 알아요, 안 그렇습니까? 아니면……."

마우릿손이 거슬리는 소리로 웃기 시작했다. 그러다 갑자기 웃음을 그치고 말했다.

"당신도 나를 놀리고 있군요. 내가 이 이야기를 법정에서 반복할 거라고는 꿈에도 생각지 말아요."

마우릿손은 다시 통제 불능으로 웃어젖히기 시작했다.

마르틴 베크는 일어나서 문을 열고 대기중인 순경을 손짓해 불렀다.

"끝났어요. 일단은." 마르틴 베크가 말했다.

마우릿손이 이끌려 나갔다. 계속 웃으면서. 불쾌한 웃음소리였다.

마르틴 베크는 책상 서랍을 열고 테이프를 되감아서 손에 들고 특별수사대 사무실로 갔다.

뢴과 콜베리가 있었다.

"그래. 마우릿손이 마음에 들었어?" 콜베리가 말했다.

"딱히 그렇진 않아." 마르틴 베크가 대답했다. "하지만 나는 그를 살인죄로 기소할 자료를 갖고 있어."

"이번엔 그가 누굴 죽였는데?"

"스베르드."

"정말?"

"확실해. 그의 시인도 받아냈어."

"아, 그 테이프. 그거 내 녹음기에서 나온 건가?" 뢴이 말했다.

"응." 마르틴 베크가 대답했다.

"소용없을 거야. 작동을 안 해." 뢴의 말이었다.

"미리 시험해봤는데."

"응, 처음 이 분은 괜찮아. 그 뒤에는 아무 소리도 안 나. 내일 수리공이 와서 고쳐주기로 했어."

"아."

마르틴 베크는 테이프를 쳐다보았다.

"상관없어." 마르틴 베크가 다시 말했다. "마우릿손은 정황 증거로 유죄를 받을 테니까. 렌나르트가 아까 말했듯이 살인 무기가 그에게 엮여 있으니까. 옐름이 원래 총에 소음기가 달려 있었다고 말해주던가?"

"응." 콜베리가 하품하면서 대답했다. "하지만 놈은 은행에서는 소음기를 쓰지 않았어. 그런데 자네 표정이 왜 그렇게 이상해?"

"마우릿손은 좀 이상한 데가 있어. 내가 이해되지 않는 면이 있어."

"뭘 바라는 거야." 콜베리가 말했다. "인간 심리에 대한 완전한 통찰? 범죄학 논문이라도 쓸 생각이야?"

"안녕." 마르틴 베크가 말했다.

그리고 그는 떠났다.

"음, 쓸 시간은 충분할 거야. 이제 경정이 될 테니까." 뢴이 말했다.

30.

마우릿손은 모살, 고살, 무장 강도, 그리고 마약법 위반과 기타 죄목으로 스톡홀름 지방 법정에 섰다.

모든 혐의에 대해서 그는 무죄를 주장했다. 모든 질문에 아무것도 모른다고 대답했고, 경찰이 자신을 희생양으로 찍어서 증거를 심어둔 것이라고 주장했다.

불도저 올손은 최고의 기량으로 피고를 쉼 없이 압박했다. 재판 도중에 고살 혐의를 모살 혐의로 바꾸기까지 했다.

겨우 사흘간 진행된 재판 끝에, 판결이 내려졌다.

마우릿손은 고르돈 살해와 호른스가탄 은행 강도 건으로 종신형을 선고받았다. 모렌 일당의 범죄를 거든 공모죄를 비롯하여 다른 혐의들에 대해서도 유죄판결이 내려졌다.

한편 칼 에드빈 스베르드 살인 혐의는 기각되었다. 재판의 이전 단계에서는 심드렁하게 행동했던 피고 측 변호사가 갑자기 깨어나서 정황증거를 반박했다. 변호사는 따로 탄도학 전문가를 불렀는데, 그 전문가는 탄도 검사에 의혹을 제기하면서 탄피가 심하게 망가졌기 때문에 마우릿손의 총과 확실히 결부 짓기는 무리하다고 정확하게 지적했다.

마르틴 베크도 증언했다. 하지만 마르틴 베크의 이야기는 빈틈이 너무 많은 것처럼 들렸고, 어느 정도 터무니없는 가정들에 기초한 것처럼 들렸다.

이른바 정의의 관점에서는 별 차이가 없었다. 마우릿손이 한 건의 살인으로 선고받든 두 건의 살인으로 받든 결과에는 영향이 없었다. 스웨덴 법에서는 종신형이 형식적으로 가장 가혹한 처벌이기 때문이다.

마우릿손은 뒤틀린 미소를 지은 채 선고를 들었다. 그는 재판 내내 약간 이상하게 행동했다.

판사가 피고에게 선고 내용을 이해했느냐고 묻자, 마우릿손은 고개를 저었다.

"당신이 호른스가탄 은행 강도 건과 고르돈 씨 살인 건에서 유죄로 판정되었다는 뜻입니다." 판사가 설명했다. "한편 본 법정은 칼 에드빈 스베르드 살인 혐의에 대해서는 당신이 무죄라고 봅니다. 요약하여, 당신은 종신금고형을 살게 되었고 형이 확정될 때까지 다시 구치될 것입니다."

경비원들에게 이끌려 나갈 때 마우릿손은 웃었다. 그 모습을 본 사람들은 아무런 가책도, 법과 법정에 대한 존중도 보이지 않은 이 남자를 보기 드물게 냉혹한 범죄자로 여겼다.

모니타는 호텔 테라스의 그늘진 구석에 앉아 있었다. 성인 강좌에서 배우는 이탈리아어 문법책이 무릎에 놓여 있었다.

정원 아래쪽 아담한 대나무숲에서 모나가 새로 사귄 친구 중 하나와 놀고 있었다. 아이들은 가는 대나무들 사이로 햇빛이 비쳐 들어 어룽진 땅에 앉아 있었다. 아이들의 밝고 명랑한 목소리를 들으며, 모니타는 아이들이 서로의 언어를 한마디도 이해하지 못해도 저렇게 쉽게 소통한다는 사실에 놀랐다. 모나는 벌써 단어를 많이 익혔다. 모니타는 딸이 이 외국어를 자신보다 훨씬 더 빨리 배우리라고 확신했다. 사실 자신은 가망이 거의 없어 보였다.

여기 호텔에서는 영어와 단어 몇 가지를 더듬더듬하는 수준인 독일어로 문제없이 지낼 수 있었다. 하지만 모니타는 호텔 직원이 아닌 사람들과도 말하고 싶었다. 그래서 이탈리아어를 배우기 시작한 것이었다. 이탈리아어가 슬로베니아어보다 훨씬 쉬워 보였고, 이곳은 이탈리아 국경과 가까우니까 쓸 수 있을 것 같았다.

찌는 듯 더운 날이었다. 더위에 졸음이 오기 시작했다. 그늘에 앉아 있는데다가 오늘 아침에만도 네 번째 샤워를 한 지가 겨우 십오 분 지났는데도 그랬다. 모니타는 책을 덮어서 의자 옆 판석에 서 있던 가방에 넣었다.

호텔 정원 밖 도로와 인도에는 가벼운 차림의 관광객들이 한가로이 오갔다. 그중에는 스웨덴인도 많았다. 모니타의 생각으로는 너무 많았다. 오가는 사람들 중에서 이 작은 마을의 주민을 구별하기는 쉬웠다. 주민들은 행동거지가 느긋하면서도 목적적이었고, 물건을 든 경우가 많았다. 계란과 과일이 든 바구니, 항구의 빵집에서 산 큼직한 흑빵, 그물, 또는 아이를 안고 있었다. 좀 전에 어떤 남자는 갓 잡은 돼지를 머리에 이고 지나갔다. 나이 든 주민들은 대부분 검은 옷을 입었다.

모니타는 모나를 불렀다. 아이는 놀이 동무를 꽁무니에 매달고 뛰어왔다.

"엄마는 산책 가려고 해. 로제타네 집까지 갔다 돌아올 거야. 같이 갈래?" 모니타가 말했다.

"나도 가야 돼?" 모나가 물었다.

"아니, 당연히 아니지. 원한다면 여기서 놀아. 엄마는 금방 올게."

모니타는 호텔 뒤편의 산을 오르기 시작했다.

로제타네 집은 호텔에서 걸어서 십오 분 거리의 산허리에 있었다. 로제타라는 사람은 오 년 전에 죽었는데도 집은 여전히 그렇게 불렸다. 지금 집주인은 로제타의 세 아들이었는데, 그들은 모두 아랫마을에 각자 집이 있었다.

모니타는 이곳에 온 첫 주에 그중 큰아들과 안면을 익혔다. 그는 항구 옆에서 식료품 잡화점을 했고, 그의 딸은 모나가 가장 즐겨 노는 친구였다. 모니타는 이제 그의 가족을 모두 알았지만, 대화는 한때 선원이었던 덕분에 영어를 잘하는 그와만 나눌 수 있었다. 모니타는 마을에서 친구를 빨리 사귈 수 있었다는 사실이 기뻤거니와 무엇보다도 그를 통해서 가을에 로제타네 집을 빌리게 된 것이 기뻤다. 그곳에서 여름내 살고 있는 미국인이 떠나면 내년 여름까지는 달리 예약자가 없었으므로, 모니타와 모나는 그곳에서 겨울을 날 수 있을 것이다.

희고 넓고 안락한 로제타네 집은 저 멀리 산들과 항구와 만이 굽어보이는 환상적인 경치를 자랑하는 너른 마당 가운데에 있었다.

모니타는 가끔 그 집에 가서 마당에 앉아 미국인과 대화를 나누었다. 퇴역 장교인 미국인은 회고록을 쓰느라 이곳에 머물고 있다고 했다.

가파른 경사를 오르면서, 모니타는 자신을 이곳으로 데려온 사건들을 다시금 되짚어보았다. 지난 삼 주간 이 생각을 몇 번이나 했던지 셀 수가 없을 정도였다. 모니타는 일단 행동하기로 결심하자 매사가 그렇게 신속하고 간단하게 진행되었다는 사실을 평생 놀라워할 터였다. 목적을 달성하기 위해서 사람을 죽여야 했다는 사실도 평생 잊지 못하겠지만, 요즘 잠이 오지 않는 밤마다 머릿속에서 울려 퍼지는 그 불의의 치명적 총성의 기억과도 시간이 흐르면 틀림없이 화해할 수 있을 것이다.

필리프 마우릿손의 부엌에서 총을 발견한 것이 모든 일을 결정지었다. 모니타는 부엌에서 손에 총을 들고 서 있던 순간에 결심한 것이나 마찬가지였다. 이후 계획을 짜고 용기를 끌어 올리는 데에 두 달 반이 걸렸다. 십 주 동안 모니타는 오로지 그 생각뿐이었다.

마침내 행동에 나섰을 때, 모니타는 벌어질 가능성이 있는 모든 상황을 빠짐없이 점검해본 뒤였다. 자신이 은행 안에 있을 때 벌어질 상황에 대해서도 마찬가지였다.

모니타가 고려하지 못한 것은 기습을 당할 가능성이었다. 그리고 실제로 그 상황이 벌어졌다. 모니타는 총에 대해서 아는 바가 없었다. 총은 사람들을 겁주는 데만 사용할 계획이어서 자세히 살펴보지도 않았다. 총이 그렇게 대뜸 발사될 수 있다는 것은 모니타가 결코 생각해보지 않은 일이었다.

남자가 달려오는 것을 보았을 때, 모니타는 자신도 모르게 방아쇠를 당겼다. 총이 발사되는 것은 모니타가 전혀 대비하지 못한 상황이었다. 남자가 쓰러지는 것을 보고 자신의 행동을 깨닫는 순간, 모니타는 죽도록 겁이 났다. 그런데도 평정심을 잃지 않고 그럭저럭 계획에 따라 행동할 수 있었던 것은 지금 생각해도 스스로도 놀라웠다. 속으로는 충격으로 마비되어 있었기 때문이다.

지하철로 집에 간 뒤, 모니타는 전날부터 싸기 시작한 여행 가방들 중 하나에 든 모나의 옷 속에 돈 가방을 쑤셔 넣었다.

그후에 모니타는 비합리적인 행동을 했다.

원피스와 샌들로 갈아입은 뒤, 모니타는 택시를 타고 아름펠트스가탄으로 갔다. 원래 계획에는 없던 일이었다. 하지만 문득 자신이 저지른 살인에 마우릿손도 일부나마 책임이 있다는 생각이 들었고, 총을 원래 있던 자리에 돌려놓아야겠다는 생각이 들었다.

그러나 부엌에 다시 선 순간, 모니타는 자신의 생각이 얼마나 터무니없는지 깨달았다. 모니타는 공황에 빠져서 달아났다. 1층으로 내려오니 지하실로 통하는 문이 열려 있었다. 지하실로 내려간 후 가방을 쓰레기 더미에 버리려고 쓰레기장 문을 여는데, 안에서 목소리가 들렸다. 쓰레기를 수거하러 온 청소원들이었다. 모니타는 복도 안쪽으로 달려가서 창고 같은 방에 들어갔다. 방 한구석의 나무 상자에 가방을 숨기고, 쓰레기를 수거하는 사람들이 문을 쾅 닫고 떠날 때까지 기다렸다가 얼른 건물을 떠났다.

이튿날 아침에 모니타는 스웨덴을 떠났다.

모니타는 늘 베네치아를 보고 싶었다. 은행을 턴 지 스물네 시간도 안 되어, 모니타는 모나와 함께 그곳에 있었다. 하지만 베네치아에는 이틀만 머물렀다. 호텔 방을 구하기가 어려웠고, 숨 막히는 더위와 운하의 악취가 견디기 힘들었다. 그들은 최악의 관광 시즌이 끝난 뒤에 언제든 다시 올 수 있었다.

그들은 기차로 트리에스테로 갔다가, 그곳에서 지금 머무는 유고슬라비아령 이스트리아의 작은 마을로 넘어왔다.

호텔 방 옷장에 서 있는 여행 가방들 중 하나에 스웨덴 지폐로 팔만 칠천 크로나가 든 나일론 가방이 들어 있었다. 돈을 좀 더 안전한 곳에 보관해야 하지 않을까 하는 생각이 모니타에게도 여러 번 들었다. 언제 트리에스테로 가서 은행에 넣어야겠다 싶었다.

미국인은 집에 없었다. 그래도 모니타는 마당으로 들어가서,

아마도 소나무인 것 같은 나무에 등을 기대고 앉았다.

모니타는 다리를 접어 세우고, 무릎에 턱을 대고, 저 아래 펼쳐진 아드리아해를 보았다.

유난히 맑은 날이었다. 또렷한 수평선과 작고 흰 여객선이 항구로 들어오는 모습이 보였다.

정오의 열기 속에서 저 아래 바위, 하얀 해변, 반짝거리는 푸른 바다가 유혹적이었다. 잠시 후에 모니타는 그리로 내려가서 헤엄을 칠 생각이었다.

국가경찰청장은 경찰 본부 건물에서 가장 오래된 구역의 모서리에 있는 밝고 넓은 사무실로 말름 국장을 불러들였다. 햇빛이 라즈베리 색깔 카펫 위에 마름모꼴 무늬를 던졌고, 닫힌 창으로 바깥의 지하철 공사 현장 소음이 희미하게 들려왔다.

두 사람은 마르틴 베크에 대해서 의논했다.

"자네가 나보다 그를 더 잘 평가할 수 있는 위치에 있지 않나." 청장이 말했다. "그의 병가 기간에 대해서나 복귀 후 두 주간에 대해서나. 그가 어떤 것 같나?"

"어떤 측면을 말씀하시는가에 따라 다릅니다." 말름이 대답했다. "건강 상태를 말씀하시는 겁니까?"

"신체적 상태는 의사들이 제일 잘 판단하겠지. 내가 듣기로 그는 완벽하게 회복했다고 했어. 그보다도 그의 정신 상태에 대한 자네의 인상을 듣고 싶은 거야."

말름 국장은 잘 빗어 넘긴 머릿결을 손으로 쓸었다.

"음. 말씀드리기가 까다롭습니다만⋯⋯."

방에 침묵이 내렸다. 청장은 말름이 계속 말하기를 기다리다가 이내 짜증 섞인 목소리로 말했다.

"상세한 정신과적 분석을 바라는 게 아니야. 자네가 보기에 지금 그가 어떤지를 듣고 싶을 뿐이야."

"저도 자주 만나진 못했습니다." 말름이 발뺌하듯이 말했다.

"나보다는 가깝지 않은가." 청장은 집요했다. "그가 예전으로 돌아왔나?"

"부상을 입기 전으로 말입니까? 아니요, 아닐 겁니다. 하지만 병가로 꽤 오래 쉬었으니까, 정상적으로 일하게 되기까지는 물론 시간이 걸리겠지요."

"그가 어떤 면에서 달라졌나?"

"글쎄요, 아무튼 좋은 쪽으로는 아닙니다." 말름은 확신 없는 눈으로 상사를 보고는 대답했다. "그는 물론 예전에도 약간 이상하고 이해하기 어려웠지요. 일을 다소 독단적으로 처리하는 경향도 종종 보였고요."

"그렇게 생각하나?" 청장이 몸을 숙이면서 찌푸렸다. "음,

맞는 말인 것 같군. 하지만 지금까지 업무 성과는 늘 좋았단 말이야. 그의 독단성이 더 심해졌다고 생각하나?"

"글쎄요, 모르겠습니다. 그가 복귀한 지 아무튼 두 주밖에 되지 않았으니까요……."

"나는 그가 좀 흐트러졌다는 인상을 받았어. 예리함을 잃었달까. 최근에 그가 맡았던 베리스가탄 사망 사건 수사를 보라고."

"네, 망쳐버렸지요."

"창피할 정도였어. 어디 그뿐이었나, 사건 전체가 엉망진창이었다고. 언론이 그 사건에 아무 흥미를 보이지 않은 게 얼마나 다행인지. 지금도 안심하기엔 일러. 이야기가 새어 나갈 수도 있고, 그랬다가는 우리에게 좋을 게 없을 거야. 베크에게도 좋을 게 없고."

"뭐라 말씀드려야 할지 모르겠습니다. 수사의 어떤 측면은 순전히 몽상인 것 같았습니다. 그가 말한 자백이라는 것은……. 글쎄요, 어떻게 이해해야 할지."

청장이 일어나서 창가로 갔다. 창 너머 앙네가탄 거리와 길 건너편 시청을 바라보다가, 몇 분 뒤에 다시 자리에 앉았다. 그는 두 손바닥을 책상에 붙이고 자신의 손톱을 깐깐하게 살펴보았다.

"나는 베크에 대해서 생각을 많이 했다네." 이윽고 청장이 말했다. "자네도 이해하겠지만, 우리가 그를 경정으로 승진시키기로 결정한 바가 있으니 그 때문에라도 걱정하지 않을 수 없었지."

청장이 말을 멈추었다. 말름은 귀를 세우고 기다렸다.

"나는 이렇게 본다네." 청장이 다시 말했다. "베크가 셸드 사건을 다룬 방식으로 보아……."

"스베르드입니다." 말름이 끼어들었다. "스베르드 사건입니다."

"뭐? 아, 그래, 스베르드. 베크의 행동을 볼 때, 아직 안정을 찾지 못한 것 같아. 어떻게 생각하나?"

"어떤 면에서는 미친 것 같기도 합니다." 말름의 대답이었다.

"아, 상황이 그렇게까지 나쁘지는 않기를 바라자고. 아무튼 그는 정신적으로 불안정해. 그래서 나는 이것이 영구적 상태인지, 아니면 부상으로 인한 일시적 상태인지를 우리가 좀더 지켜봐야 한다고 생각하네."

청장이 두 손을 책상 위로 몇십 센티미터쯤 들어 올렸다가 내렸다.

"다시 말해서…… 이 상황에서 그를 경정으로 추천하는 것은 다소 위험할 수 있다고 생각하네. 그는 지금 자리에 있는 편이 낫겠고, 우리는 상황을 좀더 지켜보지. 어차피 그의 승진은 제안만 된 상태이고 위원회 결정 단계로는 가지 않았으니까, 우리는 이 일을 잊고 당분간 이대로 두자고. 그 자리에 추천할 다른 적당한 후보들이 있고, 베크는 자기 이름이 거명된 사실도 알 필요가 없으니까 아무 피해가 없는 셈이야. 어떤가?"

"네. 현명한 결정인 것 같습니다." 말름이 대답했다.

청장은 일어나서 문으로 갔다. 청장이 문을 열자, 말름이 의자에서 벌떡 일어섰다.

"나도 그렇게 생각하네." 청장은 말름을 내보내고 문을 닫으면서 말했다. "아주 현명한 결정이지."

두어 시간 후에 자신의 승진이 좌절되었다는 소문이 들려왔을 때, 마르틴 베크는 이번만큼은 청장의 발언 중 하나에 동의하지 않을 수 없었다.

의심할 나위 없이 그것은 국가경찰청장이 내린 결정 가운데 드물게도 현명한 결정이었다.

필리프 트로파스트 마우릿손은 감방 안을 오락가락했다.

가만히 앉아 있기가 물리적으로 불가능했다. 그의 생각도 쉴 줄을 몰랐다. 하지만 시간이 흐르자 생각이 점차 단순해졌다. 요즘 그의 생각은 소수의 의문으로 한정되었다.

정말로 무슨 일이 있었던 것일까?

어떻게 그렇게 되었을까?

어느 질문에도 그는 답을 찾을 수 없었다.

그를 지켜보는 교도관들은 이미 정신과 의사에게 연락해두었다. 다음 주에는 사제에게도 말할 생각이었다.

마우릿손은 계속 설명을 요구했다. 설명은 사제가 잘하는 일이니까, 어쩌면 도움이 될 수도 있었다.

죄수는 이제 어둠 속에 가만히 누워 있었다. 하지만 잠들지는 못했다.

그는 생각했다.

대체 무슨 일이 있었던 것일까?

어떻게 그렇게 되었을까?

누군가는 알 것이다.

누가?

김명남

KAIST 화학과를 졸업하고 서울대 환경대학원에서 환경 정책을 공부했다. 인터넷 서점 알라딘 편집팀장을 지냈고, 지금은 전문 번역가로 활동하고 있다. 옮긴 책으로는 『문학은 어떻게 내 삶을 구했는가』, 『우리 본성의 선한 천사』, 『블러디 머더―추리 소설에서 범죄 소설로의 역사』, 『우리는 언젠가 죽는다』, 『소름』, '마르틴 베크' 시리즈 등이 있다.

잠긴 방 ― 마르틴 베크 시리즈 8

1판 1쇄 2022년 7월 8일
1판 2쇄 2022년 8월 29일

지은이 마이 셰발 · 페르 발뢰
옮긴이 김명남

책임편집 이송 | **편집** 임지호 김유진
표지디자인 이경란 | **본문조판** 이원경 백주영 | **저작권** 박지영 형소진 이영은 김하림
마케팅 정민호 이숙재 박치우 한민아 이민경 박지영 안남영 김수현 정경주
브랜딩 함유지 함근아 김희숙 박민재 박진희 정승민
제작 강신은 김동욱 임현식 | **제작처** 한영문화사

펴낸곳 (주)문학동네 | **펴낸이** 김소영
출판등록 1993년 10월 22일 제2003-000045호

주소 10881 경기도 파주시 회동길 210
문의 031-955-1918(편집) 031-955-3578(마케팅) 031-955-8855(팩스)
전자우편 editor@elmys.co.kr | **홈페이지** www.elmys.co.kr

ISBN 978-89-546-9995-2 04850
     978-89-546-4440-2 (세트)

엘릭시르는 출판그룹 문학동네의 장르문학 브랜드입니다.

잘못된 책은 구입하신 서점에서 교환해드립니다.
기타 교환 문의: 031-955-2661, 3580